W0192452

Fantasy

Herausgegeben von Friedel Wahren

Von **R. A. Salvatore** erschienen in der Reihe
HEYNE SCIENCE FICTION & FANTASY:

Die Luthien-Trilogie

Das Joch der Zyklopen · 06/5953
Luthiens Wagnis · 06/5954
Der Blutrote Schatten · 06/5955

Die Chroniken von Ynis Aielle

Echo der vierten Magie · 06/9093
Im Wald von Avalon · 06/9094
Bollwerk der Dunkelheit · 06/9095

BOLLWERK DER DUNKELHEIT

**Dritte Chronik
von Ynis Aielle**

Roman

Deutsche Erstausgabe

WILHELM HEYNE VERLAG
MÜNCHEN

HEYNE SCIENCE FICTION & FANTASY
Band 06/9095

Titel der Originalausgabe
BASTION OF DARKNESS
Übersetzung aus dem amerikanischen Englisch
von Michael Morgental
Das Umschlagbild malte Eric Peterson

Umwelthinweis:
Dieses Buch wurde auf chlor- und
säurefreiem Papier gedruckt.

Deutsche Erstausgabe 3/2001
Redaktion: Ralf Oliver Dürr
Copyright © 2000 by R. A. Salvatore
Erstausgabe bei The Ballantine Publishing Group
(A Del Rey® Book)
Copyright © 2001 der deutschsprachigen Ausgabe
by Wilhelm Heyne Verlag GmbH & Co. KG, München
http://www.heyne.de
Printed in Germany 2001
Umschlaggestaltung: Nele Schütz Design, München
Technische Betreuung: M. Spinola
Satz: Schaber Satz- und Datentechnik, Wels
Druck und Bindung: Elsnerdruck, Berlin

ISBN 3-453-17879-3

INHALT

KAPITEL 1

Der Kämpfer und die Zauberin

Er schaute sie mit einem Ausdruck der Verlegenheit an, der die junge Frau überraschte und auch beunruhigte, da sie doch ganz in der Nähe einen Hinterhalt gelegt hatten.

»Worum geht es?«, fragte Rhiannon und strich sich ihr rabenschwarzes Haar aus dem Gesicht. Ihre kristallblauen Augen funkelten wie der Diamant auf ihrer Stirn – das magische Zeichen, das sie als Zauberin auswies.

»Es geht um den heutigen Tag«, erwiderte Bryan von Corning zerstreut, und ein wehmütiges Lächeln erhellte sein Gesicht.

»Ach so.« Rhiannon blickte nervös um sich. »Kämpfen wir etwa nicht gegen sie?«

»Es ist mein Geburtstag«, erklärte Bryan mit einem schüchternen Lächeln.

Rhiannons Gesicht entspannte sich. Erleichtert, dass der junge Mann in dem Plan für ihren Hinterhalt keinen Fehler entdeckt hatte, freute sie sich aufrichtig über diese Neuigkeit.

»Sechzehn«, verkündete Bryan stolz. »Heute werde ich sechzehn Jahre alt.«

Rhiannon lächelte breit, doch sie war ehrlich überrascht. *Sechzehn?* wiederholte sie ungläubig in Gedanken. Mit seinen feinen Gesichtszügen, dem glänzenden Haar und den gleichen leuchtenden grauen Augen wie sein Vater Meriwindle, wirkte Bryan tatsächlich wie ein Jüngling. Doch er war eben zur Hälfte elfischer Abstammung. Selbst Arien Silberblatt, der Eldar der Elfen, der Jahrhunderte durchlebt hatte, besaß eine jugendliche Erscheinung. Rhiannon hatte drei Monate an Bryans Seite verbracht und mit ihm zusammen in den südwestlichen Gefilden Calvas und den Baerendel-Bergen gegen die Talons gekämpft, und dabei wäre ihr nie der Gedanke gekommen, dieser verwegene Krieger, der für so viele ein Held war, die nach dem Krieg auf diesem Ufer des Flusses Nimmerend hängengeblieben waren, dieser starke junge Mann, der unzählige Talons erschlagen hatte, könnte noch so jung sein! Rhiannon selbst hatte eben erst ihren einundzwanzigsten Geburtstag begangen, und sie hatte gemeint, Bryan müsse mindestens gleichaltrig sein.

»Bekomme ich einen Geburtstagskuss?«, fragte der junge Mann schelmisch.

»Deine Gedanken sollten eigentlich beim Kampf sein«, erwiderte Rhiannon trocken.

»Dann einen Kuss, der Glück bringt?«

»Einen Kuss für den Sieg, wenn wir ihn erringen.«

Damit schien Bryan zufrieden zu sein. Er salutierte kurz, dann nahm er den Schild mit dem Halbmondwappen von Illuma, dem verzauberten Tal der elfischen Verwandten seines Vaters, und den Bogen, den Rhiannon ihm geschenkt hatte, und begab sich an den vereinbarten Platz.

Rhiannon sah ihn mit gemischten Gefühlen gehen. Der innere Zwiespalt galt sowohl ihm als auch ihrem Versprechen. Allmählich hatte sie Bryan wirklich lieb gewonnen, sie bewunderte und respektierte ihn. Und er hatte ihr Leben gerettet, denn hätte er nicht ihre Hand gehalten und nach ihr gerufen und sie zurückgeholt aus den Tiefen der finstersten und stärksten Magie, welche die junge Zauberin je erlebt hatte, hätte sie den großen Kampf mit Morgan Thalasi, dem Schwarzen Hexer, niemals überlebt. In jenem Kampf war Rhiannon in den Vollbesitz ihrer magischen Kräfte gelangt; allerdings verblasste jene Macht und alle Magie, die noch in der ganzen Welt übrig war, gegenüber der Herrlichkeit, welche die vier Zauberer von Ynis Aielle noch vor wenigen Monaten gekannt hatten – bevor der machthungrige Thalasi das Gewebe der universalen Kraft zerfetzt und das Herz des geheimen Bereichs der Zauberer herausgerissen hatte.

Nach jenem magischen Kampf waren Rhiannon und Bryan zusammengeblieben; sie befanden sich auf dem westlichen Ufer des Flusses Nimmerend, während ihre Kameraden auf der östlichen Seite zurückblieben. Keiner von beiden hatte Angst, denn sie hatten gelernt, einander zu vertrauen und zu verstehen, und dies hatte sich für Bryan und auch für Rhiannon zu etwas Tiefem und Besonderem entwickelt.

Doch trotz aller Zuneigung zu Bryan konnte Rhiannon einen anderen nicht vergessen, Andovar, den stolzen Waldwächter von Avalon, ihren Freund und Geliebten, der in den nördlichen Gefilden erschlagen worden war. Die Trauer hinderte die junge Zauberin daran, ihr Herz Bryan zu schenken, und so kurz nach Andovars Tod war sich Rhiannon nicht sicher, ob die Wunden in ihrem Gemüt jemals heilen würden.

So beobachtete sie, wie Bryan fortging, und statt ihres Versprechens beschäftigten sie Gedanken über die drohende Gefahr, die rasch auf sie zukam. Durch die Magie von Rhiannons Mutter Brielle, der Smaragd-Zauberin von Avalon, und von Istaahl, dem Weißen Magus von Pallendara, war der große Fluss über die Ufer getreten. Jene Überschwemmung hatte schließlich die Schlacht beendet und Morgan Thalasi und die Hauptmasse seiner verbliebenen Talons an das Westufer gespült, während die verbündeten Heere der Elfen von Illuma und der Menschen aus dem Königreich Calva kurzen Prozess mit jenen unseligen Talons gemacht hatten, die auf dem Ostufer zurückgeblieben waren. Das Patt hatte angedauert, während der Herbst sich zum Winter wandelte, doch obwohl die östlichen Gefilde von Calva, der Wald von Avalon und das Bergtal von Illuma (unter dem Namen Lochsilinilume als Heimat der Elfen bekannt) jetzt sicher waren, trieben viele Unholde in den westlichen Gefilden und im Gebirge ihr Unwesen.

Hier hatten nun Rhiannon und Bryan ihre Aufgabe, indem sie ihre Talente vereinten – seines des Schwertkampfs, ihres der Magie –, um die üblen Monsterbanden zu vernichten und die Reste der Armee des Schwarzen Hexers aufzureiben. Sie halfen mit, die Bestien immer weiter nach Westen zu treiben, zurück in den Sumpf und die dunklen Pässe der gefürchteten Kored-dul-Berge.

Rhiannon fuhr sich mit dem Finger über die Lippen und nickte. Sie akzeptierte dieses Schicksal. Ihre Miene wurde grimmig, als sie ihre Stellung bezog. Hinter einem großen Stein kauernd, von dem aus sie den Pass überblicken konnte, sandte die Zauberin ihre Gedanken zu ihren Freunden aus.

Sie und Bryan würden heute nicht allein kämpfen.

Benador, der König von Calva, ein starker, stattlicher Mann mit blondem Haar und dunklen Augen, ließ seinen Hengst am Flussufer auf und ab traben. Er achtete darauf, dass er nicht zu nah an die Uferböschung geriet, die jetzt vom Schnee rutschig war. Auf diejenigen, die ihn vor der Schlacht gekannt hatten, wirkte Benador abgespannt, doch sah man ihm seine vierzig Jahre trotzdem nicht an. Er war in Avalon zu einem aufrechten, starken Charakter herangewachsen, im Geheimen und unter dem Schutz von Bellerian, dem Lord der Waldwächter. Bellerians Sohn Belexus, vielleicht der größte Krieger auf der ganzen Welt, hatte ihn in den Kampfkünsten ausgebildet. Doch nun hatte König Benador seine erste große Schlacht erlebt, und ihn belasteten die Bilder von den Folgen dieses grausamen Ringens, den Tausenden von Toten, den mit Blut getränkten Feldern und dem Einsturz dieser vier Brücken, jenen wunderbaren und magischen Bauwerken aus Aielles größtem Zeitalter.

Mehr als alles andere machte ihm der Verlust der Brücken zu schaffen. Das Blut würde irgendwann fortgespült sein, und Menschen mussten sowieso sterben, wenn ihre Zeit gekommen war, aber die Vier Brücken von Calva, jede ein Geschenk eines der ursprünglichen vier Zauberer, hatten als unzerstörbar gegolten. Auf dem Westufer des Flusses war dort, wo die nördlichste Brücke gestanden hatte, noch ein Mauervorsprung übrig geblieben. Das war Thalasis Brücke gewesen. Nicht die Fluten Brielles und Istaahls hatten sie zerstört, sondern ein Blitzstrahl des vierten Zauberers, des Silber-Magus Ardaz, der aufrecht und furchtlos dem schrecklichen Totengeist widerstanden hatte, der Thalasi als Heerführer diente.

König Benador blickte lange auf diese Brückenstrebe, wie er es oft bei seinen morgendlichen Ausritten tat, und er erinnerte sich an jenen schicksalhaften Tag, als die ganze Welt auf den Kopf gestellt worden war. Er hoffte, der Mauervorsprung würde noch viele Zeitalter hindurch als Erinnerung bestehen, was einst gewesen war und was nie wieder geschehen durfte. Dann ließ der König seinen Hengst kehrtmachen und ritt nach Süden, zu den Fundamenten der südlichsten Brücke, welche die Calvaner jetzt sorgfältig wieder aufbauten. Die besten Maurer, Architekten, Ingenieure und Handwerker aus Benadors Reich waren gekommen, um bei dem Werk zu helfen, doch der König hegte keine Illusion, dass ihre vereinten Bemühungen – so wundervoll sie auch waren – jemals der majestätischen Brücke nahe kommen würden, die einst Istaahl der Weiße geschaffen hatte.

Doch das spielt keine Rolle, sagte sich König Benador. Die neue Brücke würde ihren Zweck erfüllen, sie würde ihn und sein Heer über den Fluss tragen, damit sie die Überreste der Armee des Schwarzen Hexers vernichten und Morgan Thalasi für die Schrecken heimzahlen konnten, die er über sie gebracht hatte.

Benador hoffte auf diese Gelegenheit.

Bryan duckte sich tief hinter einer Schneewehe und beobachtete gespannt die herannahende Talon-Bande. Er unterdrückte den Abscheu, den er immer empfand, wenn er die scheußlichen Kreaturen erblickte. Sie hatten eine gesprenkelte grüne Haut und zerzauste Büschel von schmutzigem Haar, und ihre Gesichter waren einfach schrecklich: eine niedrige Stirn, eine große, platte Nase und spitze gelbe Zähne – vom gleichen kränklichen Gelb, das sich auch in ihren Augen zeigte. Und diese Zähne schienen zu zahlreich und zu lang zu sein, um unter die Lippen zu passen.

Er rieb die Hände aneinander und blies auf die gewölbten Handflächen, um die Finger geschmeidig zu halten. Die Strapazen der letzten Monate hatten ihn gegenüber Kampf und Wetter abgehärtet, aber seine Fingerspitzen hatten sich noch nicht an den Gebrauch eines Bogens gewöhnt und noch keine Hornhaut gebildet. Doch er war schnell ein guter Bogenschütze geworden – und wie hätte das anders sein können, wo doch die Tochter der Zauberin ihm diesen guten Bogen geschenkt hatte! Jetzt schaute er mit höchster Bewunderung auf das Holz, auf die sanfte Krümmung der Waffe, ihre hell-dunkle Maserung und ihre vollkommene Glätte. Dieser Bogen war nicht geschnitzt, sondern vielmehr geschaffen worden, ein lebendiges Instrument, als hätte ein Baum eines seiner Kinder der Tochter von Avalon geschenkt, damit sie es in der Kunst des Bogenschießens ausbilde. Der Bogen zeigte keine Spur einer Axt oder eines Messers, überhaupt keinen Kratzer; er war nur ein sanft gekrümmtes Stück biegsames Holz, geglättet unter der leichten Berührung der jungen Magierin.

Bryans Blick wanderte tiefer, zu dem Schwert an seiner Hüfte. In letzter Zeit hatte er nicht viel Verwendung für diese Waffe gefunden; kein Talon schien überhaupt nahe genug an ihn heranzukommen, um mit ihm in einen Zweikampf zu geraten. Dem jungen Krieger fehlte der Tanz des Schwertkampfes wirklich, aber er stimmte Rhiannons Einschätzung zu. Dieser Krieg, den sie führten, diese Mission, den überlebenden Menschen zu helfen, die auf dieser Seite des angeschwollenen Flusses festsaßen, war zu wichtig, um ein Risiko einzugehen. Ihre Pflicht bestand darin, so schnell und so wirksam wie möglich Talons zu töten, ohne selbst verwundet zu werden.

Bryan tätschelte seinen Schwertgriff, als wollte er der Waffe versichern, dass er sie nicht vergessen habe, dann legte er einen Pfeil an seine Bogensehne und spähte erneut über die Schneewehe hinweg.

Eine geschmeidige weiße Gestalt, die vor dem schneebedeckten Hintergrund kaum auszumachen war, huschte auf stillen, gepolsterten Füßen vorüber.

Ein Silberlöwe aus den Baerendels, wie Bryan wusste: hundertfünfzig Pfund wilde Kampflust. Obwohl das Tier so nahe war, hatte der junge Mann keine Angst, fühlte sich nicht einmal unbehaglich, denn der Puma wurde von Rhiannon gelenkt und brachte den Feinden, den Talons, Unheil.

Die Tochter der Zauberin hielt sich vom geplanten Schauplatz des bevorstehenden Kampfes weit entfernt, doch tatsächlich würde sie eine entscheidende Rolle spielen. Sie lenkte die Großkatzen, mit denen sie auf vertrautem Fuße stand, telepathisch, zeigte ihnen einfach die Feinde und bat ihre tierischen Freunde um

Hilfe. Was taktische Gerissenheit anging, konnte kein Mensch, nicht einmal ein Zauberer oder eine Zauberin, davon träumen, der Listigkeit der Silberlöwen in den Baerendels gewachsen zu sein.

Kurz darauf bemerkte die Talon-Bande – es waren knapp zwanzig Mann – die Raubkatze, doch sie schenkten ihr nur wenig Beachtung. Diese Talons hatten schon lange in den Baerendels gelebt und wussten, dass die Pumas für gewöhnlich einzeln lebende Kreaturen waren, die nur zur Paarung oder zum Kampf um Reviere zusammenkamen. Während ein einzelner Talon leicht die Beute eines solchen Raubtiers werden mochte, hatte eine Gruppe wenig zu befürchten.

Natürlich trat dieser Silberlöwe hier nicht allein auf, doch die Talons konnten dies nicht wissen. Das Tier war auf Rhiannons Ruf hin gekommen, wie das Dutzend anderer Raubkatzen, die sich in diesem Augenblick hinter den abgelenkten Unholden stumm in Stellung begaben.

Bryan beobachtete staunend das Geschehen. Der Silberlöwe huschte von Schneeverwehung zu Schneeverwehung, parallel zur vorrückenden Talon-Bande, und lenkte deren Aufmerksamkeit auf sich. Schließlich entschieden sich die Kreaturen dafür, die lästige Katze zu vertreiben, und sie warfen johlend und schreiend ein paar Speere in ihre Richtung, wobei sie Schnee aufwirbelten und ein allgemeines Geschrei anstimmten. Dadurch kam der Angriff in ihrem Rücken nur noch überraschender, als das Dutzend Silberlöwen wie eine Mauer aus Krallen und Fangzähnen auf die Talons lossprang. Bevor die Talons überhaupt eine Ahnung hatten, was über sie gekommen war, war schon die Hälfte von ihnen tot oder unschädlich gemacht, und die übrigen befanden sich in keiner zur Verteidigung geeigneten Formation. Einige versuchten schwache Speerstöße, die in die falsche Richtung zielten, doch die Katzen waren zu nahe und zu schnell, sprangen an der Abwehr vorbei und schleuderten ihre Beute auf den Boden, wo der Tod schnell und sicher über die Talons kam.

Die verbliebenen Talons wandten sich zur Flucht und stoben in alle Richtungen davon.

Doch da machte sich Bryan von Corning ans Werk. Er hob seinen Bogen und zielte auf einen Talon, der direkt auf ihn zukam. Der Pfeil traf den Unhold mit solcher Wucht, dass er zwei Schritte zurückgestoßen wurde. Ein Silberlöwe, der ihn verfolgt hatte, begrub den tödlich verwundeten Talon unter sich.

Bryan richtete seine Waffe schon auf das nächste Ziel, einen Talon, der nach links durch sein Blickfeld lief. Der junge Krieger spannte die Bogensehne, folgte geschmeidig mit der Pfeilspitze dem fliehenden Unhold und ließ den Pfeil los.

Das Geschoss drang durch die Lunge des Talons, der der Länge nach hinfiel.

Bryan wandte seine Aufmerksamkeit wieder dem Hauptschauplatz zu. Seufzend sah er, dass die Schlacht schon vorüber war. Bei dem Gemetzel war keiner der Pumas auch nur leicht verwundet worden. Der junge Halbelf schüttelte den Kopf und strich erneut über sein Schwert, diesmal als Klage eines Kriegers, der zu kurz gekommen war. Mit Rhiannon und ihren tierischen Freunden an seiner Seite war es stets ein Kinderspiel. Zuerst sprach die Zauberin mit den Vögeln, um die genaue Zahl und den Aufenthaltsort ihrer Feinde zu erfahren. Dann beriet sie sich mit anderen Tieren – Fischottern und Waschbären, Wölfen, Bären und Pumas –, um zu bestimmen, welches Gebiet in der Gegend für den Angriff am besten geeignet war, und dann bat sie die gefährlichsten unter ihren Freunden, an der Attacke teilzunehmen.

Und dies war schon der dritte Sieg binnen zweier Wochen.

Bryan warf einen respektvollen Blick auf den Silberlöwen, der sich ihm am nächsten befand. Das Tier lag flach auf dem Bauch, und sein buschiger Schwanz zuckte erregt, während es an dem Talon nagte, den Bryan vor dem Puma niedergeschossen hatte.

Als der Halbelf sich dann zum Gehen wandte, erkannte er, dass er zu sorglos geworden war in der Meinung, seine Kriegerinstinkte würden nicht mehr gebraucht.

Der Talon, der direkt hinter ihm gestanden war, hob seine Axt und hieb damit kräftig nach Bryans Kopf. Der Halbelf konnte nur noch Rhiannons Bogen mit beiden Händen über den Kopf heben und hoffen, damit die Wucht des Hiebs zu hemmen.

Zu Bryans und des Talons Überraschung hielt der Bogen die Axt auf und blockte sie so sicher ab, als wäre sie auf eine Steinmauer getroffen.

Bryan verschwendete keine Zeit mit Nachdenken darüber, was dies bedeutete. Er zog den Bogen zu sich und stieß mit der schlanken Spitze dem Talon heftig ins Gesicht, worauf der Unhold rückwärts taumelte. Der Halbelf hätte die Sache schnell beenden können, indem er nach vorn sprang und den Talon niederschlug, aber er zögerte, ließ den Bogen fallen, zückte stattdessen sein Schwert und zog sich rasch den Schild über den Unterarm.

Der Talon brauchte eine Weile, um sich aufzurappeln, doch Bryan, den es nach einem Kampf verlangte, wartete geduldig. Der Halbelf zog es vor, seinen Gegnern den ersten Hieb tun zu lassen, doch er erkannte, dass der Kampfesmut dieses Talons verflogen war, besonders am Schauplatz eines solchen Blutbads. Der Unhold dachte eher daran zu fliehen als anzugreifen. Sobald die Kreatur sich gefasst hatte, ging Bryan auf sie los, und sein scharfes Schwert, die von Elfen gefertigte Waffe seines Vaters, blitzte im hellen Sonnenschein.

Der Talon torkelte unbeholfen, doch ihm gelang es irgendwie, Bryans Hieb mit seiner schweren Axt zu parieren, und er versuchte sogar mit seiner Waffe eine schnelle Konterparade.

Bryan ließ ihn das Manöver vollenden, und die Axt sauste zischend herab. Bevor sie ihn jedoch erreichte, ließ er sich auf ein Knie fallen, und während die Axt über seinen Kopf hinwegfuhr, vollführte er einen tückischen Hieb gegen die Brust des Talons.

Der Unhold versuchte sich zu fangen, doch die Wucht der weit geschwungenen Axt ließ ihn das Gleichgewicht verlieren, und das zustoßende Schwert verwirrte den Talon. Beim Versuch auszuweichen stolperte er über die eigenen Füße und fiel auf den Rücken.

Bryan setzte zum Todesstoß an, doch als er ein leises Knurren hinter sich hörte, ließ er den Gedanken fahren und wich seitwärts aus.

Wie ein weißer Blitz sprang der Silberlöwe auf den Talon, und sein mächtiger Rachen schloss sich fest um den knochigen Hals der unglückseligen Kreatur.

Bryan schob sein Schwert zurück in die Scheide und machte sich daran, seinen Bogen aufzuheben. Er hoffte, der Kratzer würde auf dem schönen Holz nicht allzu auffällig wirken. Doch er war nicht überrascht, als er entdeckte, dass der Kampf auf dem verzauberten Bogen keinerlei Spuren hinterlassen hatte und die schwere Axt und deren zweifellos scharfe Klinge nicht einmal das glatte Holz geritzt hatten.

»Das ist zu leicht«, beklagte sich Bryan, hob seine Sachen auf und machte sich auf die Suche nach der jungen Zauberin.

Er fand sie in einer Mulde, wo sie sich ausruhte, die Augen geschlossen und den Rücken an einen Baum gelehnt. Sie hatte nicht viel Gebrauch von ihrer Magie gemacht, gewiss nicht annähernd so viel wie früher, als Rhiannon die Kraft der Erde selbst an sich gezogen und himmelwärts geschleudert hatte, um gegen die Düsternis von Morgan Thalasis Gewitterwolken anzukämpfen. Aber in letzter Zeit, stellte Bryan fest, schien sie selbst der einfachste Zauber zu ermüden, und ihn schauderte bei dem Gedanken, was geschehen mochte, wenn die junge Zauberin jemals gezwungen wäre, erneut ihre Macht bis an die äußerste Grenze einzusetzen. Rhiannon war beim Kampf gegen Thalasi fast gestorben, und dies nicht wegen einer Attacke des Schwarzen Hexers, sondern eher aus purer Erschöpfung, als hätte sie einen beträchtlichen Teil ihrer Lebenskraft in diese magische Anstrengung gelegt.

Bryan erinnerte sich lebhaft daran, wie er die bewusstlose Rhiannon in seinen Armen gewiegt hatte; er dachte daran, wie bleich und zerbrechlich sie gewirkt hatte, wie eine Blume, die im kalten Wind erfror. Er hatte gefürchtet, er würde sie verlieren, und ihm war klar geworden, dass ein Teil von ihm mit ihr sterben würde, falls sie wirklich von ihm ging.

Nun ließ er sie schlafen, setzte sich nur ihr gegenüber und bewunderte die sanfte Biegung ihres Leibes, die Art, wie ihre Lippen sich leicht öffneten, die Schönheit ihrer geschmeidigen Gestalt. Er liebte sie, sie allein, mit ganzem Herzen und ganzer Seele.

Er konnte es nicht leugnen, er wollte es gar nicht leugnen.

Er wollte es hinausrufen, damit die ganze Welt es hörte.

KAPITEL 2

Der Totengeist

Er wartete auf die Finsternis einer mondlosen Nacht, auf seine Zeit, die Zeit der lauernden Nachtmahre. Von Substanz nur ein Schemen, der schwärzer war als die dunkelste Höhle, bewegte sich Hollis Mitchells Totengeist am Flussufer entlang. Eine Kreatur halb von dieser Welt, halb aus dem Reich des Todes, hinterließ er keine Abdrücke im Schnee, doch immer wieder schwang er gedankenverloren die Keule mit dem hohlen Pferdeschädel, sein Szepter, und löste einen kleinen Schauer schwarzer Flocken aus, die durch das weiße Pulver schmolzen und den Boden unter dem Schnee besudelten.

Die ganze Zeit über waren die rotglühenden Augen des Totengeistes auf das andere Flussufer gerichtet, auf die Hunderte brennender Lagerfeuer des Heers von Pallendara. Vor wenigen Monaten noch hatten die Feuer von Morgan Thalasis Armee, die Hollis Mitchell befehligte, herrlicher gelodert, aber die Talons waren in die Felder und Berge geflohen oder zurückgekehrt in ihre sumpfigen Heimstätten meilenweit entfernt. Sie waren auseinander gelaufen, als sie erlebten, wie Mitchell, ihr General, von der zerborstenen Brücke stürzte, wie ihr höchster Herr und Meister, der Schwarze Hexer selbst, von dem gewaltigen Blitzstrahl der Tochter der Zauberin zu Boden geschleudert wurde und wie der Fluss selbst vor ihnen über die Ufer trat, ihren Ansturm niederzwang und Tausende von ihnen in einen nassen Tod hinwegspülte.

Seit damals war das westliche Ufer des Flusses Nimmerend jede Nacht dunkel geblieben, eine leere Ebene der Schwärze.

Bis zu dieser Nacht. Der Totengeist hatte es gesehen: ein einzelnes Lagerfeuer in der Ebene, weniger als eine halbe Meile vom Ufer entfernt. Vielleicht hatten es Talons entzündet, doch die hässlichen Kreaturen errichteten normalerweise in der Nähe von Feinden keine Lagerfeuer. Vielleicht, so hoffte der hungrige Totengeist, hatten es flüchtende Menschen entzündet, die versuchten, sich auf König Benadors Ufer durchzuschlagen, oder noch besser: Kundschafter des Heeres von Pallendara. Doch bei der giftigen Gehässigkeit, die den Totengeist erfüllte, spielte dies keine Rolle. Mitchell hatte sich weit im Süden aus dem Fluss gezogen und allmählich seinen Rückweg hierher gebahnt, und er hielt dabei nur an, wenn er Talons oder Menschen fand, die er erschlagen konnte. Die seltenen Gelegenheiten dazu hatten diese Kreatur des Todes kaum befriedigt, diese widernatürliche Perversion, die sich vom Schrecken und von der Lebenskraft anderer nährte.

Mitchell hatte schon mehr als zwei Wochen niemanden mehr töten können; er schwenkte nach Nordwesten ab, weg vom Fluss.

»Es wird schon wieder kalt«, bemerkte einer der Männer, ein großer und hagerer Kerl von vierzig Wintern. Im Feuerschein glitzerten eisige Kristalle in seinem graubraunen Backenbart und unterstrichen seine Feststellung.

»Jede Nacht ist es kalt«, sagte ein zweiter. In Körperbau und Gesichtszügen glich er – bis auf den buschigen Schnurrbart – dem anderen, tatsächlich war er sein Bruder. »Ich wünschte mir, dass der Krieg den Winter hindurch gedauert hätte, dann wären wir jetzt nicht hier draußen!«

»Aber wie viele wären dann gestorben, damit du es

bequem hast?«, fragte der dritte und letzte der Gruppe, als er wieder an das Feuer trat, einen riesigen schwarzen, hellbraun gefleckten Hund an der Seite. Er war mindestens zehn Jahre älter als die anderen, Haar und Bart waren silbergrau. Doch seine Augen besaßen immer noch das scharfe, funkelnde Blau seiner Jugend.

»Sehr schön, Klauster«, sagte der erste. »Wie gut von dir, dass du die Dinge in ein so tröstliches Licht stellst.«

»Tröstlich?« Klauster spuckte kräftig auf den Boden, was dem unruhigen, gefährlich wirkenden Hund ein Knurren entlockte. »Wir brauchen keinen Trost. Ich habe gesagt, dass ich euch unterweisen werde, also solltet ihr am besten gut aufpassen; das Leben eines Kundschafters ist undankbar und schmutzig, und wenn ihr eure Befriedigung nicht aus dem Wissen beziehen könnt, dass ihr gute Arbeit geleistet habt, dann – bei den Colonnae! – habt ihr den falschen Beruf, jawohl.«

»Benador braucht uns«, pflichtete ihm der zweite Bruder bei. »Ganz Pallendara braucht uns.«

»Sobald sie mit der Brücke fertig sind und herüber geströmt kommen, wird es für sie nützlich sein, wenn sie die Stellungen der Talon-Streitkräfte kennen«, fügte Klauster hinzu.

»Von den wenigen, die noch übrig sind«, brummte der erste Bruder.

»Wenige?«, bellte Klauster. »Wenige! Tja, zehntausend sind davongekommen, und wahrscheinlich warten dort draußen weitere fünfzigtausend darauf anzugreifen. Und vergesst den Schwarzen Hexer nicht. Gewiss, er wurde niedergeworfen – ich habe es mit eigenen Augen gesehen, und das war wirklich ein schöner Anblick! –, aber wir haben schon oft gemeint, er sei tot, um dann nur zu erleben, wie seine hässliche Fratze sich erneut erhebt! Nein, meine Freunde, dieser Krieg ist noch nicht gewonnen. Nicht, bevor wir die verdammten Talons den ganzen Weg bis zum Mysmal-Sumpf zurücktreiben, bis hin nach Talas-dun, und dann das ganze verdammte Bauwerk über ihnen einreißen!«

Die bloße Erwähnung von Talas-dun, der schwarzen Festung Morgan Thalasis, jagte den Brüdern einen Schauder über den Rücken. Sie schauten einander nervös an und waren beide stumm der Meinung, der arme alte Klauster habe den Verstand verloren. Die Männer liebten ihren König, den guten Benador aus dem Hause des Ben-rin, der nach dem Sturz von Ungden, dem Usurpator, bei der Schlacht von Bergtor wieder auf den Thron gekommen war. Benador hatte wahrhaft ganz Calva den Stolz und die Hoffnung auf die Zukunft zurückgegeben und ein Bündnis mit den Waldwächtern von Avalon und sogar mit den Mondtänzern, den Elfen von Illuma, geschlossen. Ja, jeder liebte Benador und hätte gern mit dem eigenen Leib einen Pfeil aufgefangen, der für den König bestimmt war, aber keiner von beiden hegte auch nur im Geringsten den Gedanken, dem König nach Talas-dun zu folgen. Das doch nicht! Niemals!

»Du bist ja verrückt, Klauster«, sagte der ältere Bruder. »Wir werden die westlichen Gefilde zurückgewinnen, bis Corning und darüber hinaus, vielleicht sogar bis zum Ostrand des Mysmal, aber nicht weiter: nicht bis zur Küste, und gewiss nicht bis zu den Kored-dul-Bergen! Ich habe kein Verlangen, jemals die schwarze Burg Talas-dun zu sehen!«

»Ah, aber das ist doch ein wunderbarer Ort«, meldete sich eine unbekannte Stimme vom Rand des Feuerscheins. Im gleichen Augenblick sträubte der Hund die Nackenhaare, knurrte und bleckte die schimmernden weißen Zähne. »Ein Ort, geeignet als Thronsessel für den Beherrscher der ganzen Welt«, fuhr die tiefe volltönende Stimme fort.

Die Brüder waren sogleich auf den Beinen und stellten sich mit gezückten Schwertern neben Klauster, der in jeder Hand einen Wurfdolch hielt. Von den dreien machte sich Klauster die meisten Sorgen. Ihm war unbegreiflich, wieso sein Hund Jostrol, seit Jahren sein getreuer Gefährte, den Fremden nicht bemerkt hatte, bevor der Mann – oder was immer da in der Dunkelheit lauerte – so nahe gekommen war. Von dort aus, wo sie jetzt standen, konnten die drei den Sprecher nicht gut ausmachen, aber sie wussten zumindest, dass er kein Talon war. Er war zum einen viel zu groß, und seiner Stimme fehlte das gutturale Krächzen dieses üblen Volkes; sie klang menschlich, wenn auch vielleicht hallender als normal, ein tiefer und gebieterischer Bariton.

Dann begann Jostrol zu zittern und zugleich zu knurren und zu winseln, eine Reaktion, die Klauster nie zuvor an ihm beobachtet hatte. Der Hund hatte sichtlich Angst. Klauster hatte seinen tapferen Gefährten schon einen tausend Pfund schweren Bären ohne Zaudern angehen sehen und beobachtet, wie der Hund in dem Kampf um die Brücken vor drei Monaten Talon um Talon zerfetzt hatte.

»Nenne deinen Namen und sage, was du hier zu suchen hast«, verlangte der ältere Bruder.

Der Sprecher behielt seinen Abstand vom Feuer bei und lachte leise. Ein wirklich unheimlicher Laut.

»Wir können dich töten, ohne dass wir Angst vor Vergeltung haben müssen«, bemerkte der jüngere der beiden Brüder. »Auf das Wort des Königs hin ...«

»Das ist nicht mein König«, sagte der Störenfried.

»Benador ist der König über alle!«, rief der jüngere Bruder trotzig.

»Nicht mein König«, wiederholte der Fremde.

Klauster ließ die Leine los, was Jostrol in seinem Eifer normalerweise als Zeichen zum Angriff genommen hätte. Überraschend verharrte der Hund jedoch an seinem Platz und machte sogar ein paar Schritte rückwärts, hinter seinen Herrn.

»Wer ist dann dein König, wenn nicht Benador?«, fragte Klauster. Angesichts des rätselhaften Verhaltens des Fremden und der Reaktionen seines Hundes befürchtete er, dass diese Begegnung keinen guten Ausgang nehmen würde. »Vielleicht Arien Silberblatt von Illuma? Oder Bellerian, der Lord der Waldwächter?«

»Wer mein König ist?«, wiederholte der Fremde und schnaubte. »Eine schöne Frage, über die werde ich nachdenken.« Während er sprach, trat er in den Feuerschein. Die drei Männer stießen wie aus einem Mund einen Laut des Erschreckens aus, als sie den Totengeist von Hollis Mitchell erblickten. Er war groß und hatte eine gewölbte Brust, wie Mitchell zu Lebzeiten, aber er war offensichtlich tot, seine Haut grau und aufgedunsen, von Verwesungsflecken überzogen, und seine Augen waren rote Flammenpunkte.

Klauster packte Jostrol und schob den Hund nach vorn. Das Tier bellte und ging auf den Fremden los.

Ohne lange nachzudenken, schwang der Totengeist sein verfluchtes Szepter. Im Nu schwebte eine Wolke schwarzer Flocken vor dem Hund. Jostrol heulte auf, als er in sie hineingeriet und die Flocken auf ihn niederfielen und sich in seine Haut brannten. Der Hund jaulte mitleiderregend, drehte sich im Kreis und biss sich in die eigene brennende Haut.

Klauster warf beide Dolche. Sie trafen den Totengeist – und verschwanden einfach, als wären sie durch das Monstrum hindurchgeflogen oder von seiner Schwärze verschlungen worden.

»Ja, mein König«, fuhr Mitchell fort, ohne sichtbar Notiz von den Angriffen zu nehmen. »Nun, ich glaube, ich werde mein eigener König sein! Ja, so gefällt es mir.« Er schaute die drei erschrockenen Männer an und trat einen großen Schritt nach vorn.

»Ich bin König Mitchell«, erklärte er, dann fügte er listig hinzu: »Sagt mir noch einmal, wer ist euer König?«

Klauster zuckte mit keiner Wimper und starrte den Mann trotzig an. Nur einmal warf er einen Blick nach unten und sah den armen Hund auf dem Boden liegen und keuchend seine letzten Atemzüge tun. Die beiden Brüder schauten einander verzweifelt an und wussten nicht, was sie tun sollten.

Klauster sprach für sie, doch sie waren sich nicht sicher, ob er die richtige Antwort gab.

»Mein König ist Benador von Pallendara«, erklärte der Mann schlicht und bewegte sich auf das Feuer zu, sodass er gegenüber dem bleichen Gespenst zu stehen kam. »Er ist der wahre und rechtmäßige König, und wenn du vorhast, dich innerhalb der Grenzen von Calva König zu nennen, wird König Benador dich gewiss vernichten.«

Mitchell lachte dröhnend.

Klauster bückte sich geschwind, hob einen brennenden Stock auf und schlug damit heftig nach dem Totengeist.

Das Feuer tat weh, aber mehr noch fühlte sich Mitchell durch die schiere Unverschämtheit, den offenen Mangel an Respekt verletzt. Er packte das Ende des brennenden Knüppels, direkt am Feuer, das sofort eine unheimliche, schwärzliche Färbung annahm.

Klauster schrie auf und ließ den Stock los. Er wollte fliehen, doch das Gespenst schritt mitten durch das Lagerfeuer hindurch – das ebenfalls diese unheimliche schwärzliche Färbung annahm –, und packte den erschrockenen Mann an der Hand.

Wie kalt war diese Berührung! Klauster schrie vor Angst und Schmerz und wand sich heftig bei dem Versuch, sich loszureißen. Dann sah er das Unheil, das über ihn kommen würde, und schirmte sich gegen den erwarteten Schauer brennender Flocken ab, als Mitchell sein Szepter hochhob. Doch nun diente die Waffe Mitchell als gewöhnliche Keule, als Werkzeug seines Zorns; er schlug Klauster damit heftig auf den Kopf und zerschmetterte den Schädel des Mannes in tausend Stücke.

Die beiden Brüder schrien erschrocken auf und zuckten zusammen, als sie Spritzer vom Hirn ihres Anführers abbekamen. »Lauf weg!«, schrie der ältere. »Wir müssen uns trennen!«

Und so flohen sie. Der eine rannte in die Dunkelheit zu seiner Linken, der andere geradewegs zurück und dann nach rechts. Dem zweiten, dem jüngeren von beiden, folgte Mitchell zuerst und holte ihn bald ein, denn während der Mann in der Finsternis stolperte, bewegte sich das Gespenst, eine Kreatur der Nacht, ohne Schwierigkeiten. Und dann war der Totengeist auch schon über ihm. Der verängstigte Mann wandte sich um und stieß mit seinem Schwert nach Mitchell.

Und dann war er tot.

Mitchell stimmte seine Sinne auf die Nacht ein, die ihn umgab. Er spürte die Augen der Nachttiere auf sich, der Geschöpfe, die sich in tiefen Löchern zusammenkauerten und deren Herzen wild pochten, während das untote Ungeheuer vorüberging. Kurz darauf spürte Mitchell eine stärkere Lebenskraft und eine größere Angst, die Angst eines vernunftbegabten Lebewesens. Er stimmte sich mühelos auf diese Wahrnehmung ein, und da dies nur der dritte Mann sein konnte, nahm er die Verfolgung auf.

Mitchell holte ihn nahe am Ufer ein. Die entsetzlichen Schreie jener letzten schrecklichen Augenblicke drangen über den Fluss an die Ohren der versammelten Calvaner und ihres Königs Benador, wühlten sie auf und erschütterten sie bis ins Mark. Sie wussten nicht, wer oder was die Schreie ausgestoßen hatte, ob es ein Mensch, ein Talon oder ein Tier gewesen war, und was diesem Wesen einen solchen Schrecken eingejagt hatte.

Auf der Ostseite des Flusses schliefen in jener Nacht nur wenige gut.

Auch der Totengeist, Freund der Nacht und Kreatur der Finsternis, schlief nicht. Hollis Mitchell stand stumm am Flussufer und schaute zu den Lagerfeuern hinüber. Er konnte kaum den Hunger bezähmen, der in seinem aufgedunsenen Körper brannte, obwohl er sich eben erst gütlich getan hatte. Dieses hasserfüllte Verlangen, zu zerstören und zu vernichten, war nicht gestillt. Ständig nagte es an Mitchell und zerrte an seinem Willen.

In dieser Nacht mit all den einladenden Lagerfeuern in der Nähe beherrschte er sich nur, indem er sich daran erinnerte, wer er war und wer er gewesen war. Er war aus dem Meer gekommen, herangetrieben auf einem Rettungsfloß des zerstörten Unterseeboots, der *Unicorn*, zusammen mit sechs anderen Männern, den Überlebenden aus einem anderen Zeitalter. Zwei – ihre Namen waren dem pervertierten Gedächtnis des Gespensts längst entglitten – waren schnell gestorben, bevor sie noch die Hallen der engelhaften Colonnae erreicht und die Wahrheit über diese Welt entdeckt hatten, über ihre Welt, die in Flammen aufgegangen war und dann wiedergeboren wurde. Ein dritter Mann – auch an seinen Namen konnte sich der Totengeist nicht erinnern – war in Blackemara umgekommen, dem tückischen Sumpf nördlich von Avalon, an jenem Ort, wo auch Mitchell gestorben war und wo sein Geist zwanzig Jahre später dem Reich des Todes entrissen und zurück in diese Welt gebracht worden war.

Der Tod des dritten Mannes hatte nur vier Überlebende der *Unicorn* übrig gelassen, und von den beiden, die in der Schlacht von Bergtor die Seite der Elfen ergriffen hatten, Billy Shank und Jeffrey DelGiudice, wusste Mitchell nur noch wenig. Nur vom letzten wusste er viel, von Martin Reinheiser, der einst Mitchells Freund und später sein Verräter gewesen war. Irgendwie, durch einen unverständlichen magischen Akt, war Reinheiser mit Morgan Thalasi, dem Schwarzen Hexer, eins geworden. Das Ergebnis jener Verbindung, jenes seltsame zwiefache Wesen, Reinheiser und Thalasi, hatte dann den Totengeist in die Welt zurückgeholt, damit er ihm als Befehlshaber der Talon-Armee diene. Und jetzt war der Schwarze Hexer verschwunden, war wieder – wie Mitchell vermutete – in sein dunkles Loch in Talas-dun gekrochen. Mitchell würde dorthin gehen und wieder dieser Kreatur begegnen, diesem Verräter, diesem Retter, diesem Bringer von Tod und Untod.

Und was dann?, überlegte der Untote. Würde er mit dem Schwarzen Hexer kämpfen? Wie alle unirdischen Wesen, wie alle Kreaturen, die halb in der Welt und halb im Reich des Todes hausten und nur durch Magie überlebten, hatte Mitchell den Verdacht, dass etwas im Reich des Zauberers nicht stimmte, dass auch der Schwarze Hexer und die anderen Zauberer und die eine Zauberin von Avalon – falls sie noch lebten – jetzt schwächer waren. Konnte er dann den Schwarzen Hexer vernichten und sich Talas-dun aneignen?

Der Gedanke faszinierte ihn – vielleicht würde er sich tatsächlich selbst zum König ausrufen. Erneut konzentrierte sich Mitchell auf seine fernen Erinnerungen. Er rief sich die Gefühle ins Gedächtnis, die er an jenem Tag gehabt hatte, als die Überlebenden der *Unicorn* von den Hallen der Colonnae aufgebrochen und über die braunen Ebenen des Ödlands von Brogg gezogen waren. Damals hatte Mitchell sich geschworen, dass er eines Tages diese Welt beherrschen würde.

Vielleicht ...

Doch das war ein Gedanke für einen anderen Tag, denn jene Lagerfeuer jenseits des Flusses reizten seinen ständigen Hunger, versprachen sie ihm doch warmes Blut und Fleisch.

Ja, Mitchell hatte vor, die Welt zu beherrschen, aber noch war die Zeit nicht gekommen, sich zu offenbaren, besonders nicht auf der anderen Seite des Flusses, wo vielleicht zwei Zauberer und eine Zauberin ihre Magie vollbrachten.

Nein, jetzt noch nicht. In jener Nacht am Fluss gewann der Totengeist Hollis Mitchells eine Perspektive und ein Ziel. Und eine Richtung. Er würde nach Westen gehen, nicht nach Osten, in die Kored-dul-Berge und zur Burg von Talas-dun. Er würde dem Schwarzen Hexer gegenübertreten – als Diener, falls Thalasi noch der Mächtigere war, als Herr, falls nicht –, und von jenem Ort dunkler Kraft aus würde er seine Macht und seine Diener gewinnen.

Die Calvaner und ihr König Benador hatten an den Vier Brücken gesiegt, und der magisch angeschwollene Fluss war tatsächlich eine eindrucksvolle Barriere, aber der Krieg war noch längst nicht vorbei.

Bevor die Sonne aufging, verkroch er sich in einem dunklen Loch, und als sie wieder untergegangen war, befand er sich schon auf der Straße nach Westen.

KAPITEL 3

Das spiegelnde Wasser

»Nur sechs«, murmelte der Krieger ruhig, während er den bewaldeten Abhang an der Westgrenze von Avalon hinabging. »Nur sechs.« Er sagte dies nicht, um sein Selbstvertrauen zu stärken, während er sich den Talons näherte, die gerade den Hirsch schlachteten, den sie soeben erlegt hatten. Während geringere Krieger vielleicht solche beruhigenden Worte gebraucht oder kehrtgemacht hätten und vor einem halben Dutzend Talons davongelaufen wären, klang das Gemurmel dieses Mannes wie eine ehrliche Klage darüber, dass er es nur mit so wenigen dieser Kreaturen zu tun haben würde.

»Sechs, sechs.« Er spuckte aus, und dann rief er noch lauter, sodass die Talons ihn sicherlich hörten: »Wo sind all eure stinkenden Freunde?«

Die Kreaturen erhoben sich vom Hirschkadaver, fuhren herum und stolperten übereinander. Sie hätten ausschwärmen und einen Halbkreis um diesen einzelnen Mann bilden sollen, der sich da im Morgennebel an sie heranpirschte; sie hätten eine Verteidigungsstellung einnehmen und nach anderen Menschen suchen sollen, die vielleicht in der Gegend waren; sie hätten sich nach ihrer jeweiligen Stärke aufstellen sollen, damit sie sich mit ihren Kameraden am besten ergänzten. Sie hätten allerlei tun sollen, aber Talons waren weder sehr intelligent noch sehr tapfer, und jeder schaute nervös auf den anderen, als hoffte er, seinen Kameraden als Schild zu benutzen, falls es notwendig werden sollte zu fliehen.

Der Krieger, Belexus Backavar, trat ohne merkliches

Zögern unter sie und schwang dabei sein schweres Breitschwert. Er war größer als die Talons und viel kräftiger, mit massigen Muskeln und breiten Schultern, die trotz seines Alters von fünfzig Wintern noch keineswegs erschlafften. Auch sein zerzaustes Haar wies noch den Glanz der Jugend auf, rabenschwarz bildete es einen bemerkenswerten Kontrast zu seinen funkelnden blauen Augen.

In diesen Augen brannte ein zorniges Feuer, das zuerst nur geglüht hatte und jetzt auflodderte, als sich der Mann den Talons näherte.

»Allein?«, fragte der Talon skeptisch, der ihm am nächsten war, und seine Lippen verzogen sich bei dieser Vorstellung zu einem Grinsen, denn in der Tat schienen sich keine anderen Menschen im unmittelbaren Umkreis zu befinden. »Allein«, sagte er noch einmal, nicht als Feststellung und nicht als Frage, sondern als Ausdruck dafür, dass er diesen Menschen für einen Narren hielt.

Als Antwort darauf sprang Belexus mit einem wilden Satz nach vorn und bahnte sich mit einem Streich seiner Waffe den Weg. Der Talon hob einen Stab, um den Angriff abzulenken, aber er war unfähig, die Stärke des mächtigen Belexus' richtig einzuschätzen, die jetzt noch umso größer war, da der Zorn heiß in seinem Blut brannte. Das Schwert fegte den Stab beiseite, und Belexus stürmte an dem Talon vorbei und wechselte seinen Griff so schnell, dass der Gegner seinen tückischen Hinterhandschlag weder parieren noch ihm ausweichen konnte und die Klinge die Eingeweide des Talons herausquellen ließ.

Die anderen Talons heulten auf und stürzten auf ihn los, doch Belexus tat einen weiteren Sprung und stieß schnell auf den am nächsten Stehenden, durchkreuzte dessen Parade und stach den Unhold in die Brust. Brüllend hob er die sterbende Kreatur mit der Klinge hoch und schleuderte sie dann vor die Füße der nächsten beiden, die darüber stolperten.

Belexus trat den einen ins Gesicht und hieb dem anderen den Knauf seines Schwerthefts auf den Hinterkopf, dann sprang er über sie hinweg, knurrend wie ein Tier. Jetzt hatte der Blutdurst völlig von ihm Besitz ergriffen. Die letzten beiden Talons wollten mit diesem fürchterlichen Menschen nichts zu tun haben und rannten davon.

Geschwind holte Belexus einen von beiden ein, als er gerade um einen Baum bog. Der Unhold flitzte nach links und dann wieder nach rechts, schließlich bezog er gegenüber der linken Flanke des Kriegers Stellung. Mit einem schrillen Schrei wirbelte der Talon herum und hieb mit seinem Schwert um sich, doch Belexus wechselte sein Schwert von der rechten Hand in die linke und schlug mit einer mächtigen Hinterhand zu, die auf die herabsausende Waffe des Talons zielte. Da der Krieger bei weitem der Stärkere war, schlug er dem Talon die Klinge aus den Händen. Das minderwertige Schwert flog weit durch die Luft.

Der Talon taumelte und richtete sich dann auf. Er versuchte, sein Gleichgewicht wiederzufinden und wegzurennen.

Belexus drehte sich um und griff schnell an, hielt den ausgestreckten rechten Arm des Talons mit seinem Schwert fest und packte mit der freien Hand dessen Gesicht.

Ohne sichtliche Anstrengung und mit einem Gebrüll, das alle anderen angstvoll davoneilen ließ, hob der mächtige Mann den Talon vom Boden und schüttelte ihn heftig.

Die bemitleidenswerte Kreatur wimmerte, drosch verzweifelt mit beiden Klauenhänden um sich und strampelte vergeblich mit den baumelnden Füßen.

Der Krieger machte ein paar Schritte und schlug den

Kopf des Talons hart gegen den unnachgiebigen breiten Stamm einer Eiche. Beim Anblick des zerschmetterten Schädels fühlte sich Belexus daran erinnert, wie sein alter Freund Andovar einmal eine Melone zwanzig Fuß tief auf einen flachen Stein hatte fallen lassen.

Der Gedanke an Andovar ernüchterte den mächtigen Krieger. Er schleuderte den Talon beiseite und atmete tief durch, dann kehrte er zum ursprünglichen Schauplatz zurück, zu dem Hirschkadaver und den vier Talons.

Derjenige, den der Krieger ins Gesicht getreten hatte, war inzwischen wieder auf den Beinen und versuchte seinen sterbenden Freund aufzurütteln. Als der Talon merkte, dass sich der gefährliche Gegner näherte, ließ er davon ab. Abwehrend schwang er sein Schwert vor sich und wich stetig zurück, während Belexus ruhig näher kam.

In schnellen, zuckenden Bewegungen trafen die Klingen einige Male aufeinander, und in den gelblichen Augen des Talons blitzte Hoffnung auf, als er Schlag um Schlag parierte.

Belexus machte ruhig weiter und spielte jetzt den Fechter, indem er manövrierte und die Klinge seines Gegners nach links lenkte, dann nach rechts, dann ein bisschen weiter nach links und schließlich ein bisschen weniger nach rechts. Dann kam ein schneller, heftiger Doppelschlag. Beide Hiebe waren auf das Schwert des Talons gezielt. Der erste drehte den Unhold fast um die eigene Achse, der zweite stieß geschickt über die Klinge des Talons hinweg, als dieser versuchte, sich wieder umzudrehen und sich dem Krieger direkt entgegenzustellen.

Eine schnelle Bewegung von Belexus' Handgelenk schleuderte das Schwert des Talons weit nach rechts auf den Boden.

Der Unhold jaulte auf und stolperte rückwärts, doch

der Krieger hielt leicht mit ihm Schritt. Beide warfen einen kurzen Blick auf ihre Umgebung und starrten sich dann weiter an.

Belexus wusste, dass der Talon einen Baum bemerkt hatte, und er machte einen leichten Ausfall und schlug nach dessen Hand. Wie zu erwarten, flitzte der Talon hinter den Baum und brachte ihn zwischen sich und den Angreifer.

»Andovar!«, schrie der Krieger plötzlich und legte seine ganze Wut brutal in einen Hieb: mit beiden Händen nahm er sein Schwert und schwang es machtvoll waagerecht durch den zwei Zoll starken Stamm des jungen Baums und durch die Taille des überraschten Talons, der sich dahinter verbarg.

Der abgetrennte Baum fiel seitwärts vom Stamm, blieb einen Moment lang auf dem Boden stehen und kippte dann zur Seite. Der Talon lag schon auf dem Boden, sein Oberkörper war seltsam über den Unterleib geknickt. Der vor Schrecken geweitete Mund keuchte vergeblich nach Luft.

Belexus spie auf den Talon und ging weg.

In einer nahen Lichtung wartete Calamus, der geflügelte Herrscher der Rosse, auf die Rückkehr des Kriegers. Ohne ein Wort stieg Belexus auf den starken Rücken des Pferdes. Der Pegasus erhob sich in die Luft und flog nach Nordwesten, in jene Richtung, in die der letzte Talon geflohen war. Belexus entdeckte die elende Kreatur bald. Sie kam stolpernd aus dem Wald herausgerannt, einen grasbewachsenen Abhang entlang schnurstracks nach Westen. Der Krieger trieb Calamus an.

Doch dann drang ein Gesang an sein Ohr, der ihn zögern ließ, süß und rein, die besänftigende Stimme von Brielle, der Smaragd-Zauberin von Avalon. »Größer noch wird dein Ruhm sein, größer noch ihre Angst vor dir, wenn du einige am Leben lässt, damit sie davon erzählen können«, schmeichelte die Zauberin.

Ihre Worte brachten Belexus beinahe dazu, Calamus zu wenden und den letzten Talon davonlaufen zu lassen.

Doch dann kam das allzu vertraute Bild der Erinnerung, wie der grässliche Totengeist Hollis Mitchells Andovar das Rückgrat brach und den stolzen Waldwächter, Belexus Backavars Freund, achtlos in den großen Fluss Nimmerend stieß.

Von den Klängen der Zauberin berückt, hatte Calamus bereits sein Tempo verlangsamt und war in eine lange, sanfte Kurve eingeschwenkt.

»Weiter voran!«, forderte der Krieger ihn auf, packte die lange weiße Mähne und zwang den Pegasus wieder auf die Fährte des fliehenden Talons.

Calamus gehörte keinem Menschen und konnte nicht so kommandiert werden, aber es bestand eine Bindung zwischen diesem großartigen Ross und Belexus, dem Sohn des Bellerian, des Lords der Waldwächter von Avalon, und so gab der Pegasus nach, entzog sich dem Gesang der Zauberin, flog mit aller Schnelligkeit weiter und stieß auf den davonhastenden Talon hinab.

Der Talon sah den schrecklichen Schatten, der sich von Osten her im Licht der aufgehenden Sonne dehnte, schrie auf und rollte den Abhang hinunter.

Calamus rauschte vorüber, und Belexus sprang von seinem Rücken, landete im Laufen und blieb mit erstaunlicher Geschicklichkeit auf den Beinen. Dann stoppte ein fest auf den Boden gesetzter gestiefelter Fuß den rollenden Talon, und ein zweiter auf der anderen Seite hielt ihn fest wie eine Klammer. Der Unhold versuchte sich auf den Rücken zu drehen, um sich dem Menschen zuzuwenden und sich zu wehren. Dies gelang ihm ziemlich leicht, denn Belexus wollte, dass der

Talon ihn deutlich wahrnahm, seinen Zorn sah und wusste, dass ihm der Tod bevorstand.

Als der Talon sich umdrehte, packte der Krieger dessen mit Dornen gespickte Keule, riss sie ihm aus der Hand und warf sie weit fort. Der Talon hob seine Arme über das Gesicht, fuchtelte verwirrt herum und schaute ungläubig drein, als der Krieger sein eigenes Schwert auf den Boden warf.

Doch alle Hoffnung, die dieses überraschende Verhalten vielleicht geweckt hatte, wich bald von dem Talon, als Belexus ihn am Kopf packte, mit der einen Hand am Kinn, mit der anderen an dem Haarbüschel am Hinterkopf. Mit einem Knurren hob der mächtige Waldwächter den Talon auf die Beine, sodass dieser direkt in seine durchdringenden blauen Augen blickte.

Der Unhold kratzte mit seinen Klauen über die Wange des Kriegers. Doch Belexus ignorierte die Krallen und drehte dem Talon den Hals auf den Schultern um. Dann warf er die leblose Kreatur beiseite, hob sein Schwert auf und rief nach Calamus.

Während er wartete, dachte er an Andovar. Selbst das Blut von sechs Talons hatte wenig bewirkt, um seinen Schmerz zu lindern.

Schließlich landete das Flügelross auf dem Feld. Belexus saß auf und drängte das Pferd, tiefer in den Wald hineinzufliegen.

Er war nicht überrascht, als er sah, dass Brielle auf ihn wartete. Und er war nicht überrascht, dass ihr Gesichtsausdruck deutlich ihre Missbilligung zeigte. Doch selbst wenn sie jetzt schmollte, konnte Belexus ihre Schönheit nicht leugnen. Ihr goldenes Haar hing tief über ihren Rücken herab, eine wilde, ungezähmte Mähne, und ihre Augen schimmerten grüner als das smaragdgrüne Zaubererzeichen auf ihrer Stirn. Brielle war der leuchtende Tag gegenüber der verlockenden Nacht ihrer Tochter Rhiannon; beide konnten einen

Mann nur mit einem Blick niederstrecken und sein Herz so quälen, dass er lange brauchte, um seine Kraft wiederzufinden.

»Aufs Neue hast du dich von deiner Wut übermannen lassen«, sagte die Zauberin. Ihre Stimme war ruhig und gelassen und klang nicht vorwurfsvoll.

Belexus kannte diesen Ton gut. Brielle verurteilte ihn nicht wirklich, sondern zwang ihn auf subtile Weise, sich selbst zu beurteilen. Und diese Prüfung, das wussten beide gut, würde für den stolzen Waldwächter weit schlimmer ausfallen.

»Ich töte Talons«, erwiderte er nach einem Augenblick des Nachdenkens und einem tiefen Seufzer standhaft. »Das ist meine Bestimmung.«

»Ja, und das mag in Ordnung sein«, antwortete Brielle. »Doch die Art, wie du das machst, beunruhigt mich sehr.«

»Ich leugne nicht, dass meine Aufgabe mir Vergnügen bereitet«, sagte der Waldwächter und wandte sich ab. »Mit jedem Talon, der tot zu Boden fällt, wird die Welt ein bisschen besser.«

»Ja«, stimmte ihm die Zauberin aufrichtig bei. »Und deshalb sollst du auch die Unholde niederhauen. Doch wenn du dich von deiner Wut übermannen lässt und nur daran denkst, was war, dann verlierst du dich selbst, mein Freund, und noch schlimmer, du wirst wahrscheinlich einen Fehler begehen, der dich deinen eigenen Hals kosten kann.«

»Den werde ich aber nicht an einen Talon verlieren«, stieß der Waldwächter sarkastisch hervor. Brielles Worte hatten Belexus tief getroffen, besonders ihr Hinweis auf Andovar. Sie kannte Belexus so gut, kannte sogar seine Gedanken. War er so durchsichtig, fragte er sich, oder war Brielle so verdammt feinfühlig?

»In Aielle gehen dunklere Wesen umher als die Talons«, bemerkte Brielle grimmig, und ihr Ton verriet

Belexus, von wem sie sprach. Erneut trug dies nur zum Unbehagen des Waldwächters bei. Mehr als alles andere in der Welt wollte er den Totengeist Hollis Mitchells vernichten; danach verlangte ihn sogar noch mehr als nach Brielles Liebe. Mitchell hatte Belexus' Welt zerstört, hatte seinen liebsten Freund getötet, und der Waldwächter hatte nur erschrocken zuschauen können. Nichts, was er hätte tun können, hätte einen Unterschied gemacht, hätte den Totengeist in irgendeiner Weise gehindert, denn Belexus' Waffe, die für die meisten Ungetüme von Aielle so unerbittlich und tödlich war, konnte dem untoten Gespenst nicht einmal einen Kratzer zufügen.

Und auch der Fluss hatte Mitchell keinen Schaden zugefügt, wie Brielle Belexus und auch ihrem Bruder berichtet hatte, Rudy Glendower, dem Silber-Magus von Illuma, den man unter dem Namen Ardaz kannte. Denn die schöne Zauberin von Avalon, deren Sinne so auf die natürliche Welt eingestimmt waren, hatte die Rückkehr des untoten Wesens in seiner puren Perversion gespürt. Sie hatte ihren magischen Blick ausgeschickt, um nach ihrer Tochter zu suchen, und hatte stattdessen den grässlichen Totengeist entdeckt, der mit jedem Schritt den Boden unter seinen Füßen besudelte.

»Es könnte sein, dass die Bestie nach Avalon kommt«, sagte Brielle nach einem langen und unangenehmen Schweigen. »Ich kann nicht fortgehen und dieses Wesen vernichten, denn dies würde bedeuten, dass ich die Macht zurücklasse, die ich gegen das Gespenst brauche, doch wenn es meinem Wald nahe kommt ...«

Sie sprach die ominöse Drohung nicht zu Ende, doch Belexus griff den Gedanken nicht auf und ergötzte sich nicht daran. Er bezweifelte nicht, dass sie tun würde, was sie angedeutet hatte, aber er wollte einen solchen Kampf auch nicht erleben. »Es ist an mir, den Totengeist zu erschlagen«, verkündete er entschlossen.

»Das kannst du nicht«, erwiderte die Zauberin ruhig.

»Dann werde ich, bei den Colonnae, bei dem Versuch eben sterben!«, knurrte der Waldwächter und kehrte sich mit zornfunkelnden Augen wieder ihr zu.

Brielle musterte den Sohn des Lords der Waldwächter eindringlich. Belexus war immer der kühle und ruhige Anführer gewesen. Er hatte die Calvaner dazu aufgerufen, die Vier Brücken gegen Thalasis Angriffe zu halten, bis Verstärkung eintraf. Er war der Mann, der auf dem Feld von Bergtor die Elfen gerettet hatte, indem er von seinen eigenen Wünschen abließ und mit dem Pegasus den Weg für Arien Silberblatt bahnte. Denn es schickte sich, dass der Elfenherrscher es war, der Ungden tötete, den Usurpator, der sein Heer nach Norden geführt hatte, um Ariens Volk gänzlich zu vernichten. Immer war Belexus selbstlos gewesen, hatte nur gegeben und den Ehrenkodex der Waldwächter nicht infrage gestellt, die Verpflichtung auf eine Reihe von Grundsätzen und Prinzipien, die dem Wohl der Welt und nicht dem der Waldwächter galten.

Doch jetzt … jetzt, da Brielle diesen Mann davon unterrichtet hatte, dass der Totengeist noch zugange war, nach der Schwächung der Magie in der letzten, verzweifelten Schlacht vielleicht das mächtigste Wesen in ganz Aielle, jetzt hatte Belexus sich verändert. Seine Gedanken kreisten um den armen Andovar, und sein Zorn wurde allesverzehrend. In letzter Zeit kannte er kein Lächeln mehr, nur das Grinsen einer grausamen Schadenfreude, das mehr einer Grimasse glich und das er nur zeigte, wenn er einen Talon niedergehauen hatte.

Brielle, die so sanft und weise war, hatte Geduld mit ihm. Sie wusste, dass er in seinem Zorn ein Gelübde abgelegt hatte, das alles andere überlagerte: den Schwur, er werde Andovars Tod rächen. Da dies unmöglich zu sein schien, wuchs der Unmut des Waldwächters. Vielleicht würde er vergehen, wenn sich die Finsternis weiter in die Kored-dul-Berge zurückzog und die Zeit selbst jene bitteren letzten Bilder aus Andovars Leben durch Erinnerungen an bessere Zeiten ersetzte, die Belexus und Andovar im Laufe der Jahrzehnte geteilt hatten.

Belexus nickte und verbeugte sich leicht, dann wanderte er in den Wald davon, da er es vorzog, allein zu sein. Brielle fragte sich, ob Belexus jemals wirklich darüber hinwegkommen würde, dass er unfähig war, sein Gelübde zu erfüllen.

»Er ist garstig geworden«, sagte die schöne Zauberin zu Calamus. Der Pegasus, der viel intelligenter war als gewöhnliche Pferde, schnaubte und scharrte mit den Hufen auf dem Boden.

Die Wahrheit ihrer Worte quälte Brielle, und so beschloss sie, etwas zu unternehmen, um Belexus zu helfen, denn obwohl er es nicht zugeben würde, brauchte er sie jetzt.

Bei Sonnenuntergang begann die Smaragd-Zauberin ihre Vorbereitungen an einer Wasserkuhle, einer Aushöhlung voller Schmelzwasser im Stumpf einer uralten Eiche, die in dem magischen Kampf der Zauberin gegen Morgan Thalasi gefällt worden war. In dem Baum wirkte immer noch ein Nachhall von Macht, wie Brielle wusste, in den tiefsten Wurzeln und den inneren Ringen, die das Heraufdämmern und Absterben von Jahrhunderten erlebt hatten. Deshalb begann Brielle hier ihren Zauber, goss Öle ins Wasser, tanzte singend um den Baum, opferte ein paar Tropfen von ihrem Blut und übertrug all ihre Gedanken und Wünsche auf die so entstandene Mischung. Sie konzentrierte diese Gedanken auf den Totengeist, und bald erschien im Wasser das schwarze Bild des untoten Mitchell.

Brielles Wahrsagekunst hatte ihn gefunden, wie er gerade aus einer kleinen Höhle – seiner Zuflucht vor dem Tageslicht, wie es schien – hervorgekrochen kam und in die Nacht hinaustrat. Die bloße Tatsache, dass sie das Gespenst so rasch ausfindig gemacht und ihr Zauber dessen Gegenwart so leicht gespürt hatte, obwohl er offensichtlich weit entfernt war, zeigte ihr, wie mächtig Mitchell geworden war. Jetzt wandte sich die Zauberin an das tiefste Wissen des Baumes, an das Wissen der Erde selbst, und bat um einen Hinweis, wie etwas so Verderbtes wie der Totengeist vernichtet werden konnte und welche Magie dieses Wesen zumindest verletzen mochte.

Das Wasser trübte sich, dann erschien ein kleiner Punkt in der Mitte. Und an diesem Punkt sah die Zauberin unter der Wasserfläche einen Kahn, den eine hagere Gestalt in einem langen Gewand stakte und der immer näher und näher kam.

Dann war das Bild verschwunden, mit ihm die Trübung des Wassers, und in der Kuhle blieb nur klares Wasser zurück, in dem sich die ersten Sterne des Abendhimmels spiegelten.

Brielle stieß einen langen Seufzer aus; vielleicht gab es eine solche Waffe gar nicht. Vielleicht hatte Thalasis Eindringen an Orte, wo kein Sterblicher hingehörte, einen Schrecken über Aielle losgelassen, der in Ewigkeit andauern würde.

»So ist es nicht«, ertönte eine leise, heisere Stimme hinter Brielle. Sie erstarrte, zutiefst erstaunt, dass irgendjemand sich hier in Avalon an sie heranschleichen konnte, und verwundert darüber, dass ihre vielen Freunde im Wald sie nicht vor diesem Ankömmling gewarnt hatten, dessen Anwesenheit sie jetzt so deutlich spürte, so kalt und tödlich. Langsam wandte sie sich um, in der Meinung, sie würde dem Totengeist gegenüberstehen und Mitchell sei irgendwie durch ihre Wahrsagerei zu ihr gelangt, um sie zu vernichten.

Als sie den Sprecher erblickte und erkannte, erbleichte ihr schönes Gesicht noch mehr. Nicht Mitchells Gespenst stand da, und nicht Thalasi, sondern jemand, der weit dunkler und geheimnisvoller war.

Der Tod selbst war nach Avalon gekommen.

In Gedanken verloren, brauchte Belexus ziemlich lange, bis er bemerkte, dass der winterliche Wald um ihn herum seltsam still war. Die Nachtvögel schwiegen und selbst die Schnee-Eule, die immer in der Nähe zu sein schien. Doch es war mehr als die Abwesenheit von Tieren, es war, als sei der gesamte Wald plötzlich in ein tiefes Schweigen verfallen: der Wind, die Bäume, die ewige Musik von Avalon.

Der Waldwächter entdeckte Calamus, der niedrig herangeflogen kam, auf einer nahen Lichtung landete und dann so heftig am Boden scharrte, wie Belexus es bei dem Tier noch nie erlebt hatte.

»Was ist los?«, fragte der Waldwächter. Der Pegasus schnaubte, doch dieser Laut klang unnatürlich gedämpft, als wäre er von sehr fern gekommen und als sei die Luft selbst mit Schrecken erfüllt. Etwas stimmte nicht, erkannte Belexus, als würde das Herz von Avalon selbst …

»Geht es um Brielle?«, fragte der Waldwächter leise. Er wagte kaum zu atmen.

Wieder schnaubte Calamus und stampfte mit seinem Vorderhuf kräftig auf den Boden.

Belexus rannte über die kleine Lichtung und sprang auf den Rücken des geflügelten Pferdes. Calamus galoppierte los, sprang hoch in die Luft und schlug kräftig mit seinen Schwingen, um über die Bäume emporzusteigen. Ross und Reiter waren von einem Gefühl gepackt, die natürliche Ordnung sei verkehrt und eine Finsternis herrsche an jenem Ort, wo sich die Smaragd-Zauberin befand.

»Arawn«, sagte Brielle ruhig und achtungsvoll. Dies war ihr Name für diesen Geist, der allen das Ende brachte. Sie war wirklich überrascht und bestürzt, denn obwohl sie wusste, dass Thalasis Raub an den universalen Mächten sie wie alle Magier von Aielle geschwächt hatte, so hatte sie doch gemeint, sie sei noch bei bester Gesundheit. »Ist meine Zeit so schnell vergangen, dass ich dich nicht einmal erwartet habe?«

»Ich bin nicht wegen Brielle gekommen«, verkündete die Verkörperung des Todes.

»Wegen wem dann?«, wagte Brielle zu fragen, obwohl es ihr nicht zustand zu erfahren, zu wem der Tod kommen wollte. »Wegen Bellerian, der schon alt ist?«

Sie bekam keine Antwort. Der Geist stand regungslos da und stützte sich schwer auf seine Sense.

»Dann wegen Belexus?«, fragte die Zauberin furchtsam, doch sobald sie ihre eigenen Worte hörte, wusste sie, dass sie, wenn dies der Fall war, es wirklich nicht wissen wollte!

Der Geist neigte seinen mit einer Kapuze bekleideten Kopf seitwärts und betrachtete sie neugierig.

»Wenn du vorhast, Belexus mit dir zu nehmen, dann werde ich für sein Leben kämpfen!«, erklärte Brielle, obwohl sie wusste, dass dies eine närrische und unausführbare Prahlerei war, denn sie konnte genauso wenig gegen den Tod kämpfen, wie sie Avalon niederbrennen konnte. Dieser Geist und ihr Wald waren eins, waren beide Verkörperungen der natürlichen Ordnung des Universums, und Brielle bezog ihre Macht vollständig aus genau dieser Ordnung. Sie konnte nicht gegen den Tod kämpfen; sie, die der Ersten Magie diente, der Schule der Natur, konnte am wenigsten von allen hoffen, gegen dieses elementarste aller Wesen zu kämpfen.

»Verzeih mir«, sagte sie und senkte respektvoll ihren Blick.

»Ich bin nicht wegen Belexus gekommen«, erwiderte

Araun düster – Düsterkeit war der einzige Ton, den der Tod jemals benutzte, dachte Brielle. »Wenn dir an ihm gelegen ist, solltest du jedoch fürchten, dass er vielleicht hinter mir her ist!«

Die Zauberin blickte neugierig auf, denn sie verstand nicht – bis sie am Tod vorbeischaute und den Waldwächter sah, der auf Calamus herbeigeflogen kam, direkt auf den Rücken des Gespensts zu. Belexus hatte jedoch nicht sein Schwert gezogen und schien nur auf die Zauberin zu schauen. In seinem Gesicht waren Neugier und Erleichterung zu lesen.

»Er kann dich nicht sehen«, bemerkte Brielle, und das stimmte natürlich. Nur die Zauberer hatten den besonderen Blick, kein gewöhnlicher Mensch, nicht einmal ein Elf konnte den Tod sehen, bis seine letzte Stunde gekommen war, der Zeitpunkt des Übergangs in die andere Welt.

»Und das ist sein Glück«, bemerkte Arawn. »Ich bin nicht in der Stimmung, die Narrheiten geringerer Wesen zu ertragen.«

Da sandte Brielle, einer plötzlichen Eingebung folgend, ihre Gedanken aus und ließ sie in Calamus' Bewusstsein strömen. Sie ließ den Pegasus wissen, dass sie keine Angst hatte und dass dies jetzt nicht der geeignete Ort für ihn war, und ganz gewiss auch nicht für Belexus. Der Waldwächter schickte sich gerade an, sein Bein über den Rücken seines Reittiers gleiten zu lassen, da hob Calamus seine gewaltigen Schwingen, brach die Landung ab und stieg steil in den nächtlichen Himmel empor.

Brielle hörte die Protestrufe des Waldwächters, die immer leiser wurden, während ihn der Pegasus, ihrem telepathischen Befehl gehorchend, weit fort trug.

»Also, wegen wem bist du dann gekommen?«, fragte die Zauberin den Tod, als die Störung vorbei war. »Falls ich es wissen dürfte. Und wenn nicht, warum

hast du dir dann die Zeit genommen, mich zu besuchen?«

»Besuchen?«, wiederholte das Gespenst, und ein Anflug von Ungläubigkeit mischte sich in seinen ernsten
Ton. »Nein, Jennifer Glendower«, sagte es und benutzte damit Brielles älteren Namen, den ihre Mutter
und ihr Vater ihr vor Jahrhunderten gegeben hatten,
damals, vor *e-Belvin Fehte*, den tötenden Feuern, vor
der Morgendämmerung von Ynis Aielle. »Ich bin nicht
wegen irgendjemandem gekommen – in diesen dunklen Zeiten kommt man leicht genug zu mir.« Das Gespenst stieß einen krächzenden Laut aus – ein sarkasti-
sches Glucksen? –, das Brielles Nackenhaare zu Berge
stehen ließ. Der Tod war das ernsteste und düsterste
Wesen im ganzen Universum, jener Einzige der Colonnae, der nicht lachen konnte – und gewiss nicht lachen
sollte.

»Und dein Freund, der Waldwächter, hatte mich in
den letzten Wochen beschäftigt gehalten«, fuhr das Gespenst fort. »Das kann man wohl sagen!«

»Warum bist du gekommen?«, drang Brielle ohne
Umschweife in ihn. Furcht und Faszination gestatteten
ihr nicht, in diesem höchst ungewöhnlichen Gespräch
eine Abschweifung zuzulassen.

Der Tod antwortete nicht, doch im Laufe dieser un-
behaglichen Pause kam der klugen Zauberin die Lösung des Rätsels. »Du bist über Thalasi erzürnt«, vermutete sie. »Er hat dir etwas weggenommen.«

»Und das nimmt er mir immer noch«, bestätigte der
Tod.

Brielle atmete jetzt um vieles leichter, da ihr die
Wahrheit aufging. Thalasi hatte Mitchell dem Griff des
Todes entrissen, und das durfte das düstere Colonnae-
Gespenst nicht dulden. »Dann hasst du das schwarze
Wesen so sehr wie wir alle«, stellte die Zauberin fest.
»Und kannst du es vernichten?«

»Thomas Morgan, und Martin Reinheiser, die beiden, die eins geworden sind, haben sogar mich besiegt«, erklärte das Gespenst des Todes.

Brielle war verwundert, zum einen wegen der Enthüllung, dass der bislang unbesiegbare Tod offenkundig besiegt worden war, zum anderen, weil er Morgan Thalasis Geburtsnamen, Thomas Morgan, verwendete, einen Namen, den die Zauberin seit vielen Jahren nicht mehr gehört hatte. Überdies war die Erwähnung beider, Thomas Morgan und Martin Reinheiser, wirklich bedeutungsvoll. Die beiden waren eins geworden, wie Brielle vermutet und der Tod soeben bestätigt hatte. Noch eine weitere Perversion, überlegte Brielle. Eine weitere Schmähung der natürlichen Ordnung, die man auf Thalasis lange Liste setzen musste.

»Thalasi ist jetzt nicht mehr so stark«, erklärte Brielle und hoffte dabei, der Tod würde auf der Stelle den elenden Thalasi und zugleich auch Mitchell zu sich holen. »Er hat das Gewebe …«

»Mit ihm bin ich quitt«, unterbrach sie das Gespenst, bevor sie in Fahrt geraten konnte.

»Was willst du dann?«, fragte Brielle ungeduldig und aufs Neue nervös.

»Was mir von Rechts wegen gehört«, erwiderte der Tod nüchtern.

»Hollis Mitchell.«

»Möge er ruhen in Frieden.«

»Dann zeige mir, wie ich ihn dir ausliefern kann!«, knurrte Brielle. »Du kannst ihn nicht selbst zurückholen, so scheint es, sonst hättest du es schon getan. Also zeige mir, wie ich dir helfen kann!«

»Das ist es, wonach du das Wasser gefragt hast«, sagte der Tod ruhig. »Und deshalb bin ich gekommen.«
Das Gespenst hob einen knochigen Arm und zeigte mit den Skelettfingern an der Zauberin vorbei auf den Baumstumpf.

Brielle trat heran und blickte in das dunkle Wasser. Während die Spiegelung der vielen Sterne am Himmel erlosch, erschien deutlich das Bild eines Schwertes.

Und was für ein Schwert! Es war mit Diamanten besetzt und leuchtete in seinem eigenen inneren Licht. Sie starrte eine lange Zeit darauf, sah in das Schwert hinein und durch es hindurch, schaute nur einige wenige Augenblicke auf die weite Umgebung – doch lange genug, um einen verborgenen Schatz zu sehen, der all ihre Vorstellungskraft überstieg, und den geschuppten Wächter, der – seine Schwingen um sich gefaltet – behaglich schlief.

Die Zauberin hielt den Atem an und wandte sich um, doch Arawn, der Tod, war fort. Sie schaute wieder auf die Wasserfläche, doch dort sah sie jetzt nur noch die Spiegelung der Sterne.

»Brielle!«, ertönte ein verzweifelter Schrei. Belexus kam keuchend und stolpernd durch den Wald gerannt. Er stürmte auf die Lichtung und schwang sein Schwert – ein Schwert, das der Zauberin immer so großartig vorgekommen war, obwohl sie sich nur wenig um Kriegswerkzeug kümmerte. Doch im Vergleich zu der Vision, der sie soeben teilhaftig geworden war, wirkte dieses Schwert eher gewöhnlich.

KAPITEL 4

Von diesem Bösen konnte er nichts wissen

Die junge Zauberin schaute angestrengt auf den Wasserspiegel, den sie ganz nach den Unterweisungen ihrer Mutter hergerichtet hatte, doch das Bild wollte nicht Gestalt annehmen. Sie wusste, dass Talons in der Gegend waren, aber aus Gründen, die sie nicht verstand, war Rhiannons magisches Auge für sie blind.

Hinter ihr ging Bryan nervös auf und ab und fingerte am Heft seines Schwertes herum. Ein hungriger Löwe, so schien es, der ungeduldig darauf wartete, die Beute in der Nähe zu erlegen.

Bryans Unruhe spornte Rhiannon an und drängte sie, es noch einmal energischer zu versuchen. Sie schickte ihr Herz und ihre Seele in das dunkle Wasser, stach sich in den Finger und mischte einen Teil von sich selbst, einen Tropfen ihres eigenen Lebensblutes hinein, doch sobald sie den roten Tropfen in das Wasser fallen ließ, erkannte sie zu ihrem Schrecken, dass sie ihn niemals zurückbekommen würde. Irgendwie hatte sie dadurch, dass sie sich selbst in die Magie einbrachte, diesen Teil ihrer selbst für immer verloren.

Sie wusste dies jenseits aller Zweifel, und plötzlich spürte die junge Zauberin, dass ihr Atem schwer ging. Nach allem, was sie in Avalon gelernt hatte, sollte die Anwendung von Magie anders vonstatten gehen. Ihre Mutter hatte seit Jahrhunderten die Zauberei ausgeübt und war durch die Herbeirufung der universalen Mächte nur gewachsen, nicht geschrumpft. Und doch fühlte sich Rhiannon nur wenige Monate, nachdem sie ihre Macht gefunden hatte, geschwächt; es kam ihr vor, als würde die Magie ständig nur von ihr nehmen und sie am Ende vollständig aufsaugen. Sie dachte dann an ihren Vater, den sterblichen Menschen, der kein Zauberer gewesen war. Vielleicht, so fürchtete sie, war ihre Magie nicht rein, denn anders als die vier älteren Zauberer von Ynis Aielle war Rhiannon nicht von den Colonnae entrückt worden, um die Mysterien des Universums zu erlernen, damit sie die universalen Kräfte verstünde, über die sie so leicht verfügte.

Die junge Zauberin konnte natürlich nicht wissen, dass alle Magie geschwächt war, dass auch ihre Mutter und Ardaz, Istaahl und Thalasi mit jedem Aufwand an magischer Energie einen persönlichen Verlust erlitten. Wie Rhiannon jedoch richtig vermutete, war der Preis für sie größer als für die anderen. Da sie so jung und unerfahren war, erkannte Rhiannon die Barrieren nicht, die sie mit jedem Zauber überwinden musste, und sie kannte nicht den Preis, bis er ihrem zunehmend schwächeren Körper abverlangt wurde.

Die verzweifelten Gedanken verflogen, als das Bild im Wasser endlich deutlich wurde. »Fünf sind es«, sagte die junge Zauberin zu Bryan und bemühte sich dabei, ihre Stimme ruhig und gelassen klingen zu lassen. »Sie errichten ihr Lager auf dem Felssporn direkt südlich vom Krummweidenpass. Wir werden sie ganz leicht finden, denn sie zünden ein großes Feuer an, um die Kälte zu vertreiben.«

Bryan blickte instinktiv nach Nordosten, in die Richtung, die Rhiannon angegeben hatte, als erwartete er, das Lagerfeuer in den dunkler werdenden Bergen auflodern zu sehen. Der Felsvorsprung, von dem Rhiannon gesprochen hatte, war jedoch gut abgeschirmt, und der junge Mann wusste, dass er aus dieser Perspektive nichts sehen würde, besonders jetzt nicht, da der Himmel noch hell war von den letzten Strahlen des kalten Tages.

»Heute Abend«, sagte er ruhig.

Rhiannon strich sich das schwarze Haar aus dem Gesicht, um Bryan besser sehen zu können, denn sie kannte diesen Tonfall, den Bryan annahm, wenn er ein Gemetzel plante.

»Morgen«, setzte Rhiannon gegen die kalte Entschlossenheit des jungen Halbelfen.

Bryan schaute sie skeptisch an.

»Ich brauche meine Ruhe«, erklärte die junge Zauberin.

Bryan nickte und versuchte den Blick von Rhiannon abzuwenden, da er nicht wollte, dass sein Ausdruck vorwurfsvoll wirkte. »Morgen«, stimmte er ihr zu, offensichtlich unzufrieden, aber dennoch versöhnlich gegenüber dieser Frau. »Wenn du bereit bist.«

An diesem Abend musterte Bryan die Zauberin jedes Mal, wenn er dachte, ihr Blick sei auf etwas anderes gerichtet.

Rhiannon bemerkte es. Sie fühlte eindringlich seine Blicke und auch die stummen Seufzer, die sie begleiteten: die Blicke eines ungeduldigen Liebenden. Sie kannte sie und verstand sie gut, denn ihre eigenen Blicke auf Bryan waren nicht viel anders, wie sie zugeben musste – zumindest vor sich selbst.

Sie waren kein Liebespaar, noch nicht, und keiner von beiden hatte schon mit einer offenen Geste die Leidenschaft, die in ihnen wuchs, gezeigt. Rhiannon, die ältere von beiden, wunderte sich darüber und fragte sich, ob Bryan die gleichen Aufwallungen empfand wie sie und ob sie in ihrer Romanze die Führung übernehmen sollte.

Aber ihr war klar, dass sie das nicht konnte. Sie schloss die Augen und suchte Trost im Schlaf. Sie konnte es sich nicht einmal leisten, darüber nachzudenken. Nicht hier draußen und nicht jetzt.

Bryan beobachtete sie die ganze Zeit, warf ihr verstohlene Blicke zu und hielt die Eindrücke in seinem Herzen fest. Er wollte zu ihr gehen und sie küssen und sie umarmen, und das wollte er mehr als alles auf der Welt.

Doch Bryan, der für seine sechzehn Jahre so reif war, so mitfühlend und verständnisvoll und auch so pragmatisch, und der gezwungen gewesen war, inmitten von Tragödien und Katastrophen heranzuwachsen, konnte den offensichtlichen Stillstand ihrer Beziehung akzeptieren. Er verstand, dass es etwas gab, das Rhiannon zurückhielt, etwas Tiefes und Mächtiges. Doch er wusste, dass sie ihn mochte, jeden Tag mehr, mit einer aufkeimenden Liebe, die sie ihm bald genug gestehen würde.

Seine Blicke in dieser Nacht waren jedoch nicht die eines liebeskranken Jünglings, sondern von Sorge und einer sehr realen Furcht geprägt. Bryan hatte gesehen, was der Wahrsagezauber Rhiannon abverlangt hatte und wie ihre Schultern zusammensackten, als sie einen Tropfen Blut in das Wasser fallen ließ. Er sah, dass die Magie an ihr zehrte und sie allmählich umbrachte, und doch ahnte er, dass Rhiannon – so selbstlos und so sehr dem Guten in der Welt verpflichtet – nicht aufhören würde. Sie würde weitermachen, bis ihre Schultern zu Boden sanken und der letzte Atem aus ihrem Leib wich.

Dieses Bild erschütterte Bryan mehr als alles in der Welt, mehr als die Gedanken an seinen Vater, der tapfer bei der Verteidigung seiner Stadt gestorben war, mehr auch als alle Gedanken an seinen eigenen Tod.

Er wartete, bis Rhiannon eingeschlafen war. Es dauerte nicht lange, dann brach er allein in die bitterkalte Nacht auf. Es war an der Zeit, dass er etwas von dem ungeheuren Druck wegnahm, der auf der jungen Zauberin lastete.

Von ihrer Wahrsagerei erschöpft, schlief Rhiannon in dem Glauben, ihr Gefährte wache über sie.

Bryan spürte den eisigen Nordwind sogar durch den dicken Mantel, den er aus einem verlassenen Bauernhof mitgenommen hatte. Auf den südlichen Ebenen von Calva war der Winter nicht so schlimm, aber so hoch oben in den Baerendels kam er früh und blieb lange. So war der junge Mann nicht überrascht, als er endlich auf dem Felsvorsprung, von dem Rhiannon gesprochen hatte, das Licht eines lodernden Feuers erblickte.

Er machte einen Umweg und begab sich über dem Talon-Lager auf ein zweites, höheres Plateau, wo er aus einer Höhe von etwa fünfzehn Fuß das Talon-Lager überblicken konnte. Er kroch vorsichtig bis zum Rand vor; der Wind hatte allen Schnee vom Felsen geweht, aber es gab noch Überreste von gefährlichem Eis. Wenn er ausrutschte, würde er über den Rand stürzen und einen tausend Fuß hohen Berghang hinabpurzeln, und selbst wenn er nicht fiel, so bestand doch die Gefahr, dass er die Talons darauf aufmerksam machte, dass sie nicht allein waren, und das würde ihn in eine verzweifelte Situation bringen.

Bryan bedachte dies, und mit aller gebotenen Vorsicht gelang es ihm, bis an den Rand des Felsens vorzurücken. Als er hinabspähte, war er kaum überrascht, dass er die Szene genau so vorfand, wie Rhiannon sie beschrieben hatte. Fünf Talons waren um ein Feuer versammelt, das aus hoch aufgeschichteten Scheiten brannte. Zumindest zwei der Unholde schliefen schnarchend, und nur einer hatte sich aufgerichtet und ging langsam in einem engen Kreis um das Feuer.

Bryan zog den Mantel enger um sich und versuchte

zu verhindern, dass seine Augen im Wind tränten. Die Vernunft legte ihm nahe, er solle noch warten, bis das Lager gänzlich zur Ruhe gekommen war und alle Talons bis auf die Wache eingeschlafen waren. Aber die Umstände sagten dem jungen Mann, dass er nicht mehr lange warten konnte. Seine Finger kribbelten schon, ein Vorzeichen, dass sie bald taub würden, und in seinen Körper kam eine derartige Kälte gekrochen, dass er fürchtete, sie würde seine Klinge langsam machen. Am schlimmsten war, dass er sich hier, so nahe an seinen Feinden, nicht einmal bewegen konnte, um etwas Körperwärme zu erzeugen.

Bryan stellte sich Rhiannons Gesichtsausdruck vor: Entsetzen, Empörung und Verachtung für seine Torheit, wenn sie am Morgen auf der Suche nach ihm vorbeikäme und ihn erfroren an den Fels gelehnt vorfände, umgekommen, bevor er überhaupt sein Schwert gegen die Talons erhoben hätte, die gar nichts von seiner Anwesenheit wussten.

Dieser Gedanke setzte ihn in Bewegung – in eine einzige, fließende Bewegung, mit der er sich umdrehte, seine Beine über den Rand des Felsvorsprungs brachte und dann langsam hinabglitt, bis er sich schnell auf den unteren Fels fallen ließ, während des Sprungs sein Schwert zog und leicht neben der Wache landete.

Der Talon stieß erst einen Laut der Überraschung, dann einen des Schreckens aus, als Bryans Schwert ihm durch die Brust drang.

Der junge Krieger wirbelte herum, schlug mit dem Schwert um sich und hieb dem zweiten Talon hart über die niedrige Stirn, als dieser aufzustehen versuchte. Bryan sprang zur Seite und stach wiederholt auf den dritten Talon ein, bis eine Bewegung von dem hartnäckigen zweiten erneut seine Aufmerksamkeit erforderte.

Der Talon, dem das Blut über das Gesicht strömte,

hatte sich kauernd aufgerichtet und hielt seine Stachel-
keule schützend vor sich.

Bryan stieß nach vorn, bremste seine Wucht, änderte
den Winkel mitten im Schwung und stach tückisch
zu, doch der Talon, im Kampf nicht unerfahren, drehte
sich weg und blockierte den Streich mit seiner Keule.
Bryan drang vorwärts, der Talon wich zurück, Schritt
für Schritt.

»Du wirst keine Blöße finden, Mensch«, höhnte der
Unhold und grinste so breit, dass seine spitzen gelben
Zähne zu sehen waren. »Garinks Freunde wachen auf.«

Bryan hielt inne, dann drang er wieder vor und stieß
fest mit dem Schwert zu. Garink war zu weit von Bryan
entfernt, als dass der Stoß getroffen hätte, doch Bryan
wusste auch, dass der zurückweichende Unhold ein
wenig zu weit zurückgewichen war. Der Talon konterte
den ersten Stoß, während er rückwärts hüpfte, mit
einem breiten Grinsen, das in höhnisches Gelächter
überging.

»Garinks Freunde wachen auf«, sagte er erneut,
lachte noch lauter und hüpfte wieder zurück, sodass
Bryans zweiter Stoß zu kurz ausfiel und keinen Schaden anrichtete.

Oder doch? Denn plötzlich wurde aus dem Gelächter des Talons ein Schrei reinsten Schreckens, als der
Unhold über den Rand des Felsvorsprungs rutschte
und in die Finsternis hinabstürzte.

Bryan eilte zurück zum Feuer und traf auf den vierten aus der Gruppe, der sich gerade benommen aufrappelte.

»Höö?«, fragte der Talon, während er sich den Schlaf
aus den Augen rieb und feststellte, dass hier kein
Talon, sondern ein Mensch vor ihm stand.

Bryan packte die Kreatur an ihrem strähnigen Haar,
riss ihr den Kopf zurück und hob das Kinn – ein Ziel,
das seine Schwertspitze schnell fand. Er zog die Klinge

flink zurück, als ihr Werk vollendet war, dann schritt er über den flachen Felsen, schleifte den sterbenden Talon hinter sich her und schleuderte ihn mit einer mächtigen Drehung seines schlanken Körpers vom Felssims.

Damit war nur noch einer übrig. Bryan schüttelte den Kopf, als er den Talon betrachtete, der tief und fest schlief, obwohl seine vier Gefährten alle tot waren. Er tötete ihn mit einem einzigen Streich, dann rollte er ihn und die übrigen zwei vom Felsen. Schließlich ließ er sich am Feuer nieder, um die nächtliche Kälte aus seinen Gliedern zu vertreiben. Als er sich in der Wärme sanft wiegte und sie in seinen frierenden Körper eindringen ließ, kam ihm der Gedanke, er hätte die Leichen nicht so schnell beiseite schaffen, sondern ihnen etwas abnehmen sollen, vielleicht die Ohren, um Rhiannon zu beweisen, dass er die Aufgabe erfüllt hatte.

»Rhiannon«, flüsterte der junge Mann in die tanzenden Flammen und stellte sie sich schlafend vor, wie er sie zurückgelassen hatte, so sanft und so schön.

Mit diesem nicht unangenehmen Bild in seinem Bewusstsein schlief er ein.

»Bryan.«

Das Wort kam aus der Ferne, vielleicht aus den Tiefen seines Traums. Geflüster seiner Geliebten – kein Ruf, sondern nur die Nennung seines Namens, als Anerkennung, dass er die andere Hälfte einer Liebe war, die sie beide umfasste.

»Bryan«, sagte Rhiannon erneut, diesmal nachdrücklicher, und stupste den im Traum lächelnden Halbelfen in die Seite.

Bryan öffnete ein schlaftrunkenes Auge. Sein verschwommener Blick wurde allmählich klar und zeigte ihm zuerst geschwärzte Holzscheite, die da und dort noch glühten. Sein Lächeln verging langsam, als ihm klar wurde, wo er sich befand: im Lager der Talons.

Dort hatte ihn der Morgen gefunden, und Rhiannon, die vor ihm stand, hatte ihn hier entdeckt. Sie hatten also die Nacht nicht in einer Umarmung verbracht. Das war nur ein Traum.

»Bryan?«

»Hier bin ich«, erwiderte er benommen, rollte sich auf die Seite und streckte seinen schmerzenden Rücken.

»Bist du verletzt?«, fragte die Zauberin.

Er überdachte einen Moment lang diese Möglichkeit und ließ sich noch einmal die Ereignisse des vorangegangenen Abends durch den Kopf gehen – die tatsächlichen Ereignisse und nicht seine Phantasien – und schüttelte den Kopf. »Nein. Nicht verletzt. Ich habe keinen einzigen Kratzer abbekommen.«

Ihre Reaktion verdutzte ihn, denn sie trat zu ihm, kauerte sich nieder und boxte ihn kräftig in den Magen. »Du Narr«, schalt sie ihn, und ihr Ärger war nicht gespielt. »Wie kommst du dazu, von meiner Vision auf deine eigene dumme Weise Gebrauch zu machen?«

»Ich habe … Was meinst du damit?«, stammelte Bryan und rollte sich abwehrend zusammen, als Rhiannon ihn erneut boxte.

»Wer hat dir gesagt, du sollst allein losgehen?«, fuhr die junge Zauberin hitzig fort. »Wer hat dir gesagt, das sei allein dein Kampf?«

»Du hast dir also Sorgen gemacht«, erwiderte Bryan mit einem knabenhaften Lächeln, dessen unbezweifelbarer Charme Rhiannons Zorn etwas linderte.

»Natürlich habe ich …«, begann die Zauberin, aber sie hielt inne, als sie überrascht feststellte, wohin dieses Gespräch führen könnte.

»Ha!« Bryan lachte in das Morgenlicht, klatschte in die Hände und sprang behände auf. »Du machst dir also Sorgen, Tochter der Brielle«, sagte er und stupste sie mit dem Finger, »und das kannst du nicht leugnen.«

»Du bist mein Freund«, erwiderte die Zauberin ernst. »Das würde ich nicht abstreiten.«

Bryans Augen richteten sich eindringlich auf sie. »Nur ein Freund?«, fragte er mit einem Kichern.

Rhiannons kalter Blick erstickte die Fröhlichkeit des jungen Mannes und sagte ihm deutlich, dass er zu weit gegangen war.

»Du bist mein Freund«, sagte sie aufs Neue. »Wir haben zusammen gekämpft und sind gemeinsam stark, und dann verschwindest du ohne ein Wort der Erklärung und gehst ein solches Risiko ein, ohne mir auch nur die Gelegenheit zu geben, dir zu sagen, ob es richtig ist oder nicht ...« Sie verstummte und schaute zur Seite. Dabei kaute sie auf ihrer Unterlippe, und ihre blauen Augen trübten sich plötzlich.

»Das wollte ich nicht«, begann Bryan, eilte zu ihr und kauerte sich neben ihr nieder. »Dieser Kampf war nichts für dich«, versuchte er zu erklären.

»Diese Entscheidung muss ich selbst treffen«, sagte Rhiannon mit Nachdruck und wich seinem Blick aus.

»Nein«, widersprach ihr Bryan. Er sagte es so grob, dass sie ihn anschaute, mit einem Blick, in dem sich Neugier und aufkeimender Zorn mischten. »Du hast keine Wahl. Du hättest dich mir angeschlossen, ganz gleich, wie erschöpft du gewesen wärst, weil du dies als deine Pflicht betrachtest. Du hättest mir mit deiner Magie geholfen – trotz des Preises, den du dafür zahlst –, weil du meinst, du müsstest das tun. Doch dieser Kampf war für mein Schwert allein keine so schwierige Aufgabe.«

Die junge Zauberin wollte wieder den Blick abwenden, aber Bryan fasste sie am Kinn und zwang sie, ihn anzuschauen.

»Du hättest versucht, mich zu beschützen, wie ich dich beschützen würde, aber diese Anstrengung hätte dich mehr verwundet, als diese erbärmlichen Talons

57

mich je verwunden könnten.« Er ließ sie los und fuhr ihr mit den Fingern sanft über die Wange. Rhiannon wich dieser Liebkosung nicht aus.

»Verstehst du denn nicht, meine Rhiannon«, sagte er eindringlich. »Indem ich verhindert habe, dass du mich beschützt, habe ich dich beschützt.«

Sie schaute ihn eindringlich an.

»Hättest du nicht genauso gehandelt?«, fragte er sanft.

»Hier geht es nicht um mich, Bryan von Corning«, sagte die Zauberin plötzlich heftig. »Und nicht um dich. Wir sind hier, weil die ganze Welt unseren Kampf braucht. Gewiss ist das doch etwas Bedeutenderes als ich oder du oder alles, was deiner Meinung nach zwischen uns sein mag.« Dann riss sie sich von ihm los, stand auf und trat schnell aus der Reichweite seiner Arme.

»Dann denk doch an die ganze Welt«, rief Bryan hinter ihr her und erhob sich ebenfalls. »Denk doch daran, wie wenig Gutes eine todmüde Rhiannon für die Welt tun kann im Vergleich dazu, was eine ausgeruhte Rhiannon erst vor wenigen Monaten vollbracht hat. Wie viele hast du denn bei der großen Schlacht geheilt? Und wie viele Talons hast du mit deiner Magie getötet? Und all das, bevor du mit dem Schwarzen Hexer kämpftest! Bevor du, Rhiannon von Avalon, den Schwarzen Hexer auf den Boden gestreckt und wieder in sein dunkles Loch geschickt hast!«

»Das war ich nicht allein«, antwortete die Zauberin leise. Die schmerzvollen Erinnerungen an jene schreckliche Schlacht milderten ihren Zorn. Sie schaute zur Seite, über den Rand des Plateaus hinweg, hinaus in die weite Welt, die sich vor ihr erstreckte.

»Doch wie viel könntest du jetzt vollbringen?«, drängte Bryan weiter. »Wenn hundert schwer verwundete Soldaten deiner bedürften, wie viele würden jetzt überleben?«

Rhiannon schaute ihn an und sagte nichts; ihr waren die Antworten ausgegangen.

»Ruhe dich aus, meine Rhiannon«, flehte Bryan sie an. »Komm wieder zu Kräften, und sei bereit für den unvermeidlichen Zeitpunkt, wenn ich dich wirklich brauche, wenn die ganze Welt dich braucht. Benutze deine Wahrsagerei, um mein Schwert in die richtige Richtung zu lenken, aber dann überlass es mir, mich um die Schurkenbanden zu kümmern. Ich werde allein mit ihnen fertig.«

»Heute wird es schneien«, sagte Rhiannon unvermittelt und schickte sich an zu gehen, doch zuvor nickte sie dem jungen Krieger versöhnlich zu. »Es wäre nicht gut, wenn der Schnee uns im Gebirge erwischt.«

Sie gingen den Berg hinab in ein geschütztes Tal und trafen an jenem Tag auf keine Talons mehr. Wie Rhiannon vorausgesagt hatte, begann Schnee zu fallen, doch hier unten im Tal war er sanft, nicht windgepeitscht und beißend kalt wie auf den höheren Plateaus. Bryan versuchte immer wieder, das Gespräch auf die Talons zu lenken und Rhiannon zu verdeutlichen, welche Rolle ihr in ihrem Bündnis zufiel. Nach Bryans Einschätzung hatte Rhiannon mehr Gutes getan, als sich überhaupt jemand vorstellen konnte, und sie sollte jetzt neue Kräfte schöpfen für den Fall, dass sie sie bei einem verzweifelteren Anlass aufs Neue bräuchten. »Wann immer deine tierischen Freunde in diesem Gebiet von Feinden sprechen, dann sag es mir«, erklärte Bryan voller Selbstvertrauen, »und dann ruhe dich aus und warte auf meine Rückkehr.«

Rhiannon war zu müde, um mit dem ungeduldigen Krieger zu streiten. Sie verstand, dass Bryans Worte ebenso viel Stolz als auch Vernunft enthielten. Der junge Krieger wollte sich in Rhiannons Augen aufblasen, wie Rhiannons Mutter es zu nennen pflegte. Angesichts der Aufrichtigkeit ihrer Beziehung konnte sie kaum verstehen, warum er das Bedürfnis haben sollte zu prahlen.

Doch wenn Rhiannon bedachte, wie wirkungsvoll Bryan die letzte Talon-Bande erledigt hatte, und wenn sie sich vor Augen hielt, dass er lange ohne fremde Hilfe überlebt hatte und dabei ein Talon-Lager nach dem anderen heimsuchte und Flüchtlinge befreite und sie über den Fluss in Sicherheit brachte, so musste sie zugeben, dass sein prahlerisches Benehmen durchaus begründet war. Und so nahm die junge Zauberin Bryans Bedürfnis, sie zu beschützen und zu beeindrucken, als Kompliment. Und als sie sich an jenem Abend neben dem Feuer niederlegte, da meinte sie, sie würde nach langer Zeit ihren ersten erholsamen Schlaf finden.

Seit damals, als diese Kraft in ihr erwacht war.

Bryan, der eigentlich Wache halten sollte, aber vom langen Marsch und den Anstrengungen in der vorhergehenden Nacht erschöpft war, begann als erster zu schnarchen. Rhiannon lag noch wach. Äußerlich lächelte sie über die Töne, die der Schlafende von sich gab, aber in ihrem Inneren herrschte Aufruhr. Sie war noch nicht richtig ausgebildet im Gebrauch der Magie, doch auch sie wusste, wie die anderen Zauberer von Aielle, dass auf furchtbare Weise etwas nicht stimmte. Zuerst hatte sie gemeint, die plötzliche magische Schwäche liege an ihr, doch nun ahnte sie, dass die Quelle der Kraft geschwächt war und jene Energien, die sie anzapfen wollte, nicht mehr rein und stark waren.

Dieser Gedanke hatte andere beunruhigende Fragen zur Folge. Ihre Heimat, das geliebte Avalon, war eine Schöpfung der Magie und wurde von Magie am Leben erhalten. Wenn die Quelle geschwächt worden war, hatten dann auch die so reinen und reichen Farben von Avalon zu verblassen begonnen? »Mutter«, flüsterte die junge Zauberin zärtlich in den Wind, und in diesem Augenblick hätte Rhiannon alles für Brielles liebevolle Umarmung gegeben. Sie blickte zu Bryan hinüber, ihrem angehenden Helden, der mit geschlossenen Augen an einer Felswand lehnte und lauter schnarchte als je zuvor, und sie überlegte, dass sie ihn nach Avalon mitnehmen sollte, damit er Brielle begegnete. Dieser junge Mann, der kaum mehr als ein Junge war, hatte lange Zeit nur Kummer und Krieg gekannt. Vielleicht könnte sie ihm die schönere Seite des Lebens zeigen, denn wenn die seelischen Wunden des Kriegs nicht in Avalon geheilt werden konnten, dann nirgendwo auf der ganzen Welt.

Sie beschloss, ihn nach Avalon zu bringen und ihn an die guten Seiten des Lebens zu erinnern, ihm seine eigene innere Schönheit bewusst zu machen.

Rhiannon hielt in ihren Überlegungen inne und schaute auf Bryan. Nicht einen Augenblick lang zweifelte sie an seiner inneren Schönheit.

Sie ließ ihre Gedanken dabei bewenden, Gedanken, die sie außer für Andovar noch für keinen Mann gehegt hatte. *Noch nicht,* sagte sie sich stumm und legte sich nieder. Sie erinnerte sich an den edlen Waldwächter, an seine einfachen, doch gefühlvollen Geschichten, an seine eindrucksvolle Gestalt, wenn er auf seinem Pferd saß, die elegante Haltung, wenn das Tier über die Felder galoppierte und mit Leichtigkeit über gestürzte Bäume sprang.

Eine Finsternis kam über sie und fiel durch den Schleier der Nacht auf ihr geistiges Bild. Zuerst dachte sie, es sei die Gefühlsaufwallung wegen des Verlusts, eine Vergegenwärtigung von Andovars Tod in ihrer Vorstellung. Doch dann erkannte Rhiannon, dass es etwas Greifbares war, kein Gegenstand der Erinnerung oder Vorstellung, eine wirkliche Finsternis, und die war nicht sehr weit entfernt. Die Zauberin stand auf und ging um den Lagerplatz umher. Sie überlegte, ob sie es mit Wahrsagerei im spiegelnden Wasser versuchen sollte oder ob sie mit einfacher Konzentration deutlicher spüren könnte, was dies war. Sie dachte eingehend nach und gelangte zu der Auffassung, dass sich diese bedrohliche Erscheinung von Osten nach Westen bewegte, etwas nördlich von ihrer gegenwärtigen Position, aus den Baerendel-Bergen hinaus über die Ebene von Calva hinweg.

Es war wirklich eine Finsternis, etwas Pervertiertes, eine grässliche Beleidigung der Natur. Diese Einsicht erzürnte die junge Zauberin, denn sie glich ihrer Mutter tatsächlich mehr, als ihr bewusst war, und ihre Instinkte zum Schutz der natürlichen Welt ließen sie ihre Habseligkeiten zusammenpacken, bevor ihr überhaupt klar wurde, was sie tat. Wenn sie diese Finsternis gespürt hatte, dann würde diese ihre Gegenwart ebenfalls erkennen. Es war besser, wenn sie hinausging und ihr im freien Feld begegnete; es war besser, die Jägerin zu sein als das Wild.

Doch was war mit ihrem Gefährten? Sie blickte hinüber zu dem schlafenden jungen Krieger. Sollte sie Bryan aufwecken und ihm ihr Vorhaben mitteilen? Sollte sie ihm gestatten, sie zu begleiten, was er ja sicher fordern würde?

»Nein«, flüsterte die Zauberin. Nicht dieses Mal. Dies war kein Kampf der Schwerter, falls es überhaupt zu einem Kampf kam. Dies war eine Sache der Magie, und darin konnte Bryan von Corning keine Rolle spielen. Diese pervertierte Erscheinung war etwas Böses, von dem der junge Halbelf einfach nichts wissen konnte. Doch Rhiannon wollte ihn nur ungern verlassen, und so beschloss sie, so schnell wie möglich hinauszugehen und die Quelle der Finsternis zu erkunden und dann zu Bryan zurückzukehren, hoffentlich noch vor dem Ende des kommenden Tages.

Sie verabschiedete sich von dem Schlafenden mit einem sanften Kuss auf die Wange und begab sich leichtfüßig auf den holprigen Bergpfad. Ihr schwarzes Gewand aus feinem Gespinst, das Kleid ihres Erbes, flatterte hinter ihr her und hüllte ihre Gestalt in ein geheimnisvolles Dunkel.

KAPITEL 5

Sein Platz und der ihre

Der Morgen dämmerte sanft, und obwohl der Schnee noch dicht auf Avalon lag, hing eine Ahnung von Frühling in der Luft. Die ersten Sonnenstrahlen ließen einen Dunst aus dem Schnee aufsteigen, der die dunklen Bäume einhüllte, die kalte Nacktheit ihrer kahlen Zweige milderte und dem ganzen Wald ein unwirkliches Aussehen verlieh.

Belexus stand lange Zeit völlig still, sammelte seine Gedanken, übersetzte sie in ein greifbares Bild – einen Steinblock – und entließ dann jeden in die Leere, warf sie weg und fiel tief in eine meditative Trance. Dann begann er sich langsam wie die große Eiche nach dem Morgenhimmel zu recken, immer höher und höher, und breitete seine Arme weit aus, straffte sie und fasste festen Halt im Nichts, bis sich seine Muskeln spannten und dehnten. Dann entspannte er sich allmählich, wurde fließend wie die Weide, jener Baum, der durch scheinbare Unterwerfung erfolgreich gegen die stärksten Winde ankämpft. Der Waldwächter hatte schon fünfzig Winter erlebt, aber dank der anmutigen Dehnübungen, die Brielle seinem Vater Bellerian und dieser seinerseits Belexus und allen Waldwächtern von Avalon beigebracht hatte, blieb sein Leib elastisch und glich mehr dem Körper eines Zwanzigjährigen.

Schließlich drückte Belexus mit all seiner Kraft die Handflächen aneinander, und ließ Muskel gegen Muskel wirken, sodass sie an Unter- und Oberarm hervortraten. Mit einem heftigen Sprung beendete er diese isometrische Übung, griff nach dem untersten Ast eines Baumes in der Nähe, schwang sich hoch und schlang seine Beine um den Ast. Dann löste er die Hände und ließ sich senkrecht herabhängen. Schließlich öffnete er die Fußklammer und fiel mit den ausgestreckten Armen voran auf den Boden, wo er sich abfing und einen vollkommenen Handstand vollführte, während er langsam bis zehn zählte.

Mit einem tiefen, entspannenden Atemzug beugte Belexus seine Arme, bis sein Gesicht so nahe am Boden war, dass er diese heilige Erde hätte küssen können, dann stieß er sich erneut zum Handstand hoch. Er wiederholte diese Bewegung fünfzigmal, bis er spürte, wie die Wärme des zirkulierenden Blutes durch seine riesigen Schultern flutete.

Aus dem letzten Handstand sprang der Waldwächter elegant auf die Beine. Dann wiederholte er die Übung vom Anfang, fügte ein paar abschließende Dehnungen hinzu, nahm schließlich sein großes Schwert auf und gürtete es sich um die Hüften. Bevor er noch fünf Schritte gegangen war, zog er das Schwert, hielt es in Händen und betrachtete lange diese vertraute Waffe und erinnerte sich an die vielen Schlachten, in denen sie ihm gedient hatte, an die erschlagenen Talons und an die Peitschendrachen, die er damit aufgespießt hatte.

Zum Schluss musste der Waldwächter an jenes eine Mal denken, als diese großartige Waffe ihn im Stich gelassen hatte, an den einen Feind, gegen die sie keine Macht besaß.

Der Blick des Kriegers wanderte von dem Schwert weg und starrte ins Leere. Er vergegenwärtigte sich das Bild des Schwertes, das Brielle ihm am Abend zuvor im Wasser gezeigt hatte, eine Waffe, die allem überlegen war, was Belexus jemals gesehen hatte, eine mächtigere Waffe selbst als Fahwayn, das zauberische Schwert des Arien Silberblatt. Er stellte sich die feine Schneide jener

Waffe vor, konnte fast ihre Schärfe an seinem Finger spüren, die mit Diamanten gesäumte Klinge, die von einem weißen, inneren Licht erfüllt war, das Macht selbst gegen Hollis Mitchells Gespenst versprach.

Ja, mit diesem Schwert konnte er gegen Mitchell kämpfen, das hatte ihm Brielle versichert, er konnte Andovars Tod rächen und die Dämonen der Kampflust stillen, die mehr als sein Leben, ja sogar seine Seele bedrohten.

»Ich weiß, was du denkst«, ertönte eine Stimme hinter ihm, sanft wie der warme Dunst, wie die Essenz von Avalon selbst.

Belexus blinzelte, wandte sich um und erblickte die Smaragd-Zauberin, so herrlich wie immer, in ihrem Gewand aus feinem, weißem Gespinst. Ihre grünen Augen funkelten, und das goldene Haar schimmerte selbst in diesem trüben Licht. »Vielleicht weißt du manchmal zu viel, meine Herrin«, erwiderte er mit einem Grinsen.

»Ein Schwert in der Hand, ein Schwert im Sinn«, folgerte die Zauberin.

»Gewiss«, bestätigte der Waldwächter. »Und mehr noch im Sinn und im Herzen ist die Aufgabe, die das Schwert mir stellen wird, das du mir gezeigt hast.«

Brielles schönes Gesicht umwölkte sich. »Eine Aufgabe nach der anderen«, sagte sie sehr ernst.

Belexus verstand ihre Angst. Als sie ihm das Schwert zeigte, hatte sie ihm auch von dem mutmaßlichen Wächter erzählt, denn nur eine Kreatur in Ynis Aielle konnte einen solch reichen Hort hüten; nur eine einzige Kreatur konnte ein solches Schwert wie dieses für sich behalten und es unzählige Jahrzehnte unbenutzt lassen.

Belexus hatte einmal gegen einen richtigen Drachen gekämpft, und obwohl es nur ein Junges gewesen war, hatte diese Kreatur fast das Blut des Waldwächters zum Sieden gebracht, und nachdem Belexus ihm den Todesstoß versetzte, hatten seine Klauen in seinem heftigen Todeskampf tiefe Rillen in den festen Fels gegraben. Über welche Kräfte vermochte also ein ausgewachsener Drache verfügen, und wie konnte Belexus jemals hoffen, ihn zu besiegen? Einen kurzen Augenblick lang zog eine Wolke aus Zweifel und Schwäche über sein Gesicht. Doch sie verflog, denn die Erinnerung an seinen Drachenkampf rief einen weiteren Gedanken hervor, die Erinnerung an Andovar, denn sein Gefährte hatte allen, die es hören wollten, so oft die Geschichte von Belexus und dem Drachen erzählt – selbst wenn man sie schon hundertmal gehört hatte. Und natürlich hatte sich aus Andovars Mund die Erzählung immer viel großartiger angehört.

»Ich muss dieses Schwert holen«, erklärte der Waldwächter entschlossen. Die Erinnerungen an Andovar bestärkten ihn in seinem Entschluss.

Brielle erwiderte lange Zeit nichts. »Wenn der Winter aus den Kristallbergen weicht …«, überlegte sie, doch der stoische Krieger schüttelte den Kopf, bevor sie noch den Gedanken zu Ende führen konnte.

»Noch heute«, sagte er. »Erst wenn Andovar gerächt ist, werde ich wieder den Trost echten Schlafes finden, und jeder Tag lässt den Zorn tiefer in meinem Herzen brennen und stiehlt mir Kraft. Es ist wahrlich nicht zu früh, um sich auf den Pfad zu begeben, der den Totengeist in das finstere Reich zurücktreiben wird.«

Er betrachtete lange Brielles Gesicht und versuchte einen Hinweis zu finden, wie sie diese Erklärung aufnahm. Und bei dem Versuch, die Dinge mit den Augen der Zauberin zu sehen, wurde dem Waldwächter klar, dass ihrer Meinung nach seine Worte voreilig waren. In den gewaltigen Kristallbergen konnte der Winter einen schrecklicheren Feind darstellen als jeder ausgewachsene Drache! Doch selbst angesichts dieser beunruhigenden Tatsache hatte der Waldwächter keine andere Wahl, und er setzte eine unnachgiebige Miene gegen die Woge vernünftiger Proteste auf, die Brielle gleich auf ihn loslassen würde.

»Ich weiß, dass du noch heute aufbrechen willst«, sagte sie ganz ruhig. Worte und Ton überraschten Belexus. »Ich wünschte nur, dass ich mit dir gehen könnte.«

Er musterte sie noch eingehender und sah den Schmerz in ihren grünen Augen, eine Resignation, die zeigte, dass ihr diese Entscheidung nicht gefiel, dass sie aber deren Notwendigkeit verstand.

»Aber ich kann nicht gehen«, fuhr Brielle fort. »Meine Heimat ist noch nicht sicher vor Morgan Thalasi, und ich fürchte auch, dass ich dir außerhalb meines Reiches keine große Hilfe wäre.«

Die Art, wie diese Worte aus ihr hervorsprudelten, verriet Belexus, dass sie sehnlichst wünschte, sich ihm anzuschließen, und dass sie verzweifelt an seiner Seite bleiben wollte, als Freundin und Verbündete, aber sie konnte es nicht. Offenbar hatte sie eingehend über dieses Dilemma nachgedacht. Wahrscheinlich war sie die ganze Nacht wach gelegen, um eine Lösung zu finden.

Doch eine solche Lösung gab es nicht, das wusste Brielle, und Belexus wusste es ebenfalls. Brielle konnte nicht in die Kristallberge gehen, solange der dunkle Schatten von Morgan Thalasi irgendwo lauerte, während Horden von Talons im Westen umherzogen und die Quelle der Magie tief verletzt war. Brielles Platz war in Avalon und nirgendwo sonst, und nur ihr Herz und ihre Hoffnungen konnten den Waldwächter begleiten. Sie würde jedoch nicht versuchen, es ihm auszureden, wie er mit einiger Überraschung erkannte.

»Meinem Vater oder einem anderen Waldwächter werde ich nichts davon sagen«, erklärte Belexus und versuchte zumindest etwas Trost anzubieten. »Und auch Arien Silberblatt wird nichts von meinem Unternehmen wissen. Diese Aufgabe ist mir selbst bestimmt und keinem anderen.«

»Mir kommt es etwas töricht vor, wenn du dich auf eine solche Reise begibst, ohne einen Helfer an deiner Seite zu haben«, versetzte Brielle trocken. »Du könntest in ein Erdloch treten und mit gebrochenem Bein in der Kälte erfrieren.«

Belexus lächelte über ihre Sorge, obwohl sie nicht grundlos war. Doch es gab nur einen, dem er vertraut hätte und der ihm nahe genug gewesen war, um ihm bei einem so gefährlichen Vorhaben an der Seite zu stehen, doch Andovar war tot. »Ich werde schon nicht fallen«, sagte er und rang sich ein Lächeln ab.

Brielle nickte und trat näher an ihn heran. »Arien würde dich begleiten«, sagte sie. »Der Eldar von Lochsilinilume würde diese Reise als einen Weg sehen, wie er in diesen dunklen Zeiten helfen und sein Herz für den Tod von Sylvia trösten kann.«

Diese Worte hätten Belexus, der für gewöhnlich eigensinnig war, fast veranlasst, loszurennen und Arien zu fragen. Er hatte dessen Gesicht gesehen, seine Trauer, die so tief gewesen war wie seine eigene, als der Herrscher der Elfen erfahren hatte, dass sein einziges Kind von der Flut des großen Flusses weggespült worden war und den gleichen kalten Weg eingeschlagen hatte wie Andovar. Wenn die Suche nach dem Schwert Arien dieselbe Hoffnung auf inneren Frieden bringen würde, die sie Belexus versprach, wie konnte er dann dem Elfenherrscher diese Möglichkeit verweigern?

Er musste sie ihm verweigern, hielt er sich vor Augen, denn wenn Arien mitging, dann würden ihn auch viele Elfen begleiten, die es ablehnen würden, dass sich ihr Eldar ohne sie in eine solche Gefahr begab. Auch Ryell, Ariens engster Freund, würde mit ihm reisen wollen. Und wenn der Drache in all seinem schrecklichen Zorn erwachte, konnten dann alle Elfen von Lochsilinilume, all die Waldwächter von Avalon, konnte dann das gesamte Heer von Calva hoffen, ihn zu bezwingen? Wie viele von ihnen würden verschlungen werden, und das in einem vermutlich vergeblichen Bemühen? Falls diese beklemmenden Szenen je Wirklichkeit werden sollten, dann hoffte Belexus, dass er unter den ersten sein würde, die starben, denn wenn er überlebte und seine Begleiter auf dieser Suche sterben sähe, dann würde sein Kummer sich verhundertfachen, und sein Leben und sein Tod würden für immer ohne Hoffnung bleiben.

»Ich gehe allein, weil ich muss«, sagte er mit fester Stimme. Brielle war sehr nahe an ihn herangetreten. Sie stand jetzt direkt vor ihm, ihr warmer Atem kitzelte seinen Hals.

Ihre Antwort war ein Kuss, ein langer und süßer Kuss, ein leidenschaftlicher Abschiedskuss, mit dem sie ihm Glück wünschte.

Belexus war überrascht, aber nur einen Augenblick lang, dann ließ er sein Schwert zu Boden fallen und schlang seine mächtigen Arme um Brielles geschmeidige Gestalt. Er umarmte sie und küsste sie dabei und ließ sie nicht los. Niemals mehr wollte er sie loslassen. An jenem Morgen liebten sie sich zum ersten – und wie sie beide fürchteten, letzten – Mal, eine Vereinigung, die Belexus lange erwartet und Brielle lange gefürchtet hatte. Als Belexus nach seinem Kampf mit dem Totengeist zu ihr gekommen war, damals nach Andovars Tod, als seine eigenen schlimmen Wunden ihn hinzuraffen drohten, hatte Brielle ihn mit einfühlender magischer Heilung gerettet – was eine so intime Verbindung bedeutete wie diese leibliche Liebe. Sie war in Belexus' Innerstes eingetreten, um seine seelischen Verletzungen zu suchen und von ihm zu lösen, um ihm wieder Hoffnung zu geben, damit er besser gegen seine leiblichen Wunden ankämpfen konnte. Sie war an jenen sehr persönlichen Ort gegangen und hatte deutlich die Gefühle gesehen, die er für sie hegte.

Sie war überrascht gewesen, obwohl sie die ganze Zeit vermutet hatte, dass der Sohn des Lords der Waldwächter sie liebte. Aber die Tiefe dieser Liebe erstaunte sie, denn er liebte sie so tief, wie Jeffrey DelGiudice sie geliebt hatte. Und ihre eigene persönliche Reaktion hatte sie noch mehr überrascht. Ja, sie liebte Belexus, aber mit dieser Erkenntnis war ein nicht geringes Schuldgefühl verbunden, denn obwohl Jeffrey DelGiudice schon vor zwanzig Jahren von ihr gegangen war, so hatte sie doch ihm ihr Herz geschenkt, und er hatte Brielle ihr einziges Kind gezeugt, Rhiannon, in der diese Liebe weiterlebte.

Doch als Brielle an jenem strahlenden Morgen in Avalon Belexus liebte, konnte sie alle Schuldgefühle abstreifen. Diese Liebe war zu süß und zu rein, als dass sie sich ihr verweigern konnte. Sie liebte Belexus und hasste den Gedanken, dass er jetzt von ihr gehen sollte, doch wenn er Avalon verlassen und niemals heimkehren würde, ohne dass dieses Liebesspiel stattgefunden hätte und sie beide einander ihre Gefühle enthüllt hätten, ohne dieses Abstreifen der Vorbehalte und ohne diese letzte Vereinigung … Das hätte Brielle nicht ertragen können.

Später am Morgen begleitete sie Belexus zum Rand des Waldes auf dem schmalen Pfad, der auf das Feld von Bergtor führte, dem Eingang zu den Kristallbergen. Und dort küsste sie ihn noch einmal sanft, dann drehte sie sich um und wirbelte in dem sanften Morgenlicht davon. Ihr feingesponnenes Gewand ließ ihre anmutige Gestalt verschwimmen und hob ihre Konturen auf, bis Brielle völlig mit dem Dunst verschmolz.

Für das Auge war sie verschwunden, aber Belexus nahm ihren Duft, ihren Geschmack und ihr unauslöschliches Bild mit sich, als er Avalon verließ und seine lange Reise in das hochragende Gebirge begann.

Er war schon weit oben auf dem Bergpfad, hatte das schmale Feld von Bergtor längst überquert und die Allee der sich beugenden Telvensil-Bäume mit ihrer silbrigen Rinde durchschritten, als er seine Gedanken an die Zauberin soweit loslassen konnte, dass er in der Lage war, über den Weg nachzudenken, der vor ihm lag. Seine Reise konnte gut einen Monat oder auch länger dauern, nur um zu dem Drachenhort mit dem mächtigen Schwert zu gelangen. Als Brielle ihm das Bild des glitzernden Schwertes zeigte, hatte ihre Vision auch einen äußeren Hinweis darauf gegeben, wo es zu finden war: an einem eigentümlichen Felsklotz, der aus einem bestimmten Winkel an das Profil eines alten Mannes erinnerte. Falls Belexus ihn finden konnte, würde er sich in der Nachbarschaft der Drachenhöhle befinden.

Die Kristallberge waren jedoch riesig, mit hochragenden Gipfeln, viele von ihn unzugänglich, und er würde Glück haben müssen. Vielleicht, so fürchtete er, war die Drachenhöhle schon lange verschlossen; vielleicht würde er am Ende sogar auf ihr stehen, ohne sie zu erkennen oder ohne zu wissen, wie er hineingelangen konnte.

Mit einem Knurren vertrieb der Waldwächter die trüben Gedanken. Er musste es versuchen. Dies schuldete er zumindest Andovar. Die Aufgabe erschien tatsächlich beängstigend, ja überwältigend, aber der Siegerpreis war den Versuch wert: eine Waffe, die die Welt von Hollis Mitchells Totengeist befreien konnte.

Es kam ihm auf Schnelligkeit und Beweglichkeit an, und deshalb hatte Belexus sich entschlossen, mit leichtem Gepäck zu reisen: Er trug nur sein Schwert bei sich, zwei Dolche, seinen Bogen, ein Bündel mit Ersatzkleidung, eine warme Decke und einen Wasserschlauch, den er um die Schulter geschlungen hatte. Seine Nahrung würde er sich unterwegs suchen, wie er sich auch Schutzdächer für die Nacht aus dem Material bauen würde, das die Natur ihm anbot. Er war ein Waldwächter von Avalon, sogar der Sohn des Lords der Waldwächter, und selbst wenn er mitten in den winterlichen Kristallbergen nackt vom Himmel gefallen wäre, so würde er auch dann überleben können. Dies glaubte er aus ganzem Herzen, und dieser Glaube war sein größter Vorteil.

So war sein Fortschritt an jenem ersten Tag in der Tat bemerkenswert, als er die Südwand des ersten Berges der Kette hinaufstieg und an dem Eingang zu den geheimen Tunneln vorüberkam, die sich zum verborgenen Tal schlängelten, zu der Silbernen Stadt der Elfen, die Lochsilinilume genannt wurde, oder Illuma in der allgemeinen Sprache. Bald stieg er höher und suchte sich einen ersten Aussichtspunkt auf die Herrlichkeit der Berge, damit er seinen Kurs deutlicher bestimmen konnte.

Kurz vor Sonnenuntergang gelangte er auf ein Plateau an der nordöstlichen Wand des Gipfels. Die Bergkette dehnte sich weit vor ihm aus, breite Glimmerstreifen und Eisfelder, die den Kristallbergen ihren Namen gaben, glitzerten in den schrägen Strahlen der Abenddämmerung. Belexus legte das Holz nieder, das er unterwegs gesammelt hatte, aber er begann nicht sofort ein Feuer zu machen, sondern erduldete die kalten Winde um der schönen Aussicht willen. Er war nicht oft in den Bergen gewesen, nur ein paar mal im Laufe der Jahre zwischen der Schlacht von Bergtor – bei der sich eine offene Allianz zwischen den Menschen und den Elfen gebildet hatte – und dem größeren Krieg mit Morgan Thalasis Talon-Kriegern. Bei diesen seltenen Gelegenheiten hatte er mit Arien Silberblatt, dessen

Tochter Sylvia und mit Andovar gejagt. Zum ersten Mal seit dem Krieg mit Thalasi schaute der Waldwächter von so hoch oben auf die Berge: es war ein wehmütiges Erlebnis, voll lieber Erinnerungen, aber auch voller Bedauern in dem klaren Wissen, dass zwei seiner Gefährten bei jenen früheren Bergwanderungen für ihn auf immer verloren waren.

Der Waldwächter lehnte sich an die Bergwand, die Augen auf das Panorama der majestätischen Gipfel gerichtet. Hier fand er Frieden, eine Gelassenheit, gegen die er sich wappnen musste, damit er nicht einschlief, bevor er sein Feuer entzündet hatte, denn hier oben würden die Bergwinde ihn nicht mehr aufwachen lassen.

Etwa eine Stunde später zwang sich Belexus mit einem tiefen Seufzer aufzustehen, dann machte er sich daran, ein Feuer zu entzünden. Der Wind hatte zu wirbeln begonnen, doch nicht zu stark; die Wand des Plateaus war nicht glatt und bot so etwas Schutz. Gerade als der Krieger Feuerstein und Stahl hervorholte, zog etwas Fernes sein Auge auf sich: eine Gestalt, die am noch nicht ganz dunklen Himmel aufstieg und den freien Raum zwischen zwei Bergen durchquerte, eine schwarze Silhouette, die schnell vor der dunklen Wand eines weiteren Berges verschwand.

Belexus kauerte sich vorsichtig nieder, glitt zum Rand der Felsplatte und ließ sich dann flach auf den Bauch sinken. Er spähte angestrengt hinaus über den Abgrund und machte dabei seinen Bogen bereit. Wahrscheinlich war es nur ein großer Vogel gewesen, aber mit den Gedanken an die Drachenhöhle im Hinterkopf war der Waldwächter auf der Hut!

Einige Minuten lang suchte er den dunkelnden Himmel ab und stieß einen tiefen Seufzer aus. Bald würde es so finster sein, dass die fliegende Kreatur selbst dann für ihn unsichtbar bliebe, wenn sie hinter einem Berg hervorkäme. Als eine Weile später der Himmel ganz schwarz geworden war, sah sich Belexus vor eine andere Entscheidung gestellt: sollte er sich an den Fuß des Berges zurückziehen oder es riskieren, seine gegenwärtige Stellung beizubehalten? Denn obwohl er es nicht sehen würde, wenn eine fliegende Kreatur sich ihm näherte, so würde diese doch sicher den Schein seines Feuers entdecken.

»Das war ein Vogel«, entschied Belexus und machte sich mit Feuerstein und Stahl daran, sein gesammeltes Holz anzuzünden. Bald brannte ein wärmendes Feuer. Er wickelte sich die Decke um und lehnte sich an die Bergwand, da er dachte, so würde er etwas von dem dringend benötigten Schlaf abbekommen, doch er legte auch sein Schwert auf seinen Schoß und hatte rechts neben sich den gespannten Bogen mit einem Pfeil schussbereit.

Bald darauf spürte er, wie sich etwas näherte. Seine Augenlider hatten sich gerade schließen wollen, da verließ ihn mit einem Adrenalinstoß alle Schläfrigkeit. Er zwang sich jedoch zur Ruhe, ließ sich an die Felswand sinken und hielt die Augen halb geschlossen, damit es so wirkte, als schliefe er, doch er hielt das Heft des Schwertes fest umfasst.

Als die Kreatur herangeschwebt kam, sprang Belexus auf und stieß seinen Schlachtruf »Oi Avalon!« aus. Sein mächtiges Schwert blitzte im Feuerschein.

Doch dann fiel Belexus vor Überraschung fast die Kinnlade herunter, als Calamus, der geflügelte Herrscher der Pferde, glatt auf dem Plateau landete und erfreut mit den Hufen aufstampfte, als er seinen Freund, den Waldwächter, erblickte.

Belexus betrachtete blinzelnd den unerwarteten, aber hochgeschätzten Ankömmling und bemerkte die sich bauschenden Satteltaschen auf dem Rücken des Rosses, direkt hinter dem Sattel, in dem er so oft gesessen hatte. Er trat zu dem Pegasus und streichelte den muskulösen Nacken und die Flanke, dann machte er sich an die Satteltaschen und war nicht überrascht, als er sie mit eingepackten Lebensmitteln und warmen Kleidern angefüllt fand.

»Brielle«, war Belexus' Schlussfolgerung, denn irgendjemand hatte den Pegasus gesattelt, und niemand auf der ganzen Welt hatte eine engere Beziehung zu Calamus als die Smaragd-Zauberin. »Brielle hat dich geschickt.«

Calamus schnaubte und stampfte mit den Hufen.

Der Waldwächter war froh über Gesellschaft in dieser kalten Nacht – aber er hatte vor, sie nur eine Nacht zu haben. Er hatte überlegt, Calamus zu bitten, er solle ihn begleiten – natürlich hatte er daran gedacht! –, bevor er Avalon verließ, aber ähnlich wie mit seiner Entscheidung, keinen der Waldwächter oder Elfen um Begleitung zu bitten, war Belexus zu dem Schluss gekommen, dass er eine solche Verantwortung nicht übernehmen konnte. Gewiss würde der Pegasus seine Reise sehr erleichtern – allerdings zweifelte Belexus, dass er in der kalten Bergluft lange in großer Höhe fliegen konnte –, aber wenn irgendetwas Schlimmes über den Pegasus käme, dann hätte Belexus es sich nie verziehen. Und man wusste ja, dass Drachen Pferdefleisch schätzten!

»Ich werde dir die Satteltaschen abnehmen«, sagte der Krieger. »Und ich freue mich über die Hilfe. Aber im Morgenlicht wirst du nach Avalon zurückkehren, mein Freund, wo du hingehörst.«

Der Pegasus schnaubte trotzig und stampfte noch heftiger mit den Hufen als zuvor – gewiss nicht aus Zustimmung zu den Worten des Waldwächters.

Belexus ließ es dabei bewenden. Die Meinungsverschiedenheit würde im Licht des Morgens geklärt werden. Er kümmerte sich um das Feuer, dann kehrte er zu der Felswand zurück und schlief tief im Vertrauen auf die Wachsamkeit seines Gefährten.

Am Morgen zeigte sich Calamus nicht nachgiebiger und machte keine Anstalten zurückzukehren, selbst als Belexus versuchte, das geflügelte Ross vom Felssims zu stoßen. Nach fast einer Stunde vergeblichen Ringens gab der Krieger schließlich nach. Es wäre tollkühn gewesen, ein Pferd in dieses raue Gebirge mitzunehmen, aber ein Pegasus konnte fast überallhin gelangen. Und wenn Belexus darüber nachdachte, ohne sich von seinem Stolz blenden zu lassen, dann musste er zugeben, dass Calamus sich bei dieser Expedition sicher als sehr wertvoll erweisen würde, denn der Pegasus konnte ihn schneller und höher bringen, als er jemals allein zu klettern imstande wäre. Wie viel leichter mochte seine Suche werden, wenn er sie vom Rücken eines fliegenden Pferdes aus durchführte?

»Also, du hast gewonnen«, gestand er dem Pegasus zu, sprach in Wirklichkeit damit jedoch zu der fernen Brielle. Er lud die Satteltaschen auf, stieg in den Sattel und ließ den Pegasus hoch in die kalte Bergluft aufsteigen.

Ohne dass es Ross und Reiter wussten, beobachtete eine dritte Kreatur, ein großer Rabe, ihren Abflug mit mehr als nur flüchtigem Interesse.

KAPITEL 6

Der Schwarze Hexer

Er stand im strömenden Regen auf dem schmalen Laufgang oberhalb des schlammigen Hofes. Dies war seine Heimstatt, sein Bollwerk, Talas-dun, das er mit mächtiger Magie aus den Felsen dieser Berge hochgezogen und nach den Plänen seines mächtigen Willens gestaltet hatte. Talas-dun stand schon seit Jahrhunderten, seit der Zeit, als Morgan Thalasi die bösen Talons, die erste Mutation der Menschheit, aus Pallendara fortgeführt hatte, angeblich, damit sie nicht noch mehr Unheil anrichten konnten, aber in Wirklichkeit, damit er sie züchten und abrichten und sich unterwerfen konnte, so wie er den Fels von Talas-dun nach seinem Willen geformt hatte. Wie ein Gott hatte sich Morgan Thalasi damals gefühlt! Eine ganze Gattung unter seine absolute Herrschaft zu bringen! Die Talons waren seine Schachfiguren: empfindungsfähige, vernunftbegabte Wesen, die er zu bloßen Handlangern seines Willens gemacht hatte. Ihm würden sie nicht den Gehorsam verweigern, selbst wenn er ihnen befahl, von einer Klippe in den Abgrund zu springen, da sie den sicheren Tod der Wut Morgan Thalasis, dem Zorn ihres Gottes, vorzogen.

Denn sie fürchteten ihn, den Schwarzen Hexer, und sie fürchteten ihn mehr als den Tod selbst.

Jetzt wimmelten im Hof viele der hässlichen Talons umher, ziellos und ohne die strikte Disziplin, die stets die Norm von Talas-dun gewesen war.

Nein, nicht immer, erinnerte sich der Schwarze Hexer; es hatte schon einmal einen bemerkenswerten

Verfall der Disziplin gegeben. Als Thalasi nach der Katastrophe von Bergtor hierher zurückgekehrt war, nachdem Jeffrey DelGiudice jene schreckliche Waffe hervorgeholt und ihm durchs Herz geschossen hatte. Damals war er wirklich eine geschwächte Kreatur gewesen. Er hatte den Körper von Martin Reinheiser gestohlen, doch zu jener schwachen sterblichen Hülle hatte auch der eigensinnige und mächtige Wille des Enteigneten gehört. Das zwiefache Wesen, das daraus entstanden war, Thalasi und Reinheiser vereint in einem einzigen Körper, so unbequem, ohne Kontrolle über selbst die einfachsten Bewegungen, hatte in jenen ersten Jahren, jenen zwanzig quälenden Jahren wenig Macht über die Talons gehabt. Doch während dieses ganzen schwierigen Zeitabschnitts, sogar nachdem eine neue Generation von Talons als Wächter von Talas-dun herangewachsen war, die sich nicht mehr daran erinnerte, wie Thalasi einmal gewesen war, selbst da hatten die Kreaturen vor dem Schwarzen Hexer Angst gehabt und ihm Respekt erwiesen.

Eine Bewegung auf dem Laufgang riss Thalasi aus seinen Erinnerungen. Er wandte sich um und sah zwei Talons auf ihn zukommen, die sich in ihrer gutturalen Sprache unterhielten, dabei lachten und meist einander anschauten und anscheinend die Anwesenheit ihres Herrn und Meisters nicht bemerkten.

»Das ist nah genug!«, brüllte der Schwarze Hexer. Die Talons machten abrupt Halt und schauten auf, die Augen überrascht aufgerissen.

Dieser Gesichtsausdruck gefiel Thalasi.

»Wie könnt ihr es nur wagen, mich zu stören?«, schäumte der Schwarze Hexer. »Ich habe euch nicht gerufen.«

Der größere der beiden hob hilflos den Arm. Anscheinend hatte er keine Entschuldigung. Es war offensichtlich, dass die beiden ganz zufällig in Thalasis Richtung gekommen waren. Sie hatten nicht geahnt, dass er hier oben war, sonst hätten sie einen anderen Weg gewählt.

»Das reicht!«, schrie er, obwohl keiner der beiden Talons einen Laut von sich gegeben hatte. »Ich schere mich nicht um eure Entschuldigungen. Du«, sagte er und zeigte auf den größeren der beiden, »wirf deinen Kumpan von der Mauer, als Strafe für eure Unverschämtheit!«

Der größere Talon verzog angespannt das Gesicht. Er schaute von Thalasi zu seinem Kameraden, der angespannt dastand und ihn und den Schwarzen Hexer nervös beäugte. Der große Unhold grunzte und flüsterte etwas, dann zuckten beide die Achseln, drehten sich einfach um und gingen den Weg zurück, den sie gekommen waren.

Thalasi versuchte hinter ihnen her zu rufen, doch er war zu verdutzt, um ein sinnvolles Wort hervorzubringen. Er hielt das Geländer umklammert, wobei seine Fingerknöchel noch weißer hervortraten als gewöhnlich, und zitterte heftig. Eine explosive Wut quoll in ihm hoch.

Doch diese Explosion wäre nur eine leere Drohung, das Krachen eines Knallfrosches, wo einst ein solcher Wutausbruch einen Berg weggesprengt hätte. Vielleicht mehr als alle anderen Zauberer von Aielle war Thalasi bei dem Krieg verwundet und hart auf jener besonderen Ebene getroffen worden, wo die Zauberer ihre Macht fanden und nährten. Anderswo benutzte Brielle ihre Wasserkuhle zum Wahrsagen, Rhiannon sprach mit den Vögeln, Istaahl arbeitete mit Maurern und Magie an der Errichtung eines neuen Turms, und Ardaz nahm die Gestalten verschiedener Tiere an, damit er in seiner gebirgigen Heimat leichter herumkam. Aber all diese Zauber, selbst die einfachsten, gingen derzeit über Morgan Thalasis Möglichkeiten hinaus. Er konnte nur mit seinen körperlichen Augen sehen, konnte nur mit Kreaturen sprechen, welche dieselbe Sprache benutzten, er konnte nichts bauen – außer, was seine schwachen Hände zusammensetzen konnten –, und er vermochte keine andere Gestalt als diese eine anzunehmen: die eines arg mitgenommenen, zerbrechlichen Körpers, der mehr wie ein Skelett denn wie ein Mensch aussah, mit ausgezehrtem Gesicht und Augen, die so tief eingesunken waren, dass sie wie schwarze Löcher wirkten.

Ja, er war zu einem bemitleidenswerten Wesen geworden, zu einem Schwächling. Und am schlimmsten war für den Schwarzen Hexer, dass die Talons allmählich die Wahrheit erkannten. Und anders als beim letzten Mal, als Thalasi verwundet worden war, schienen die Talons jetzt einen schwärenden Groll zu hegen. Im Kampf um die Vier Brücken waren bei der gescheiterten Invasion von Calva viele Tausende von ihnen getötet worden.

Bei jenem Kriegszug, den Morgan Thalasi verlangt und angeführt hatte.

Der Schwarze Hexer blickte den Laufgang entlang, auf dem die beiden Talons verschwunden waren. Nun legten sie schon glatte Respektlosigkeit an den Tag; bald, so erkannte er, würde ihr Mangel an Respekt in offene Feindseligkeit umschlagen, und ihre Empörung würde sich auf das Wesen konzentrieren, das sie in die Katastrophe geführt hatte.

In windgepeitschten Schauern prasselte ein Regen herab, der nicht der Jahreszeit entsprach, durchnässte Thalasis rote Gewänder und ließ sie schwer auf den gekrümmten Schultern des Schwarzen Hexers lasten.

Der Zauberer Ardaz, der berühmte Silber-Magus von Lochsilinilume, saß mit Arien Silberblatt, dem Herrn von Illuma, auf einem hohen Felssims, und ließ den

Blick über das verzauberte Tal der Elfen schweifen. Der kalte Wind ließ die bauschigen blauen Gewänder des Zauberers flattern und riss ihm immer wieder den großen spitzen Hut vom Kopf, und nur die schnelle Reaktion des Elfenherrschers, der in Ardaz' Windschatten saß, verhinderte, dass der große Hut hochgewirbelt wurde und auf den Windböen in den Himmel emporstieg.

»Benador kämpft immer noch am Fluss«, sagte Arien und schnellte die Arme hoch, um binnen vier Minuten zum vierten Mal den Hut einzufangen. Er reichte ihn Ardaz und seufzte, als der manchmal närrische Zauberer ihn wieder auf sein wuscheliges Haupt setzte, von wo die Kopfbedeckung sicher bald wieder heruntergeweht werden würde. »Die Arbeiten an der Brücke werden bald genug abgeschlossen sein, und dann wird Benador sich an der Spitze seiner mächtigen Reiterei in die westlichen Gefilde begeben.«

»Tja, er ist halt ein König, weißt du«, erwiderte Ardaz trocken. »Das ist natürlich sein Beruf, ha ha!«

Arien warf einen Seitenblick auf den Zauberer, dann ließ er seine Hand auf Ardaz' Kopf fallen, als ein neuer Windstoß den Hut bedrohte.

»Er wäre schließlich kein besonders guter König, wenn er die Talons in seinem Land ihr Unwesen treiben ließe!«, fuhr der Zauberer fort und schien dabei die Hand des Elfenherrschers nicht zu bemerken.

»Auch ich bin ein König«, erwiderte Arien düster und zog den Blick des Zauberers auf sich.

Ardaz verzog das Gesicht und betrachtete den stoischen Elf. Ariens langes rabenschwarzes Haar wehte in der Brise, seine Augen blickten in die Ferne, vielleicht nach Illuma, aber wahrscheinlicher auf nichts. Der Zauberer strich sich lebhaft über den buschigen Bart, dessen Grau von weißen Strähnen durchzogen war, sodass er silbrig wirkte. Trotz seines wun-

derlichen Benehmens war Ardaz ein kluger und mit-
fühlender Freund. Er verstand Ariens Dilemma, dass
der Eldar von Lochsilinilume und seine Leute sich wieder in der Sicherheit ihrer Gebirgsheimat befanden, obwohl die weite Welt außerhalb des Elfentals noch keineswegs sicher war. Die Elfen hatten in der Schlacht
gegen den Schwarzen Hexer schreckliche Verluste erlitten; mehr als die Hälfte jener, die zu den Vier Brücken
gezogen waren, um an der Seite König Benadors zu
kämpfen, war nicht mehr nach Hause gekehrt, doch
obwohl der angeschwollene Fluss dem heftigen Kampf
ein Ende gesetzt hatte und obwohl die Zauberer Thalasi nach Westen verscheucht hatten, war der Krieg
noch nicht gewonnen, wie Arien schon gesagt hatte.
Von der Trauer um seine Tochter gepeinigt und dem
Rat Ardaz' und Ryells, seines engsten Beraters unter
den Elfen, folgend, hatte Arien den Rest seiner erschöpften Leute heimgeführt, doch obwohl dieses Vorgehen klug zu sein schien – es lag nahe, dass Thalasi
mit kleineren Gruppen losschlug, während er seine
Hauptstreitmacht neu ordnete, und einige dieser Plün-
dererbanden mochten vielleicht den Weg nach Illuma
finden –, verletzte es den stolzen und zornigen Elf tief,
dass er hier untätig herumsaß, während der Kampf
wütete und fremde Schwerter seine verlorene Tochter
rächten.

»Ja, ja«, sprudelte der Zauberer einer plötzlichen Eingebung folgend hervor. »Du bist ein König. Aber du
hast keine westlichen Gefilde, die du zurückerobern
musst!«

Diese Bemerkung schien nicht die von Ardaz erwartete Wirkung zu haben. Arien wirkte nicht erleichtert,
sondern nur noch niedergeschlagener.

»Nun, das stimmt«, sagte Ardaz etwas ruhiger. »Ihr
habt eure Grenzen, und die sind jetzt sicher, und da
liegt natürlich deine Pflicht. O ja, Arien, spiel deine

Rolle und lass Benador und die viel zahlreicheren Calvaner die ihre spielen. Die Calvaner hätten schließlich nicht um die Hilfe bitten können, die euer Volk ihnen zuteil werden ließ, nicht um ein solches Opfer, um gar kein Opfer von einem Volk, das sie jahrelang verfolgt hatten! O ja, deine Schuldgefühle sind fehl am Platz, o ja, völlig fehl am Platz!«

»Es schmerzt mich«, sagte der Elf müde und schaute wieder hinab auf das kleine Tal, das kleine Stück Land, das wirklich den Illumanern gehörte. Das Tal war voller breitästiger Telvensil-Bäume, die silbern vor dem weißen Schnee schimmerten, obwohl ihre Blätter schon lange fortgeweht worden waren. Die meisten der großen Bäume trugen kunstvoll gefertigte und geschmückte Häuser, die alle ausladende Balkone und vielspitzige Dächer besaßen. Noch großartiger waren die Steinhäuser auf dem Boden, und das von Arien war das großartigste von allen: es war umrandet von vielgekrümmten Regenrinnen, deren Wasserspeier junge spielende Elfen darstellten, und sein Dach hatte unzählige Gauben und Dutzende von Schornsteinen, aus denen träger Rauch aufstieg und von warmen Herden und Öfen kündete. Jetzt bedeckte ein weißer Schneeteppich das dichte Gras des Tals, aber das hemmte die Elfen in ihrem unablässigen Tanz nur wenig. Dieser Tanz hörte nicht auf, obwohl so viele von ihnen verschwunden waren. Mindestens hundert Elfen waren jetzt draußen zugange, obwohl der Tag kalt war. Sie genossen die Gesellschaft ihrer Nachbarn und das schlichte Vergnügen, am Leben zu sein.

»Natürlich schmerzt es dich«, erwiderte Ardaz nach einem langen Schweigen. Seine Stimme klang jetzt ruhiger, leiser, beherrschter. »Thalasis Streitmacht ist zerstreut und dennoch gefährlich und unberechenbar. Wir wissen nicht, wo seine Leute zuschlagen werden, und wenn das Illuma-Tal ein Ziel sein sollte – und gewiss hasst Thalasi keinen Ort mehr auf der Welt als das Il-luma-Tal! –, dann muss Arien Silberblatt hier mit seinem Volk auf der Hut sein. Schick eine kleine Einheit zu Benador, falls dies dein Wille ist, als ein Symbol der Unterstützung durch Lochsilinilume, aber du als Eldar musst hier bei deinem Volk bleiben, standhaft in der Verteidigung der Heimat und der Kristall-Berge.«

Wieder kam ein Windstoß und riss dem Zauberer den großen Hut vom Kopf, und Arien fing ihn behände mitten im Flug auf. »Du bist weise, mein alter Freund«, sagte er und erhob sich. »Und falls ich ältere Leute achten sollte, so bist du einer von nur vieren, auf die diese Bezeichnung überhaupt zutrifft.«

Ardaz blickte zu Arien auf, überrascht von dieser Bemerkung, und sah, dass der Elfenherrscher über seinen eigenen Scherz lächelte.

»Also muss ich bleiben«, fuhr Arien fort, und die Fröhlichkeit verflog. »Ich muss hier in meiner Heimat bleiben, obwohl Fahwayn sicherlich nach Talon-Blut dürstet und Sylvias Geist mich zur Rache aufruft.«

»Nein, Arien«, unterbrach ihn Ardaz. »Nein, auf keinen Fall! Deine Tochter ist in Frieden gestorben; ihr Geist ist nicht ruhelos. Sie starb in Frieden in dem Bewusstsein, mein Freund, dass sie ihre Pflicht erfüllt hat, dass die Verteidigung hielt und der tückische Thalasi zurückgeschlagen wurde. Das war Sylvias Entscheidung, so wie es auch deine Entscheidung gewesen wäre, wenn du dich an ihrer Stelle befunden hättest.«

»Wenn doch ich an Sylvias Stelle gewesen wäre«, bemerkte der Elfenherrscher, und in diesem Augenblick kam er Ardaz wirklich sehr alt und müde vor. Arien nickte und reichte Ardaz den Hut, dann begann er den langen Abstieg über die unsichtbare Treppe, die ihn zurück auf den Talgrund bringen würde.

Ardaz beobachtete ihn, wie er fortging, und er

wusste, Arien Silberblatts Augen würden nie mehr ganz so leuchten wie früher.

Mit einem tiefen Seufzer und einem ebenso tiefen Bedauern für alles, was dahin war, setzte er seinen Hut wieder auf, und als der Wind ihn sofort packte und der Zauberer ihn gerade noch erwischte, bevor er meilenweit davonsegelte, kam Ardaz zu dem Schluss, dass es Zeit war hineinzugehen. Durch einen Spalt, der so geschickt verborgen war, dass er vom Tal aus nur wie ein Sprung im Felsen aussah, trat der Zauberer auf eine schneebedeckte Wiese. Am Ende der kleinen Mulde, die von hochragenden steilen Felswänden umgeben war, stand direkt in die Bergwand gemeißelt Brisenballas, der Turm des Zauberers, dessen dunkle Fenster wie Augen und Nase und dessen große Tür wie ein Mund wirkte.

Als Ardaz den gebieterischen Schrei eines Raben hörte, hielt er auf dem Weg zur Tür inne. Er blickte auf, als der Vogel herabgeflogen kam und auf der Schulter des Zauberers landete. Die Kreatur schnurrte schon, als die Verwandlung begann – ein höchst seltsames Verhalten für einen Raben, aber schließlich handelte es bei ihr nicht um einen Raben, sondern um eine glänzende schwarze Katze, die sich bequem um Hals und Schultern des Zauberers legte.

»O Desdemona«, klagte der Zauberer. »Du bist zweifellos wieder unterwegs gewesen, um Schwierigkeiten zu machen, du unartige kleine Miezekatze. Darf ich erwarten, dass dir ein Falke auf dem Schwanz folgte?«

Ihre Verständigung erfolgte mehr durch Telepathie als mit Worten, obwohl die Katze einige Male miaute.

»Höchst seltsam«, bemerkte Ardaz, als er die Neuigkeiten überdachte, und kratzte sich an seinem struppigen Haar und seinem buschigen Bart. »Höchst seltsam.« Und damit nahm er die protestierende Katze von seinen Schultern und warf sie hoch in die Luft. Mit einem schrillen Schrei wurde Desdemona wieder zu einem Vogel, und auch Ardaz verwandelte sich – in einen großen und starken Adler, der seinen kleinen Rabenkameraden aufforderte, ihm den Weg zu zeigen.

In jener Nacht saß Thalasi noch lange in seinem Thronsaal. Draußen wütete der Sturm mit heftigen Regenschauern und grellen Blitzen. Irgendwie erschien ihm sein Thron zu groß – sowohl übertragen wie auch wörtlich gemeint –, als wäre sein Körper in demselben Maße geschrumpft, wie seine Macht weniger geworden war. Im Gegensatz zu früher waren keine Talon-Wachen mehr am Eingang postiert. Der Schwarze Hexer konnte es nicht riskieren, in diesen Zeiten Talons in seiner Nähe zu haben, wo er doch so verwundbar war und jede der elenden kriegerischen Kreaturen den schwachen alten Mann niederschlagen konnte, zu dem er geworden war.

Thalasi trommelte geistesabwesend mit der Hand auf dem Thron, dann fuhr er mit den Fingern über das glatte Holz seines Stabes, des Stabes des Todes, den er vom ältesten Baum in Blackemara genommen hatte, aus dem Herz des Sumpfes. Mit diesem Stab hatte Thalasi den Totengeist von Hollis Mitchell in die Welt zurückgeholt und Charon selbst im Kampf um die Herrschaft über den Geist des Getöteten besiegt. Als ob diese Großtat nicht schon erstaunlich genug gewesen wäre, hatte Thalasi dann Tote wiederbelebt, als Werkzeuge seines beherrschenden Willens – ein weiterer Beweis seiner Macht über den Tod selbst. Er konnte sogar noch die Macht spüren, die den Stab füllte und unter seiner sensiblen Berührung prickelte.

Er hatte daran gedacht, ihn erneut zu benutzen – er meinte, er könne dies sicher tun, da die Macht nicht von ihm käme, sondern aus dem Stab –, doch er fürchtete die möglichen Ergebnisse. Gewiss würde ein anderes Gespenst von der Art Mitchells ihm ins Gesicht lachen, wenn er versuchte, es zu beherrschen, ja, es würde ihn packen und ihn in das Reich des Todes zerren, wo Charon ungeduldig darauf wartete, es Thalasi für jene Niederlage heimzuzahlen. Selbst geringere Untote, so fürchtete der Schwarze Hexer, würden sich seiner Kontrolle entziehen, würden ihn verschlingen und sinnlos in der Welt herumwandern.

Doch trotz der möglicherweise unheilvollen Folgen spielte der Schwarze Hexer erneut mit dem Gedanken. Seine Situation wurde von Tag zu Tag schlimmer, das wusste er; Talons flüsterten davon, ihn zu ersetzen, und wenn sie dies versuchten, dann würde er kein Gegenmittel haben, nicht einmal einen Bluff, um sie abzuschrecken.

Thalasi schaute durch die kleinen Fenster des Thronsaals hinaus in den Sturm. Er sah darin nicht ein unzeitiges, wenn auch natürliches Ereignis, sondern einen Fingerzeig, dass die Zeit gekommen war. Er nahm den Stab und raffte seine Gewänder und den schweren Mantel zusammen, dann verließ er den Thronsaal und auch Talas-dun. Er bemühte sich sehr, nicht gesehen zu werden – was nicht besonders schwer war, da die Talons mit ihren nächtlichen Orgien beschäftigt waren.

Er folgte zittrig den vom Regen schlüpfrigen Felspfaden. Die Winde peitschten ihn und ließen den schwarzen Mantel um die roten Gewänder flattern. Bald kam er an einen Ort außer Sichtweite der schwarzen Festung, wo die Talons von Talas-dun ihre Toten begruben – sofern sie sich überhaupt die Mühe machten, ihre Toten zu bestatten.

Thalasi blickte sich nervös nach den feuchten Erdhaufen um, die anzeigten, wo sich die neueren Gräber befanden. Er trat zu einem dieser Gräber, da er vermutete, ein erst jüngst gestorbener Talon würde leichter wieder ins Leben zu holen sein. Er packte seinen Stab fest, berührte ihn mit den Lippen und versuchte in dessen Macht hineinzublicken, um zu sehen, ob er nur den Narren spielte. Mehr als einmal war er nahe daran, den Friedhof zu verlassen, doch dann kam ihm immer wieder das Bild von den Talons auf dem Laufgang in den Sinn, von jenen beiden, die ihn missachtet hatten. Nein, er war nicht länger der Herr von Talas-dun; er war der Hanswurst, der Hampelmann für das Talon-Publikum. Wenn dieses gnadenlose Publikum sich langweilte …

Thalasi stampfte mit dem Stab auf den Erdhügel und schickte ein wenig von dessen Energie aus. Knisternd wie kleine schwarze Blitze drang sie in den Erdboden. *»Benak raffin si«*, rief er leise und achtete darauf, nicht an den Namen des Talons zu denken, da er befürchtete, es würde sonst zusammen mit dem Körper auch die fühlende Seele des Wesens mit hervorkommen. Er rief erneut und spürte die magische Verstärkung seiner Stimme, als sich die Macht das Stabes mit seiner sterblichen Hülle verband.

Und wie großartig sich das anfühlte! Diese Energie, diese Macht durchströmte und stärkte ihn, obwohl es immer noch nur ein bloßer Schatten der Herrlichkeit war, die Morgan Thalasi einst gekannt hatte.

Dann war er fertig, und lange Zeit war nichts zu hören außer dem Wind und dem Regen.

Und dann endlich rührte sich etwas in dem Haufen aus nassem Erdboden. Thalasi trat vorsichtig zurück, dann tat er einen weiteren Schritt rückwärts, als eine graue Hand – das verwesende Fleisch voller Würmer – durch den Boden stieß und ins Leere griff. Eine weitere Hand drang hervor, beide fanden festen Halt auf dem Boden und schoben Kopf und Schultern hoch. Und dann stand die Kreatur auf, schüttelte mit einem Achselzucken die Erdkrumen ab, kaum einen Schritt von dem Schwarzen Hexer entfernt, der darauf gefasst war, gegen den Unhold loszuschlagen oder zu flüchten, falls seine Magie misslingen sollte.

Ein langer Augenblick verging; selbst der Sturm schien innezuhalten und den Angriff des Untoten zu erwarten.

Doch dieser Angriff kam nicht. Der Untote stand reglos da und starrte den Schwarzen Hexer, den Besitzer des Stabes, mit trüben Augen in leeren Augenhöhlen an.

Er starrte blicklos auf seinen Herrn und Meister.

Als Thalasi dies feststellte, konnte er kaum seine Freude im Zaum halten. Mit dem Stab hatte er erneut Macht gefunden – eine wahre, verfügbare Macht –, und der Untote gehorchte ihm aufs Wort. Mit wachsendem Selbstvertrauen trat der Schwarze Hexer an einen anderen Hügel und holte einen weiteren Untoten hervor, dann ging er zu einem älteren Grab, aus dem sich dann nach seinem Willen ein Skelett erhob.

Noch vor dem Morgengrauen ging er zurück nach Talas-dun, eine Armee Untoter auf den Fersen. Wie das Schicksal es wollte, traf er am offenen Tor der Burg auf denselben Talon, der am vorhergegangenen Nachmittag auf dem Laufgang auf ihn zugekommen war. Es war eine besondere Freude für Thalasi, dass es sich dabei um den Größeren der beiden handelte, der einen direkten Befehl missachtet hatte. Die entsetzte Kreatur wich mit fuchtelnden Händen und hervortretenden Augen zu einer Mauer zurück, und plötzlich versagte ihr die Stimme.

Mit einem Achselzucken hetzte Thalasi den ihm am nächsten stehenden Untoten auf den Talon los, und als dieser erschlagen war, nahm der Schwarze Hexer seinen ruchlosen Stab und versetzte auch diesen Talon in einen untoten Zustand. »So oder so wirst du mir gehorchen«, sagte er glucksend in den ausdruckslosen Blick des Toten.

Ja, heute würde er die lebenden Talons, seine Haustiere, ein paar neue Tricks lehren.

KAPITEL 7

Die Zauberin und der Totengeist

Als der junge Halbelf erwachte und erkannte, dass er sich allein im Lager befand, riss er die schläfrigen Augen weit auf. Er hätte es wissen sollen, so meinte er, hätte sich im Klaren sein sollen über die tiefe Verzweiflung seiner Gefährtin. Und in solchen gefährlichen Zeiten, so wusste Bryan, verwandelte sich eine solche finstere Verzweiflung oft in Torheit.

Rhiannon war allein losgegangen, genau so wie er in der vorhergegangenen Nacht. Um sich einer Gefahr zu stellen, ohne Zweifel, wahrscheinlich um etwas zu beweisen, was nicht bewiesen werden musste.

Bryan verfluchte sich wiederholt, als er seine Kleidung glattstrich und seine Habseligkeiten aufsammelte. Es war seine Schuld, so glaubte er, denn er hatte Rhiannon mit seinen Worten über die abnehmende Macht der Magie tief getroffen.

Wenn ihr jetzt etwas geschähe, dann könnte er sich das nie verzeihen.

Im frisch gefallenen leichten Schnee fand der junge Krieger die Spur der Zauberin ganz mühelos. Sie war – nicht überraschend – nach Norden unterwegs, hinaus aus den Baerendel-Bergen in die offeneren Gefilde, wo es noch massenhaft kampflustige Talons gab.

Teils laufend, teils gehend, kam Bryan an jenem Morgen gut voran, denn das felsige und unebene Gelände ließ einem Reisenden nur wenig Wahl. Rhiannon strebte offensichtlich zu den Ausläufern im Norden, und dorthin gab es nur wenige Pfade, denen sie folgen konnte, und die dünne Schneedecke, die sogar die leichten Schritte der jungen Zauberin verriet, erlaubte es Bryan, schnell und stetig zu laufen. Doch er wusste, dass er nicht nennenswert aufholte, und dies beunruhigte ihn sehr. Denn sobald er zu den niedrigeren Ausläufern kam, würden sich die Richtungen, die Rhiannon einschlagen konnte, vervielfachen, und ohne die schützenden Felswände würde der Wind ihre Fußspuren verwehen. Am Ende des Tages hatte Bryan die Berge verlassen und folgte der Hauptstraße, welche diese Gegend in Richtung Westen durchquerte, denn die letzten Spuren, die er von Rhiannon gesehen hatte, waren nach Westen verlaufen. Er trabte dahin und schaute dabei oft seitwärts in der Hoffnung, die Zauberin würde, wenn sie die Straße verließe, nicht so weit entfernt sein, dass er sie nicht sehen würde.

Vor ihm ging die Sonne unter. Vor dem rosafarbenen Hintergrund entdeckte der Halbelf die Silhouette eines Wagens, der langsam auf der Straße dahinrollte. Bryan duckte sich tief, lief aber weiter, schob den Schild über seinen Arm und zog sein Schwert. In diesen düsteren Zeiten bedeuteten Wagen in den westlichen Gefilden Talons und nichts anderes. War Rhiannon an dieser Gruppe vorbeigekommen? Oder befand sie sich irgendwo abseits der Straße, beobachtete die vorüberziehenden Unholde und schmiedete einen Plan, um sie zu vernichten?

Oder – ein düsterer Gedanke – war sie schon mit ihnen zusammengetroffen, war sie auf einen Feind gestoßen, der ihr mit ihren verringerten Fähigkeiten überlegen war …?

Von dieser Überlegung angespornt, senkte der Halbelf den Kopf und rannte los, was seine Beine hergaben. Zum Glück für den verzweifelten Bryan hatten die beiden Talons, die vorne auf dem Kutschbock saßen, nicht geringe Schwierigkeiten mit ihren Zugtieren, denn nicht Pferde oder Ochsen waren vor das Gefährt gespannt, sondern ein Paar riesiger Echsen, die von ihrer Aufgabe nicht sonderlich begeistert waren.

Der Karren war von einer Plane überdacht, doch hinten offen. Bryan war nicht allzu sehr besorgt, dass einer der beschäftigten Kutscher sich umdrehen und ihn erblicken würde. Geräuschlos schlich er sich an die Rückseite heran und tat einen tiefen und beruhigenden Atemzug, dann sprang er auf das Trittbrett am Wagenende und hievte sich mit derselben fließenden Bewegung ins Innere des Karrens.

Und purzelte mitten unter drei sehr überraschte Talons.

Bryans Schwert zuckte nach rechts und fuhr einem Talon über die Brust. Mit dem Schild stieß er nach links und warf den Unhold um, der auf dieser Seite saß, dann setzte er mit einer schnellen Drehung seines Handgelenks zu einem Vorwärtsstoß an und durchbohrte den Mittleren der Gruppe. Ein zweiter Hieb nach rechts, diesmal etwas höher über die Kehle des Talons, erledigte die Kreatur, dann fällte ein zweiter Stoß mit dem Schild den letzten der drei betäubt zu Boden.

»Worum rauft ihr euch denn jetzt?«, knurrte einer der Kutscher, doch dann ging seine Frage in Gebrüll über, in einen Schrei purer Todesangst, als Bryans Schwert durch die Wagenplane und eine Ritze in der Rückenlehne des Kutschbocks stieß und in das Rückgrat des Talons drang.

Der Kutscher sackte zusammen. Sein Kamerad heulte erschrocken auf und ließ die Zügel los, sprang vom Kutschbock und landete strampelnd in Matsch und Schnee.

Bryan sprang vom Wagen herab und trabte los. Noch im Laufen spannte er den Bogen. Als er den Wagen umrundete, entdeckte er den flüchtenden Talon, der etwa zehn Schritt entfernt rannte, törichterweise in schnurgerader Richtung. Ein leichtes Ziel, das Bryan gern annahm, und schon lag der Talon mit dem Gesicht nach unten zappelnd da, und der Schnee um ihn herum rötete sich.

Bryan hielt sich nicht damit auf, diesem Talon den Todesstoß zu versetzen. Er stieg wieder in den Wagen, trat zu dem Unhold, den er mit dem Schild niedergeschlagen hatte, und lehnte den Benommenen an die Seitenwand. Er schlug ihm leicht ins Gesicht und spritzte sogar Wasser darüber, bis der Talon ansprechbar war.

»Ich suche eine Freundin«, knurrte er ihm ins Gesicht. »Hast du sie gesehen?«

Die Kreatur starrte ihn ungläubig an. Ungeduldig versetzte Bryan ihm eine Ohrfeige. »Hast du sie gesehen?«, fragte er erneut, doch eindringlicher. Eine Bewegung an der Seite zog seine Aufmerksamkeit auf sich, und er hätte sich keine bessere Gelegenheit wünschen können, um zu zeigen, wie ernst es ihm war und wie sehr er dieses elende Wesen hasste. Mit einem schnellen Manöver war er über dem zappelnden Talon, dem er zwei Schwerthiebe versetzt hatte, richtete seine Schwertspitze auf die Schläfe und drückte den Kopf des Talons zu Boden.

»Hast du meine Freundin gesehen?«, fragte der Halbelf und betonte dabei jedes Wort.

»Äh?«

Mit einem Knurren stieß Bryan sein Schwert durch den Schädel des zappelnden Talons.

Der letzte von der Bande keuchte schwer, als der Halbelf wieder vor ihm Platz nahm. »Ich möchte mich nicht zu oft wiederholen«, sagte Bryan. »Ich suche eine Freundin, eine sehr mächtige Freundin, und wenn du mir nicht hilfst, dann sorge ich dafür, dass dein Tod langsam und qualvoll ist.«

»Unterwegs nach Corning«, brachte der Talon hervor. »Das große Biest geht nach Corning, so sagen Reisende.«

»Biest?«

»Ein großes Biest«, stammelte der Talon. »Große Angst.«

Bryan nickte. Es war verständlich, dass die einfältigen Kreaturen die mächtige Rhiannon so sehen würden, und eine bessere Beschreibung würde dieser Talon wahrscheinlich nicht geben. Mit einem plötzlichen Ruck stieß der Schildarm des Halbelfen zu und zerschmetterte dem Talon das Gesicht, und als dieser nicht das Bewusstsein verlor, erledigte Bryan – der Talons gegenüber keine Gnade kannte – den Unhold mit einem einzigen Schwertstoß. Er zog die Klinge zurück und wischte sie an der Kleidung der sterbenden Kreatur ab, dann verließ er den Wagen. Einen Moment lang spielte er mit dem Gedanken, den Karren zu benutzen, doch nur einen Moment lang, denn er kam zu dem Schluss, dass er auf der offenen Straße viel zu auffällig und verwundbar wäre, und auch keineswegs sicher angesichts des Temperaments der riesigen, wilden Echsen. Er wagte es nicht, sich den gefährlichen Tieren zu nähern, obwohl sie fest angeschirrt zu sein schienen. Stattdessen trat er zurück, nahm seinen Bogen und schoss jedem der beiden Pfeile in den Kopf, bis sie tot am Boden lagen. Dann sammelte er seine Pfeile ein, erledigte den Einzigen noch verbliebenen Talon – denjenigen, den er auf der Flucht niedergeschossen hatte –, und begann wieder zu laufen, diesmal mit einem bestimmten Ziel im Sinn, einem Ort, den Bryan von Corning nur allzu gut kannte.

Sie war nur einmal hier gewesen, und damals hatte sich Corning in verzweifelten Vorbereitungen auf eine bevorstehende Invasion befunden. Doch selbst jene hekti-

sche Szenerie mit schreienden Menschen und ver-
schreckten Kindern kam der jungen Zauberin weit
angenehmer vor als das Bild des nunmehr zerstörten
Corning, denn nicht einmal der Winter konnte die
sichtbaren Erinnerungen löschen, die der Ort offenbarte: die Spuren von Morgan Thalasis zerstörerischem
Durchmarsch. Fast jedes Gebäude war jetzt ein ausgebranntes Gerippe, lediglich die Steinmauern standen
noch, mit den Giebeln an beiden Seiten – Skelette wie
die Gebeine Tausender Toter, die jetzt die Felder außerhalb von Corning, die Straßen der Stadt und die Wehrgänge der wenigen noch stehenden Teile der Stadtmauer bedeckten. Die sichtbare Besudelung durch Blut
war verschwunden, verdeckt vom Schnee, doch es
hing ein ekelhaft süßlicher Geruch in der Luft, der Bilder eines Massakers in den Sinn rief.

Die Tatsache, dass langgestreckte Schädel mit den
schrägen Stirnen der Talons vorherrschten, zeigte der
Zauberin, dass bei der verzweifelten Schlacht um Corning weit mehr Talons als Menschen – oder auch Elfen,
erinnerte sich Rhiannon und dachte dabei an Meriwindle – gefallen waren, doch wenn dieses Verhältnis
auch hundert zu eins oder tausend zu eins gewesen
sein mochte, so wäre dies doch nicht den Verlust des
schönen Corning wert gewesen. Corning war einmal
die zweitgrößte Stadt von Calva gewesen, nur übertrof-
fen vom herrlichen Pallendara selbst. Der Ort war aus
einem Krieg entstanden, errichtet zur Verteidigung der
westlichen Gefilde, doch in den Jahrhunderten des
Friedens, den die Region vor Thalasis Wiederkehr gekannt hatte, war Corning über seine ursprüngliche Bestimmung hinausgewachsen und hatte sich zu etwas
viel Wundervollerem entwickelt, zu einer Stätte von
Künstlern und Handwerkern, einem Ort mit wunderbaren Gärten und reich geschmückten Häusern.

Jetzt war davon nur ein ausgebranntes Skelett übrig,

eine Ansammlung zerstörter Mauern und ausgebleichter Gebeine. Wenn in einem zukünftigen Zeitalter jemand diese Überbleibsel ausgrub, was mochte er dann von Corning denken? Welche Rätsel würden diese Gebeine – Häuser, Verteidiger und Talons – aufwerfen? Würde sich dann die Welt überhaupt noch an Morgan Thalasis Geißel und seinen Versuch, in Calva einzudringen, erinnern? Würde die Welt noch an Belexus und Andovar denken, an König Benador und an Bryan von Corning und all die anderen, die so viel gegeben hatten, um die finstere Flut des Schwarzen Hexers zurückzudrängen? Angesichts der Schwächung der Magie fürchtete Rhiannon, dass man dessen nicht mehr gedenken würde, dass dies alles zu Geschichte werden würde, vergessen vielleicht oder verzerrt von jenen, die die Überlieferungen verdrehten, damit sie ihren persönlichen Zwecken dienten.

Die Myriaden von Gedanken, die sie heimsuchten, während sie die Ruinen betrachtete, kamen Rhiannon mehr als nur ein wenig seltsam vor. Sie war kaum mehr als zwanzig Jahre alt und hatte wenig Erfahrungen mit den Gebräuchen der Menschheit und deren Geschichte. Warum waren solche Sorgen auf einmal von solcher Bedeutung für sie?

Sie holte tief Luft, schüttelte all diese seltsamen Gedanken ab und konzentrierte sich stattdessen auf die Aufgabe, die vor ihr lag, auf die schlimme Sache, derentwegen sie nach Corning gekommen war. Die Quelle jener Finsternis war jetzt nahe, das wusste sie, vielleicht irgendwo inmitten der Mauern von Corning oder zumindest in Sichtweite der Stadtmauer.

Sie watete durch Haufen Gebeine zum niedergebrannten Osttor. Dessen Anblick war ebenfalls vielsagend, denn der Hauptangriff war nicht aus dem Osten, sondern aus dem Westen gekommen. Der Schwarze Hexer hatte anscheinend eine beträchtliche Anzahl seiner monströsen Krieger um die Stadt herum geschickt, um den Verteidigern jene Fluchtmöglichkeit abzuschneiden. Doch selbst hier hatten sich die Verteidiger offensichtlich gut gehalten und viele Talons getötet, während die entscheidenden Kampfhandlungen auf der anderen Seite der Stadt stattfanden.

Rhiannon holte tief Luft und trat durch das Tor in die Stadt. Hier fand sie die Gebeine von Menschen vermischt mit denen von Talons. Haufen von Knochen, zerschmetterten Schädeln und Skeletten, die von den Wehrgängen hingen und nur noch von ihren gefrorenen, zerlumpten Kleidern zusammengehalten wurden. Rhiannon, die so empfindsam und von wacher Wahrnehmung war, hörte die Rufe jener Toten, die Todesschreie, die düsteren Klagen. Sie schloss die Augen und erinnerte sich daran, wie sie nach ihrer magischen Schlacht gegen Thalasi selbst dem Tod nahe gewesen war, als sie den Weg zur Unterwelt betreten und jene feierliche Prozession gesehen hatte, die endlose Reihe jener, die im Krieg erschlagen worden waren.

Rhiannon war sich kaum bewusst, dass sie um Atem rang, und öffnete die Augen. Und da sah die junge Zauberin sie. Die Geister der Schlacht um Corning wanderten um sie herum und nahmen sie offensichtlich nicht wahr. Die Geister von Talons und Menschen, Überbleibsel derer, die hier gestorben waren, von einem Schwertstreich ihrer Lebensenergie beraubt. Die zwei Talons, die sie in der vorigen Nacht unterwegs belauscht hatte, hatten von solchen Gespenstern gesprochen und einer Gruppe ihrer Artgenossen, die mit ihrem Wagen zu dem einladenden Lagerfeuer gekommen waren, den Rat gegeben, sie sollten Corning um jeden Preis vermeiden.

Wirklich, hier spukte es. Und wenn auch Rhiannons Erfahrung mit dem Übernatürlichen das gewöhnliche Maß weit überstieg, so dauerte es doch eine Weile, bis ihr klar war, dass diese Geister keine Bedrohung für sie darstellten und nicht körperlich waren, nichts, das jemand, der für solche Dinge nicht empfänglich war, überhaupt wahrnehmen würde.

Etwas, das sich seitlich bewegte, ein dunkler Schatten, der hinter die Steinmauer einer kleinen Hütte schlüpfte, holte sie in die Welt der Lebenden zurück. Ein Talon, so vermutete sie, der auf der Suche nach leichter Beute den Geistergeschichten trotzte.

Rhiannon lief auf die Stelle zu, doch dann zögerte sie. Den Schatten hatte sie schon bemerkt, als ihre Augen in das Reich der Toten schauten und den Tanz der Geister beobachteten. Wenn die Kreatur nicht zumindest teilweise diesem Reich angehörte, hätte sie sie dann überhaupt bemerkt?

Diese Warnung bedenkend, drehte sich Rhiannon um und ging stattdessen zu einer nahen Hütte. Sie versuchte ihre magische Natur einzusetzen, um diese Präsenz besser wahrzunehmen, und sie war nicht überrascht, wenn auch bestürzt, als sie erneut auf die kalte Finsternis stieß, von der sie schon so viele Meilen entfernt in den Baerendels gestreift worden war. Jetzt war dieses Phantom hier, so nahe, und spürte Rhiannons Anwesenheit so deutlich wie die junge Zauberin die seine.

Plötzlich wünschte sich Rhiannon, sie hätte Bryan nicht verlassen, sie wünschte sich, dass sie noch in den Bergen wäre, weit weg von dieser Finsternis, von der sie fürchtete, dass sie für ihr eigenes Licht zu tief war. Rhiannon schaute zum Osttor zurück und schätzte die Entfernung ab sowie die Zeit, die sie brauchen würde, um Corning zu verlassen. Sie überlegte, ob sie mithilfe ihrer magischen Energie sich in etwas Flinkeres verwandeln oder einen Versuch der Teleportation wagen sollte, doch ein solcher Zauber war gewiss schwer zu wirken.

Sie überlegte und überlegte, suchte einen Ausweg, und es wirbelten ihr allerhand Möglichkeiten durch den Kopf.

Sie hörte das boshafte Gelächter, und alle diese Gedanken erstarben – es waren falsche Hoffnungen gewesen.

»Morgan Thalasi«, sagte die junge Zauberin laut und so ruhig, wie sie nur konnte. »So bist du also vom Schlachtfeld hergekrochen, nachdem ich und meine Freunde dich geschlagen haben …«

Das letzte Wort blieb ihr im Hals stecken, als sie sich umwandte und nicht Morgan Thalasi erblickte, sondern eine Kreatur, die sie nicht kannte. Es schien sich dabei um einen großen Mann zu handeln, und sicherlich um einen Toten, wenn auch seine Konturen ständig verschwammen und irgendwie unbestimmt wirkten, als sei er nicht ganz von dieser Welt.

Rhiannon kannte seinen Namen nicht und konnte auch nicht wissen, dass diese Perversion, diese Besudelung der lebenden Welt, tatsächlich Thalasis Geschöpf war. Sie konnte nicht wissen, dass diese Kreatur alles war, was von einem der Uralten übrig geblieben war, dass dieses scheußliche Wesen einmal ein Kamerad ihres Vaters gewesen war, durch den Schwarzen Hexer dem Griff des Todes entzogen.

Doch sie wusste instinktiv, dass diese Kreatur, diese üble, unnatürliche Perversion, der Mörder von Andovar war.

»Na, wenn das nicht eine erfreuliche Überraschung ist«, sagte Hollis Mitchells Totengeist. Der Klang seiner Stimme entsprach der unirdischen Erscheinung, der unnatürliche, mit Bosheit aufgeladene Ton peinigte die Empfindsamkeit der jungen Zauberin und erschütterte sie.

Rhiannon zitterte vor Zorn, nicht vor Angst. Ihr

Geist konzentrierte sich auf Andovar, auf die Erinnerung an seinen Tod, die unauslöschlich in die Gesichtszüge dieser schrecklichen Kreatur geschrieben stand. Sie langte in die Erde hinab, spürte das dort gespeicherte Leben, das unter der Schneedecke schlief, fühlte die Energie und die Kraft und holte sie herauf. Grasbüschel brachen überall um die Füße des Gespensts herum hervor, schoben sich durch den Schnee und wuchsen höher und höher.

Mitchell zischte, als er spürte, wie sie seinen nur halb physischen Körper streiften, und das Prickeln der Erdenergie fühlte, die brennende Macht des Lebens selbst. Der Totengeist knurrte und hob einen Fuß, doch das Gras, das sich nach Rhiannons Willen bewegte, wickelte sich schnell um den anderen Fuß und umschlang ihn immer fester.

Nun wurde der Schmerz heftig, beißender als alles, was Hollis Mitchell bislang gespürt hatte. Er kämpfte verzweifelt dagegen an, zuerst, indem er sein Szepter in Rhiannons Richtung schwang und schwarze Flocken in die Luft wirbelte, die auf sie zuschwebten. Dann ging Mitchell auf das Gras los und ließ die schwarzen Flocken überall um sich herum herabregnen. Die Erdenergie umloderte den Totengeist, und wie sie brannte! Doch wo immer die schwarzen Flocken aus der Keule auftrafen, schrumpften die Grasbüschel zusammen und starben, und allmählich ließ der Griff der Erde nach.

Auch Rhiannon mühte sich heftig, um dem perversen Flockenfall auszuweichen, den Mitchell über ihr niedergehen ließ. Sie winkte mit den Händen in der Luft herum und rief den Wind zu Hilfe, der viele der Flocken fortwehte. Doch ein paar drangen zu ihr durch, und die junge Zauberin schrie in glühender Qual auf.

Als schließlich der tödliche Sturm vorüber war,

blickte Rhiannon auf und sah, dass Mitchell sich aus dem Griff des Grases befreit hatte. Wo seine ständig verschwommen flackernde Gestalt stand, war der Boden tot, bildete eine schwarze Narbe der Erde. Wieder reagierte Rhiannon mit Zorn auf den Totengeist und auf sich selbst, weil sie die heilige Erde in ihren Kampf hineingezogen hatte. Erneut rief sie den Wind herbei und schleuderte ihn heftig gegen Mitchell. Die Wucht stieß ihn einen Schritt zurück.

Doch jetzt lachte der Totengeist, denn er erkannte, dass der Windstoß ihm nichts anhaben konnte und dass diese Magierin, wer immer sie auch sein mochte, nicht besonders stark war. Mitchells früherem Herrn und Meister war sie deutlich unterlegen – oder auch jener verdammten Hexe von Avalon oder selbst dem Silber-Magus von Lochsilinilume, die ihn beide so erniedrigt und verwundet hatten. Er kämpfte gegen den Angriff des Windes an, gewann aber keinen Boden. Doch der Totengeist war keineswegs beunruhigt, denn sobald diese kleine Frau ermüdete, würde er über sie herfallen, und sie würde um Gnade flehen. Und so hielten sie durch und kämpften gegeneinander, während viele Sekunden vergingen.

Mitchell benutzte das zeitweilige Patt, um seine Gegnerin einzuschätzen. Als das Gras durch den Schnee gesprosst war, hatte er zuerst gedacht, diese Frau sei Brielle in einer Verkleidung. Doch als er jetzt Rhiannon anschaute, wusste Mitchell, dass sie es nicht sein konnte. Die Gesichtszüge dieser Frau ähnelten ihr zwar: die gleichen leuchtenden Augen, wenn auch blau statt grün, und das gleiche wehende Haar – hier allerdings dunkel wie die Nacht, während Brielles Haare golden waren wie der Sonnenschein. Am bedeutsamsten von allem war jedoch der glitzernde Diamant mitten in ihrer Stirn, denn dies war ihr Zaubererzeichen, und der Totengeist wusste, dass sie dies nicht ändern konnte – weder in der Größe noch in der Form oder der Farbe.

Brielles Zaubererzeichen war grün, ein Smaragd.

»Wer bist du?«, fragte das Gespenst laut und drückte mächtig gegen den Wind der Zauberin, und wenn es auch nicht an Boden gewann, so verlor es auch keinen.

Rhiannon suchte in ihren Gedanken nach einer geistreichen Antwort, doch dann knurrte sie nur und verstärkte ihren Wind. Er verwandelte sich in eine Folge von Windstößen und wehte nicht mehr stetig – ein Zeichen, dass die Zauberin sich magisch erschöpfte.

»Wer bist du?«, fragte Mitchell erneut. »Du ähnelst so sehr Brielle, hast aber nur einen Bruchteil ihrer Macht.«

Rhiannon knurrte aufs Neue, diesmal lauter und eigensinniger, und der nächste Windstoß trieb den Totengeist einige Schritte zurück. Dann erwog die junge Zauberin kehrtzumachen und wegzulaufen, da sie fürchtete, sie könnte dieser Kreatur nichts mehr entgegensetzen und dass sie schon ihre Grenzen überschritten habe, indem sie gekommen war, um dieser Schwärze zu begegnen.

In der Atempause, die auf diesen Windstoß folgte, rückte Mitchell vor. Seine Wut schwoll an, seine Geduld war am Ende. Er wusste nicht, wer diese Hexe war, doch er hatte einen Verdacht. Mehr als alle anderen in der Welt – Belexus ausgenommen – hasste der Totengeist Brielle. Brielle, die verhindert hatte, dass er Belexus tötete. Brielle, die sein Geisterpferd unter ihm in Asche verwandelt und den gedemütigten Totengeist auf sein Hinterteil hatte plumpsen lassen. Brielle, die Essenz der Natur, die Verkörperung all dessen, was das untote Gespenst nicht war. Diese junge Hexe war irgendwie mit Brielle verbunden, so viel war Mitchell klar. Sie war zumindest in derselben Schule der Magie ausgebildet worden, und es tröstete ihn die Überzeugung, dass sein Sieg hier gewiss die Hexe von Avalon schmerzen würde.

Brüllend stürmte er los und nahm die Stöße von Rhiannons heftigem Wind hin, die seine Gestalt schwanken und seine Konturen verschwimmen ließen.

Der Wind würde nicht ausreichen, um ihn aufzuhalten, das wussten beide, und während Mitchell sich ihr näherte, ließ Rhiannon den Wind abrupt aufhören und rannte beiseite. Die plötzliche Windstille ließ Mitchell das Gleichgewicht verlieren.

Doch nicht annähernd so sehr, wie Rhiannon gehofft hatte. Sie streckte gerade die Arme zum Himmel aus und langte nach der Macht des Donners, jener gewaltigsten der Naturkräfte, als Mitchell sich auf sie stürzte und die Flocken aus seiner schrecklichen Keule über ihr schwebten.

Sie schrie auf und versuchte wegzulaufen, doch ihre Kräfte versiegten, und sie stolperte und fiel zu Boden. Sie blickte auf zu der über ihr ragenden Schwärze, zu ihrem Verhängnis.

Da stürzte sich eine andere Gestalt zwischen die beiden, und der Totengeist wich überrascht zurück.

»Üble Bestie!«, schrie Bryan von Corning. »Zurück mit dir in das Reich des Todes!« Der junge Krieger ging unerschrocken auf Mitchell los, zu sehr um Rhiannon besorgt, als dass er sich um die eigene Sicherheit sorgte. Sein Schwert blitzte wild, sauste an Mitchells unbeholfener Abwehr vorbei und verzeichnete einen Treffer nach dem anderen.

»Bryan«, hauchte Rhiannon. Sie war nicht erleichtert, denn der Aufschub würde nur von kurzer Dauer sein. Der Totengeist würde sie in seine Gewalt bekommen – und auch Bryan. Denn selbst gemeinsam waren sie diesem Wesen nicht gewachsen – nicht einmal, wenn Belexus und König Benador ihnen beigestanden hätten.

Bryan griff unerschrocken an und traf den Totengeist

im Bauch. Aber diese Klinge hatte keinen Biss, wie Mitchell und Bryan bald genug erkannten. Wie all die anderen konnte auch dieses Schwert der unirdischen Kreatur keinen Schaden zufügen.

Und so nahm Mitchell Bryans Hiebe hin, bald schon hob er nicht einmal mehr die Hand, um sie abzublocken, und bald danach zuckte er bei den gezielten Stößen des Halbelfen nicht mehr zusammen, sondern lachte und kam entschlossen näher.

Rhiannon griff zum Himmel empor und schrie mit aller Kraft auf, die ihr noch verblieben war. Sie spürte, wie sich in den Wolken die Energie sammelte; eine prickelnde Empfindung lief durch ihre erwartungsvolle Hand, konzentrierte sich in ihrer geschmeidigen Gestalt und knisterte dann aus ihrer Fingerspitze hervor: ein weißer Blitzstrahl, der in den Totengeist einschlug, durch ihn hindurchfuhr und die Steinmauer einer ausgebrannten Hütte zerschmetterte. Mitchell flog auf den Trümmerhaufen und stürzte zwischen die zerbrochenen Steine.

Rhiannon stand keuchend da und versuchte, ihr Gleichgewicht zu bewahren. Sie wurde fast ohnmächtig, als sie sah, wie der Totengeist sich vom Boden aufrappelte und dabei ständig lachte, wie Bryan furchtlos angestürmt kam, das schimmernde Schwert voran und wie ein schneller Schlag mit der fürchterlichen Waffe Bryan zwar nur streifte, aber den jungen Halbelfen trotzdem durch die Luft schleuderte, so dass er hart auf dem Steinhaufen landete. Er lag auf dem Boden, zuckte krampfhaft und stöhnte, während er heftig nach Luft schnappte.

Das wäre das Ende von Bryan von Corning gewesen, doch Rhiannon, die sich mit Recht für das eigentliche Ziel des Totengeistes hielt, drehte sich um und lief davon, dicht gefolgt von Mitchell. Sie rannte durch den offenen Friedhof, zu dem Corning geworden war, stolperte oft und zwang sich durch reine Willenskraft wieder auf die Beine, entschlossenen, wenigstens Bryan zu retten.

Mitchell kam bei jedem Schritt näher und sein höhnisches Gelächter hallte Rhiannon in den Ohren.

Dann wurde sie zu einem Vogel – irgendwie fand sie die Energie dazu – und flog davon, doch nicht so schnell, dass Mitchell nicht hätte Schritt halten können. Immer weiter ging die Jagd, durch das Tor hindurch und über die Felder. Aus Sekunden wurden Minuten, und immer noch flog Rhiannon weiter, Mitchell wenige Schritte hinter sich. Bald war der Fluss in Sicht, und dort gedachte Rhiannon zu entkommen, wobei sie hoffte, Bryan hätte sich bis dahin ausreichend erholt, um zu fliehen und sich zu verstecken. Sie setzte zu einem Steigflug an, um aus Mitchells Reichweite zu gelangen, doch der Totengeist hatte einen solchen Schritt erwartet und stürmte noch wilder voran, schwang sein Szepter und überschüttete die zum Vogel gewordene Zauberin mit einem Schauer quälender Flocken.

Ihr Magie ließ sie im Stich; Rhiannon landete hart auf dem Boden und rutschte im Schnee dahin. Sofort rappelte sie sich wieder auf, taumelnd und vor Qual und Angst schreiend, doch da hatte er sie schon: seine graue tote Hand krampfte sich um ihre Schulter. Wie tödlich kalt war dieser Griff! Und die schreckliche Keule fuchtelte vor ihrem Kopf und versprach ihr einen schrecklichen Tod.

Dann verlor Rhiannon das Bewusstsein.

KAPITEL 8

Zu zweit ... nein, zu dritt ...
nein, zu viert

Wie Belexus vermutet hatte, als er zu Fuß in Avalon aufgebrochen war, bestätigte sich, dass er auf Calamus keine langen Strecken fliegen konnte. Der Wind war einfach zu kalt, wann immer die beiden sich hinter dem Schutz einer Felswand hervorwagten. Der struppige Pegasus, dessen Winterfell dicht war und dessen starke Muskeln hart gegen jenen Wind ankämpften, beschwerte sich keineswegs, doch die Finger und Zehen des Waldwächters wurden viel zu schnell taub. Meistens endete ein Flug, sobald sie ein geeignetes Lager gesichtet hatten.

Der stoische Belexus blieb jedoch unverzagt und sah einen besonderen Vorteil darin, dass er Calamus bei sich hatte. Der hohe Ausguck von Calamus' Rücken ermöglichte es dem Waldwächter, seine Wege zu planen und sich eine gute Vorstellung davon zu machen, wo er sich in diesem anscheinend unendlichen Gebirge befand. Manchmal, wenn das unbeständige Wetter und die Bergwände es erlaubten, konnte er meilenweit schauen, und selbst wenn die Aussicht nicht versperrt war, kam Belexus auf einem fünfminütigen Flug mit Calamus oft weiter voran, als er es mit einem halben Tagesmarsch auf den gewundenen und steilen Bergpfaden geschafft hätte.

Belexus brauchte fast zwei volle Tage, um das beste Vorgehen bei seiner Suche herauszufinden. Die Kristall-Berge waren ausgedehnt und hoch, und sie reichten weiter, als der Waldwächter sich je vorgestellt hatte.

So gelangte er zu der Überzeugung, dass seine Reise ohne Calamus eine Torheit gewesen wäre. Er befürchtete, dass selbst mit dem Pegasus Monate der Suche vor ihm lagen und dass er vielleicht hundertmal am Drachenlager vorbeikommen und es nicht bemerken würde. Also galt es planmäßig vorzugehen. Belexus begann Landmarken zu suchen, seltsam geformte Gipfel oder unverwechselbare Täler. Er musste sich sicher sein, wo er schon einmal gewesen war, bevor er entscheiden konnte, wohin er als Nächstes gehen sollte.

Im Laufe der nächsten Tage kam er gut voran, und auch das Wetter besserte sich. »Wir müssen in dieses tiefere Tal hinunter«, erklärte er Calamus kurz nach dem Aufwachen, als der Himmel gerade hell zu werden begann. Sie hatten in einer geschützten Felsnische an der Südwand eines hohen Berges kampiert und befanden sich noch nicht über der Baumgrenze, aber auf diesem bestimmten Gipfel hatte ein Feuer oder eine andere Katastrophe anscheinend das Laub vernichtet, und der Humus war weggespült worden, bevor weitere Bäume oder größere Sträucher einen Halt finden konnten.

»Ich brauche etwas zu essen«, erklärte er und kam sich dabei nicht im Geringsten närrisch vor, dass er mit Calamus sprach, denn er war sicher, dass dieser jedes Wort verstand. Um dies zu unterstreichen, hielt der Waldwächter sein Bündel hoch, das jetzt viel leichter war. »Ich muss mich gegen den kalten Wind polstern.«

Der Pegasus wieherte und stampfte mit den Hufen auf den Boden.

Belexus warf ein weiteres Scheit in das Feuer und ließ sich Zeit. Er achtete darauf, dass er richtig satt und aufgewärmt war, bevor er sich auf den Weg machte. Er erinnerte sich beständig daran, dass Ungeduld in den winterlichen Kristallbergen den Tod bedeuten würde, und so unterdrückte er den Wunsch, diesen Teil des

Abenteuers möglichst schnell hinter sich zu bringen, damit er Rache an dem Totengeist nehmen und seinen Freund Andovar endgültig zur Ruhe betten konnte. Doch hier musste ein jeder Schritt gründlich vorbereitet werden. So war schon der halbe Vormittag vorüber, als er alles ordentlich in die Satteltaschen gepackt hatte. Als Letztes nahm er Bogen und Köcher und hielt sie griffbereit, wie er es immer tat, wenn er sich auf seinem geflügelten Ross in der Luft befand.

Eine Bewegung hoch über ihm, ein schwarzer Fleck, der am Rand seines Blickfelds durch die Luft huschte, erregte gerade in dem Moment seine Aufmerksamkeit, als er sich anschickte, den Pegasus zu besteigen. Im Nu hatte er einen Pfeil an den Bogen gelegt, die Sehne bis an die Grenze gespannt und gezielt. Wieder sah er den Fleck und dann einen größeren dahinter, ziemlich hoch, aber schnell herabstoßend.

Der Waldwächter betete zu den Colonnae und zu dem Geist des Vogels und dankte ihnen dafür, dass sie ihm Beute brachten und ihm so vielleicht einen ganzen Tag der Nahrungssuche in den tiefer gelegenen Tälern ersparten.

Die Vögel kamen herunter, und Belexus hob den Bogen. Der erste der beiden, ein Rabe, schwenkte schnell aus dem Blickfeld, doch der zweite, ein Adler, setzte seinen direkten Sinkflug fort. Belexus kam es seltsam vor, dass der Raubvogel die Jagd auf den kleineren Vogel aufgegeben hatte, und als der Adler immer tiefer und tiefer schwebte und in Schussweite kam, fragte er sich, welchen Anteil die Colonnae wohl an der Beschaffung dieser Mahlzeit haben mochten.

Gewiss verabscheute es Belexus, einen Adler zu erlegen, den majestätischsten aller Jäger. Aber er konnte auch nicht seinen knurrenden Magen oder die Wichtigkeit seiner Suche ignorieren, und so zielte er scharf, spannte die Sehne und schickte den Pfeil ab.

Der Schrei, der ertönte, lange bevor der Pfeil sein Ziel traf, war nicht der Laut, den der Waldwächter erwartet hatte, und unerwartet war auch die abwehrende Bewegung, denn anstatt sich schnell auf den Schwingen zu drehen, brach der Adler seinen Sinkflug heftig flatternd ab, und bei den heftigen Bewegungen verschwammen sein Konturen, er schwankte, wurde größer und wechselte Gestalt und Farbe.

Dem Waldwächter blieb der erschrockene Schrei im Hals stecken, denn bevor der Pfeil auch nur die Hälfte seines Weges zurückgelegt hatte, war die fremde Kreatur kein Adler mehr, sondern ein Mann in blauen Gewändern mit einem buschigen weißen Bart und einem hohen, spitzen Hut. Der Zauberer fuchtelte hektisch mit den Armen, krümmte und drehte sich und fluchte lauthals.

Der Pfeil verschwand in dem blauen Durcheinander. Ardaz stürzte nahezu fünfzig Fuß hinab und landete knirschend im verharschten Schnee auf dem offenen Felssims nicht weit von Belexus und Calamus entfernt.

»Bei den Colonnae!« Belexus tat einen verzweifelten Sprung über das Gestein, rutschte die letzte vereiste Strecke hinab und fiel nicht weit von Ardaz in den Schnee. »Oh, das habe ich nicht gewusst!«, rief er, richtete sich auf und langte nach dem gestürzten Mann, um ihm aufzuhelfen.

Zu seiner Überraschung sprang der Zauberer vor ihm auf die Beine und begann sich hektisch die Gewänder glattzustreichen.

»Tja, das hat natürlich weh getan!«, schalt Ardaz. »Ich bin zu alt dafür, jawohl, das bin ich, um noch im Schnee zu spielen!«

Belexus gaffte ihn ungläubig an und konnte kaum glauben, dass der Zauberer anscheinend unverletzt war, ja, dass er überhaupt noch am Leben war, und zwar hier, so viele Meilen von seiner Heimstatt im Illuma-Tal entfernt.

Ardaz nestelte weiter an seiner Kleidung herum und zog sie zurecht. Da hing der Pfeil des Waldwächters in den Falten des bauschigen Gewandes direkt an der Stelle, die das Hinterteil des Zauberers bedeckte. Ardaz zog den Pfeil heraus und reichte ihn Belexus mit einem mürrischen Grinsen im bärtigen Gesicht. Dann griff er hinter sich, um seine Gewänder zu zeigen, oder genauer gesagt: die beiden Löcher, die jetzt in dem dicken Stoff klafften.

»Natürlich, wenn der Wind weht, dann wird er meine Phantasie kitzeln, jawohl«, brummte der Zauberer. »Oh, wo ist denn mein Hut?« Er schaute sich um und war offensichtlich bekümmert.

Belexus hatte auch den großen, spitzen Hut fallen sehen, und es tat ihm Leid, Ardaz sagen zu müssen, dass die Kopfbedeckung den Felssims verfehlt hatte. Bei dem starken Wind konnte er irgendwo im Umkreis von ein oder zwei Meilen hingeweht worden sein.

Ardaz rannte schnell zum Felsrand und lehnte sich beim Hinabschauen so weit vor, dass Belexus vorsichtig hinter ihn trat und ihn an der Rückseite seines flatternden Gewandes packte.

»Das Gewand kann ich reparieren«, brummte Ardaz, drehte sich zu Belexus um und stieß mit einem Klaps seine Hand weg – und als Belexus ihn losließ, fiel Ardaz fast vom Sims. »Darin bin ich gut, weißt du, und darin habe ich sehr viel Übung, jawohl! Aber der Hut! Das ist ein Verlust, und ich habe ihn doch so lange gehabt. Und wo ist Des, die närrische Katze?«, fuhr er fort, wobei er auf dem Felssims herumhüpfte und nach allen Seiten schaute. »Ein Zauberhut, weißt du«, klärte er Belexus auf, schüttelte seine Faust gegen den Wind und rief: »Desdemona!«

»Ich dachte, du wärst …«, begann der Waldwächter.

»O ja«, fiel ihm Ardaz ins Wort, schnalzte mit den Fingern und schien nicht einmal zu merken, dass Belexus etwas sagen wollte. »Ein verzauberter Hut, um meinen Kopf warm zu halten. Schließlich sind da oben nicht viele Federn, wenn ich ein Adler bin! Aber das spielt keine Rolle; ich werde mich zu Tode erkälten und mit meinem Geniese jeden Talon in den Kristallbergen aufwecken, zweifellos, und dann musst du zur Buße für deine Torheit jeden Einzelnen töten.«

»Du warst doch nicht … ich kann doch nicht …«, versuchte Belexus es erneut, doch vergeblich.

Brummend fasste Ardaz sich an seinen dichten Haarschopf, der im Morgenlicht mehr silbrig als weiß schimmerte. »Desdemona!«

Belexus setzte erneut zum Sprechen an, überlegte es sich dann anders und klatschte mit seinen starken Händen kräftig auf Ardaz' Schultern, wodurch er die gefährlichen Bewegungen des Zauberers und auch sein Gerede zu beenden hoffte. Ardaz schaute ihm direkt in die Augen und blinzelte wiederholt.

»Immer mit der Ruhe, mein Freund«, sprach ihn der Waldwächter an.

»Das wäre alles nicht passiert, wenn du nicht auf mich geschossen hättest«, erwiderte Ardaz trocken.

Belexus konnte sein Gelächter nicht länger zurückhalten. Er brach in ein regelrechtes Geheul aus und erntete einen finsteren Blick von dem alten Mann, doch das Stirnrunzeln verschwand schnell, als auch Ardaz in die Fröhlichkeit einstimmte. »O ja, das war ein guter Schuss, jawohl!«, brüllte der Zauberer und langte noch einmal zu den zwei Löchern. »Direkt zwischen die Unterschenkel!«

Sein Gelächter verflog, als er einen Moment über diese Worte nachdachte, und sein Gesicht erbleichte. »Etwas zu gut«, murmelte er dann.

»Ich bin froh, dir zu begegnen, mein Freund«, sagte Belexus. »Aber warum bist du hier, so weit weg von deinem Heim?«

Ardaz schnaubte. »Nicht so weit weg von meinem Heim wie Belexus von Avalon«, entgegnete er. »Und ich bin mit eigener Kraft hierher gekommen, statt einen armen alten Pegasus zu zwingen, mich hierher zu tragen, jawohl!«

Belexus gab in diesem Punkt mit einem Nicken nach und versuchte nicht einmal zu erklären, dass Calamus aus eigenem Antrieb gekommen war.

»Also, was ist es, das einen Waldwächter im Mittwinter aus dem Wald weglockt?«, fragte Ardaz unverblümt. »Besonders einer, der ein solches Gefallen an meiner Schwester gefunden hat – und du und ich, o ja, wir werden darüber später noch reden!«

Belexus errötete heftig, doch die bloße Erwähnung Brielles ließ Wärme durch seine Adern fließen. »Eine Suche«, gestand er.

»Eine Suche?«, wiederholte Ardaz in einem etwas beherrschteren Ton. »Nun, so wird die Geschichte ja noch interessanter. Doch was für eine Suche?«, drängte er. »Ich vermute, dass man in dieser Zeit des Thalasi hundertmal hundert finden könnte, hundertmal tausend, jawohl! Bist du etwa auf Talon-Jagd?«

»Ich habe nur einen wirklichen Feind«, sagte Belexus ernst.

Ardaz schnaubte erneut. »Nur einen?«, fragte er skeptisch. »Ich werde dir tausend mehr als einen zeigen. Fliege mit mir zu den Vier Brücken … äh, das heißt: dorthin, wo die Vier Brücken einmal vier Brücken waren, mit König Benador, und ich werde …«

»Nur einen Feind«, wiederholte Belexus, und seine Stimme klang dabei so grimmig, dass sie selbst auf Ardaz eine ernüchternde Wirkung hatte. »Erst wenn Mitchells Totengeist zur immerwährenden Ruhe gebracht ist, werde ich nach meinem nächsten Feind Ausschau halten.«

Ardaz nickte verstehend. Natürlich, Mitchells Totengeist, Andovars Mörder. »Ich bitte um Verzeihung, wenn es dumm klingen mag, aber gehst du nicht in die falsche Richtung?«, fragte der Zauberer, so höflich er konnte. »Selbst wenn er sich aus dem Fluss gezogen hat, würde der Totengeist sich weit südlich von hier befinden und wahrscheinlich nach Westen unterwegs sein. Hast du vor, die Welt zu umrunden – und sie ist ja rund, weißt du«, fügte er mit einem Zwinkern hinzu, »um der Bestie entgegenzukommen?«

Die absurde Frage hätte bei Belexus, dem es ganz ernst war, Verärgerung ausgelöst, wenn er nicht von Ardaz daran erinnert worden wäre, dass der Zauberer in seiner letzten Begegnung mit dem Totengeist neben ihm gestanden war, Schulter an Schulter auf der nördlichsten der Vier Brücken, und dass Ardaz die Brücke gesprengt und so Mitchell in den Fluss geschleudert hatte.

»Ich suche eine Waffe«, gestand Belexus. »Ein Schwert, das Brielle mir gezeigt hat, vielleicht das Einzige in der ganzen Welt, das dem untoten Dämon, den der Schwarze Hexer auf uns losgelassen hat, einen Schaden zufügen kann.«

»Hier oben gibt es doch keine Ansiedlungen«, überlegte der Magus. »Hier ist keine Menschenseele zu finden. Vielleicht ein paar Talons, aber von denen wird kaum einer eine solche Waffe besitzen, jawohl!«

»Es geht nicht um eine Ansiedlung«, erklärte Belexus, »sondern um eine Höhle.«

»Ach, dieses Wort gefällt mir gar nicht!«, erwiderte Ardaz und schüttelte lebhaft Hände und Kopf. »Eine Höhle. Eine Höhle«, wiederholte er mehrmals und ließ dabei jedes Mal die Worte anders von seiner Zunge gleiten, doch immer schüttelte er sich, wenn er sie aussprach. »Da muss man ja an Drachen und dergleichen denken. Oje, eine Höhle.«

»Ja, das muss man«, erwiderte der Waldwächter gelassen.

Ardaz verstummte und starrte Belexus eindringlich an. »Ein Drache?«, brachte er schließlich nach einer langen Pause hervor, wobei er die Arme ausstreckte und mit den Händen unter dem Saum seiner großen Ärmel fuchtelte, sodass sie wie unheilverkündende Schwingen aussahen.

»Das sagt die Zauberin«, antwortete Belexus ohne Zögern.

»Du bist hinter einem Schwert her, das sich in einer Drachenhöhle befindet?«

»Ich suche die einzige Waffe, mit der ich es meinem Feind heimzahlen könnte«, erwiderte Belexus entschlossen, und sein Ton verriet dem Zauberer unmissverständlich, dass alle Hindernisse, die zwischen dem Krieger und dem Schwert stehen mochten, bedeutungslos waren.

»In der Höhle eines Peitschendrachen?«, fragte Ardaz hoffnungsvoll, denn davon hatte Belexus schon viele besiegt.

»Eines echten Drachen«, antwortete der Waldwächter.

»Eines kleinen Drachen?«, fragte der Zauberer wieder in hoffnungsvollem Ton.

Belexus kreuzte die Arme über der muskelbepackten Brust und schüttelte langsam den Kopf.

»Eines schlafenden Drachen?«

Der Krieger zuckte mit den Achseln, als sei auch dies nicht von Bedeutung.

»Nun gut, dann lasst uns hoffen«, versetzte Ardaz plötzlich erregt.

»Uns?«

»Dich und mich natürlich«, brüllte der Zauberer. »Uns. Verstanden?«

»Ich kann nicht …«, begann Belexus.

»Was kannst du nicht?«

»Ich kann dich nicht …«

»…aufhalten, ganz richtig«, beendete Ardaz den Satz. »Natürlich kannst du das nicht. Ich folge meinem eigenen Pfad, weißt du. Das ist eine der Vereinbarungen mit den Colonnae, als sie mich zum Zauberer machten, und die ist maßgeblicher als alles, was du einwenden magst.«

»Ich bitte nicht darum, dass …«

»Ich auch nicht, ich auch nicht«, fiel ihm Ardaz schnell ins Wort.

Der Waldwächter seufzte tief und hob resigniert die Hände.

»Ich will mitgehen, denke ich, also werde ich es tun«, sagte Ardaz entschieden. »Doch zuerst muss ich meinen Hut finden und mich um das Loch an meiner Kehrseite kümmern. Oh, wie die Zugluft kitzelt! Wohin kann nur mein Hut geflogen sein?«

Belexus setzte erneut an, gegen die Absichten des Zauberers zu protestieren, doch als er sah, wie Ardaz auf dem Felssims herumhüpfte und hektisch nach seinem Hut suchte, erkannte der Waldwächter, dass er genauso gut die Bergwand anschreien konnte. »Er ist über den Rand geflogen«, erklärte er. »Vermutlich vom Wind fortgeweht und weit weg von hier.«

»Wenn du nicht auf mich geschossen hättest, dann hätte ich ihn noch«, bemerkte Ardaz spitz.

»Ich hätte nicht auf dich geschossen, wenn du dich angekündigt hättest«, erwiderte Belexus trocken.

Ardaz zuckte mit den Achseln und begann sich erneut umzuschauen.

»Komm«, forderte Belexus ihn auf und winkte dem Zauberer, er solle ihm zu Calamus folgen. »Ich muss sowieso in die Täler hinab. Vielleicht finden wir deinen Hut unterwegs.«

Die beiden flogen auf dem Rücken des Rosses hinunter ins Tal. Calamus schien kaum die zusätzliche Last des knochigen Ardaz zu spüren. Der Zauberer beschwerte sich ständig darüber, der Wind pfeife durch die Löcher auf der Rückseite seines Gewandes, doch dieses Gebrumm verstummte ziemlich bald, als sie auf einem Sims auf halber Höhe der Felsklippe einen blauen Flecken entdeckten. Es erwies sich als kitzliges Manöver, aber es war die Sache wert – sonst hätte Belexus sich ständig Ardaz' Klagen anhören müssen. Der Waldwächter lenkte den Pegasus so nahe wie möglich an den Sims heran, Ardaz nahm Belexus' Bogen und lehnte sich seitwärts hinaus, angelte den Hut an seiner Krempe und zog ihn vom Fels.

Darauf folgte ein Schrei, der sowohl Zauberer wie auch Waldwächter auffahren ließ: eine zusammengerollte schwarze Katze fiel aus dem Hut und stürzte die Klippe hinab. Desdemona reagierte jedoch schnell und verwandelte ihre Vorderbeine in Schwingen und das Fell in Federn; dann segelte sie gemächlich als Rabe ins Tal hinab und krächzte dabei protestierend.

»Ach, närrische Mieze«, murmelte der Zauberer, und er wiederholte es, als er Desdemona im Talgrund wiederfand, wo sie sich erneut als Katze in die Wurzelbiegung einer Kiefer gekuschelt hatte. Die Katze machte sich nicht einmal die Mühe, ein Auge zu öffnen.

Sie brauchten den größten Teil des Tages für die Jagd, doch Belexus erlegte schließlich einen Weißschwanzhirsch, und als er und Ardaz am Abend an einem lodernden Feuer saßen, hatten sie eine üppige Mahlzeit. Calamus stand wachsam in der Nähe, und Desdemona hatte sich bequem auf dem Schoß des Zauberers zusammengerollt.

»Ich kann dich nicht bitten mitzukommen«, bemerkte der Waldwächter in aller Ernsthaftigkeit. »Das ist mein eigener Kampf, den ich für meinen Freund ausfechte.«

»Haben wir diesen Streit nicht schon hinter uns?«

Ardaz wirkte etwas verwirrt und begann die Worte ihres vorausgegangenen Disputs aufzusagen.

»Wir haben uns gestritten«, unterbrach ihn schließlich Belexus. »Aber meiner Meinung nach haben wir den Streit noch nicht beendet.«

Ardaz wurde nachdenklich und blickte Belexus in die Augen. »Dass Bellerians Sohn ein solcher Narr sein kann«, antwortete er mit einem verächtlichen Schnauben. »Dann war also Andovar nur der Freund des Belexus, oder?«

»Ich sage nicht ...«

»Doch, das sagst du!«, erwiderte Ardaz und drohte dem Waldwächter mit einem langen, spitzen Finger. »Genau das sagst du, jawohl! Und du stellst es so dar, als sei der Totengeist allein dein Feind, obwohl in Wahrheit alle Lebenden dieses Wesen hassen sollten. Und du wirst keinen Drachen finden – einen echten Drachen und nicht eines dieser dummen Peitschendinger aus dem Sumpf –, der ein leicht zu bezwingender Feind ist! Aber einfacher wird die Sache mit dem Drachen sein, wenn der eigensinnige Belexus einen Freund an seiner Seite hat. Und einen Freund, der ein oder zwei Tricks auf Lager hat, ha ha! Und einen, der vor allem gut darin ist, Pfeilen auszuweichen! Oder sie mit dem Hinterteil abzufangen«, schloss der Zauberer trocken.

»Wie kann ich dich darum bitten?«

»Wer sagt denn, dass du das sollst?«, erwiderte Ardaz mit einem abschätzigen Schnauben. »Oh, ich gehe eben mit, und denke ja nicht, du kannst mich aufhalten.« Er starrte einen Moment lang ins Feuer, dann blickte er zum nächtlichen Himmel empor. »Ein Drache«, murmelte er und sprach plötzlich mehr zu sich selbst als zu Belexus. »Stell dir das vor! Ach, ich würde gern einem begegnen! Nicht wahr, Des?«

Desdemona gähnte und streckte sich, und als hätten

die Worte des Zauberers sie jetzt erst erreicht, öffnete sie ihr Maul weit zu einem boshaften Zischen und hieb dem Zauberer mit der Pfote übers Gesicht. Nur sein dichter Bart verhinderte, dass die ausgefahrenen Krallen blutige Spuren hinterließen.

»Tierisch ergeben«, brummte Ardaz.

»Ich selbst wäre nicht so ergeben, wenn mein Freund mich in eine solche Drachenhöhle führen würde«, warf Belexus ein.

»O doch, das wärest du!«, gab Ardaz zurück, ohne lange nachzudenken. »Und wenn du es überlebst, wirst du mir für die Begleitung dankbar sein, ha ha!«

Der Waldwächter setzte zu einer Antwort an, doch er fand, dass er keine echten Argumente hatte. Wenn es umgekehrt wäre, dann würde er den Zauberer begleiten, und so musste er Ardaz einen ähnlichen Akt der Loyalität gestatten. Damit war der Streit beigelegt. Er konnte es Ardaz nicht verweigern, sich dieser Suche anzuschließen, deren Auswirkungen für das Wohlergehen von ganz Ynis Aielle weit über die Rache für Andovars Tod hinausgingen. »Deine Freundschaft ist ein Segen der Colonnae«, sagte er in allem Ernst.

Ardaz strahlte. »Dann gehen wir zusammen!«, sagte er glücklich und zufrieden. »Zu zweit.«

Desdemona öffnete ein schläfriges Auge und schaute zu ihm auf, als wollte sie fragen, ob sie nochmals fauchen und mit der Pfote zuschlagen müsse.

»Nein, zu dritt«, korrigierte der Zauberer prompt.

Auf der anderen Seite schnaubte Calamus und stampfte mit dem Huf auf.

»Zu viert«, sagten der Waldwächter und der Zauberer wie aus einem Mund und lachten gemeinsam.

In jener Nacht schlief Belexus besser als je zuvor, seit er Avalon verlassen hatte. Ardaz jedoch lag sehr lange wach. Glücklicherweise gab es nicht viele Drachen in Ynis Aielle. Die wenigen, die hier ihr Unwesen trieben, waren vor Jahrhunderten von Morgan Thalasi geschaffen worden, doch den Göttern sei Dank waren sie nicht sonderlich fruchtbar und kümmerten sich mehr darum, sich gegenseitig aufzufressen und einander Schätze zu stehlen, als sich fortzupflanzen. Bei jenen seltenen Gelegenheiten, da die Begegnung von Drachen zu Nachwuchs führte – wenn das Weibchen den auf die Paarung unvermeidlich folgenden Kampf gewann –, wanderte der junge Drache schnell in die Welt hinaus, um sich seinen eigenen Hort zu suchen und dann sein Ende entweder in den Klauen eines anderen Drachen zu finden oder durch den Blitzstrahl eines Zauberers – Brielle war besonders erfahren darin, den unnatürlichen Kreaturen ein Ende zu bereiten –, oder – in einem bemerkenswerten Fall – durch das Schwert eines Kriegers. Belexus war vielleicht der einzige lebende Mensch, der jemals einen Drachen gesehen und diese Begegnung überlebt hatte. Gewiss war er der Einzige, der jemals einen Drachen getötet hatte.

Aber das war ein junger Drache gewesen, kaum größer als der Pegasus, den der Waldwächter jetzt ritt. Wenn Brielles Magie das Schwert in der Höhle eines Drachen tief in den Kristallbergen ausfindig gemacht hatte, dann war dies sehr wahrscheinlich ein uralter Lindwurm, einer jener ursprünglichen, die Thalasi als eine Geißel der Welt geschaffen hatte. Und angesichts der Schwächung der Magie konnte sich ein ausgewachsener Drache durchaus als die mächtigste Kreatur von ganz Ynis Aielle erweisen.

Ardaz schlief nicht sonderlich gut.

KAPITEL 9

Welcher Dieb?

Sie erwachte schließlich und stieg aus den Tiefen einer traumlosen Finsternis, aus einer Leere des Denkens, einer Leere der Hoffnung empor. Die junge Zauberin öffnete blinzelnd ihre Augen und versuchte sich aufzusetzen, doch zu ihrem Schrecken entdeckte sie, dass ihre Hände hinter dem Rücken fest zusammengebunden waren, ja, ihr ganzer Körper war gebunden, aber nicht durch stoffliche Stricke. Schwarze Fäden aus einem wirbelnden Dunst umhüllten sie und hielten ihren Körper fest, doch was für Rhiannon weit schlimmer war: sie banden auch ihre Magie. Sie versuchte in den Brunnen der Macht zu langen und ein helles Licht hervorzubringen, das diese fesselnden Fäden wegbrennen würde.

Doch sie fand überhaupt keinen Zugang.

»Ein kleiner Trick, den ich gelernt habe«, ertönte die tiefe Stimme des niederträchtigen Totengeistes. Unter großen Schwierigkeiten gelang es Rhiannon, ihren Kopf so weit zu drehen, dass sie die scheußliche Kreatur sehen konnte.

»An dieser Gestalt, die mein alter Freund mir verliehen hat, finde ich viele wertvolle Vorzüge«, sagte Mitchell. Es kam der Zauberin so vor, als versuchte er zu lächeln, und das ließ ihn nur noch grotesker erscheinen.

»Kein Freund würde jemals …«, begann Rhiannon, doch ihre Worte verwehten, bevor sie überhaupt Gewicht gewonnen hatten, da der Totengeist zu ihr herüberkam und sich neben sie stellte. Sein Grinsen war noch unerträglicher als jedes wütende Geheul oder drohende Geknurr. Denn in diesem entstellten Grinsen entdeckte Rhiannon echte Selbstsicherheit. Der Totengeist hatte sie im Kampf richtig eingeschätzt und wusste jetzt ohne Zweifel, dass er der Stärkere war.

Er schaute weiter grinsend auf sie herab, damit sie sich klein vorkam. »Wer bist du?«, wollte er endlich wissen.

Die junge Zauberin bot allen Widerstand auf, über den sie verfügte, zerrte an den klebrigen schwarzen Fäden und schaute beiseite.

Sofort strafften sich diese Fäden und drückten jeden Teil ihres Körpers so fest, dass sie meinte, sie würden ihr das Blut abschnüren. Rhiannon schaute auf das Gespenst und sah das Monstrum mit geschlossenen Augen dastehen und die Faust ballen – und diese Faust presste die Fesseln zusammen, als wären sie eine feinstoffliche Verlängerung der Wut des Totengeistes.

Nein, erkannte die Zauberin, nicht feinstofflich, denn sie quetschten ihr ja das Leben aus dem Leib.

»Rhiannon«, keuchte sie. Die Hand des Totengeistes lockerte sich, und damit lockerten sich auch die Fesseln.

»Ich habe wenig Geduld, junge Närrin«, sagte Mitchell mit dieser schrecklich tönenden Stimme. »Es gibt bedeutendere Gegner als dich, die ich noch vernichten muss.«

Rhiannon biss die Zähne aufeinander und beschloss tapfer zu sterben – sie zweifelte nicht daran, dass der Totengeist sie umbringen würde, doch dieser Unhold würde von ihr keine wichtigen Auskünfte bekommen. Sie sagte sich mit Nachdruck, dass er sie töten würde, was immer sie täte, was immer sie sagte, und je weniger sie sagte, desto besser war es für die Freunde, die sie zurückließ.

»Es ist offensichtlich, dass du aus Avalon stammst«, überlegte Mitchell. »Zumindest hat deine Magie den gleichen Beigeschmack wie die einer anderen Hexe, wenn auch die deine nicht annähernd so mächtig ist.«

Sein krächzendes Lachen demütigte sie noch mehr. Allerdings war sich Rhiannon nicht sicher, ob Mitchells Behauptung stimmte. Sie konnte nur vermuten, dass dieses Ungetüm zuvor schon einmal mit ihrer Mutter gekämpft hatte, vor ihrem Duell mit Thalasi, bevor dieser zu weit gegriffen und das Reich der Magie geschwächt hatte.

»Ich hatte gedacht, du seist vielleicht Brielles Schwester«, fuhr der Totengeist fort. »Zumindest eine Cousine, denn es gibt eine Ähnlichkeit zwischen euch.« Er schnaubte geringschätzig. Sein schwarzer Atem wirkte wie eine Wolke vor seinem hässlichen, bleichen Gesicht. »Sowohl dem üblen Temperament wie auch der Erscheinung nach! Aber du hast nach Brielle gerufen, weißt du«, stichelte das Gespenst. »In den letzten Augenblicken, bevor ich dich einfing, als du nur noch ein schwacher Vogel warst. Du hast nach deiner Mutter gerufen, also bist du die Tochter der Zauberin, Avalons Tochter! Daran zweifle ich kaum, und das, meine liebe Rhiannon, macht es nur noch köstlicher, dich zu töten! Elender Spross einer elenden Hexe.«

»Und wenn ich das wäre?«, erwiderte Rhiannon trotzig, ohne zu widersprechen, denn ihr war klar, dass der Totengeist nicht nach einer Bestätigung seines Verdachts suchte, sondern ihr nur offenbarte, was er bereits wusste. Der gerissene Unhold hatte ihre Abstammung herausgefunden, und sie würde nicht Mittel und Wege finden, um ihn auf einen anderen Gedanken zu bringen.

»Brielles Kind«, sagte der Totengeist, »und wenn ich dich töte, vernichte ich Brielles Herz.«

»Kann sein, dass ich es bin, kann aber auch nicht sein«, sagte sie kühl, obwohl sie innerlich voller Schrecken war.

»Kann sein?«, wiederholte der Totengeist skeptisch, und wieder stieß er dieses höhnische Gelächter aus. »Du bist es, Rhiannon ...« Mitchell hielt inne, als er diesen Namen aussprach, denn von irgendwoher kannte er ihn.

»Rhiannon.« Er dehnte die Silben. Ja, Mitchell kannte diesen Namen, aus einem anderen Zeitalter, von einem anderen Ort her.

Rhiannon ... ein alter Gesang über eine Zauberin.

»Rhiannon«, murmelte der Totengeist und betrachtete die gefesselte Frau. »Und klingst du wie eine Glocke durch die Nacht?«

Die junge Zauberin blickte ihn verdutzt an, und der Totengeist brüllte hysterisch.

»Tochter der Brielle und von welchem Vater?«, fragte das schlaue Gespenst. »Oder weißt du das überhaupt, wo doch deine Mutter wahrscheinlich mit der Hälfte der Leute aus dem Norden das Bett geteilt hat?«

Ohne Mitchells beißenden Ton hätte diese Beschimpfung keinen Eindruck auf die unschuldige junge Frau gemacht. Rhiannon kniff die Augen zusammen und versuchte erneut in das Reich der Magie zu langen, aber das bewirkte nur, dass die rauchigen Fesseln sich fester strafften und ihr die Gedanken aus dem Bewusstsein quetschten.

»Als ich nach Ynis Aielle kam, hatte ich einen Kameraden«, fuhr das Gespenst fort und klärte seine eigenen Gedanken, während er sprach. »Noch einer von den Uralten, denn ja«, fügte er schnell hinzu, als er sah, wie in Rhiannons blauen Augen eine Erkenntnis aufschimmerte, »ich war einer aus jener auserwählten Gruppe. Mein alter Freund Jeffrey DelGiudice hatte deine Mutter ziemlich gern, und sie ihn auch, glaube ich.«

»Er war kein Freund von dir!«, platzte Rhiannon heraus, doch sofort hätte sie die Worte am liebsten zurückgenommen.

Damit war es klar. Jetzt war es Mitchell zweifellos schon aus der Heftigkeit ihres Protestes ersichtlich, falls nicht auf andere Weise. Sie war im richtigen Alter, da die Schlacht von Bergtal vor etwa zwanzig Jahren stattgefunden hatte. Und sie trug einen Namen, der aus jener anderen Welt kam, aus jener Welt vor Ynis Aielle, aus der Welt, die Jeffrey DelGiudice gekannt hatte. Rhiannon war Brielles Tochter, wie sie auch die Tochter von Jeffrey DelGiudice war! Bis zu diesem Moment hatte der Totengeist gemeint, sein schlimmster Feind auf der ganzen Welt sei der Waldwächter Belexus; bis zu diesem Augenblick hatte Hollis Mitchell seinen früheren Kameraden fast vergessen, jenen Mann, der auf dem Schlachtfeld von Bergtor Mitchells Pläne für Ruhm zunichte gemacht hatte, den Mann, den der Totengeist mehr als alle anderen hasste, den er schon in seinem Leben gehasst hatte und jetzt auch noch im Tode hasste. Um ein Haar hätte er mit seiner untoten Hand, mit der tödlichen Keule zugeschlagen, um diese Nachfahrin jenes Mannes völlig zu vernichten.

Doch Mitchell beruhigte sich schnell. Es gab noch zu viel zu tun, er musste noch zu vielen Feinden gegenübertreten. DelGiudice hatte sich im letzten Krieg nicht gezeigt; der Schwarze Hexer – Martin Reinheiser wie auch Morgan Thalasi – hatten den Mann überhaupt nicht erwähnt, doch bestimmt hätte der Schwarze Hexer DelGiudice als eine ernsthafte Bedrohung betrachtet, wenn er noch am Leben wäre. Dem Gespenst gingen zu viele Fragen durch den Kopf, und Mitchell war klug genug, sich in Geduld zu üben. Er fasste Rhiannon unter einer Schulter und hob sie hoch, woraufhin sie wild um sich schlug. Mitchell gestattete es ihr, indem er ihre Fäden lockerte, so dass er den greifbaren Beweis für ihren unendlichen Schrecken genießen konnte. Natürlich schwächte ihr Gezappel den Griff des mächtigen Totengeistes nicht, und mit diesem Bündel im Schlepptau machte sich Mitchell auf den Weg. In seinem Kopf wirbelten die Gedanken, und er machte sich daran, einen Plan zu schmieden.

Vor allem begriff der Totengeist, dass er schnell etwas unternehmen musste. Rhiannon war Brielles Tochter, und sie befanden sich unbehaglich nahe an Avalon. Also schlug Mitchell direkt die Richtung nach Westen ein, zu den Kored-dul-Bergen, zu jenem Bollwerk der Finsternis, das Talas-dun hieß.

Die scharfe Kante eines Bruchsteins brachte ihn wieder zu sich. Er versuchte sich von dem stechenden Schmerz zu entfernen, doch er fand stattdessen hundert schmerzende Stellen an jedem Teil seines Körpers. Soweit er sich erinnerte, war er nur einmal getroffen worden, nur von einem Hieb gestreift, aber offensichtlich war er unglücklich gelandet. Noch schlimmer, in ihm lauerte eine Kälte, kälter als der Winter, ein kühles Frösteln, das an seiner Lebenskraft nagte. Die Schädelkeule des Totengeistes war äußerst tückisch. Bryans Gedanken gingen schnell von seinen eigenen Sorgen zu denen über, denen sich, wie er befürchtete, jetzt Rhiannon gegenüber sah. In diesem schlimmen Gedanken fand er Kraft. Er rollte sich auf den Bauch, zwang sich auf alle viere und erhob sich schließlich, um die Umgebung prüfend abzusuchen. Aber alles, was er sah, war das Trümmerfeld, das einst Corning gewesen war, seine Heimat, die in Schutt und Asche lag. Von der Zauberin und dem untoten Monstrum fehlte jede Spur. Vor Anstrengung und Schmerz heftig atmend, kam er doch irgendwie auf die Beine. Sein erster Versuch, einen Schritt zu tun, endete damit, dass er das Gleichgewicht verlor und hart gegen die Überreste einer Mauer krachte, doch diese Mauer bot ihm Halt. Wieder gab es überall in seinem Körper kleine Explosionen des Schmerzes, und abermals drang diese kriechende, eisige Kälte etwas tiefer, etwas näher an sein Herz heran.

Doch er torkelte weiter, von Mauer zu Mauer, und suchte jeden Spalt und jeden Winkel ab. Zahlreiche Gebeine lagen herum, doch keine frische Leiche. Keine Rhiannon.

Falls sie entkommen war, würde sie nach Osten geflohen sein, so meinte er, zurück zum Fluss und zu den Verbündeten, doch er ging zuerst zum westlichen Tor, denn das war die Richtung, die der Totengeist wahrscheinlich eingeschlagen hatte, falls es ihm gelungen war, sie zu fangen.

In diesem Bereich war das Gemetzel noch schlimmer gewesen, und die Zerstörung war vollkommen. Das großartige Westtor von Corning, so dick und stark, ein trügerischer Inbegriff der Sicherheit, das den Leuten von Corning so lange Mut gemacht hatte, war von einer unirdischen Explosion getroffen worden, aus seinen massiven Eisenangeln gerissen und zersprengt. Während er auf die vielen Gebeinhaufen starrte, die von Talons wie von Menschen stammten, konnte sich der junge Bryan den schrecklichen Kampf vorstellen. Hier war der Hauptansturm erfolgt, dies war der Brennpunkt von Cornings Fall gewesen, und so war der Halbelf nicht überrascht, als er auf ein zartes Skelett stieß, das inmitten von etlichen Talon-Gebeinen lag. Mit zitternden Händen nahm er den Schädel sanft und liebevoll und hob ihn vor die sich feuchtenden Augen.

Natürlich hatte er gewusst, dass sein Vater bei der Verteidigung von Corning gefallen war. Jede Logik hatte ihm das gesagt; es war nicht denkbar, dass der tapfere Meriwindle die Stadt verlassen hätte, während viele Flüchtlinge Schutz in ihren Mauern suchten, und angesichts der riesigen Masse von Talons hätte er sie später nicht mehr verlassen können. Und doch hatte Bryan in einem kleinen Winkel seines Herzens noch Hoffnung gehegt. Vielleicht war der Vater gefangen genommen worden, hatte er oft stumm gehofft, oder vielleicht war Meriwindle in den Westen entkommen, um auf gleiche Weise zu wirken wie sein Sohn, als eigenständiger Dorn in der Flanke der Talon-Armee. Dies hatte sich der junge Bryan in seiner Phantasie am liebsten vorgestellt: dass sein Vater lebte und im Westen kämpfte, dass sie sich eines Tages wieder begegnen und gemeinsam die Talons zurück in den Mysmal-Sumpf werfen würden.

Dieser zarte Schädel, der weder von einem Menschen noch von einem Talon stammte, machte diese Träumerei zunichte, und all die anderen auch. Jetzt sprach Bryan aus, was er all diese Monate in seinem Herzen mit sich herumgetragen hatte.

»Welcher Dieb, Vater«, fragte er ruhig und fiel auf die Knie, den zarten Schädel beständig vor Augen, »welcher Dieb hat dir dein Fleisch gestohlen und dein Blut getrunken? Welches Talon-Schwert oder welche Magie? Welcher Aasgeier, welcher Wurm? Ich würde sie niederhauen, mein Vater, jeden Einzelnen! Ich würde deinen Tod rächen, doch ich fürchte, meine Worte sind leer und meine Bemühungen nichtig.«

Bryan hielt inne und ließ sich auf die Knie sinken. Schwarze Verzweiflung drohte ihn zu überwältigen und ließ diese fröstelnde Kälte noch tiefer dringen. In der Tat waren seine Bemühungen nichtig, denn ganz gleich, wie viele Talons er tötete, ganz gleich, ob er den Totengeist oder den Schwarzen Hexer selbst umbrachte, auf einmal schien es keinen Unterschied mehr zu bedeuten; der Schädel war leeres Gebein, leblos, fleischlos. Meriwindles Gehirn hatten die Würmer gefressen, die Wärme aus seinem Herzen hatten Geier verschlungen.

Bryan versuchte nicht, seine Tränen zurückzuhalten. Zum ersten Mal, seit er die Rauchwolke über Corning gesehen hatte, weinte der Halbelf, und er beugte sich schluchzend über das Skelett seines Vaters. Da wich die Kälte, die von Mitchells Keule ausgegangen war, beträchtlich zurück, als brächte das mächtige, aufrichtige Gefühl dem jungen Halbelfen etwas von seiner Lebensenergie zurück.

Nach einer Weile hob Bryan den Kopf und hielt den Schädel vor seinen feuchten Augen hoch. »Ade, mein Vater«, sagte er ruhig. »Deine Seele konnte kein Schwert treffen, kein Vogel aufpicken, kein Wurm fressen. Thalasi vermochte deine Seele nicht zu stehlen, da deine Tapferkeit gegen ihn standhielt. – Tapferkeit«, wiederholte er leise viele Male, und dieses eine Wort sagte ihm, wer sein Vater gewesen war und wer er selbst sein musste. Mit geweiteten Augen schaute er sich um, hinauf zum Himmel, hinab zur Erde. »Sei sanft, Tod!«, schrie er aus Leibeskräften. Dann fügte er mit leiserer, trauriger Stimme hinzu: »Nie hast du eine würdigere Seele bekommen.«

Mit diesen Worten legte Bryan den Schädel zurück auf den Haufen der Gebeine. Er überlegte, ob er Merwindles sterbliche Überreste begraben solle, doch dann gab er diesen Gedanken auf, denn er erkannte, dass dieses Grabmal aus Talon-Gebeinen eine passende Ruhestätte für seinen tapferen Vater war. Er ließ noch einmal seine Hand über den glatten Schädel gleiten, dann stand er auf und machte sich auf den Weg. »Tapferkeit«, sagte er erneut.

Endlich hatte Bryan seinen Vater zur Ruhe gebettet.

Jetzt kehrten seine Gedanken zu Rhiannon zurück,

und alle Gedanken über die Vergeblichkeit seines Lebens und seiner Bemühungen verflogen. Er konnte Meriwindle nicht mehr helfen, aber es gab noch andere, die er nicht sterben lassen würde. Er dachte dabei besonders an eine ganz bestimmte Person.

Während er einen Fuß vor den anderen setzte und auf das Osttor zuging, wurde ein Wort zu seiner Litanei. Ein Wort, mit dem er alles zurückwies, was drohend bevorzustehen schien.

»Nein.«

KAPITEL 10

Adepten der Colonnae

»Oh, dort ist es, jawohl!«, rief der Zauberer aus, sprang von seiner Bettrolle auf und hüpfte wild umher, sodass seine riesigen Ärmel wie die Flügel eines erschreckten Vogels flatterten. »Ich wusste, ich würde es finden, und nicht du, du närrischer Waldwächter! Ich vor dir, ha! Die Augen eines alten Mannes sind gar nicht so schlecht, was?«

Der Waldwächter kam eilends herbei, wich Bäumen aus und schlitterte schließlich zu dem Gewirr aus Felsbrocken, wo er Ardaz schlafend zurückgelassen hatte, an dem geschützten Platz, der in der letzten Nacht als ihr Lager gedient hatte.

»Ha!«, blaffte ihn Ardaz an, schnalzte triumphierend mit den Fingern und stand hoch aufgerichtet da, die knochigen Arme über der stolz geschwellten Brust gekreuzt. »Die Augen eines alten Mannes sehen mit der Weisheit des Alters, jawohl!«

Belexus blickte sich skeptisch um. Sie hatten das Lager vor Sonnenuntergang aufgeschlagen, und er hatte selbst die ganze Gegend in Augenschein genommen, während Ardaz den Pegasus ablud. Der Waldwächter konnte kaum glauben, dass er die markante Bergwand, das Ziel dieser schwierigen Reise, verfehlt haben sollte. Doch da er nicht ohne triftigen Grund an dem Silber-Magus von Lochsilinilume zweifelte, schaute Belexus sich noch einmal um und blickte prüfend in alle Richtungen. Im Umkreis ragten zahlreiche hohe Gipfel empor; der Schutz, den diese Felswände boten, war für die Auswahl des Lagerplatzes von ausschlaggebender Bedeutung gewesen. War es also möglich, dass ihm der wichtigste Anblick der ganzen Reise entgangen war?

Wirklich? fragte er sich nach längerem, fruchtlosem Suchen. Schließlich wandte sich der Waldwächter verwirrt an den Zauberer, denn er konnte nichts Bemerkenswertes entdecken.

»Wo?«, fragte er einfach.

Ardaz schaute sich um, und sein Gesichtsausdruck wurde ungläubig. »Nun, ich habe es gesehen. Ja, das habe ich!«, protestierte er. »Unmittelbar nachdem ich erwacht war.«

»Hast du es geträumt?«, bemerkte Belexus. Trotz der Enttäuschung, dass sie dem Ende ihrer Reise nicht näher gekommen waren, stahl sich ein Lächeln auf seine Lippen.

»Nachdem ich erwacht war«, wiederholte Ardaz trocken. »Ich bin hier gesessen und habe mich um meine Sachen gekümmert, und dann, *paff!*, war es da, das Profil eines alten Mannes, nicht weit entfernt. Ich bin doch nicht verrückt, weißt du«, fügte er leise hinzu.

Belexus blickte zu Desdemona empor, die in Katzengestalt auf einem der Felsbrocken in der Sonne lag. Sie betrachtete ihn und gähnte ausgiebig, dann streckte sie sich, rollte sich auf die andere Seite und ließ sich von der warmen Sonne – und es war für diese Jahreszeit wirklich warm – den üppigen Bauch streicheln.

»Oh, sie wird uns eine Hilfe sein«, sagte Ardaz mit offensichtlichem Sarkasmus.

»Also, wo denn?«, fragte der Waldwächter aufs Neue.

Ardaz sprang im Kreis herum und schaute in alle Richtungen, ließ seine Blicke schweifen, fuchtelte mit den Armen, kratzte sich wiederholt am Kinn und murmelte immer wieder: »Wie seltsam, wie höchst seltsam!« Schließlich setzte er sich nieder und zuckte mit den Achseln. »Nun, ich habe es schließlich gesehen.«

Der Waldwächter trat heran, um die Bettrolle des Zauberers in Augenschein zu nehmen. »Sobald du erwacht warst?«, fragte er.

»Tja, und nachdem ich gerülpst hatte«, erwiderte Ardaz. »Aber das hat nicht lange gedauert.«

Zur Überraschung des Zauberers legte sich Belexus auf Ardaz' Bettrolle, dann hob er den Kopf ein wenig. Der Waldwächter setzte sich auf und lächelte, dann lachte er offen heraus.

»Sagst du mir, was du so witzig findest?«, fragte Ardaz. »Ich meine, wenn ich schon die Zielscheibe deines Spotts bin. Schließlich gibt es hier sonst niemanden, dem du es erzählen kannst.« Kaum hatte er dies gesagt, warf Desdemona ihm einen zornfunkelnden Blick zu. »Und lass du kein Miau von dir hören!«, sagte er.

»Du hast das Profil eines alten Mannes gesehen«, stellte der Waldwächter fest. »Nämlich dein eigenes.«

Ardaz schnaubte ein paar mal, aber dann verflog sein Ärger, als Belexus auf die Wand eines nahen Felsbrockens zeigte, die mit einer Kaskade aus Eis bedeckt war.

Der verblüffte Zauberer stotterte protestierend und versuchte die Behauptung zurückzuweisen, doch als er herüberstolperte und sich niederkauerte, um aus der Perspektive des Waldwächters zu schauen, wurde ihm klar, dass Belexus die Wahrheit gesprochen hatte. »Oh«, war alles, was Ardaz sagte.

Belexus lachte erneut. Jetzt fiel alle Enttäuschung von ihm ab, und er gestattete sich ein wenig echte Fröhlichkeit. Die Lage der ganzen Welt blieb nach wie vor schlimm – der Totengeist, Andovars Mörder, bewegte sich unangefochten durch die Lande –, doch da Ardaz immer für Überraschungen sorgte, wurde dank seiner Begleitung diese lange und gefährliche Reise etwas weniger öde.

»Dann werde ich eben deinen Hofnarren spielen«, sagte der Zauberer und sah mürrisch drein. Doch diese Stimmung dauerte nur einen Moment lang an, dann verschwand das Schmollen von seinen Lippen, und seine Mundwinkel verzogen sich zu einem Grinsen. »Mein eigenes Profil«, sagte er plötzlich. »Oh, wie lustig, wie überaus lustig!«

Es folgte ein gutmütiges Lachen, und dann gab es ein herzhaftes Frühstück, nach dem Belexus verkündete, dass er ein wenig auf die Jagd gehen würde, um ihre Vorräte aufzufüllen, bevor sie sich in höhere Gebiete begaben.

Ardaz blieb allein zurück, um das Lager abzuschlagen. Desdemona beobachtete den Zauberer bei seiner Arbeit und streckte sich behaglich auf dem warmen Felsklotz aus.

»Du bist mir eine große Hilfe«, beschwerte sich Ardaz.

Doch sie rollte sich nur auf die andere Seite und ließ sich von der Sonne den Rücken wärmen.

Die Wolke war gewaltig, eine wirbelnde Masse von Materie, die sich ganz allmählich zusammenzog. Stücke flogen davon: dies war die Geburt von Sternen.

Und er sah sie, die Äonen zusammengepresst in Sekunden, wie es schien, oder vielleicht die Sekunden zu Äonen gedehnt. Denn hier draußen spielte das keine Rolle. Hier draußen gab es die Zeit nicht, jeder Augenblick war seine eigene Blase, immer da, immer festgehalten.

Unsterblichkeit.

Er wusste, dass er immer hier draußen sein würde, dass jeder Augenblick dieser Erfahrung auf immer und ewig dauern würde, und doch war er auf dem Weg zurück und wirbelte durch die Galaxien und Sternenhaufen. Er sah den glühenden Rand des Planeten, den plötzlichen Sonnenaufgang und das Schwarz, das zu Blau wurde. So viel blau! Immer weiter reiste er, immer weiter hinab, und er spürte den Wind, obwohl seine astrale Gestalt den Wind nicht *fühlen* konnte. Zumindest nicht so, wie er vermutete, dass er ihn einmal gefühlt hatte.

Unter ihm waren Farben, es schimmerte meist blau und dunkelbraun, dann überwiegend weiß und grün, dann noch mehr weiß und grün, bis es sein ganzes Blickfeld ausfüllte. Weiß und grün und braun und grau, eine silberne Schlange, ein blauer Fleck. Farben und Texturen, und irgendwie eine Vertrautheit, obwohl es sich angesichts der Gewaltigkeit dessen, was er gesehen hatte, was die Engel ihm gezeigt hatten, in Wirklichkeit um eine ferne Erinnerung zu handeln schien.

Er fiel immer weiter hinab, und jetzt begriff er, dass er tatsächlich fiel, dass es einen solchen Begriff wie *hinunter* gab. Jene Erinnerung ließ ihn unnötigerweise zusammenzucken, als er landete und die Bewegung zu Ende war, und seine Gestalt, jetzt irgendwie etwas materieller als zuvor, kam auf einer harten grauen Oberfläche zu ruhen.

»Eis«, sagte er, oder vielmehr ertappte er sich dabei, dass er es sagte, als er zur Seite blickte, auf die gefrorenen Ränder eines schnell fließenden Wasserlaufs. Das Wort, der Laut, überraschte ihn und ließ ihn an sich selbst herabschauen. Er hatte wieder eine Gestalt, eine reale Gestalt, und war nicht mehr nur das Licht, das er gewesen war – er war immer noch das Licht, doch nun umgeben von einer etwas körperhaften Hülle. Noch seltsamer: diese Hülle war umgeben von einem weißen Stoff, einem Gewand, wie er sich erinnerte.

»Wie es zu sein pflegte«, hörte er sich sagen, und er verzog sein ungewohntes Gesicht neugierig, als er den Begriff der *Sprache* überdachte, dann wurde er noch neugieriger, als er den Begriff der *Zeit* erwog. »Pflegte zu sein?«, fragte er, und die unterschiedliche Betonung der Worte, wenn sie als Frage ausgesprochen wurden, verwirrte ihn noch mehr. »Immer ist, immer war, immer sein wird«, rezitierte er und sprach aus, was die umfassendste und dauerhafteste Wahrheit über das Universum, über die Existenz selbst war. Ein Gewirr von Gedanken kam ihm gleichzeitig in den Sinn, Erinnerungen gemischt mit Überlegungen. Er hatte diese Hülle, diesen Körper schon einmal gehabt, allerdings war der damals substanzieller gewesen, mehr auf die ihn umgebenden Elemente eingestimmt. Er langte mit seiner Hand vorsichtig hinab, um über den Stein zu streichen, den Stein zu fühlen. Er schien zu glatt zu sein; ihm war klar, dass in seiner früheren Erfahrung der Stein sich körniger und rauer angefühlt hätte, sogar an manchen Stellen scharfkantiger.

Dem Geist, der die Geburt und den Tod von Sternen erlebt hatte, kam alles äußerst seltsam vor. Und so saß er hier eine lange, lange Weile, und die ganze Vorstellung von Zeit, vom Vergehen von Augenblicken, von einem Kontinuum, von einer fließenden Bewegung kehrte wieder zu ihm zurück. »Eis«, sagte er aufs Neue, dann: »Bach, Strom, Fluss … Wasser. Und Schnee, ja, natürlich. Schnee.« Er hielt inne und formte mit dem Mund immer wieder das letzte Wort, dessen Klang Bilder von wilden, ausgelassenen Schneeballschlachten weckte, von halsbrecherischen Abfahrten über Hügel hinab, bei denen der Wind ihm in die frierenden Ohren blies. Schon der bloße Klang des Wortes weckte Vorstellungen der Freude.

»Ja!«, sagte er erneut. »Schnee … und Winter.« Wieder kam dieser neugierige Blick in das sich seltsam anfühlende Gesicht dieser noch etwas unbequemen Hülle, das sich verzerrte und zusammenzog. »Winter, Kälte«, überlegte er, und doch war ihm nicht kalt. Er schaute auf sein karges Gewand herab und wusste, dass es eigentlich nicht in der Lage sein dürfte, überhaupt Kälte abzuhalten.

Doch als er darüber nachdachte, begann er tatsächlich Kälte zu spüren – nicht unangenehm, nicht bedrohlich, sondern eher eine Kälte, die er beherrschen konnte, die sich nur in seiner Wahrnehmung befand, wenn er sie erleben wollte. Schon begann der Geist zu verstehen, dass er nicht ganz derselbe war – nein, überhaupt nicht –, der er einmal gewesen war. Vermutlich war er jetzt besser, und dabei ließ er es bewenden.

Etwas rührte sich seitwärts und trat unter einer großen Kiefer hervor.

»Hirsch«, sagte der Geist sofort.

Das Tier blieb stehen und witterte vergeblich, und dabei zuckten seine Ohren ständig. Nach einer Weile schien es endlich die Gestalt zu sehen, die auf dem Stein saß, und es sprang fort und verschwand im Nu außer Sichtweite.

»Seltsam«, bemerkte der Geist und erhob sich, um dem Hirsch zu folgen. Wieder verwirrte ihn die Gestalt, an die er gebunden war, aber er hatte genug Erinnerung, um eine seiner langen unteren Gliedmaßen vor die andere zu setzen, und ging bald ruhig dahin, eine primitive, aber unleugbar wirksame Methode der Fortbewegung in dieser greifbaren Umgebung kleinen Maßstabs. Er bewegte sich ohne das geringste Geräusch und holte den Hirsch nicht weit entfernt in einer kleinen Lichtung ein. Als das Tier ihn bemerkt hatte, wandte es sich erneut zur Flucht, doch diesmal langte der Geist nach ihm und teilte ihm beruhigende Gedanken mit, und es hielt still. Er trat zu dem Hirsch, um ihn zu untersuchen. Sein Fell schien einladend zu sein, er erinnerte sich verschwommen an eine angenehme Empfindung, die mit einer Berührung dieses Fells verbunden war. Langsam hob er den Arm und streckte seine Hand aus.

Sie ging direkt durch Fell und Haut hindurch und glitt in die Flanke des Hirschs.

Das Tier flüchtete, sprang wild davon und rannte in panischem Schrecken immer weiter.

»Oh, puh«, sagte der Geist und dachte, diese Worte seien die seltsamsten von allen.

Wie wenn es eine Antwort sein sollte, zwitscherte von oben herab ein Vogel ihm zu.

Er antwortete mit einem telepathischen Gedanken, und der Vogel schien weniger Angst zu haben und wollte bleiben und sich mit ihm unterhalten. So verbrachte er dort eine lange Zeit unter den Zweigen des Baumes, und er erinnerte sich an noch mehr aus jener vergangenen Zeit und über diese sterbliche Hülle. Bald spürte er Hunger in dem kleinen Waldbewohner, und dann flog der Vogel davon.

Auch er erhob sich vom Boden und dachte daran, dem Vogel zu folgen, aber er besann sich anders und ging stattdessen zu dem Stein am Wasserlauf zurück. Falls die Colonnae ihn dort mit Absicht abgesetzt hatten, dann war es möglich, dass ihm dort der Grund für das Geschehen aufgehen würde, anstatt dass er fortging und versuchte, ihn zu finden. Denn obwohl dieser Ort so unendlich klein war im Vergleich zu der Sternenwolke, schien er in der Tat groß zu sein, wenn er in dieser körperlichen Hülle gefangen war.

Er stand lange Zeit regungslos auf dem Stein, dann setzte er sich – nicht, weil er müde war, sondern einfach, weil er sich daran erinnerte, dass er einmal zu sitzen pflegte. In Wahrheit war diese neue Stellung nicht mehr und nicht weniger bequem als das Stehen, oder auch als der Kopfstand, aber er erinnerte sich daran, dass es einmal bequemer gewesen war. Um ihn herum wurde es heller Tag, dann wurde es wieder dunkel, dann wieder hell und wieder dunkel, und aufs Neue wandelte sich das Licht. Und die ganze Zeit saß er da, erinnerte sich mehr und mehr daran, was gewesen war, fand mehr und mehr die Perspektiven, die diese materielle Welt ihm auferlegte. Er war schon einmal hier gewesen, in diesem Bezugsrahmen, in dieser Perspektive. Das wusste er.

»Wo, ach wo, ach wo?«, murmelte der Zauberer und drehte die Daumen. »Geh und suche ihn, Des. Ich möchte meine magische Kraft nicht vergeuden.«

Die Katze auf dem Felsblock knurrte nur umso lauter und machte keinerlei Anstalten, sich in Bewegung zu setzen.

»Tierisch ergeben«, brummte Ardaz und rappelte sich auf. Tatsächlich wollte er an diesem Morgen nicht in das Reich der Magie eintauchen; er war noch erschöpft von dem magischen Flug, der ihn zu Belexus gebracht hatte, obwohl diese Verwandlung vor mehr als einer Woche stattgefunden hatte. »Das ist die altmodische Art und Weise«, sagte er und ging zu den Bäumen des tief liegenden Tals.

Desdemona machte sich nicht die Mühe, ihm zu folgen.

Etwas später spürte Ardaz, dass er beobachtet wurde. Zuerst dachte er, es sei Desdemona, aber als er sich umschaute, erkannte er den wahren Grund. Nicht weit entfernt stand ein Weißschwanzhirsch, bis auf ein leichtes Zittern regungslos.

»Hmmm«, brummte der Zauberer und strich sich über den dichten weißen Bart, denn dies war nicht die normale Weise, wie ein solch scheues Geschöpf auf den Geruch eines Mannes reagieren würde – und der Hirsch hatte ihn offensichtlich wahrgenommen. *Und wer würde das nicht?*, fragte sich der Zauberer stumm und dachte daran, dass es schon viel zu lange her war, seit er das letzte Mal gebadet hatte. Aber der Hirsch lief immer noch nicht davon, und so begab sich Ardaz in das Reich der Magie, schickte ein mentales Bild dorthin, und dieses Bild kam zu ihm zurück, vervielfacht durch die Macht dieses Reiches. Die Kleidung des Zauberers wechselte Form und Farbe und brachte viele belaubte Äste und Zweige hervor. »Große Ähnlichkeit mit einem Busch, würde ich sagen«, gratulierte er sich selbst, und wirklich ähnelte er jetzt der Flora dieser Gegend. In dieser Verkleidung bewegte er sich langsam auf den Hirsch zu und achtete darauf, dass er auf keine Zweige trat und seinen für gewöhnlich plappernden Mund hielt.

Trotz der Verzauberung war Ardaz überrascht, als er sich bald neben dem Tier befand, und er begriff, dass es nicht vor ihm, sondern vor etwas anderem Angst hatte. »Was hat dich so erschreckt?«, fragte er leise und benutzte dabei einen Trick, den seine Schwester Brielle ihn gelehrt hatte: er stimmte seine Gedanken auf die des Hirschs ein und ließ sein Bewusstsein in das des Tieres eindringen. Ein höchst seltsames Bild kam da über ihn: das eines Mannes – war es wirklich ein Mann? –, der nicht weit entfernt saß.

Ein scharfes Geräusch holte Ardaz aus seinen Betrachtungen und ließ den Hirsch davonspringen. »Was ist?«, brabbelte der Zauberer wiederholte Male und schaute auf den Busch und auf den davonspringenden Hirsch. Dann blieb sein Blick an seinen buschartig wirkenden Gewändern hängen, und dann fand er die Antwort in Form eines Pfeils, der locker in den Falten der Tarnkleidung steckte. Einen Augenblick später kam Belexus verwirrt auf ihn zugerannt – das heißt: verwirrt nur, bis der Waldwächter Ardaz erspähte.

»Hast du jetzt vor, dauernd auf mich zu schießen?«, fragte der Zauberer, tippte auf die Pfeilspitze und brachte sich eine winzige Wunde an seinem Finger bei.

»Was tust du hier?«, erwiderte der Waldwächter aufgebracht. »Ich habe dir doch gesagt, dass ich auf die

Jagd gehe. Ich habe diesen Hirsch den ganzen Morgen gejagt, und jetzt kann ich unsere Vorräte nicht mehr vor der Abenddämmerung auffüllen!«

»Ein scheuer Hirsch«, entgegnete Ardaz gelassen. »Er sah nicht weit von hier einen Mann am Wasserlauf sitzen.« Während er dies sagte, zeigte der Zauberer nach Norden.

»Einen Mann?«, wiederholte Belexus. Der Waldwächter bezweifelte die Worte des Zauberers nicht – er war im Schatten von Avalon aufgewachsen, wo man wusste, dass Brielle die Gewohnheit hatte, mit Tieren zu sprechen –, aber wie konnte sich ein Mensch hier so weit entfernt von der zivilisierten Welt befinden? »Ein Mensch oder ein Talon?«, fragte er misstrauisch, denn die Talons waren auch im Kristallgebirge bekannt.

»Es könnte ein Talon sein«, gab der Zauberer zu, denn das Bild, das der Hirsch ihm gezeigt hatte, war nicht sehr deutlich gewesen. »Ich weiß nicht, ob ein Hirsch überhaupt den Unterschied wüsste. So oder so, wir sollten ihn uns einmal anschauen.«

Belexus spähte über die Schulter. Er hatte Calamus nicht weit entfernt in einer Lichtung zurückgelassen, hielt es jedoch für besser, den Pegasus herbeizurufen. Falls es sich um einen Talon oder eine Bande von Talons handelte – denn selten stieß man auf eine einzelne dieser elenden Kreaturen –, dann würden das fliegende Pferd und seine Reiter zu gute Ziele für Pfeile oder Speere abgeben. Mit einem Nicken forderte Belexus Ardaz auf, er solle ihm folgen, dann langte er in seinen Köcher nach einem neuen Pfeil.

»Nimm den«, bot der Zauberer trocken an, zog den Pfeil aus seinem Gewand und reichte ihn dem Waldwächter. »Ich habe schließlich keinerlei Verwendung dafür, und selbst wenn ich eine finden sollte, dann wirst du sicherlich schnell genug wieder auf mich schießen!«

Belexus grinste, dann wandte er sich um und ging voran zu dem Wasserlauf, der dieses Tal durchquerte. Er schaute auf Ardaz, der nach Norden zeigte. Also gingen sie nach Norden und suchten sich vorsichtig ihren Weg. Selbst dem Zauberer gelang es, seinen Mund zu halten, nachdem ihn Belexus nur ein paar mal daran erinnert hatte.

Der Weg war leicht, und das Geräusch ihrer Schritte wurde vom Gesang des fließenden Wassers verschluckt. Bald erblickten sie den Mann, und es war wirklich ein Mensch. Er saß regungslos auf einem großen Stein und trug nur ein langes, leichtes weißes Hemd, obwohl es grimmig kalt war. Zuerst dachten beide, Istaahl müsse gekommen sein, denn nur ein Zauberer würde in einem so dünnen Gewand nicht erfrieren, doch dann wandte sich der Mann um und schaute sie an, und als sie ihn erkannten, war die Verwirrung nur noch größer.

Ardaz, der seinen Augen nicht trauen wollte, versuchte den Waldwächter zurückzuhalten, aber Belexus war so begeistert, dass er sofort losrannte und über die glitschigen Steine lief, um seinem lange verlorenen Freund nahe zu sein. »Jeffrey DelGiudice!«, rief er.

»Jeffrey DelGiudice«, wiederholte der Geist, und die seltsamen Worte klangen ihm vertraut. »Jeffrey DelGiudice.«

»Kann das wirklich sein?«, fragte der Waldwächter, als er kaum fünf Fuß vor dem Geist anhielt. »Ich hatte gedacht, du seist für mich und für die ganze Welt verloren. Die Elfen sagten, du seist von dem Felssims von Shaithdun O'Illume gesprungen.«

»Über den Rand getreten, nicht gesprungen«, erwiderte der Geist, bevor er begriff, was er sagte – noch bevor er überhaupt die Worte überdenken konnte. Als er sie vernommen hatte, kam ein Ausdruck der Verwirrung über die Gesichtszüge des Geistes, und tatsächlich erinnerte er sich an jenen Augenblick vor langer Zeit – oder lag dies nur einen Moment zurück? –, als er dem Ruf von Calae, dem Fürsten der Colonnae, gefolgt war.

»Das ist jetzt zwanzig Jahre her«, fuhr Belexus fort.

Damit war die Zeitfrage entschieden, obwohl sich der Geist nicht ganz sicher war, wie lang ein Jahr dauern mochte. »Einunddreißig Millionen fünfhundertsechsunddreißigtausend Sekunden«, erwiderte er sofort, und dann musste er nur noch herausfinden, was wohl eine Sekunde sein mochte. Und natürlich, erinnerte er sich, da war ja noch die Sache mit dem ›Schaltjahr‹ …

Jetzt war es an Belexus, einen verblüfften Gesichtsausdruck zu zeigen, aber er konnte seiner aufrichtigen Freude nicht widerstehen. »Zwanzig Jahre«, sagte er, »und gewiss siehst du nicht einen Tag älter aus.«

Ardaz kam hinter dem Waldwächter zu stehen, sah die Gestalt und hörte die Worte, doch anders als Belexus empfand der Zauberer wenig unmittelbare Freude. Sein erster Gedanke war, dies könnte eine Falle Thalasis sein, und zwar keine besonders gelungene, denn wenn der Schwarze Hexer wirklich wollte, dass Ardaz und Belexus glaubten, dass dies DelGiudice war, der vor ihnen stand, dann hätte er den Mann wenigstens altern lassen sollen.

»Was ist ein Tag?«, fragte der Geist. »Wahrlich, diese Vorstellung von Zeit ist verwirrend.«

Die Reaktion wirkte echt genug, und Ardaz, der selbst von den Colonnae inmitten der Sterne ausgebildet worden war, verstand dieses Gefühl nur zu gut. »Bei den Colonnae!«, flüsterte er.

»In der Tat«, erwiderte DelGiudice.

»Sie haben dich aufgenommen, mein Junge!«, überlegte Ardaz. »Die Colonnae haben dich in jener sternenklaren Nacht von jenem Felssims geholt. Sie haben dich geholt und ausgebildet, wie sie auch mich ausgebildet haben und Brielle und Istaahl und Thalasi, Fluch seinem Namen!«

»Ausgebildet?«, wiederholte der Geist skeptisch, und dann zuckte er mit den Schultern. »Vielleicht. Sie haben mir etwas gezeigt. Das ist es, was sie getan haben.«

»Alles?«, überlegte Ardaz.

»Nicht alles, aber viel«, erwiderte DelGiudice. »So viel!« Er schaute Belexus an und spürte, wie ein Lächeln – was für ein seltsames und wunderbares Gefühl das war! – auf seinem Gesicht erschien. »Jeffrey DelGiudice?«, fragte er. »Werde ich so genannt?«

»Das bist du«, antwortete Ardaz, »und du wirst dich bald genug daran erinnern.«

»Mein Freund«, sagte Belexus, »du bist gewiss in einer dunklen Zeit zu uns zurückgekommen, aber gerade in dieser Zeit wirst du gebraucht!« Mit diesen Worten streckte der Waldwächter die Arme aus, um DelGiudice an den Händen zu fassen, und der Geist erwiderte die Bewegung, aber wie bei dem Hirsch ging DelGiudices Hand direkt durch die des Waldwächters hindurch, was für den armen Belexus ein höchst unbehaglicher Anblick war und ein ebenso unbehagliches Gefühl weckte. Ardaz zog die buschigen Augenbrauen himmelwärts.

»Oh, so ist das also«, sagte DelGiudice und hatte das Gefühl, er sollte die Achseln zucken, was er jedoch nicht tat.

KAPITEL 11

Die Wärme eines Heims

Zuerst rannte er dahin, mit Tränen in den Augen und Zorn und Qual im Herzen. Die schreckliche Kälte des Keulenhiebs schickte dumpfen Schmerz durch jeden Muskel seines Körpers, sodass ihm das Blut in den Adern zu erstarren schien. Doch er rannte um Rhiannons willen, und als er ermüdete, ging er, und als er zu müde war zu gehen, kroch er. Immer weiter und weiter, zuerst zum Fluss und dann an dessen westlichem Ufer entlang nach Norden. Verschwommen dachte er daran, dass er in Richtung Avalon unterwegs war, aber in Wahrheit war er sich nicht einmal sicher, wo der verzauberte Wald lag, denn er hatte davon nur aus den Erzählungen seines Vaters und von Rhiannon gehört, da er sich von Corning aus nie weit in den Norden gewagt hatte.

Die erste Nacht war schrecklich für den armen Bryan, schlimmer als alles, was der junge Halbelf, der schon so viel Unheil erlebt hatte, sich jemals hätte vorstellen können. Der Wind, der über die gefrorenen Felder peitschte, nagte an ihm, umso mehr wegen der inneren Kälte, die seinen ganzen Leib durchdrang. Als er zitternd erwachte, wusste er, dass er Fieber hatte, und als er versuchte aufzustehen, merkte er, dass er seine Füße kaum fühlte. Viele Male fiel er hart auf den Boden, zitterte und erbrach sich. Doch mit aller Eile, die er aufbieten konnte, ging er weiter, oft stolpernd, halb blind, halb in Fieberphantasien verloren. Er hätte angehalten, hätte sich einfach in den Schnee fallen und von der Kälte überwältigen lassen und den Tod begrüßt, aber er konnte es nicht, so sagte er sich verbissen, denn die junge Zauberin, die er zu lieben begonnen hatte, würde sein Scheitern nicht überleben. Bryan musste zu ihrer Mutter, zu irgendjemandem gelangen, bevor er starb.

Später am Vormittag entdeckte Bryan einen schwarzen Punkt, einen Wagen, der langsam durch den knöcheltiefen Schnee kroch, und er taumelte darauf zu in der Hoffnung, seine Prüfung sei jetzt zu Ende, er könne die Nachricht von Rhiannons Schicksal weitergeben und dann sterben. Dann ließ er sich jedoch flach auf den Boden fallen und kauerte sich ängstlich zusammen, denn die Kreaturen, die das arme Kleppergespann antrieben, waren keine Menschen oder Elfen, sondern Talons, hässlich krächzende Unholde, die fluchten und knurrten und die Tiere schlugen.

Empörung wallte in Bryan auf und vertrieb einen Moment lang das Delirium und die Schwäche und die Kälte. Er wollte auf den Wagen losstürmen und die Talons vernichten, er wollte all seine Enttäuschung und Schmerzen in reine Wut umwandeln, alle Schuld diesen Kreaturen zuschreiben, die es gewiss verdienten, und so lange auf sie einhauen, bis ihre Leiber zerfetzt im Schnee lagen.

Doch dann dachte Bryan wieder an Rhiannon und an seine Verantwortung ihr gegenüber. Wenn – wie er vermutete – dieses Gespenst sie gefangen hatte, dann war er ihre einzige Hoffnung. Wenn er starb, dann würde auch sie sterben, ohne Hoffnung. Deshalb duckte sich der Halbelf noch tiefer hinter einen Schneewall und bedeckte sogar einen großen Teil seines Körpers mit dem weißen Pulver und ließ den Wagen vorüberziehen. Dann setzte er sich wieder in Bewegung, und bald kehrten der Schmerz und die Schwäche zehnfach zu ihm zurück und ließen seine Knie einknicken. Er hatte keine Vorstellung, wie lange er gehen musste, Stunden oder Tage oder Wochen, und so schob er alle Gedanken beiseite, hielt nur an Bildern von Rhiannon fest und zwang seinen Körper, sich weiterzubewegen, einen Fuß nach dem anderen, ein Knie nach dem anderen.

Tage verschwammen ineinander, die Zeit wurde bedeutungslos, außer dass er in der Dunkelheit der Nacht mehr fror. Bryan ließ den Hunger hinter sich, das Gefühl in seinen Händen und Füßen, und immer noch schlug er sich weiter durch und aß dabei Schnee, der nicht kälter war als die große dunkle Eisigkeit, die jeden Winkel seines erschöpften Körpers erfüllte. Er sah andere Talon-Banden und wich ihnen aus, da er nicht mehr in der Lage war zu kämpfen. Er hätte sein Schwert fortgeworfen, das Schwert seines Vaters, seinen kostbarsten Besitz, einfach um das Gewicht, das er trug, zu verringern, doch er spürte, dass er nicht einmal mehr die Kraft finden würde, es aus der Scheide zu ziehen.

Dann ließ er die Gedanken hinter sich, sogar die Bilder, die ihn so lange aufrecht gehalten hatten. Eines Abends brach er im Schnee zusammen, jenseits von Schmerz und Hoffnung, und dann war es einfach vorbei. Bryan konnte nicht weitergehen, nicht einen einzigen Schritt mehr, selbst wenn dieser Schritt ihn direkt zu Rhiannon gebracht und irgendwie seine Geliebte aus einer schrecklichen Gefangenschaft befreit hätte. Es war keine Kraft mehr in ihm, nichts, nur noch Kälte und Schwärze.

Er rollte sich zusammen, um zu sterben. Fast rief er nach dem Tod, er solle kommen und ihn von seinen Qualen befreien.

Doch dann kam Brielle zu ihm. Seit Belexus aufgebrochen war, hatte sie keine Ruhe mehr gekannt, hatte ihren Wald durchforscht und dann über die Grenzen geblickt, hatte ihre Tochter gesucht und für Rhiannons Rückkehr gebetet. Eines Nachts hatte sie eine geistige

Präsenz gespürt und gedacht, es sei Rhiannon, doch diese Präsenz hatte sich schnell verdüstert, denn es war der Totengeist, gegen den sie schon einmal gekämpft hatte. Und da bekam sie große Angst, da sie dachte, ihre Tochter sei vielleicht dem untoten Unhold begegnet. Doch in jener Nacht konnte Brielle Avalon nicht rechtzeitig verlassen, denn sie befand sich im Norden des Waldes, und die Empfindungen erwiesen sich nur als flüchtige Gefühle und waren verschwunden, bevor sie wirklich deren Ausgangspunkt finden konnte. Seit jener Nacht hatte sich die Smaragd-Zauberin jedoch näher am südwestlichen Rand ihres Waldes aufgehalten und meistens am Fluss entlang nach Süden geschaut.

Es war dann mehr als Glück, es war das Band der Liebe, dass das letzte Wort, das Bryan aussprach, bevor er zum letzten Mal im Schnee zusammenbrach, Rhiannon lautete.

Und der Winterwind trug dieses Wort zu Brielles besorgtem Ohr, und sie folgte seiner Spur, bis sie den Halbelf kalt im Schnee liegend fand. Der Tod lauerte schon auf ihn. Nur die größte Wärme der ganzen Welt hätte dieses drohende Gespenst zurückweisen können, und Brielle von Avalon war in der Tat die größte Wärme der ganzen Welt. Der Tod trat der Smaragd-Zauberin nicht näher, und sie hätte diesen jungen Helden auch nicht hergegeben, nicht, solange er Nachrichten über ihre Tochter hatte, die sie so verzweifelt zu hören verlangte. Sie nahm Bryan in die Arme, benutzte ihre Magie, um sich und den Halbelfen etwas feinstofflicher werden zu lassen, und ließ sich vom Wind die Meilen nach Avalon zurücktragen.

»Du führst deine ganzen Soldaten hinauf«, wies der Schwarze Hexer seinen Talon-Befehlshaber an, einen muskelbepackten Rohling namens Kaggoth. »Auf die

Zinnen, die Wehrgänge, auf jeden Sims und an jedes Fenster in allen Türmen. Die Untoten werden den Boden um den Hof verteidigen.« Thalasi war erregt, denn Mitchell näherte sich Talas-dun, mit mehr als nur ein paar Talons im dunklen Gefolge, und der Schwarze Hexer wusste, dass sich der Totengeist als sein größter Verbündeter oder sein tödlichster Feind erweisen konnte.

Thalasis Angst entging Kaggoth nicht, der nach Talon-Maßstäben keine dumme Kreatur war. »Du fürchtest ihn?«, wagte Kaggoth zu fragen.

In einem wütenden Schwall entluden sich alle Besorgnisse des Schwarzen Hexers. »Du erdreistest dich, mir solche Fragen zu stellen?«, brüllte er, und Kaggoth, der erst jetzt den tödlichen Fehler erkannte, wich zurück. Die anderen Talons im Thronsaal suchten eilends Deckung. Nach dem Beispiel früherer Vorfälle dieser Art hätte Thalasi magisch zuschlagen und den aufmüpfigen Talon in einen Haufen blutiger Fetzen verwandeln müssen. Der Schwarze Hexer wusste, dass er dies tun sollte, wie er es bei jenen wenigen Gelegenheiten in der Vergangenheit getan hatte, wenn Talons keine absolute Ergebenheit an den Tag gelegt hatten. Ein mächtiger Streich hätte den Frechling vernichtet und so die fraglose Ergebenheit der anderen zementiert. Er hätte das tun sollen – jede Kreatur im Saal, Kaggoth eingeschlossen, erwartete es von ihm –, aber er durfte nicht das geringste Quäntlein seiner reduzierten magischen Macht auf einen bloßen Talon verschwenden. Nicht, wenn der Totengeist herannahte.

»Übles Biest«, schimpfte Thalasi stattdessen und versuchte scharf zu klingen. Aus den Augenwinkeln bemerkte er, dass die anderen Talons sich ein wenig entspannten und sogar wagten, wieder hervorzukommen. Als Vorsichtsmaßnahme befahl er mit seinem Willen einer Hand voll Untoten, die regungslos hinter einem der riesigen Wandteppiche des Saals gestanden waren, abwehrbereit neben ihn zu treten.

»Ich erwäge, meinen Lieblingen hier zu befehlen, dich in Stücke zu reißen«, sagte Thalasi zu dem Talon-Befehlshaber. Er strich sich mit einem Finger über das Kinn, um nachdenklich zu erscheinen und Kaggoth schwitzen zu lassen.

Kaggoth blickte stattdessen auf die anderen Talons und sah, wie sie ihm mit einem fast unmerklichen Kopfnicken Unterstützung signalisierten. Dem wachsamen Thalasi entging dies nicht, und ihm war klar: wenn er die Zombies in Bewegung setzte, dann würden die Talons Kaggoths Seite ergreifen und ihm hier mitten in seinem Thronsaal einen ernsten Kampf liefern. »Vielleicht werde ich dieses eine Mal deine Unverschämtheit übersehen«, sagte er. »Nach dem, was geschehen ist, sind wir alle gereizt. Was deine Frage angeht: nein, ich fürchte den Totengeist nicht. Nicht, solange ich dies hier besitze.« Er hielt seinen schwarz glänzenden Stab hoch, den Stab des Todes. »Aber ich hege einen gesunden Respekt vor einem Wesen, das so mächtig ist wie Hollis Mitchell. Nimm deine Soldaten hinauf und lass sie dort. Zu viele Talons sind schon gestorben. Ich sehe keine Notwendigkeit, noch mehr zu riskieren, solange ich den Befehl über eine Untoten-Armee habe.«

Kaggoth blickte ihn lange an, verwirrt und misstrauisch, dann nickte er und schickte sich an wegzugehen.

»Halt!«, rief Thalasi abrupt. Der Talon blieb auf der Stelle stehen, drehte sich um und schaute ihn an. »Wenn du Gedanken hegst, die Seite zu wechseln in der Hoffnung, dass Mitchell mich vernichten wird, dann wisse, dass deine Hoffnungen bestenfalls tollkühn sind. Ich bin Morgan Thalasi, vergiss das nicht! Und selbst wenn durch einen unglaublichen Zufall deine Hoffnungen erfüllt würden und Mitchell sich als der Stärkere erwiese, dann überlege einmal, was für ein Leben du unter der Herrschaft des Totengeistes hättest. Oder was für ein Unleben, sollte ich wohl sagen, denn Mitchell wird nicht dulden, dass du oder irgendeiner von euch weiterleben, und er wird eure Geister aus dem Reich des Todes reißen und euch unter seiner Macht untot halten. Das Gleiche könnte ich natürlich auch tun.«

Er schwang aufs Neue den schrecklichen Stab. »Doch ich bin ein gnädiger Herr. Also geh, Kaggoth, und erinnere dich daran, wem deine Treue gilt.«

Kaggoth nickte erneut, langsam, überlegt, dann winkte er seinen beiden Stellvertretern zu und verließ den Thronsaal.

Thalasi stieß einen Seufzer der Erleichterung aus, beugte sich auf seinem Sessel vor und überdachte das bevorstehende Szenario. Er tat gut daran, seine Talons oben auf den Mauern zu halten, so meinte er. Es war möglich, dass Mitchell in der Lage wäre, eine beträchtliche Kontrolle über die untoten Soldaten auszuüben; vielleicht würde sich der Totengeist sogar als stark genug erweisen, um ihre blinde Ergebenheit von Thalasi abzuziehen. Doch Thalasi und seine Talons würden dann die hohen, leicht zu verteidigenden Stellungen halten, und die Ergebenheit der Talons würde nicht schwanken, wenn sie vor die Wahl zwischen Thalasi und dem schrecklichen Mitchell gestellt wären.

Doch wie verwirrend war alles geworden! Und wie beklagenswert! Noch vor wenigen Monaten war der Schwarze Hexer seinem Ziel greifbar nahe gewesen, die Welt zu erobern, und jetzt fürchtete er, sogar Talasdun zu verlieren, seine letzte Bastion, das Herz seiner Macht. Mitchell rückte mit vielen Talons im Gefolge heran, so hatte man berichtet, und Thalasi wusste nicht, ob das gut war oder schlecht. Bedeutete die Anwesenheit von Talons, einer Spezies, die zutreffend ›Thalasis

Kinder‹ genannt wurde, dass der Totengeist als Verbündeter zurückkam? Oder kündigte sich eine Katastrophe an? Denn wenn Mitchell sich gegen ihn wandte, dann mochte der Totengeist nicht nur in der Lage sein, ihm die Untoten abspenstig zu machen, sondern er würde auch über eine beträchtliche eigene Talon-Streitmacht verfügen.

Falls dies der Fall war, stellte sich Thalasi die Frage, ob er dem Totengeist standhalten konnte. Er blickte auf den Stab des Todes, seine mächtigste Schöpfung, und hoffte, dass dessen Macht nicht so sehr vermindert worden war, wie es mit den Kräften des Schwarzen Hexers geschehen war.

Zwar war sie nach der ungeheuren Aufwendung magischer Energie erschöpft, doch Brielle wollte nicht ablassen von ihren Bemühungen, wieder Wärme in den kalten Leib Bryan von Cornings zu atmen. Sie pflegte ihn tagelang im Herzen von Avalon, wärmte ihn und brachte ihn ins Leben zurück, und nach fast einer Woche öffnete der Halbelf endlich seine müden Augen.

»Rhiannon«, sagte er sofort, und sein Tonfall verriet deutliche Besorgnis.

Trotz ihrer Ängste um ihre Tochter beruhigte ihn Brielle, denn sie wusste, dass er noch nicht bereit war. Geduld, sagte sie sich. Das wäre der einzige Weg, um die ganze Geschichte zu erfahren.

Am Abend war Bryan viel stärker und wieder wach. Und als er ihr erzählte, was vorgefallen war, wurden ihre schlimmsten Albträume wahr. Bryan fürchtete, dass der Totengeist Rhiannon gefangen genommen hatte. Als Brielle sich an die Empfindungen erinnerte, die sie in jener Nacht vor fast zwei Wochen gehabt hatte, stimmte sie dem jungen Halbelf zu. Mitchell hatte Rhiannon nicht getötet, dessen war sich die Smaragd-Zauberin sicher. Falls Rhiannon starb, würde Brielles Herz es fühlen, ganz gleich, wie viele Meilen sie getrennt waren. Aber Mitchell hatte sie gefangen oder jagte sie vor sich her, sonst wäre sie gewiss nach Avalon zurückgekehrt.

Später stand die Smaragd-Zauberin stumm auf einem Feld und blickte zum sternenübersäten Firmament von Ynis Aielle empor. Nach dem Flug zu Bryan und den vielen Stunden magischer Heilung musste sie ihre Kraft zurückgewinnen, um weit und breit Ausschau zu halten und um ihre Freunde unter den Tieren zusammenzurufen, damit sie ihr als Kundschafter dienten. Sie würde nicht ruhen, bis ihre Rhiannon gefunden war.

Doch in ihrem Herzen wusste sie schon, wo Rhiannon war.

Es gab nur einen Ort, wohin der scheußliche Totengeist, Thalasis Helfershelfer, eine so wertvolle Gefangene bringen würde, und jene schwarze Festung lag außerhalb ihrer Macht.

So stand sie stumm unter den Sternen. Ihr brach das Herz, und die Angst um ihre Tochter ließ ihre Phantasie wilde Bilder hervorbringen, obwohl Rhiannon in ihrer Unschuld nichts von dem verdient hatte, was Brielles panische Gedanken sich vorstellten.

Er kam ohne viel Aufhebens, ohne Ankündigung. Der Totengeist legte die letzte Viertelmeile nach Talas-dun auf dieselbe Art zurück, wie er die Hunderte von Meilen zuvor gereist war. In Mitchells Gefolge kamen tausend Talon-Soldaten, nervöse Kerle, deren blutunterlaufene Augen hin und her huschten und nach einem Zeichen von der Bastion ausschauten, das ihnen sagen sollte, dass alles in Ordnung war.

Thalasi beobachtete das Geschehen von einem hohen Turm aus. Zuerst bemerkte er die Bewegungen der Talons und versuchte zu erkennen, ob sie zum Krieg oder zu Verhandlungen kamen. Dann konzentrierte er sich auf den Totengeist und schließlich auf den Körper, den Mitchell trug.

Es war nicht Brielle, denn das Haar der Smaragd-Zauberin war golden, nicht rabenschwarz. Doch mit welcher anderen Frau würde Mitchell sich die Mühe machen, sie über viele Meilen hierher zu bringen? Bestimmt hatte das Gespenst keine lüsternen Absichten, und Mitchell kannte Thalasi gut genug, um zu wissen, dass ein solches Geschenk – wenn es denn ein Geschenk war – dem Schwarzen Hexer wenig bedeuten würde. Neugierig, aber immer vorsichtig, behielt der Schwarze Hexer seine Stellung hoch im Turm bei.

Der Totengeist trat an das große eiserne Haupttor heran. »Öffnet weit!«, befahl er, und als sich nichts zu regen schien, schlug Mitchell mit seiner mächtigen Keule an die große Tür. Das Echo des Hiebes hallte durch den Hof und in die Türme hinauf und ließ Mauern und Böden zittern. »Öffnet weit!«, brüllte das Gespenst erneut, und diesmal setzten sich zum Erschrecken des Schwarzen Hexers einige der Untoten in Richtung des riesigen Torbalkens in Bewegung.

Thalasi schickte ihnen telepathisch die Botschaft, sie sollten innehalten. Er entdeckte jedoch, dass Mitchells Gedanken schon da waren, und in dem geistigen Kampf, der darauf folgte, wurden einige der Untoten buchstäblich gespalten: ihre verwesten Gestalten wurden durch den Krieg der beiden Willen auseinander gerissen.

Schließlich wich der Totengeist zurück und gab die Kontrolle über die Untoten auf, doch Thalasi war sich nicht sicher, ob er den Kampf gewonnen hatte oder ob Mitchell nur Kräfte sparte.

»Soll ich etwa ausgeschlossen werden?«, rief der Totengeist.

»Kommst du als Freund oder als Feind?«, entgegnete

154

Thalasi und trat an eines der schmalen, hohen Fenster des Turms, damit Mitchell ihn sehen konnte.

Der Totengeist stieß sein hässliches Lachen aus. »Ich bin ein Diener des Schwarzen Hexers«, höhnte Mitchell. »Ein gedankenloses Werkzeug.«

»Das warst du niemals!«, erwiderte der Schwarze Hexer scharf. Er hob den Stab des Todes und fand ein wenig Trost darin, dass Mitchell davor zurückzuckte. Ja, die Macht des Stabes war stark, entschied Thalasi, und so schickte er erneut seinen Willen zu den Untoten hinab und gestattete ihnen, die große Tür zu öffnen.

Der Totengeist und die Talons traten in den Hof. Die lebenden Kreaturen blieben abrupt stehen, als sie bemerkten, dass grässliche Untote den Hof füllten.

Thalasi musste trotz der Spannung fast lachen. Ihm wurde klar, dass sich das Blatt wenden könnte, wenn Mitchell die Kontrolle über die Untoten übernahm und Thalasi auf ähnliche Weise Mitchell die lebenden Talons entzog, die er mitgebracht hatte.

Nichts dergleichen geschah. Zu Thalasis Erleichterung legte der Totengeist seine Last auf dem Boden ab und rief zu ihm hinauf: »Ich habe ein Geschenk mitgebracht.«

Thalasi wollte zu einer scharfen Antwort ansetzen, doch dann besann er sich eines Besseren, und nach kurzem Zögern eilte er die Turmtreppe hinab und zur Tür hinaus. Er ließ einige Talons als Wache zurück, damit sie das Portal bewachten und ihm einen Fluchtweg offenhielten, falls ein Kampf ausbrechen sollte. Schon als Thalasi sich dem Totengeist und dem am Boden liegenden Körper näherte, spürte er die ungewöhnliche Empfindung. Die Zauberer von Aielle konnten einander spüren, die Aura des anderen erkennen, wie ein Hund den Geruch seines Herrn witterte. Thalasi kannte diese Frau nicht, und doch kannte er sie, hatte ihre Anwesenheit schon einmal gespürt, auf einem fernen Feld ...

Alle Angst vor dem Totengeist verflog. Der Schwarze Hexer eilte neugierig zu der Frau, die ein Zauberer-Zeichen trug, einen Diamanten in der Mitte ihrer Stirn.

»Das ist Brielles Tochter«, erklärte Mitchell.

Thalasi schaute ihn an.

»Sie heißt Rhiannon.«

Der Schwarze Hexer vergaß fast zu atmen. Das war zu schön, zu unerwartet. »Warum bist du zu mir zurückgekehrt?«, fragte er offen, denn nun, da seine Hoffnungen plötzlich wieder stiegen, musste er die Dinge richtig geklärt wissen.

»Der Krieg ist noch nicht vorbei«, stellte der Totengeist fest. Das war genau die Antwort, die Morgan Thalasi erhofft hatte. »Wir sind zurückgeworfen, aber nicht besiegt worden, verwundet, aber nicht getötet.«

»Und unsere Feinde wurden auch verwundet«, warf Thalasi schnell ein. »Wenn die nächste Schlacht ansteht, werden die Zauberer von wenig Bedeutung sein.«

»Vielleicht ist die Zeit der Zauberer vorbei«, wagte der Totengeist zu sagen und straffte sich zu seiner vollen, imposanten Größe. Jetzt war es offen und schlicht ausgesprochen worden.

Eine Drohung, wie sie Morgan Thalasi noch nie gehört hatte.

KAPITEL 12

Die Vorteile der Unkörperlichkeit

»DelGiudice?«, fragte der Geist und überdachte seinen früheren Namen und all die Erinnerungen, die der bloße Klang des Wortes wachrief. »DelGiudice.« Die ganze kalte Nacht hindurch hatte der Geist – der allerdings die winterliche Kälte nicht spürte, sofern er sie nicht willentlich empfinden wollte – Wache über seine neue Gefährten gehalten. Belexus lehnte an einem Baum, schlief aber tief im Vertrauen auf diese neue Manifestation von Jeffrey DelGiudice als Wächter. Ardaz lag in viele Decken gewickelt gefährlich nahe am Feuer und schnarchte zufrieden. Calamus stand in der Nähe, die Schwingen gefaltet, den Kopf gesenkt und die dunklen Augen geschlossen. Nur Desdemona war wach geblieben und beobachtete DelGiudice. Im Gegensatz zu den anderen hatte die Katze sich nicht sonderlich für den Geist erwärmt. Sie blieb ängstlich, und jedes Mal, wenn DelGiudice auch nur zu Desdemona schaute, machte sie einen Buckel und spuckte in seine Richtung. Und obwohl er lebendes Fleisch nicht berühren konnte, fand er Katzenspucke ein wenig unangenehm.

Der Geist brauchte nicht zu schlafen, verstand den Begriff ›Schlaf‹ nicht einmal, und so hatte er sich bereit erklärt, die Wache zu übernehmen, wobei er sich Erinnerungen hingab. Er wiederholte Schlüsselworte – besonders Namen – immer wieder, änderte die Betonung, bis sie vertraut klangen, und rief so eine andere Erinnerung oder einen anderen Namen herbei. Es war wie eine Kette, die stetig wuchs. Am Ende der ersten Nacht hatte DelGiudice sein Gedächtnis zurückerlangt, bis hin zu seiner Zeit auf der *Unicorn*, dem hochmodernen Unterseeboot, das ihn und einige andere, Mitchell und Reinheiser eingeschlossen, in diese neue Welt gebracht hatte. Noch vor der Morgendämmerung, bevor die anderen erwachten, rief er sich seine Abenteuer bei der Durchquerung von Ynis Aielle in Erinnerung: seine erste Begegnung mit Calae, dem Fürsten der Colonnae; seine unerwartete Rettung durch Belexus in Blackemara, dem uralten Sumpf; seine Begegnung mit den anderen Waldwächtern, Bellerian und Andovar; und seinen Aufenthalt in dem höchst wunderbaren Smaragd-Gemach, das Bellerian als Thronsaal diente. Und natürlich erinnerte sich DelGiudice auch daran – und dies war seiner Meinung nach am wichtigsten –, wie er Brielle von Avalon zum ersten Mal erblickt hatte, und auch an alle nachfolgenden Begegnungen mit ihr.

Brielle. Dieser Name klang am vertrautesten von allen, weckte eine Wärme in dem Geist und die liebsten Erinnerungen. Wie hatte er sie geliebt, obwohl ihre gemeinsame Zeit so schmerzlich kurz gewesen war. Dass Brielle ihn zurückgewiesen hatte, war schließlich der Grund gewesen, warum er nach Shaithdun O'Illume, zur Felsplatte des Mondlichts, gewandert war in jener schicksalhaften Nacht, als Calae zu ihm gekommen war und ihm aufgetragen hatte, zu den Sternen zu reisen. So hatte DelGiudices Leben auf Erden geendet, und so hatte seine Reise mit den Colonnae begonnen.

Er war tief in Gedanken versunken, tief in Erinnerungen, traurige wie frohe, als die Sonne über den östlichen Horizont stieg und Belexus erwachte und aufstand, sich dehnte und dann leise an den Geist herantrat.

»Du bist ja ein aufmerksamer Wächter«, neckte ihn der Waldwächter, denn DelGiudice schien nicht zu merken, wie er sich näherte. »Oder schaust du nach draußen und nicht nach drinnen?«, fügte er hinzu und nickte in Richtung der Umgebung des Lagers.

»Ich schaue nach innen«, sagte DelGiudice und meinte damit etwas völlig anderes. »Ich schaue zurück.«

Belexus nickte, dann winkte er Desdemona, die nur allzu froh war, dass sie hinübergehen und Ardaz wecken durfte.

»DelGiudice«, verkündete der Geist. Der Namen kam ihm endlich leicht über die körperlosen Lippen. »Jeffrey DelGiudice.«

Der Waldwächter nickte erneut. »Und von deinen Freunden wurdest du DelGiudice gerufen«, erklärte er. »Erinnerst du dich?«

»An einen großen Teil«, erwiderte der Geist. »An das Schiff, das mich hierher brachte, an die Reise durch Aielle, und an unsere erste Begegnung – du hast mich vor einer höchst unangenehmen Kreatur gerettet.«

»Vor einem Peitschendrachen«, erwiderte Belexus.

»Ja, einem Peitschendrachen.«

»Und woran sonst erinnerst du dich?«, fragte der Waldwächter. »An Arien und die Elfen?«

»Natürlich«, erwiderte DelGiudice und lächelte bei der Erinnerung an das schöne Volk von Lochsilinilume. »Und an Brielle.«

Der Geist bemerkte nicht, wie sich in diesem Augenblick die Stirn des Waldwächters umwölkte.

»Vor allem an Brielle«, fuhr DelGiudice fort, und er schaute nach Süden und nach Westen, auf die heller werdenden Gipfel und die geheimnisvollen dunklen Schatten dazwischen.

Belexus Miene verfinsterte sich, aber dann brach ein leises Gelächter des Geistes die Spannung. Belexus folgte DelGiudices Blick zu dem schlafenden Zauberer, oder genauer gesagt, zu der schwarzen Katze, die auf dem Brustkorb des Zauberers saß und immer wieder

Ardaz mit der Pfote auf die Nase patschte. Mit einem großen Niesen, das Desdemona protestierend knurren ließ, schlug Ardaz die Augen auf.

»Was ist los?«, sprudelte der Zauberer hervor. »O Des, du närrisches Tier!« Dann schaute er sich um und richtete seinen Blick auf DelGiudice und Belexus. »Ist es schon Morgen?«, fragte er und schien dann plötzlich wacher zu sein als die beiden anderen. »Dann brechen wir auf!«

»Unser Freund beginnt sich zu erinnern«, verkündete Belexus.

»Großartig!«, brüllte der Zauberer und schälte sich aus dem Gewirr der Decken. In einer davon blieb er mit dem Fuß hängen und fiel mit dem Gesicht voran auf den Boden, aber er war sofort wieder auf den Beinen und sprang auf die beiden zu. »An alles?«

»An alles seit dem Untersee … dem Schiff, das mich hierher brachte«, erwiderte DelGiudice.

»Unterseeboot«, korrigierte Ardaz »Bin auch mal auf einem – oder genauer: *in* einem – gefahren. *Auf* einem, das würde ja gar nicht gehen, oder? Jawohl! Tierisch eng da drinnen. Hätte da wohl kaum meine Flügel ausbreiten können. Natürlich, das war schließlich, bevor ich Zauberer wurde, und so konnte ich mir ja überhaupt keine Flügel wachsen lassen. Ha ha!«

DelGiudice brauchte eine Weile, um das Geplapper des Zauberers zu verstehen, doch dann erinnerte er sich daran, dass Ardaz aus seiner eigenen Welt stammte, die vor zwölf Jahrhunderten verschwunden war, aus dem Zeitalter vor dem Weltenbrand, den die Elfen *e-Belvin Fehte* nannten. Diese Erinnerung allein weckte in DelGiudice schon Erinnerungen an jene verlorene Zeit, doch das waren ferne Bilder, weit weg und undeutlich. Er versuchte lange, sie zu klären, doch dann gab er es auf und dachte daran, dass er heute Wichtigeres zu tun hatte.

Als er auf seine Gefährten blickte, sah er, dass Belexus verzweifelt zu den nächsten Gipfeln emporschaute. Oder zumindest dorthin, wo die nächsten Gipfel hätten sein sollen, denn eine niedrige Wolkendecke hatte sich über sie gesenkt und verbarg in verschwommenem Grau die felsigen Konturen.

»Tja, heute werden wir nicht viel finden«, überlegte der Waldwächter.

»Es ist ein wenig Schnee in der Luft«, stimmte ihm Ardaz zu. »Mehr als nur ein wenig. Verflixt!«

»Ich dachte, ich würde ohne große Schwierigkeiten zur Höhle des Lindwurms gelangen«, gab der Waldwächter zu. »Hoch oben auf Calamus und mit dem ganzen Panorama vor mir.«

»Aber?«, fragte DelGiudice, der nichts davon zu verstehen schien.

»Ich kann mich in diesem Wind nicht lange oben halten«, erklärte der Waldwächter. »Zu kalt für meine Knochen und für Calamus. Und überall hat es geschneit, fast jeden Tag ein wenig, und wegen des Schnees komme ich nur langsam voran.«

»Die Jahreszeit wird bald wechseln«, bemerkte Ardaz hoffnungsvoll.

»Nicht bald genug«, sagte der Waldwächter. »Der Totengeist ist unterwegs und bringt nichts als Unheil.« Missmutig schaute er zum Himmel hinauf; schon hingen die Wolken niedriger und sammelten sich dicht um die Berggipfel. »Ich kann nicht dort hinauf.«

»Aber ich kann es«, sagte DelGiudice plötzlich, und ein Lächeln leuchtete auf seinem Geistergesicht. Um zu zeigen, was er sagen wollte, hob er vom Boden ab und schwebte sanft in der Luft, unberührt vom Wind.

Belexus und Ardaz tauschten erst ungläubige und dann hoffnungsvolle Blicke.

»Wonach genau soll ich suchen?«, fragte der Geist.

»Nach einem Berggipfel, der aussieht wie das Profil

eines alten Mannes«, erklärte der Waldwächter, bückte sich tief und zeichnete erläuternd ein Bild in den Schnee. »Das ist der Gipfel des Lindwurms, sagt Brielle.«

»Und der Drache ist irgendwo drinnen?«

»Ja.«

DelGiudice stand einen Augenblick lang still da und studierte die Zeichnung. Er war sich nicht so sicher, ob er tatsächlich diesen Berg finden wollte. Er wusste nicht viel über Drachen, denn vor *e-Belvin Fehte* hatte es auf der Welt keine Drachen gegeben, zumindest keine, die nicht von Menschen gemacht waren. Er erinnerte sich verschwommen an einige Legenden – Sankt Georg und Bilbo und Smaug und dergleichen –, und in seiner Welt hatte es einige allgemein akzeptierte Richtlinien gegeben, wie Drachen sein sollten. Er hatte nicht viele Erinnerungen daran, aber er wusste, dass Drachen angeblich sehr böse waren und seine beiden Gefährten wohl kaum als Hausgäste aufnehmen würden.

Belexus' Vorhaben schien jedoch wichtig zu sein, denn warum sonst wäre der Waldwächter im Winter in die Kristall-Berge heraufgekommen? So stieg DelGiudice mit einem instinktiven Achselzucken, das er selbst höchst seltsam fand, vom Boden hoch.

»Wir warten hier, bis du zurückkommst«, rief Ardaz.

DelGiudice kam sofort herunter.

»Was ist los?«, fragte der Zauberer.

»Nun, ich wollte euch nicht warten lassen«, entgegnete DelGiudice. »Ich erinnere mich, dass das ziemlich unhöflich ist.«

»Wir erwarten deine Rückkehr, nachdem du den Berg gefunden hast«, erklärte Belexus.

»Oh«, sagte DelGiudice, und ohne noch einmal mit den Achseln zu zucken, stieg er erneut in die Luft empor.

Oben in den Wolken war es ruhig und angenehm.

Der dahinschwebende Geist vergaß oft, weshalb er unterwegs war, und verlor sich in Gedanken an sein früheres Leben, sowohl in Aielle als auch vor Aielle. Er dachte häufig an Brielle, an ihre Liebe und an seine Familie, die Familie vor dem Weltenbrand, an seine Mutter und seinen Vater und ihr kleines Haus in Neuengland. In seinem erhöhten Seinszustand war es tatsächlich mehr, als nur an jene Zeiten zu denken. Durch reine Konzentration und ein Verständnis der Zeit selbst – oder besser, der *Abwesenheit* von Zeit – versetzte DelGiudice sein Bewusstsein wieder in jene Augenblicke, durchlebte sie so leicht aufs Neue, als wären sie vor ihm aufgereiht, kleine Blasen, die er nach Belieben betreten konnte. Und jede schien zu einem Dutzend weiterer zu führen, und so suchte er sehr wenig, während er über dem Tal schwebte, sondern erinnerte sich viel.

Den ganzen Tag lang kehrte er nicht zu seinen Gefährten zurück, auch nicht in der Nacht oder am folgenden Tag, an dem noch mehr Schnee fiel, und auch nicht in der darauf folgenden Nacht. Am dritten Morgen, als die Wolkendecke etwas aufbrach, verkündete Belexus, er würde nicht länger warten, und begann Calamus zu satteln.

»Aber was ist mit DelGiudice?«, wollte Ardaz wissen. »Er kann doch nicht allein in den Bergen herumlaufen. Es gibt zu viele Felswände, zu viele Wolken. Wir werden einander nie wiederfinden.«

Belexus teilte die Besorgnis seines Freundes, aber sie verringerte nicht die Dringlichkeit seiner Suche. »Vielleicht ist er zu den Colonnae zurückgekehrt«, bemerkte der Waldwächter düster. »Wir wissen nicht, warum er überhaupt hier war oder ob er wirklich hier war.«

»Was meinst du damit?«, fragte Ardaz, und dann ging ihm ein Licht auf. »O nein«, sagte er und fuchtelte mit den Händen. »Nein, nein, keinesfalls. Das kann nicht sein, nein, nein. Das war kein Trick des Thalasi.«

»Bist du dir ganz sicher?«

Ardaz nickte so heftig, dass ihm sein großer Hut über die Augen rutschte.

»Tja, wir wissen immer noch nicht, was ihn zu uns geführt hat oder für wie lange«, überlegte Belexus. »Und an jedem Tag, den wir warten, bringt wahrscheinlich der Totengeist Qualen über Aielle.«

Angesichts der unbestreitbaren Logik gingen dem Zauberer die Argumente aus, und so lief er zum Lagerplatz, brummelte bei jedem Schritt vor sich hin und begann dann ihre Vorräte einzupacken. »Dort oben ist es kalt«, murmelte er unzufrieden, obwohl er Belexus' Entscheidung nicht widersprach, dass sie sich wieder auf den Weg machen sollten.

Bevor er jedoch den Pegasus bereit gemacht hatte, stieß Desdemona ein langes Miau aus und kündigte damit die Rückkehr des Geistes an.

»Gut, dass du wieder da bist!« Belexus strahlte und lief zu der Stelle, wo der Geist herabschwebte. »Wir waren grade drauf und dran aufzubrechen.«

»Warum?«

»Du bist sehr lange weg gewesen, mein Freund.«

DelGiudice betrachtete den Waldwächter fragend, denn er verstand nicht ganz. »Ich sagte doch, ich würde gehen, um den Gipfel zu finden«, erwiderte er schließlich, als würde das alles erklären.

»Ja, das hast du gesagt, aber wir dachten, du würdest bei Einbruch der Nacht wieder bei uns sein«, versuchte der Waldwächter zu erklären; allerdings begann er zu begreifen, dass er und der Geist nicht auf der selben Ebene argumentierten.

»Warum?«

»Ach, lass es«, unterbrach ihn Ardaz, der auf Neuigkeiten erpicht zwischen den beiden hin und her hüpfte.

164

Falls Belexus es nicht sah, so bekam es Ardaz doch mit: das Verhalten des Geistes deutete auf einen Erfolg hin. »Der Gipfel. Der Gipfel. Oh, hast du den Gipfel gefunden?«

DelGiudice wies nach Nordwesten. »Es ist nicht sehr weit«, erklärte er.

Belexus tat eine Bewegung, als wollte er den Geist umarmen, wich aber sofort zurück, da er sich an ihre erste Begegnung erinnerte.

»Aber er ist schwer zu sehen«, erklärte DelGiudice. »Man muss sich ihm aus dem richtigen Winkel nähern, sonst sieht er nur wie ein gewöhnlicher Fels aus. Außer aus jener Richtung«, fügte er schnell hinzu und zeigte direkt nach Norden. »Von dort aus sieht er aus wie die Rückenflosse eines Hais auf einer Ozeandünung.«

»Du bist dir sicher, dass es der Gipfel ist?«, fragte Belexus. Seine Erregung ebbte ab, da Zweifel sich einzuschleichen begannen.

»Von Süden her gesehen ist er es«, erwiderte DelGiudice zufrieden. »Ein alter Mann, genau wie du ihn gezeichnet hast. Aber nur von Süden. Komm mit, ich werde ihn dir zeigen. Wir können dort sein, bevor die Sonne sich neigt, falls Calamus schnell fliegt.«

Der Waldwächter und der Zauberer machten sich energisch ans Packen. »Ach, komm schon, Des«, rief Ardaz mehrmals der schlafenden Katze zu. »Und beeil dich, denn heute ist ein großartiger Tag! Ja, wirklich!«

Der Zauberer hielt abrupt inne und betrachtete die Katze aufmerksam. »Großartig?«, fragte er. »Ich nenne es einen großartigen Tag, obwohl ich im Begriff bin, in die Höhle eines großen Drachen zu spazieren? Oh, was für ein Narr ich bin!«

Desdemona spuckte in seine Richtung und wandte sich ab.

Ardaz zuckte mit den Achseln und beendete seine Arbeit.

Bald darauf waren sie in der Luft. Der Zauberer, der Waldwächter und die immer noch schlafende Katze folgten auf dem Rücken des mächtigen Calamus Del-Giudices schnellem Geist durch Schluchten und um große Felszacken herum. Sie mussten einige Male anhalten, damit der Waldwächter und der Zauberer sich aufwärmen konnten, aber wie der Geist vorhergesagt hatte, erblickten sie kurz nach der Tagesmitte den Berg – und es gab keinen Zweifel, dass es tatsächlich der gesuchte Berg war.

Sie umkreisten ihn einmal, dann landeten sie auf einem tiefer liegenden Felssims, da sie keinerlei sichtbaren Eingang entdeckten.

»Tja, falls dies der gesuchte Ort ist«, überlegte Ardaz, »dann ist der Drache schon eine gute Weile da drin, jawohl, und der Schnee und der Wind haben anscheinend den Lindwurm eingesperrt. Nicht, dass das schlimm wäre!«

»Aber das ist weniger gut, wenn man vorhat hineinzugelangen«, erwiderte Belexus. »Ich habe keine Ahnung, wo wir anfangen sollen, nach einer Tür zu suchen.«

»Ich kann hineinkommen«, sagte DelGiudice plötzlich, und beide Gefährten wandten sich ihm zu.

»Ich dachte, tote Materie sei auch für dich eine Barriere«, bemerkte Ardaz. »Oder warum bist du nicht unter die Erdoberfläche gefallen?«

»Gefallen?«, wiederholte DelGiudice, als erschiene ihm die Vorstellung fremd. »O ja, natürlich. Ich kann nicht fallen, denn die Schwerkraft hat keine Herrschaft über mich«, erklärte er. »Aber du hast darin Recht, dass ich Steine und dergleichen berühren kann. Sie sind dichter als eure Körper, wisst ihr, und so kann ich nicht durch sie hindurchdringen.«

»Wie willst du dann hineingelangen?«, fragte Belexus.

»Durch einen Spalt in der Bergwand natürlich«, antwortete DelGiudice.

Der Waldwächter begann den Fels zu untersuchen, doch er entdeckte keine sichtbaren Sprünge.

»Du musst genauer hinschauen«, erklärte der Geist. »Sie sind da, ich weiß es, und ich kann durch sie hindurch.«

»Es scheint, dass unsere Begegnung uns doch Glück gebracht hat«, sagte der Waldwächter.

»Dann voran!«, befahl Ardaz.

DelGiudices Gestalt wurde zweidimensional, ein höchst beunruhigender Anblick, und dann glitt er leicht in die Felswand. Bald darauf kam er zurück und verkündete, dass dieser Spalt eine Sackgasse sei, aber er versuchte es immer wieder und wieder, bis er schließlich nicht so schnell zurückkehrte.

Er war in eine innere Kammer gelangt, in einen Tunnel, der sich durch den Berg schlängelte. Zu seiner Erleichterung stellte er fest, dass er im Dunkeln ebenso gut sehen konnte wie im Licht. Wenn er darüber nachdachte, so erschien es verständlich, denn er war eigentlich nicht an diesem physikalischen Ort anwesend, da er überhaupt nicht mehr körperlich war. Dunkelheit war ein Hindernis für physische Augen, aber nicht für das Wesen, zu dem DelGiudice geworden war.

Er betrachtete den Tunnel, der vor ihm lag, dessen gewölbte Decke und die ziemlich glatten Wände. Wenn er nur einen Weg fände, um seine Freunde hierher zu bringen, dann wäre dieser Tunnel für sie breit genug. Aber welche Richtung führte nach draußen, welche weiter nach drinnen?

DelGiudice entschied sich willkürlich für links und schwebte geschwind dahin, bis er zu einer Wand kam, die wiederum Sprünge aufwies, durch die er hindurch konnte. Er entdeckte, dass die Wand nicht so dick war, nur etwa einen Fuß, und er gelangte durch sie aus dem Berg hinaus unter einen Felsvorsprung nicht so weit entfernt von der Stelle, wo er seine Freunde zurückgelassen hatte. »Belexus könnte sie durchstoßen«, überlegte er. »Ardaz könnte es sicher.« Der Geist erinnerte sich lächelnd an das erste Mal, als er den zerstreuten Zauberer getroffen hatte: damals hatte Ardaz einen Blitzstrahl geschleudert, um einen riesigen Fels von der Wiese vor Brisen-ballas zu entfernen. Wie der Zauberer herumgehüpft war – mit verbrannten Fingern!

Aber der Geist rief sich ins Gedächtnis, dass Belexus ziemlich in Eile war, und so schob er die Erinnerungen für ein anderes Mal beiseite. »Noch nicht«, beschloss er, und dann ging er durch den Spalt zurück in den Tunnel. Bevor er Belexus und Ardaz zu dieser Stelle brachte, wollte er sicherstellen, dass er sie richtig führte. Und so ging er den Tunnel in entgegengesetzter Richtung entlang, vorbei an der Stelle, wo er zuerst hereingekommen war, und immer weiter in den Berg hinein. Er wanderte immer tiefer hinab, der Korridor weitete sich und verengte sich wieder, manchmal war die Decke niedrig, manchmal ging sie in lange und hohe Schächte über und war nicht mehr zu sehen. Er kam in eine Kammer, die mit dunklem Wasser angefüllt war, über das er einfach hinüberschwebte, und er war erleichtert zu sehen, dass es an der Wand des Tunnels einen ausreichend breiten Sims gab, über den seine Freunde am Wasser vorbeikommen konnten.

Dann kam ein steiles Gefälle, und DelGiudice folgte ihm abwärts. Er spürte hier einen Unterschied, und indem er seine anderen Sinne darauf abstimmte, entdeckte er, dass die Luft wärmer war und dass ihn eine subtile, rhythmische Vibration umgab.

Jetzt bewegte er sich vorsichtiger, obwohl der Lindwurm, so gewaltig er auch sein mochte, ihn nicht verletzen konnte. Es lag etwas in der Luft, über die Wärme und das Schnarchen hinaus, eine fast greifbare Aura, die Schrecken auslöste. DelGiudice sagte sich, dass es gerade seine Erwartungen über das Wesen eines Drachen waren, die ihn vorsichtig machten, doch bald begann er zu verstehen, dass es tatsächlich mehr war als das, etwas sehr Wirkliches.

Er passierte einige weitere Durchgänge, jetzt ein veritables Labyrinth, doch das Geräusch und die Hitze vermittelten Orientierung. Dann bog er um eine letzte Ecke und gelangte in einen Raum, der über alle seine Vorstellungen hinausging. All jene Drachensagen aus der Vergangenheit kamen ihm wieder in den Sinn, hervorgerufen von der unglaublichen Szene, die sich ihm bot: der Reichtum, die Juwelen und vor allem der große Lindwurm selbst, fünfzig Fuß lang, obwohl er zu einer Kugel zusammengerollt war. Mit einem auf Atmung angewiesenen Körper hätte DelGiudice diese Erkundung nicht machen können, denn beim leisesten Geräusch wäre der Drache erwacht und hätte ihn vernichtet. So einfach war es. Er wäre vernichtet worden, alles andere war unvorstellbar.

Von diesen Gedanken angetrieben, schwebte DelGiudice zurück durch das Labyrinth und die Steigung hinauf und fast bis zum Ende des Tunnels, bevor er bemerkte, dass er davonrannte.

»Ihr werdet dort nicht hineingehen wollen«, sagte der Geist zu seinen Gefährten, als er sich außerhalb des Berges zu ihnen gesellte. »Vertraut meinem Urteil.«

Belexus und Ardaz tauschten wissende Blicke aus. »Also hast du den Lindwurm gesehen?«, fragte der Zauberer.

Der Geist nickte.

»Ist er groß?«

Wieder ein Nicken.

»Mächtig?«

Erneutes Nicken.

»Hat er dir Angst eingejagt?«

Und wieder nickte DelGiudice.

»Dann ist es der richtige Ort«, sagte Ardaz trocken zu Belexus.

»Hast du seine Schätze gesehen?«, fragte der Waldwächter.

Wieder ein Nicken.

»Das Schwert, von dem ich dir erzählt habe?«

Der Geist versuchte sich die Szene ins Gedächtnis zu rufen. Er erinnerte sich an die Haufen funkelnder Schätze, aber es hatte sich ihm nichts im Besonderen eingeprägt, nichts außer dem großen Drachen.

»Es ist wahrscheinlich da«, sagte er schließlich. »Aber das ist nicht Grund genug, um da hineinzugehen.«

»Zeige mir einfach den Weg«, verlangte der Waldwächter.

»Nein.«

»Ich will mich nicht mit dir streiten, Geist des DelGiudice!«, knurrte Belexus streng. »Ich bin nur wegen dieses Schwerts gekommen, und ich habe vor, es zu beschaffen oder bei dem Versuch zu sterben!«

»Das wirst du auch.«

»Ist er so groß?«, fragte Ardaz und kratzte sich den Bart.

»Noch größer«, erwiderte DelGiudice. »In meinen wildesten Albträumen hätte ich mir eine so schreckliche Kreatur nicht vorstellen können.«

»Jeder sagt das, wenn er zum ersten Mal einen Lindwurm sieht, sogar wenn es nur ein kleiner ist«, erklärte Ardaz. »Da ist ein wenig Drachenmagie im Spiel, die das Herz flattern lässt. Aber das spielt keine Rolle. Wir beide haben Drachen schon früher gesehen und kennen den Schrecken und die Gefahr. Als wir hierher kamen, haben wir so etwas erwartet, aber wir sind trotzdem gekommen, weil das Schwert in dem Drachenhort äußerst wichtig ist – wichtiger als wir alle drei zusammen, jawohl. Also sei ein guter Geist und zeige uns den Weg hinein.«

DelGiudice starrte Ardaz lange und eindringlich an, dann betrachtete er Belexus noch länger, und als er die unerschrockene Entschlossenheit erkannte, die sich auf ihren Gesichtern abzeichnete, gab er nach. »Steigt auf Calamus«, wies er sie an, und als sie bereit waren, flog er voran zu dem Sims unter dem Felsvorsprung, einem tückisch schmalen Platz, wo Calamus nicht landen konnte. Also mussten Ardaz und Belexus von seinem Rücken springen, dann drehte der Pegasus ab, während Desdemona behaglich auf seinem Rücken schlief.

Ardaz rief wiederholt nach der Katze. Da sie nicht antwortete, bat Ardaz den Pegasus, in einem Bogen heranzufliegen und dann jäh herabzustoßen, sodass die Katze abgeschüttelt wurde. Belexus fing sie auf und bekam zum Dank dafür einen kräftigen Hieb ins Gesicht. Er packte Desdemona im Genick und reichte sie nicht sonderlich sanft Ardaz.

Die Stimmung des Waldwächters sank noch mehr, als DelGiudice erklärte, der Durchgang befinde sich hinter dieser Felswand. »Nun, du kannst ja durch einen Spalt gehen«, bemerkte er.

»Aber die Wand ist nicht sehr dick«, versuchte DelGiudice zu erklären.

»Wir wecken den ganzen Berg auf, wenn wir anfangen, den Stein durchzuhauen!«

Ardaz hatte sich schon an die Arbeit gemacht. Er klopfte sanft mit seinem Stab gegen den Felsen und lauschte aufmerksam, um herauszufinden, was fester Stein war und was nur eine dünne Wand, die einen Durchgang versperrte. Als er dann den Tunnel entdeckt hatte, zeichnete er mit Schneewasser die groben

Umrisse einer Tür. Er trat zurück, steckte seinen Stab unter die Achselhöhle und rieb sich die Hände, dann bewegte er seine Finger. »Vor nicht langer Zeit hätte ich alles einfach wegpusten können, wisst ihr«, erklärte er. »Zum Teufel mit dem Narren Thalasi und allem, was er ruiniert hat!«

Mit einem Seufzer machte er sich an die Arbeit, füllte die Luft um sich herum mit Magie und schickte sie in kleinen, konzentrierten Wellen auf die nassen Linien auf dem Stein. Er schickte das Wasser tiefer in den Felsen, in die Essenz des Steins, und bald wurde der Umriss dunkel und schärfer und schien jetzt mehr wie ein glatter Sprung in der Bergwand.

Ardaz seufzte erneut und sackte zusammen. Offensichtlich war er erschöpft. »Die Tür«, erklärte er. »Aber seid vorsichtig und macht keinen Krach, wenn ihr sie öffnet.«

»Und wie sollen wir das tun?«, fragte Belexus.

Ardaz blinzelte, während er den vollkommen glatten Stein betrachtete. »Oh.«

»Ich werde sie hinausstoßen, und ihr fangt sie auf«, sagte DelGiudice, und bevor noch die anderen eine Fragen stellen konnten, schlüpfte der Geist durch den Spalt, den der Zauberer erzeugt hatte. Einen Moment später zitterte die Tür, und der obere Teil glitt den Bruchteil eines Zolls heraus, doch es reichte aus, dass der mächtige Belexus seine Finger daran festhaken konnte. An den Armen des Waldwächters traten die Muskeln hervor, während er zog, und der Stein glitt ganz langsam heraus. Plötzlich kam der obere Teil unter der Felswand hervor. Der Block fiel heraus, und nur dank seiner schnellen Reflexe und seiner großen Kraft konnte der Waldwächter ihn halten; dann setzte er ihn beiseite und ließ ihn den Berghang hinabpoltern.

»Da. Nicht mehr Lärm als eine Lawine, wie sie hier wahrscheinlich jede Woche abgeht«, sagte Ardaz, und weder DelGiudice noch Belexus wussten, ob das sarkastisch gemeint war oder nicht.

»Bist du dir deiner Sache sicher?«, fragte DelGiudice ein letztes Mal.

Belexus trat an ihm vorbei direkt in den Tunnel.

»Dann gehen wir los«, verkündete Ardaz, doch plötzlich blieb er stehen, schnalzte mit den Fingern und entzündete ein kleines Feuer an der Spitze seines Stabes.

»Damit dürften wir uns gebührend ankündigen«, sagte DelGiudice. Es klang unverkennbar sarkastisch.

»Wir können nicht im Dunkeln sehen«, erwiderte der Waldwächter.

»Ich begreife nicht, warum du solche Angst hast«, bemerkte Ardaz zu DelGiudice, als sie sich anschickten, Belexus zu folgen. »Schließlich kann der Drache dich nicht beißen, und wahrscheinlich wird er sich eine Kralle abbrechen, wenn er versucht, nach dir zu schlagen. Hmmm, aber ich frage mich, welche Wirkung sein Feuer hat.«

DelGiudice schaute ihn an und zuckte mit den Achseln, dann näherte er seine Geisterhand dem Feuer an der Spitze des Zauberstabes. Immer näher kam seine Hand heran, obwohl seine Augen und seine Erinnerungen in seinem Kopf schrien, er solle aufhören. Doch er spürte keinen Schmerz, keine Hitze, überhaupt nichts. Dann schloss er die Augen, verweigerte sich der Logik, die diese feinstoffliche Seinsform mit sich brachte, und bewegte seine Hand nach unten, bis er schließlich den hölzernen Stab fühlte. DelGiudice öffnete die Augen und sah, dass das Feuer um seine Hand herum und durch seine Hand hindurch brannte, aber nicht das Fleisch angriff und ihm nicht den geringsten Schmerz verursachte.

»Oh, der Drache wird dich mögen!«, strahlte Ardaz, aber er hatte zu laut gesprochen und erntete ein ungehaltenes »Psst!« von Belexus und dann von sich selbst. Der Zauberer schlug sich mit der Hand auf den Mund.

Schweigend gingen sie weiter, immer hinunter durch den Tunnel, durch das Labyrinth der Kammern und Seitengänge. Sie folgten der Hitze und dem rhythmischen Atem – und dieser Atem war ihre große Hoffnung, denn wenn sie den Lindwurm schlafend antrafen, dann konnten sie vielleicht das Schwert nehmen und wieder verschwinden, oder vielleicht die Bestie töten, bevor sie überhaupt aufwachte.

Doch solche Gedanken verflogen, denn Ardaz und Belexus wussten beide, dass man nicht unbemerkt etwas aus einem Drachenhort stehlen konnte und dass es fast unmöglich war, einen erwachsenen Drachen schnell zu töten, und natürlich konnte DelGiudice, der diesen Drachen aus der Nähe gesehen hatte, nicht wirklich glauben, dass diese beiden Aufgaben überhaupt möglich waren.

Sie bogen um die letzte Ecke – alle außer Desdemona, die Ardaz ins Gesicht schlug, aus seinen Armen sprang und wie der Blitz den Weg zurücksauste, den sie gekommen waren –, und da lag bedrohlich, genau wie DelGiudice es beschrieben hatte, der große Drache, die riesige echsenartige Kreatur, die massigen Schwingen ordentlich auf seinem mit Schuppen und Stacheln bedeckten Rücken gefaltet. Um ihn herum glitzerte ein Schatz, der dem Volk von ganz Calva großen Reichtum eingebracht hätte, doch der Anblick des großen Lindwurms hielt sie so gebannt, dass sie kaum eine einzelne Münze bemerkten.

Belexus legte den Finger an die geschürzten Lippen, dann winkte er nach links, doch bevor er den ersten leisen Schritt tun konnte, schwenkte der monströse gehörnte Kopf auf einem langen, schlangenhaften Hals herum und hielt knapp zehn Fuß vor den dreien abrupt an – ihnen kam es allerdings noch viel näher vor!

»Ihr Götter«, keuchte Ardaz.

»NUN DENN, IHR DIEBE«, brüllte die ohrenbetäubende Drachenstimme, und DelGiudice fürchtete, die Schwingungen allein könnten schon seine feinstoffliche Gestalt zerstören. »HABT IHR NOCH ETWAS, WAS IHR MITTEILEN WOLLT, BEVOR ICH MEIN ERSTES MAHL SEIT JAHRHUNDERTEN GENIESSE?«

KAPITEL 13

Der Herr und Meister

Lang und unbehaglich war die erste Wiederbegegnung zwischen Thalasi und seinem früheren Helfershelfer, Hollis Mitchells Totengeist gewesen, draußen im regennassen, mit Schlamm bedeckten Hof von Talas-dun. Dieses erste Gespräch hatte ohne Kampf geendet, aber es war nur ein Vorspiel gewesen, ein Test, wie die beiden mächtigen Wesenheiten wussten, denn es war nicht mehr klar, wer von beiden der Stärkere war, wer der wahre Herr und Meister. Und beide verlangten nach dieser Stellung und Macht.

Und auch die Hackordnung unter den Truppen der Burg war nicht eindeutig festgelegt. Die Talons, die Mitchell mitgebracht hatte, meist Stämme aus den Tieflandsümpfen südlich von Kored-dul, stritten mit den Angehörigen der Bergstämme, die Thalasi in der Festung stationiert hatte. Die Untoten, die völlig reglos dastanden, sofern sie nicht Befehle vom Totengeist oder vom Schwarzen Hexer ausführten, bereiteten jedem lebenden Wesen großes Unbehagen.

Diese Spannung musste gelöst werden, und zwar bald, überlegte Thalasi, sonst würde ihr Unbehagen und ihre Verwirrung nicht nur alle Eroberungspläne zunichte machen, sondern auch den Untergang für die mächtige Festung selbst bedeuten, einen Ausbruch des Irrsinns, der selbst die Mauern der Burg niederreißen würde. So wies Thalasi den Totengeist an, ihn am nächsten Tag in seinem Thronsaal aufzusuchen.

Kalter Regen peitschte auf die Burg herab. Der düstere Tag war fast so finster wie die Nacht. Schwere Wolken schickten Regengüsse und Blitze herab. Thalasi hielt dieses Wetter für ganz passend und vielleicht von Vorteil. Nach der universalen Macht zu greifen war in Zeiten von Gewittern immer leichter gewesen, wenn einige dieser heftigen Gewalten so nahe und leicht verfügbar waren.

Mitchell wusste dies vermutlich auch, und die Tatsache, dass der Totengeist in den Thronsaal kam, ohne dass er noch einmal dazu aufgefordert werden musste, war für den Schwarzen Hexer ein wenig beunruhigend. Warum war Mitchell so selbstsicher?

»Als ich nach der Schlacht von Bergtal nach Talasdun zurückkam, führten zwei hier den Befehl«, begann der Schwarze Hexer.

»Talons?«, erwiderte Mitchell spöttisch, als wollte er seinen einstigen Mentor daran erinnern, dass kein Talon jemals eine echte Gefahr darstellen konnte.

Thalasi schüttelte den Kopf. »Zwei in mir«, erklärte er. »Die einander bekämpfenden Geister von Martin Reinheiser und Morgan Thalasi, von denen jeder um die Oberherrschaft in dieser einzigen sterblichen Hülle kämpfte. Das konnte so nicht angehen, nicht damals und nicht heute, nicht innerhalb von mir und nicht innerhalb von Talas-dun. Die Talons müssen zweifelsfrei wissen, wer ihr wahrer Herr und Meister ist, und die Untoten können nicht wirksam eingesetzt werden, wenn sie Opfer eines Tauziehens zwischen zwei Willen sind.«

»Die Talons gehören dir, die Untoten mir«, entschied Mitchell.

»Nein!«, entgegnete Thalasi schnell.

»Nur der Stab gibt dir Macht über sie«, fuhr der Totengeist fort und wich nicht einen Zoll zurück. »Doch ich habe eine natürliche Macht, um über die Untoten zu gebieten. Mit dem Stab in meinen Händen …«

»Mit dem Stab in deinen Händen bräuchtest du mich nicht, und du bräuchtest auch keine lebendigen Talons.« Thalasi grinste höhnisch; er begriff ohne weiteres die wahre Absicht hinter dem Vorschlag des Totengeists. »Halte mich nicht zum Narren, du Gespenst. Vergiss nicht, dass ich es war, der dich geschaffen hat.«

»Das allein mag dich schon als Narren kennzeichnen«, erwiderte der selbstsichere Totengeist ruhig.

Thalasi richtete sich auf seinem Thron auf und rieb die Hände an dem glänzenden schwarzen Holz des Stabes des Todes, der in seinem Schoß lag. »Der Stab gehört mir; die Untoten gehören mir; die Talons gehören mir.«

»Und ich gehöre auch dir?«

»Du bist mein General wie schon zuvor.«

Das hässliche, krächzende Gelächter des Totengeistes erfüllte den Thronsaal und drang durch die Mauern der Festung. »Auf wessen Wort hin? Etwa deines? Die Zeit der Magie ist vorbei. Das hast du selbst zugegeben.«

»Nicht vorbei, die Magie ist nur geringer geworden«, entgegnete der Schwarze Hexer. »Und den hier habe ich immer einsatzbereit.« Er hielt den mächtigen Stab hoch, auf gleicher Höhe mit den glimmenden Augen des Totengeistes. »Und das gibt dich in meine Hand, Hollis Mitchell, und alle Untoten, die ich wachrufe.«

»Vielleicht überschätzt du die Macht dieses Stabes und deine eigene«, versetzte der Totengeist. Seine Stimme klang immer noch selbstsicher. Ein Donnerschlag unterstrich seine Worte gebührend.

»Wir wollen sehen«, zischte der Schwarze Hexer, stieß den Stab vor und schickte seine Kraft in einem mächtigen Ansturm durch den Stab hindurch auf den Totengeist.

Ein überwältigendes Verlangen hinzuknien ließ Mitchell fast auf die Knie fallen, doch er fand in sich genug unabhängigen Willen, um zu widerstehen und allmählich die Macht auf Thalasi zurückzulenken. »Gib mir den Stab!«, verlangte der Totengeist und ging mit ausgestreckten Händen auf den Schwarzen Hexer zu.

Thalasi knurrte und verdoppelte seine Anstrengungen. Wellen von Energie strömten aus, um den Totengeist aufzuhalten. Mitchell trat einen Zoll vorwärts, dann wieder einige zurück, dann hartnäckig wieder vorwärts. Bald brüllte Thalasi wie ein wildes Tier, und Mitchell stieß ein lang andauerndes Zischen aus.

Draußen grollte der Donner. Wellen von Energien wogten zwischen den beiden hin und her und schlugen auf sie ein.

»Er gehört mir!«, erklärten beide, und dann brüllten und zischten und kämpften sie mit allen Kräften. Mitchells graue Finger waren kaum einen Zoll von dem Stab entfernt, und wenn es dem Totengeist gelänge, den Stab zu fassen zu bekommen, dann würde Thalasi seinen Vorteil verlieren, und diese Kreatur, die so viel mächtiger war als er, würde ihn völlig vernichten und Talas-dun und alles, was Thalasi geschaffen hatte, in Besitz nehmen.

Reine Verzweiflung ließ den Schwarzen Hexer aus dem Thronsaal hinauslangen, in den Regen und den Wind und – wie es der Zufall wollte – in den Blitzstrahl, der gerade niederfuhr. Thalasis Macht lenkte diesen Blitz in den Saal, in seinen Körper, dann durch seinen Arm und den Stab auf Mitchell. Der Totengeist wurde durch den Saal geschleudert, knallte gegen die Wand und sank benommen zusammen.

Bloßes Glück hatte den Kampf entschieden, wie Thalasi erkannte, aber er durfte den Totengeist nicht in dieses Geheimnis einweihen. »Die Zeit der Magie ist noch nicht ganz vorüber«, sagte er scharf. »Du tätest gut daran, dich dessen zu erinnern, denn wenn wir das nächste Mal gegeneinander kämpfen, werde ich zu dem Schluss kommen, dass du die Mühe nicht wert bist, das versichere ich dir! Nun hebe dich hinweg, bevor der nächste Blitz und dann der übernächste dir die tote Haut von deinen Knochen sengt!«

Der Totengeist rappelte sich auf. Die roten Feuer seiner Augen glommen, als er mit purem Hass auf Morgan Thalasi starrte. Mitchell hatte den Verdacht, dass der Kampf viel knapper ausgegangen war, als die Prahlerei des Schwarzen Hexers ahnen ließ, und dass Thalasi nur durch einen Zufall und nicht aufgrund seines überlegenen Willens gesiegt hatte.

Aber besiegt war der Totengeist nun einmal, und Mitchell konnte nicht leugnen, dass der Schwarze Hexer Recht hatte, als er verkündete: »Ich bin der Herr und Meister.«

Sie erwachte an einem Ort, der fast völlig finster war, nur das trübe Licht einer einzigen Fackel brannte in dem niedrigen Gang vor ihrer Kammer. Spinnweben hingen überall in den Ecken des kleinen Raums und an den dicken Steinen der Türbögen und dämpften das Licht. Bei jedem Atemzug, den sie tat, glaubte sie die Spinnweben zu riechen und zu schmecken. Rhiannon brauchte einige Sekunden, bis sie sich klar wurde, dass sie nicht am Boden lag, sondern mit eng gefesselten Hand- und Fußgelenken an der Wand hing.

Sie erblickte eine menschenähnliche Gestalt in der Nähe und versuchte sie anzusprechen, durch die Spinnweben hindurch, die selbst ihren Mund und ihre Kehle zu füllen schienen. »Bitte«, flehte sie.

Die Gestalt wandte sich um, und eine weitere schloss sich ihr an. Die junge Zauberin zuckte erschrocken zurück, denn es handelte sich nicht um Menschen, nicht einmal um lebendige Talons, sondern um Untote: scheußliche verwesende Kreaturen, denen die Haut in Fetzen herunterhing. Stumm kamen sie näher, und dann prügelten sie auf sie ein. Knochige Fäuste schlugen ihr auf den Kopf, bis sie das Bewusstsein verlor.

Etwa eine Stunde später erwachte sie mit dem Geschmack warmen Blutes auf den Lippen. Die Untoten waren immer noch da, regungslos stehend glichen sie mehr abstoßenden Statuen als belebten Kreaturen. Rhiannon wollte sie erneut ansprechen, doch dann besann sie sich eines Besseren und hielt den Mund. Diese Wesen waren bloße Automaten und zu eigenständigem Denken unfähig. Ihre letzten Worte hatten die Untoten provoziert, sie zu schlagen, und wenn sie wieder etwas sagte, würde sie wahrscheinlich erneut die gleiche brutale Behandlung abbekommen. Sie befand sich in Talas-dun, das wusste sie ohne jeden Zweifel, denn sie hatte die schwarze Burg in dem Moment gesehen, bevor sie zum letzten Mal auf der Reise das Bewusstsein verlor. Ja, sie erinnerte sich deutlich an jenen dunklen Fleck am Rande ihres Gesichtsfeldes, den das hier brütende Böse noch finsterer erscheinen ließ. Sie befand sich in Talas-dun, und diese Untoten-Wachen waren entweder Thalasis oder Mitchells Marionetten. Keiner von beiden würde wollen, dass sie redete und vielleicht Zauberformeln sprach, und so waren die Befehle wahrscheinlich einfach und unmissverständlich gewesen.

Sie blieb stumm, und bald wurde ihr fast überwältigend bewusst, wo überall Schmerzen ihren Körper quälten. Ihr Kopf tat weh, in ihrem Gesicht schmerzten neue Prellungen. Ihr Magen knurrte vor Hunger – wie lange war es her, seit sie ein anständiges Mahl zu sich genommen oder überhaupt gegessen hatte?

Doch am meisten schmerzten ihre Handgelenke, ihre armen Handgelenke! Sie schaute zu ihnen auf und sah Ringe aus dunklem, getrocknetem Blut direkt unterhalb der Handschellen, und ihr wurde klar, dass diese Narben sich wieder öffnen würden, wenn sie auch nur im Geringsten an den Ketten rüttelte.

Und so hing sie stundenlang da, bis sie in einen schlafähnlichen Dämmerzustand versank, der aber keine Erholung brachte. Sie hing da und kämpfte gegen das Delirium, die schreckliche Langeweile und die noch schrecklichere Hilflosigkeit an. Hatte man sie in dieses Verlies gesteckt, damit sie verhungerte? Bald wurde die Zeit bedeutungslos, alles war nur noch eine lange düstere Qual, eine völlige Leere.

Und die ganze Zeit standen die Untoten einfach da, verwesend, stinkend, ohne mit den Wimpern zu zucken oder Atem zu holen.

Rhiannon wusste nicht, wie viel Zeit vergangen war – zumindest einige Tage schienen es zu sein –, als sie endlich Geräusche von außerhalb ihrer Kammer hörte, irgendwo in dem niedrigen Korridor. Ihre Erleichterung hielt selbst dann noch an, als die Urheber der Geräusche, Mitchell und Thalasi, in ihren Kerker traten.

»Du lebst noch?«, fragte Thalasi, und sein Gesichtsausdruck zeigte, dass er sich amüsierte. »Ach, das ist der Fluch der mit Langlebigkeit gesegneten Zauberer, meine Liebe, denn du wirst nicht sterben, du wirst hier all die Jahre in Ketten hängen, bis in alle Ewigkeit.«

»Ich könnte sie töten«, bemerkte Mitchell, wahrscheinlich nur, um zu prahlen. Rhiannon wusste, dass er sie nicht töten und ihre Leiden nicht so leicht beenden würde.

Sie versuchte ihnen etwas zu erwidern, doch sie konnte kaum ihre ausgetrockneten Lippen bewegen.

Thalasi lachte dröhnend. »Betrachte dies als deinen

Lohn für deine Taten auf dem Schlachtfeld an den Vier Brücken«, sagte er. »Ja, Rhiannon, Tochter der Brielle, ich weiß, wer du bist, und ich weiß, was du getan hast, du unartiges Kind.«

Jetzt kamen ihr die Worte, ihre pure Abscheu brodelte hoch. »Das hast du selbst getan«, krächzte sie und endete mit einem stoßweisen trockenen und staubigen Husten. »Du bist zu weit gegangen und hast die Magie geschwächt. Du …« Sie hielt inne und keuchte, als sich eine kalte, unsichtbare Hand um ihren Hals klammerte. Die Untoten eilten ebenfalls herbei, doch Thalasi schwang seinen schwarzen Stab und hielt sie zurück.

Rhiannon spürte deutlich die Macht dieses Stabes und bemerkte, dass Mitchell zusammenzuckte, als der Schwarze Hexer den Stab schwang. Sie erkannte die Bedeutung dieses Gegenstandes und dessen Macht, denn in diesen Zeiten der geschwächten Magie verlieh allein dieser Stab dem Schwarzen Hexer solche Kraft. Ihre Befürchtung wurde jedoch schnell unmittelbarer, als diese schreckliche kalte Hand fest zudrückte, ihr die Luft abschnürte und sie würgte.

Dann war es vorüber, und die junge Zauberin keuchte. Sie schaute ihre beiden Gegner an und erkannte, dass Thalasi mit dem Stab für diese Qual verantwortlich war.

»Ich hatte daran gedacht, es dir angenehm zu machen«, sagte der Schwarze Hexer. »Dich mit Putz und Luxus zu verwöhnen.«

Rhiannon spie ihn an.

»Aber das ist es ja«, fuhr der Schwarze Hexer unbeeindruckt fort und grinste dabei breit über ihr respektloses Verhalten. »Dieser typische Eigensinn, der so ganz deiner Mutter gleicht. Du würdest meine Gastfreundschaft nicht zu schätzen wissen, wirklich nicht. Du nicht, Brielles Tochter. Du würdest dich verhalten wie sie und jede Sekunde gegen mich Ränke schmieden.«

Rhiannon kniff die kristallblauen Augen zusammen.

»Also hängst du hier auf immer«, sagte Thalasi und lachte. »Meine Lieblinge«, er zeigte auf die Untoten, »sind in der Nähe und haben den Befehl, dich jedes Mal bewusstlos zu schlagen, wenn du dich bewegst oder auch nur einen einzigen Laut von dir gibst.«

»Auch ich bin in der Nähe«, fügte der Totengeist hinzu und trat so nahe an Rhiannon heran, dass sie die tödliche Kälte spürte, die den grauen Körper dieser schrecklichen Kreatur umgab. »Und ich kann schlimmere Dinge tun, als nur auf dich einzuprügeln, das verspreche ich dir.«

Rhiannon zweifelte nicht im Geringsten daran, doch während ihr Gesicht einen Ausdruck tiefer Verzweiflung zeigte, suchte ihr Geist hektisch einen Ausweg. Sie würde niemals aufgeben, ganz gleich, wie groß der Schmerz, der Hunger, die Schwäche oder die Kälte wäre.

Sie würde einen Weg finden, um diese beiden zu verletzen, bevor sie aus diesem Leben schied.

»Die Untoten werden uns aus den Bergen herausführen«, erklärte Thalasi dem Totengeist später, als die beiden – abgesehen von einer unbedeutenden Talon-Wache – allein im Thronsaal waren. »Zehntausende von Untoten und auch von Skeletten, die seit Jahrzehnten, ja sogar seit Jahrhunderten im kalten Boden liegen, sich jedoch auf meinen Ruf hin wieder erheben werden. Ein Meer von Untoten wird uns über den Fluss führen, und wer nicht in Schrecken vor uns flieht und sich nicht Thalasis Macht ergibt, wird bald genug unsere Reihen nur noch verstärken.«

Der Totengeist erwiderte nichts, sondern starrte Thalasi nur an und überlegte, wo Hollis Mitchells Platz in diesen grandiosen Plänen war. Mitchell begriff die Bedeutung des Stabes des Todes und dessen wahre Macht, und so hegte er keinen Zweifel daran, dass Thalasi dieses Meer von untoten Kreaturen herbeirufen und beherrschen würde, besonders da Untote und Skelette, anders als der Totengeist, nichts dachten und nichts fragten und bloße Marionetten des Schwarzen Hexers waren. Doch wo kam darin Mitchell vor?

»Du wirst sie nicht anführen«, sagte Thalasi plötzlich, als läse er die Gedanken des Gespenstes – und auch das erschien dem Totengeist angesichts der Verbindung des Stabes zu ihm möglich. »Für dich habe ich andere Pläne.«

Die Flammen in Mitchells Augen loderten.

»Du wirst nicht widersprechen«, versprach Thalasi. »Denn ich biete dir die Erfüllung deiner größten Wünsche an.«

»Dann wirst du dich selbst umbringen«, erwiderte Mitchell sarkastisch.

Thalasi tat diesen Gedanken mit einem Lachen ab und war nicht beleidigt. »Ich werde dir gestatten, dass du auf eigene Faust losziehst, um Belexus zu suchen, Ardaz und Brielle, und nach deinem Belieben mit ihnen verfährst. Du kannst sie foltern, vernichten, vielleicht umbringen – und sie dann als Untote unter deiner Herrschaft zurückholen, falls wir einen Weg finden, um dies leichter zu machen.«

Plötzlich verriet das Glühen in Mitchells Augen mehr Faszination als Wut.

»Du sollst mein Meuchelmörder sein«, sagte Thalasi lachend. »Und niemand auf der ganzen Welt kann sich gegen dich stellen.«

Mitchell war kein Narr und verstand, dass Thalasi ihn ablenkte, um zu verhindern, dass er einen Weg fand, um größere Kontrolle über die untoten Soldaten zu gewinnen. Mitchell begriff auch, dass er und Thalasi tatsächlich durch ein verfluchtes Bündnis aneinander gebunden waren, das nicht mehr halten würde, wenn ihre gemeinsamen Feinde nicht mehr auf der Welt waren. Doch der Totengeist konnte dies einstweilen akzeptieren; es gab noch größere Feinde in der weiten Welt, die er noch erschlagen musste, und der wichtigste unter ihnen war Belexus Backavar.

Dieses Angebot konnte der Totengeist nicht ablehnen.

KAPITEL 14

Salasar

Es war wahrhaft ein kritischer Augenblick für Belexus, ein entscheidender Moment im Leben dieses Mannes, der – seit er sich erinnern konnte – ein Krieger gewesen war und für den Kampf trainiert hatte. Er war Peitschendrachen und zahllosen Talons gegenübergetreten, war in eine Schlacht gezogen, wo die Chancen hundert zu eins gegen ihn standen, hatte einen jungen Drachen erschlagen und sich Mitchells Totengeist entgegengestellt, und das alles hatte er willig getan – so viele Male hatte er sich dem fast sicheren Tod gegenübergesehen. Und immer, selbst in seinem allerersten Kampf, hatte der Waldwächter dies ohne Zögern getan, mit einem Lied – auf Avalon, auf König Benador, auf Andovar – auf den Lippen.

Doch keine dieser Schlachten, kein Teil dieser Ausbildung und keine der Regeln in seinem kriegerischen Ehrenkodex hatten Belexus auf diesen schrecklichen Augenblick vorbereitet. Die Zeit schien still zu stehen, während dem Waldwächter die Gedanken durch den Kopf wirbelten. Erinnerungen an jeden Kampf spielten sich in einem Nu ab. Alles hielt inne – der Atem, der Herzschlag –, und in diesem schrecklichen Augenblick schmeckte Belexus zum ersten Mal Angst, reinen Schrecken, der seine Gliedmaßen festzuhalten drohte und sein Schwert spürbar schwerer werden ließ.

In der Tat war dies ein entscheidender Augenblick, die härteste Prüfung seines Mutes. Und in diesem Augenblick fand Belexus sein Kriegerherz, schritt durch den Schrecken hindurch und griff an.

Er hörte die Stimme des Zauberers. Allerdings drangen die Worte nicht zu ihm durch. Er sah die rötliche Färbung des Drachen und den gehörnten Kopf, der mit aufgerissenem Rachen und speergleichen schimmernden Zähnen auf ihn zu schoss. Knurrend stemmte der Waldwächter seine Füße mit weit gespreizten Beinen fest auf den Boden, nahm sein Schwert in beide Hände und führte einen mächtigen Aufwärtshieb, der mit einem metallischen Kreischen auf den gepanzerten Kiefer des Drachen traf. Weiße Funken sprühten von der Klinge.

Der Drache biss nicht nach Belexus, sondern nach Ardaz, der offensichtlich ein Zauberer war und damit doppelt gefährlich nach dem Empfinden dieser Kreatur, die Thalasis Magie ausgebrütet hatte. Der große Lindwurm hätte Ardaz auch erwischt, und das wäre das Ende des verwirrten Silber-Magus gewesen, aber der heftige Hieb des Kriegers lenkte die Attacke gerade noch ausreichend ab, und mit einem Geräusch, als würde ein riesiger Baum zersplittert, schnappte der massige Rachen direkt über dem Kopf des Zauberers zu.

Belexus' Schwert erklang immer wieder und vibrierte in seinen Händen, und obwohl es ein Erzeugnis vorzüglicher Schwertschmiedekunst war, fürchtete er doch, die Klinge könnte zerspringen.

Der Drache zog an ihm vorbei den Hals zurück, der Kopf schoss zwanzig Fuß rückwärts, wie bei einer riesigen Schlange, die sich zusammenrollte, um dann zuzustoßen. Dem Waldwächter wurde klar, dass er das Untier noch nicht einmal verletzt hatte! Er hatte den Drachen härter getroffen als jemals zuvor einen Gegner und dabei nicht einmal einen Riss in die äußerste Schuppenschicht gehauen, nicht einmal einen tiefen Kratzer hinterlassen!

Der Drache atmete heftig ein, und der riesige Sog zog

den Waldwächter einen Schritt vorwärts und zeigte ihm, dass der nächste Angriff durch keine Klinge verlangsamt oder abgelenkt werden konnte.

»Meinen Stab! Oh, fass meinen Stab!«, hörte der Waldwächter Ardaz schreien. Er drehte sich um und sah, wie ihm der Zauberer den Stab entgegenhielt. Stab und Zauberer glühten in einem sanften Blau.

Belexus sprang auf Ardaz zu. Er hörte, wie der Drache Flammenstöße ausatmete, als er das Ende des Stabes zu fassen bekam und mit dem Gesicht nach unten auf den Stein fiel. Er kam sich klebrig vor, als wäre er in ein Fass mit dickem Rahm gefallen, und in dem Moment, bevor die Flammen des Drachen ihn umhüllten, bemerkte er, dass auch er plötzlich in demselben Blau leuchtete.

Dann spürte er die Hitze und sah nur noch, wie die helle Flammenglut über ihn hinweg wogte, Ardaz umhüllte und auf DelGiudices Geist zurollte, der seitwärts stand und nicht mit dem Schutzschild des Zauberers leuchtete. Die Glutwoge hörte nicht auf; Belexus spürte, wie der klebrige Schutz dünner wurde, und er fürchtete, dass er nicht halten würde. Er hörte Ardaz schreien, ob vor Schrecken oder vor Schmerz konnte er nicht sagen, und er hörte auch DelGiudices Schreie. War der Geist, der weder Ardaz noch den Stab berührte, von den Flammen verzehrt worden?

Dann war es so abrupt vorbei, wie es begonnen hatte, und der Waldwächter rappelte sich von dem weichen, geschmolzenen Boden hoch. Mit Erleichterung bemerkte Belexus, dass die Flammen nicht bis zu DelGiudice gereicht hatten, und er sah den Geist still dastehen, erschrocken und regungslos. Ardaz krabbelte schnell durch den geschmolzenen Bodensatz in Richtung Ausgang und schrie Belexus zu, er solle sich an seinem Stab festhalten. Der Waldwächter bemühte sich Schritt zu halten und achtete darauf, seine Füße hoch zu bekommen, bevor der Stein erstarrte und ihn so an Ort und Stelle festhielt.

Sie erreichten den Rand der Reichweite der Flammen. Ardaz zog Belexus aus dem letzten weichen Fels heraus, dann drängte er ihn weiter. Beide riefen nach DelGiudice, während eine neue Flammenwoge heranrollte, nach ihren Rücken griff und sie aus der Kammer jagte.

»DelGiudice!«, rief Belexus verzweifelt, denn der Geist war nicht bei ihnen.

»Wir müssen den schmalen Tunnel erreichen!«, rief Ardaz über die Schulter, zog heftig an seinem Stab und ließ keinen Widerspruch zu. »Lauf weg! Der Drache wird uns mit seinem Atem beide schmelzen.«

DelGiudice hörte sie rennen und rufen und hielt es anfangs für klug, hinter ihnen herzujagen, um sich so weit wie möglich von diesem Schrecken zu entfernen. Doch anders als bei seinem ersten Besuch in der Höhle entdeckte er diesmal, dass seine Sinne ihm einen Streich gespielt hatten. Er wusste, dass er fliehen sollte, und doch konnte er es nicht, fest an Ort und Stelle gebannt von einem tiefen, völlig unlogischen und alles verzehrenden Schrecken. Er zuckte zusammen, und sein Wille drohte zu brechen, als der Lindwurm dem Zauberer und dem Waldwächter einen weiteren Flammenstoß hinterherschickte.

Der Drache setzte zur Verfolgung der beiden an, doch dann hielt er abrupt inne. Seine riesigen Klauen schrammten kreischend über das Gestein und gruben tiefe Rillen hinein. Der reptilische Kopf drehte sich hin und her und nach unten und oben, die Echsenaugen verengten sich, als hätte das große Biest erst jetzt den dritten Eindringling bemerkt.

»Ich grüße dich«, hörte DelGiudice sich sagen, und er fragte sich, warum er das tat.

Der Drache reagierte darauf mit typischer Ungeduld und spie sein Feuer auf den armen DelGiudice. Und der Geist schrie – und wie er schrie! –, als die hellen Flammen über ihn hinwegwogten, durch ihn hindurch drangen und den Felsen zu seinen Füßen Blasen werfen ließen. Es ging immer weiter, er schrie unaufhörlich, doch seine Schreie ließen nach, bevor noch das Drachenfeuer abnahm, da seine physischen Wahrnehmungen die Sperre des Schreckens durchbrachen und ihn darüber unterrichteten, dass er nicht brannte, ihm nicht einmal heiß war und dass somit das Drachenfeuer auf ihn keinerlei Wirkung hatte.

Er schaute zu dem Lindwurm auf, dessen gehörnten Kopf er in der Flammenflut kaum erkennen konnte, und wartete, bis endlich der Feuerstrom endete.

»Eindrucksvoll!«, zollte DelGiudice Beifall.

Das Gebrüll des Drachen, das daraufhin wogte, ließ Steine zersplittern. Der zuschnappende Rachen fuhr auf den Geist herab, für den der Anblick wirklich beunruhigend war, als die Reihen speergleicher Zähne über ihm mampften und ihn zu zerbeißen schienen. Doch wieder schloss sich das Maul nur mit einem dröhnenden, leeren Schnappen. Der Rachen des Drachen ging durch den substanzlosen Geist hindurch, und als der Lindwurm den Kopf hob, stand DelGiudice regungslos an seinem Platz und schaute zu ihm empor.

»Erneut muss ich bestätigen, dass du sehr eindrucksvoll bist«, bemerkte er, seinen Mut zusammennehmend. Allmählich wurde er selbstsicherer. »Unwirksam, aber eindrucksvoll.«

Die bloße Schnelligkeit und Gewalt des Prankenhiebs ließ ihn fast ohnmächtig werden. Die Pratze mit den drei Klauen fegte durch ihn hindurch, fuhr mit einem schrillen Ton über den noch warmen Stein zu seinen Füßen und hinterließ in ihm tiefe, gezackte Rillen.

»DU BIST NICHT WIRKLICH!«, schrie der Lindwurm, und DelGiudice bemerkte einen Anflug von Beunruhigung in der göttergleichen Stimme.

»Doch, hier stehe ich«, setzte er zur Antwort an, aber der Drache schenkte ihm keinerlei Aufmerksamkeit.

»WAS FÜR EIN TRICK IST DAS, ZAUBERER?«, brüllte der Lindwurm. »WAS FÜR EINE ABLENKUNG? ABER DU ENTKOMMST MIR NICHT! DU, DER DU ES GEWAGT HAST, SALASARS SCHLAF ZU STÖREN, SOLLST NICHT ÜBERLEBEN UND NIE MEHR DAS LICHT DES TAGES SCHAUEN!«

»Oh, heute ist aber ein strahlender Tag«, bemerkte der Geist, einfach um den Lindwurm abzulenken, damit seine Freunde aus der Höhle flüchten konnten.

Salasar ignorierte ihn jedoch und verließ die Kammer mit schrecklicher Eleganz. Er glich mehr einer pirschenden Katze als einer massigen Eidechse.

Der Geist erwog, dem Drachen zu folgen, vielleicht um ihn unterwegs zu belästigen oder in der bevorstehenden Auseinandersetzung zu umtanzen und so ein bisschen von seinen Freunden abzulenken. Doch DelGiudice kam nicht umhin, einen langen Blick auf den aufgehäuften Schatz zu werfen, dessen Herrlichkeit all seine Vorstellungen überstieg – zumindest die Vorstellungen von Schätzen dieser Form auf dieser Welt. Und als er noch einmal zurückschaute, zog ein Blitz aus schimmerndem weißen Licht seinen Blick an und fesselte ihn.

Da war es: das Schwert, das Belexus beschrieben hatte, stak in einem riesigen Haufen aus Gold- und Silbermünzen. Es bestand kein Zweifel über die Identität dieser Klinge, denn dergleichen konnte es auf der ganzen Welt nicht noch einmal geben. DelGiudice ertappte sich dabei, wie er trotz seiner Angst um seine Freunde auf das Schwert zuschwebte. Er griff versuchsweise danach und spürte das schimmernde Heft: heller, silbriger Stahl, umwoben mit Fäden aus reinstem Gold. Ehrfürchtig zog er das Schwert aus dem Haufen und staunte über die Klinge – blaugrau, aber auf beiden Seiten mit einer Reihe winziger Diamanten besetzt, die wie kleine spitze Zähne wirkten. Er musste nicht mit dem Finger über die Klinge fahren, um deren Schärfe zu erkennen; tatsächlich kam sie DelGiudice so gefährlich vor, dass er wirklich Angst hatte, sie zu berühren, da er fürchtete, dieses Schwert könnte irgendwie die Grenze zwischen der materiellen Ebene und seinem derzeitigen geisterhaften Seinszustand überschreiten und ihm die Finger abschneiden.

DelGiudice hatte keine Vorstellung davon, über welche Stärke er unter diesen Bedingungen verfügte, aber er begriff, dass dieses Schwert unglaublich leicht und vollkommen ausgeglichen war. Er schwang es langsam und staunte über das diamantene Licht, das der Waffe folgte.

Dann fiel ihm plötzlich ein, dass seine Freunde sich in großen Schwierigkeiten befanden. Er folgte ihnen mit höchster Eile, hörte Ardaz »Ach, verflixt!« rufen und wusste, dass er zu lange verweilt hatte.

Belexus machte eine Rolle vorwärts, unter dem auf und ab hüpfenden Kinn des Drachen hindurch zwischen dessen Vorderbeine. Er sprang auf und trieb sein Schwert direkt nach oben in der Erwartung, das Untier würde am Bauch weniger gepanzert sein.

Doch dieses Glück hatte er nicht, und als die Klinge zustach, sich bog und dann harmlos zur Seite glitt, musste der Waldwächter wieder springen, diesmal unter dem Drachen hervor, denn Salasar, der nicht unerfahren im Kampf war, ließ einfach seine großen Beine einknicken und sein volles Gewicht direkt zu Boden fallen.

Belexus entging knapp dem Schicksal, zerquetscht zu werden. Er kam hoch, drehte sich abrupt um und schwang das Schwert zu einem mächtigen Schlag über die Schulter. Wieder gab es dieses metallische Kreischen, es sprühten Funken, und diesmal glaubte der Waldwächter, er habe tatsächlich eine Schuppe geknackt.

Diese Erkenntnis brachte ihm nur wenig Hoffnung, denn jeder Hieb bedeutete harte, fast zu harte Arbeit, und die Wirkung erwies sich als bestenfalls gering.

Noch schlimmer: der letzte Hieb hatte den Drachen noch wütender gemacht. Die großen Klauen gruben sich in den Stein. Der lange schlangenartige Schwanz peitschte umher und zerschmetterte einen Felsvorsprung zu einem Haufen Geröll. Und der Kopf, der versuchte, den Waldwächter einzuholen, hielt einen Feuerstoß bereit, um den Menschen einzuäschern.

»Benutze deinen Blitz!«, bat Belexus ihn, aber der Zauberer, der ahnte, dass jeder aggressive Zauber den Drachen nur noch wütender machen würde und schlimmstenfalls von den festen Schuppen abprallen und ihnen Schaden zufügen konnte, konzentrierte sich ganz auf seine nächste abwehrende Hülle.

Belexus kam zurückgerannt, den Drachenkopf direkt auf den Fersen, und griff nach dem Zauberstab und erwischte ihn genau in dem Augenblick, als der Feueratem über ihn hinwegwogte. Unaufhörlich loderten die Flammen, doch diesmal blieben Ardaz und Belexus – durch die magische Hülle geschützt – nicht schreiend stehen, sondern nutzten die Flammenschwaden und Rauchwolken, um in die nächste Kammer zu schlüpfen. Als sie dann das Feuer hinter sich gelassen hatten, rannten sie um ihr Leben.

Das wütende Brüllen des Drachen zeigte nur allzu deutlich, dass das Untier sie weiterhin verfolgte.

»Lauf du weiter«, drängte Belexus den Zauberer. »Ich werde stehen bleiben und das Untier aufhalten. Vielleicht findest du den Weg nach draußen!«

Ardaz packte ihn fest. »O nein, nein, nein!«, schrie er. »Der Lindwurm wird dich verbrennen und kaum langsamer werden. Oder vielleicht rennt er dich einfach über den Haufen, während er mich einholen möchte! Lauf weiter mit mir, du närrischer Held; ich brauche deine Schnelligkeit, damit du mich mitreißt!«

In der Tat waren Belexus' Schritte viel größer als die des alten Zauberers, und er zog Ardaz in schnellem Tempo mit sich mit. Jedoch nicht schnell genug, so fürchtete der Waldwächter, da Salasar immer näher kam.

»So schaffen wir es nicht!«, beklagte sich der Waldwächter.

»Warum sind wir überhaupt hierher gekommen?«, schrie Ardaz ihn an. »Wegen eines Schwertes? Wegen eines einzigen dummen Schwertes?«

Zur Antwort gab ihm Belexus einen scharfen Ruck, der den Zauberer sich um neunzig Grad drehen ließ. Der Magus stieß einen gedämpften Schrei aus, da er meinte, er würde gegen die Wand knallen, doch stattdessen trat er in die Schwärze eines kleinen Seitengangs.

»Lösch dein Zauberlicht«, wies Belexus ihn an, drückte sich an ihm vorbei und zog den Zauberer hinterher.

Ardaz schaute einen Moment lang verwundert auf seinen Stab, dann löschte er mit einem Wort das Feuer, das an der Spitze brannte. Sie gingen weiter und hörten den Drachen im Hauptgang vorbei rutschen, in der Nähe der Stelle, wo sie abgebogen waren, doch ein schnüffelndes Geräusch verriet ihnen, dass der Lindwurm sich nicht hatte täuschen lassen.

»Lauf weiter!«, riefen beide gleichzeitig, und Ardaz fügte hinzu: »Jawohl!«

Der Zauberer versuchte verzweifelt, eine weitere Abwehrhülle herbeizuzaubern; doch diesmal wäre er nicht schnell genug gewesen, ihn rettete nur, dass Belexus' ihn zog und weit genug in den Seitengang hineinholte, so dass Salasars Feuerstoß nur seinen Rücken kitzelte.

»DIEBE!«, brüllte der Drache, und dieses Gebrüll kam ihnen bei weitem schlimmer vor als der feurige Drachenodem. »WAS FÜR EIN TRICK IST DAS?«

»Trick?«, wiederholte Belexus verwundert. »Einen kleineren Tunnel hinabzugehen ist kein Trick. Zumindest kein guter«, fügte er hinzu, als er um eine leichte Biegung kam und auf soliden Fels stieß. Sie waren am Ende des Ganges.

»Sonst noch was?«, fragte Ardaz mit einem Achselzucken. Einen Moment später hörte er den Drachen den Weg zurücklaufen, den er gekommen war.

Eine Zeit lang hörten sie nichts mehr. »Meinst du, wir sollten zurückgehen?«, fragte der Waldwächter. Ardaz schüttelte heftig den Kopf.

»Nun, dann zünde dein Licht an«, sagte Belexus. Im Schein des Feuers an der Spitze des Zauberstabes sahen sie, dass sie tatsächlich in einer Sackgasse festsaßen.

»Es gibt nur einen Weg nach draußen«, überlegte Belexus.

Der Zauberer blies das Feuer wieder aus.

»Dann werden wir hier ein wenig sitzen und warten«, sagte der Waldwächter, doch es war zu hören, dass ihm dieser Gedanke nicht behagte.

»Gib nur dem Lindwurm die Gelegenheit, sich weiter zu entfernen«, bat Ardaz.

»Wenn DelGiudice das Untier zu einer fröhlichen Jagd verlockt, dann könnten wir vielleicht in die Schatzkammer zurück und nach dem Schwert suchen.«

Im Tunnel herrschte völlige Finsternis, aber der Waldwächter konnte sich gut den ungläubigen Ausdruck vorstellen, den Ardaz jetzt im Gesicht hatte.

»Wir sind wegen des Schwertes gekommen«, verkündete der Waldwächter entschlossen.

»Wir sind davongerannt«, entgegnete Ardaz trocken.

»Nur um uns neu zu formieren und zurückzugehen«, erwiderte Belexus ebenso entschlossen.

Ardaz' Schnauben zeigte, dass er anderer Meinung war.

»Wir können einfach nicht zulassen, dass der Totengeist …«

»Ach, hör doch auf mit dem Totengeist und mit Thalasi«, fiel ihm der Zauberer ins Wort. »Gegen die beiden würde ich mit meinen bloßen Händen kämpfen, bevor ich noch einmal in Salasars Kammer ginge! Bist du denn verrückt geworden?«

Belexus' Antwort war, dass er – nicht sonderlich sanft – über Ardaz hinweg kroch und sich auf den Rückweg machte. Der Zauberer konnte nur wenige der Worte verstehen, die der Waldwächter murmelte, aber er hörte deutlich »Andovar« und »Rache«.

»Jawohl«, brummte Ardaz und kroch mit einem hilflosen Achselzucken hinter dem Waldwächter her. Einen Moment später setzte er wieder seinen Stab als Fackel ein – nicht, dass sein Mut zugenommen hätte, aber er kam sich so töricht vor, dass er meinte, er könne diese Suche genauso gut auch zu Ende führen. Falls sie tatsächlich zu dem Lindwurm zurückkehrten, dann konnten sie es das Untier auch gleich wissen lassen. »Vielleicht bringen wir es damit schneller hinter uns«, war seine ganze Erklärung, als Belexus sich umdrehte und ungläubig auf das Licht schaute.

Sie kamen zur Einmündung des Tunnels, hielten dort an und lauschten, ob der Drache um die Ecke lauerte. Dann zögerte Belexus noch einmal und ließ sich lange Zeit, um all seinen Mut aufzubieten. Es spielte keine Rolle, sagte sich der Waldwächter, denn wenn der Drache sprungbereit in der Nähe wartete, dann konnte das Untier genauso leicht zur Mündung des Lochs kommen und seinen Feueratem ausstoßen, denn der Waldwächter und Ardaz würden es niemals schaffen, sich rechtzeitig zu entfernen.

Doch über eine Tat nachzudenken und sie auszuführen können zwei sehr verschiedene Dinge sein, und Belexus musste einen Moment länger warten, bevor er die Kraft fand, seinen Kopf und die leuchtende Spitze des Stabes in den größeren Tunnel zu stecken.

Die Luft war rein, also kroch der Waldwächter hinaus, dann winkte er Ardaz, er solle ihm folgen. Schließlich griff er nach hinten und zog den zitternden und ansonsten reglosen Zauberer heraus. Der Waldwächter zeigte nach rechts, zurück zur Schatzkammer, doch Ardaz zeigte eigensinnig nach links zum Ausgang.

Belexus stieß mit seinem Finger nachdrücklicher nach rechts und nickte in diese Richtung.

Ardaz lief nach links los.

Belexus erwischte ihn am Bart und drehte ihn herum, dann sprangen beide mit einem Schrei hoch, überrascht von der Ankunft DelGiudices.

»Was hast du vor?«, begann der Waldwächter sich zu beschweren, doch dann blieben ihm die Worte im Hals stecken, als er die wertvolle Last erblickte, die der Geist trug.

»Dieser halbätherische Zustand hat doch gewisse Vorteile«, erklärte er und überreichte die Waffe.

»Ach, ist das schön«, murmelte der Waldwächter von Ehrfurcht ergriffen, spürte, wie ausgewogen die Waffe war, befühlte die saubere Schneide und beobachtete das Licht der Diamanten.

»Salasar weiß, dass ich es genommen habe«, erklärte DelGiudice. »Ich glaube, er wusste es in dem Augenblick, als ich es aufhob, obwohl er hinter euch herjagte.«

»So sind Drachen«, gab Ardaz zu bedenken.

»Eine solche Klinge habe ich noch nie gesehen«, fuhr der Krieger fort. Selbst in dem trüben Licht spiegelte sich in seinen klaren Augen der Schimmer der Diamanten.

»Er weiß auch, in welche Richtung ich gegangen bin«, versuchte DelGiudice zu erklären.

Der Boden bebte unter ihren Füßen – von den schweren Schritten des näher kommenden Lindwurms.

»Es ist Zeit zu gehen«, flehte Ardaz, und als Belexus weiterhin die Klinge anstarrte, klopfte ihm der Zauberer mit dem Ende seines Stabes auf den Kopf. »Es ist Zeit zu gehen!«, wiederholte Ardaz und zeigte verzweifelt den Tunnel hinab.

Belexus drehte sich zu dem leeren Gang um, aber er hörte ganz deutlich die dröhnenden Schritte. Einen Augenblick lang erwog der Waldwächter zurückzugehen und nun, da er eine so mächtige Waffe besaß, sein Glück gegen den Lindwurm zu versuchen.

Dann entschied er sich dagegen, denn seine Pflicht galt nur Andovar, und sein Hauptfeind und die größte Bedrohung der Welt war und blieb der Totengeist Hollis Mitchells.

»Lauft los, ich halte den Drachen eine Weile beschäftigt«, schlug DelGiudice vor.

Ardaz und Belexus tauschten skeptische Blicke aus, aber es war offensichtlich, dass er schon ein gutes Stück mehr geleistet hatte, als sie jemals zu hoffen gewagt hatten, und so rannten sie los, nachdem Belexus versucht hatte, dem Geist auf die Schulter zu klopfen und seine Hand unabsichtlich direkt durch dessen Brust gedrungen war.

DelGiudice beobachtete, wie sie davoneilten, und lächelte ermutigend. In Wahrheit war der Geist allerdings ein wenig traurig, dass er diese Berührung nicht spüren konnte – die Berührung eines warmen, lebenden Wesens. Er dachte erneut an Brielle und ihre gemeinsame sinnliche Liebe, und ihm sank das Herz.

Das dauerte jedoch nur einen Moment an, da der Geist sich seine Zeit mit den Colonnae ins Gedächtnis rief – und wie fern schien diese Erinnerung bereits zu sein! Es kam DelGiudice mehr als nur ein wenig seltsam vor, wie seine neue Umgebung und diese Gestalt in ihm ganz andere Emotionen auslösten als jene, die er in seiner ganzen Zeit mit Calae erfahren hatte – als diktierte schon die Form des Körpers an sich der Intelligenz gewisse Gedanken.

Doch das war eine Frage für einen anderen Tag, erkannte er, als der Drache am Ende des Korridors in Sicht kam. Der Geist wartete, bis er sicher war, dass der Lindwurm ihn gesehen hatte, dann glitt er in denselben Seitentunnel, aus dem noch vor kurzem Ardaz und Belexus herausgekommen waren.

Salasar war schnell zur Stelle und blies wütend sein Feuer in den Gang. Flammenkugeln rollten über den Geist hinweg.

»Tiefer, tiefer!«, schrie DelGiudice in den Tunnel hinein, als forderte er seine Freunde auf, um ihr Leben zu rennen.

Salasar schlug mit den Klauen auf den Fels und brüllte: »IHR KÖNNT NIRGENDWOHIN LAUFEN! ICH KANN HUNDERT MAL HUNDERT JAHRE WARTEN! WIE LANG KÖNNT IHR DA DRIN BLEIBEN?«

»Noch länger«, erwiderte DelGiudice, doch zu leise, als dass Salasar es hätte hören können.

Die Geduld des Drachen schien eher zu Ende zu sein, oder vielleicht war Salasar doch schlauer, als DelGiudice meinte, und ließ sich nicht so leicht zum Narren halten. Der Lindwurm drehte sich in dem Korridor vor dem Seitengang im Kreis und schnüffelte erneut.

Dann ertönte ein Gebrüll, wie es DelGiudice noch nie gehört hatte: das Gebrüll eines Drachen, der beraubt worden war, noch schlimmer: das Gebrüll eines Drachen, den man zum Narren gehalten hatte!

Außerhalb des Berges konnten Ardaz und Belexus das Gebrüll deutlich hören. Auch Calamus hörte es und trat nervös von einem Bein aufs andere, als der Zauberer versuchte, auf seinen Rücken zu steigen. Desdemona sauste so schnell in die nächste Satteltasche, dass sie fast das Gurtwerk vom Rücken des Pegasus riss.

»Wir sollten uns beeilen«, sagte Belexus trocken.

»Es ist Zeit wegzurennen«, stimmte der Geist zu, der schnell aus einem Spalt in der Bergwand kam. »Oder wegzufliegen«, verbesserte er sich, als er das geflügelte Ross sah.

»Aber der große Drache wird nicht durch den kleinen Durchgang kommen«, überlegte Ardaz.

»Er wird nicht da drin bleiben, egal, wie er herauskommt«, rief Belexus, und es schien zu stimmen, denn der Berg begann heftig zu beben ob der Wut des großen Lindwurms. Der Waldwächter schaute entschlossen in den Tunnel zurück, die Hände fest um das Heft des Diamantschwerts geschlossen. DelGiudice und Ardaz fragten sich, ob Belexus vorhatte zurückzulaufen.

Es fiel dem stolzen Krieger wirklich schwer, in diesem Augenblick zu fliehen. Er hatte kein Verlangen, Salasar erneut gegenüberzustehen, aber der plötzliche Gedanke, sein Diebstahl könnte den Lindwurm aus seiner Höhle locken und der Drache würde dann in seiner unerbittlichen Wut losfliegen und an unschuldigen Seelen Rache nehmen – vielleicht an den Elfen von Lochsilinilume, vielleicht sogar an Avalon –, war wirklich herzzerreißend.

»Los!«, befahl Ardaz und fasste den Krieger an der Schulter. »Steig hinauf und bring uns weit, weit weg! Du wirst den Lindwurm nicht besiegen, Belexus Backavar, nicht einmal dann, wenn du mit all deinen Wald-

wächter-Freunden den Drachen in tiefem Schlaf über-
raschst, und selbst dann nicht, wenn jeder mit einer
derartigen Klinge ausgerüstet ist, wie du sie jetzt be-
sitzt!«

Mit einem enttäuschten Knurren, das zeigte, dass er
dem Zauberer recht geben musste, bestieg Belexus den
Pegasus vor Ardaz und drängte Calamus zu einem
kleinen Anlauf zum Rand des Felsvorsprungs, dann
erhob sich das Pferd in die Luft. Die weißen Schwingen
schlugen heftig, denn Calamus verstand in seiner
Klugheit, dass Schnelligkeit vonnöten war. Sie stiegen
höher und flogen um den Berghang herum, und nur
wenige Sekunden später hörten sie das donnernde
Dröhnen einer Lawine, als eine gewaltige Explosion
Fels und Schnee aus dem Berghang heraussprengte,
und sie wussten, dass Salasar ins Freie gedrungen war.

»Sorge dafür, dass er uns nicht sieht«, rief Ardaz in
Belexus' Ohr. Der Zauberer drehte sich um, doch dann
hielt er inne, als er sah, wie DelGiudice ohne Mühe
neben ihnen schwebte und mit dem schnellen Flug des
Pegasus mithielt. Der Geist zwinkerte dem Zauberer zu
und machte dann so schnell kehrt, dass Ardaz mehrmals blinzeln musste, bevor ihm aufging, wohin er geflogen war.

Auf der anderen Seite des Berges begegnete DelGiudice dem Drachen. Im Flug wirkte Salasar, der die ausgebreiteten Schwingen kaum schlug und trotzdem
schneller dahinstürmte als Calamus, noch fürchterlicher als in der Höhle, wo die Wände und die Decke ihn
eingeengt hatten. Der Drache entdeckte DelGiudice,
der keinerlei Anstalten unternahm, sich zu verstecken.
Salasar kam in fürchterlicher Geschwindigkeit heran,
fegte direkt durch den überraschten Geist hindurch
und setzte seine Verfolgung der echten Beute und des
gestohlenen Schatzes fort.

DelGiudice brauchte einige Augenblicke, um sich

von seiner Verblüffung zu erholen. Er machte kehrt und flog hinter dem Lindwurm her, doch dann besann er sich anders und flog stattdessen in der anderen Richtung um den kegelförmigen Berg herum.

»Er holt auf! Oh, er holt auf!«, schrie Ardaz, der oft zurückschaute und den Drachen entdeckte, der um den felsigen Bergrücken bog.

Belexus lenkte klugerweise den Pegasus nahe an den Berghang heran und ließ ihn um die Felsen biegen, um aus dem Blickfeld des Drachen zu verschwinden. Das brachte ihnen vielleicht einen Zeitvorteil, aber nicht viel, denn der Drache war offensichtlich schneller und in der Luft trotz seines großen Körpers erstaunlich beweglich. Belexus suchte die Landschaft ab und flog um den nächsten Felssporn, dann ließ er Calamus zu einem solchen Sturzflug ansetzen, dass Ardaz fast über seine Schulter rollte. Desdemona fiel kreischend aus ihrer Satteltasche und fuhr mit ihren Krallen dem Waldwächter über die Wange, dann stürzte sie sich drehend hinab, breitete die Flügel aus, wurde zu einem Raben und schwenkte schnell aus der Reichweite der Gefahr. Der Zauberer versuchte vergeblich sich aufzurichten und hielt sich schreiend fest, doch der Krieger bückte sich tief, und Calamus reckte den Kopf hinab zu einem fast senkrechten Abstieg. Als sie zwischen die Wände einer kurzen Klamm fielen, breitete der Pegasus seine Schwingen aus, spannte die Muskeln zum Äußersten und ging wieder in waagrechten Flug über.

Ardaz hörte lang genug auf zu schreien, um den Schatten des großen Drachen zu bemerken, der über ihnen hinwegfegte. Der Zauberer wollte dies auch dem Waldwächter sagen, doch er merkte, dass seine Lippen und sein ganzes Gesicht von der kalten Luft gefroren waren. Ardaz hob die Hände und rief eine kleine Flammenkugel herbei, die er nahe bei sich hielt.

Belexus brauchte keine Führung. Er stieg mit Calamus weiter zu den niedrigeren Gipfeln hinab, und sobald er genug Deckung fand, lenkte er den Pegasus vom Berg weg. Er kümmerte sich um keine besondere Richtung, sondern war nur entschlossen, sie alle so weit und rasch wie möglich vom Drachen wegzubringen. Immer noch nagte das Schuldgefühl an ihm – wo würde der Drache seine Rache üben? Doch dann packte ihn lähmendes Entsetzen, als er um eine schneebedeckte Klippe bog und Salasar direkt vor sich aufsteigen sah.

Zum Glück war der Drache ebenso überrascht wie die Reiter und der Pegasus, und so gerieten sie zu schnell aneinander, als dass Salasar sein tödliches Feuer hätte ausspeien können. Als sie unmittelbar unter dem Schlangenhals hindurchflogen, versetzte Belexus dem Drachen eine Reihe scharfer Hiebe; er kämpfte darum, das Ungetüm davon abzuhalten, dass es mit seinem schrecklichen Rachen auf sie niederfuhr und sie in Stücke biss. Er zielte sorgfältig und traf den Lindwurm am Kinn, dann stiegen sie über einem schlagenden Drachenflügel hoch. Belexus zog hart an den Zügeln, sie drehten sich abwärts um die eigene Achse und wichen so knapp einem Schlag des gewaltigen Drachenschwanzes aus.

Der Waldwächter dachte, das erfolgreiche Manöver brächte ihm einen kleinen Vorsprung ein, da die Körpermasse den Drachen zu einer langen und langsamen Wendung zwingen würde, aber der Lindwurm überraschte ihn, als er sich mit dem Schwanz voran senkrecht zum Boden hinab drehte, wobei die ausgebreiteten Schwingen den Schwung bremsten. Dann ließ sich Salasar einfach fallen, wendete und schoss hinter den Dieben her.

Der Pegasus flog hinab durch eine weitere Schlucht, über eine Klippe hinweg und um eine andere herum, dann stieg er hinter einem langen felsigen Ausläufer des höheren Berges hoch, da Belexus, sein Lenker, meinte, die Höhe würde ihnen Schnelligkeit und eine ausgedehntere Sicht gewähren.

Abermals erwies sich der Lindwurm als viel schlauer, als Belexus gedacht hatte, und während sie ihren steilen Aufstieg fortsetzten, stieß Ardaz Belexus an der Schulter und zeigte in die dem schützenden Fels entgegengesetzte Richtung: nach oben.

Belexus drehte Calamus herum zu einer fallenden Ausweichbewegung, die den armen Zauberer wiederum fast den Sitz kostete. Der Pegasus reagierte bereitwillig, doch das Manöver versetzte sie in einen senkrechten Fall. Zum zweiten Mal rettete die Stärke des Waldwächters und des fliegenden Pferdes sie vor dem Absturz, bevor der Abwärtsschwung zu groß wurde. Calamus straffte seine Flügel und umrundete mit peitschenden Schlägen den Felsen, um ihn zwischen sich und den Drachen zu bringen.

Salasar fegte vorüber, und seine Krallen gruben Rillen in den Fels. Im Vorbeifliegen drehte der brüllende Drache seinen Kopf und stieß den Atem aus. Nur pures Glück rettete den Pegasus und seine Reiter, denn die Feuerstöße trafen den Fels unter ihnen und schmolzen ihn, sodass sich das Gestein glühend über den Berghang ergoss.

Das Ausweichmanöver hatte die Freunde jedoch ihren ganzen Schwung gekostet. Belexus wollte das Pferd in einen weiteren Sturzflug lenken, doch er musste diesen Versuch aufgeben, denn der Drache war abwärts an ihnen vorüber gesaust und befand sich jetzt unter ihnen. Als der Waldwächter an den Zügeln riss, kam der riesige gehörnte Kopf heraufgeschossen, und kaum vierzig Fuß von ihnen entfernt öffnete sich der große Rachen.

Wieder schrie Ardaz, und Belexus tat es ihm gleich,

doch der Waldwächter bewahrte genug Verstand, um das Diamantschwert zu ziehen und zu einem letzten verzweifelten Streich bereitzuhalten.

Sie wussten, dass sie sterben würden, denn sie konnten nicht mehr schnell genug wenden, um dem zuschnappenden Maul zu entgehen. Im letzten möglichen Augenblick schickte Ardaz einen – wenn auch schwachen – Blitz los, und Belexus schwang heftig das Schwert.

Er traf jedoch nur Luft, denn als der Drache seinen Kopf vorschnellen lassen wollte, huschte ein schwarzer Fleck über sein Gesicht, krallenbewehrte Füße kratzten nach seinen Augen.

Salasar brüllte protestierend, wirbelte in der Luft herum und fegte hinter seinem neuesten Feind her.

»Desdemona!«, schrie Ardaz, und dem Zauberer schlug das Herz bis zum Hals, als der Drache dem Raben einen Flammenstoß hinterherschickte.

Belexus hatte keine Zeit, sich Gedanken um Desdemona zu machen. Er ließ Calamus umdrehen und zu einem langen Sturzflug in die andere Richtung ansetzen, vorbei an den Felsen und schneebedeckten Klippen, dann ließ er ihn waagrecht fliegen und an Schnelligkeit gewinnen. Hinter einer Ecke lauerte nicht der Drache, sondern der schwebende Geist DelGiudices, und bevor noch der Pegasus oder der Geist reagieren konnten, rasten Reiter und Ross durch DelGiudice hindurch – eine für alle Beteiligten höchst beunruhigende Erfahrung.

Kurz darauf holte DelGiudice das Trio ein. »Gib mir das Schwert«, schlug er entschlossen vor und streckte seine Hand aus. »Ich werde gegen den Drachen kämpfen.«

Der Krieger und der Zauberer starrten ihn ungläubig an.

»Salasar kann mich nicht verletzen«, sagte der Geist

zuversichtlich in der Meinung, er habe die Lösung gefunden. Belexus hätte ihm tatsächlich fast die Klinge gereicht, doch dann zog er seine Hand zurück und presste die Waffe an sich.

»Der Lindwurm kann dich zwar nicht verletzen«, gab der Waldwächter zu bedenken. »Aber gewiss würde er dir das Schwert aus den Händen reißen, und dann wären wir ohne die einzige Waffe, die der Bestie Schaden zufügen kann.«

Als er bedachte, wie wenig Geschick er mit Waffen hatte, war DelGiudice klar, dass er dem nicht widersprechen konnte. »Gib es mir trotzdem«, sagte er. »Soll doch Salasar hinter mir und seinem gestohlenen Schatz herjagen. Das ist schließlich das, was er sich am meisten wünscht.« Er zwinkerte seinen Freunden listig zu. »Der Drache wird mich nicht einholen.«

Der Plan klang einleuchtend, doch Belexus zögerte, sich von der Waffe zu trennen. Bevor der Waldwächter allerdings entscheiden konnte, ob er zustimmen oder widersprechen sollte, erschien plötzlich das Diamantschwert in DelGiudices Händen. Belexus blinzelte, dann schaute er auf seine eigene Hand und das Schwert, das er immer noch in ihr hielt.

»Ein paar Tricks sind in meinen alten Knochen noch übrig«, bemerkte Ardaz unter Zähneklappern. Auch er hätte gern gezwinkert, doch eines seiner Augenlider war zugefroren. »Jawohl!«

DelGiudice begriff: Das Schwert in seinen Händen war illusionär, ein Trick für das Auge, nicht für den Tastsinn. Der Geist schaute um sich, schließlich fiel sein Blick auf den Felssims unter dem Überhang, auf dem die Freunde bei ihrer Ankunft gelandet waren.

»Fliegt hoch, damit man euch nicht sieht, und landet auf einem Sims, damit Calamus sich ausruhen kann«, erklärte der Geist. »Wenn mein Plan funktioniert, werden wir den üblen Lindwurm los sein, und zwar recht bald.«

Ardaz und Belexus folgten DelGiudices Blickrichtung. Ihnen ging auf, was er vorhatte. Auf jeden Fall hatte der Geist Recht. Sie brauchten eine Pause, vor allem der erschöpfte Pegasus. Und so lenkte der Krieger sein Ross über den Felsen hinweg und fand einen geschützten Felssims, wo er sie alle hinter Felsmauern versteckte. Die beiden Männer krochen bäuchlings aus der Deckung zum Felsrand und spähten hinab, wo sie DelGiudice auf dem Sims unter dem Felsvorsprung stehen, das illusionäre Schwert schwingen und nach dem Lindwurm rufen sahen.

»Da«, flüsterte Belexus, als er den Drachen entdeckte, der direkt auf DelGiudice zuflog.

Der Lindwurm kam schnell heran, richtete sich im letzten Moment auf und schwebte direkt vor dem Geist in der Luft.

»Suchst du danach?«, rief DelGiudice und hielt das Schwert hoch. »Ich bin ein Trick, was? Nun ja, dann also ein Trick, der einem Drachen etwas unter der Nase wegstiehlt! Ein Trick, der jetzt die einzige Waffe trägt, vor der sich der Lindwurm fürchtet!«

Der Drache stieß ein leises, unheilvolles Knurren aus.

»Dann schicke dein Feuer auf mich!«, sagte der Geist lachend. »Zeig mir deinen jämmerlichen Atem, du Schwächling Salasar! Nein, warte, lass mich eine Speckschwarte suchen, damit ich sie im Feuer braten kann, falls es heiß genug ist, um Speck zu braten.«

Auf dem höheren Sims gefror dem Zauberer das Blut in den Adern, denn die Verhöhnung des feurigen Atems eines Drachen war das Schlimmste, was man einem solchen Untier gegenüber äußern konnte.

Doch DelGiudice wusste, was er tat, als er den Feueratem provozierte. Leider durchschaute der Drache die

List. Die Flammen würden zwar den Geist umhüllen, aber sie würden auch den tragenden Felsen um ihn herum schmelzen, und der schwebende Salasar war nicht weit genug entfernt.

Statt mit Feuer griff der Drache heftig mit Zähnen und Klauen an, und als er mit seiner bloßen Körpermasse gegen den Felssims anstürmte, raste er direkt auf den überraschten Geist zu und durch ihn hindurch.

»Es ist Zeit abzuhauen«, gab Belexus zu bedenken, denn DelGiudice und das illusionäre Schwert würden Salasar nicht lange beschäftigt halten. Der Waldwächter stieß langsam den Atem aus, während er das Schauspiel der Drachenwut beobachtete und zuschaute, wie Salasar riesige Brocken aus dem massiven Felsen riss. »Es ist Zeit, schnell abzuhauen«, fügte er hinzu.

Doch Ardaz hatte eine andere Idee. Er richtete seinen Stab über den Felssims hinaus und sammelte seine ganze Energie, bis sein weißes Haar und sein ebenso weißer Bart zu Berge standen. Dann schickte er den größten Blitzstrahl aus, den er aufbieten konnte. Er zielte nicht auf den Lindwurm, denn das hätte kaum etwas anderes bewirkt, als Salasars Wut nur noch anzustacheln, sondern er zielte auf eine bestimmte Stelle in dem Felsüberhang. Der Blitzstrahl schlug ein, der nachfolgende Donner dröhnte, und es ertönte ein unheilverkündendes Gepolter im Fels.

Salasar dachte daran zu fliehen, was klug gewesen wäre, aber das Bild jenes Schwertes, jenes kostbaren Stückes aus seinem Hort, hielt den Drachen einen Moment länger an Ort und Stelle, und ein klauenbewehrtes Vorderbein langte nach der Klinge.

Und ging direkt durch die Klinge hindurch.

Der Drache brüllte wütend auf, und dieses Gebrüll beschleunigte nur noch das Zersplittern der Felsen. Der

Lindwurm sprang vom Felssims zurück und wirbelte herum, doch nicht schnell genug, denn die herabfallenden Felsbrocken erwischten das Untier am Flügel und rissen den Drachen den Berghang hinab.

»Das geschieht dir recht, du mörderische Bestie!«, rief Ardaz.

Belexus starrte den Zauberer ungläubig an. Eine solche Empörung war er von dem sanften Mann nicht gewohnt.

»Ach, Desdemona«, seufzte Ardaz leise, und der Waldwächter begriff.

An DelGiudice stürzten Felsbrocken vorbei, doch dann erwischte ihn ein Stein und riss ihn mit. Um ihn herum wirbelte das Chaos, und der Geist fragte sich, ob dieser Bergrutsch ihm schaden oder ihn vielleicht sogar vernichten würde.

Der Sturz endete dreitausend Fuß unterhalb des Felssimses. DelGiudices Geist schlängelte sich durch die Spalten im Geröll und gelangte schließlich zu belebter Materie, dem unter den Steinen begrabenen Drachen, durch den er direkt hindurchfuhr. Genau am Ende von Salasars Vorderbeinen fand DelGiudice einen Fluchtweg und gelangte ans Tageslicht. Er schaute sich nach seinen Freunden um und entdeckte sie, wie sie langsam auf Calamus' Rücken herabkamen. Er winkte und rief ihnen zu, dann verstummte er erschrocken, als der Fels um ihn herum barst und wild umherflog.

Salasar arbeitete sich aus dem Geröll und brüllte wie verrückt. Belexus ließ Calamus eine scharfe Wendung machen, und der Pegasus war nur allzu bereit, sich von dem Drachen zu entfernen. Doch der Waldwächter fürchtete, er und seine Freunde seien geschlagen, denn der Drache war schneller als der Pegasus, und in dieser Gegend gab es nirgendwo Deckung.

Doch diesmal konnte, wie das Schicksal es wollte,

der Drache nicht schneller fliegen als Calamus: er konnte überhaupt nicht mehr fliegen, denn eine seiner Schwingen war bei dem Sturz zerrissen und gebrochen worden. Der lädierte Lindwurm schickte dem Trio seinen Feueratem entgegen, doch dies konnte kaum als echte Attacke gelten, denn sie befanden sich außerhalb der Reichweite seiner Flammen. Knurrend und murrend wie ein geschlagener Köter begann der besiegte Drachen durch das Geröll zu klettern.

»Lebe wohl, mächtiger Salasar«, sagte DelGiudice.

Der Drachenkopf wandte sich ihm zu.

»Du kannst mir keinen Schaden zufügen«, erklärte der Geist. »Und du solltest auch nicht wünschen, mir zu schaden.«

»DIEB!«

»Doch nur aus Notwendigkeit«, erwiderte DelGiudice. »Vertraue mir, wenn ich dir sage, dass meine Freunde und ich nicht die Absicht hatten, in irgendeiner Weise zu stören. Was für Narren wären wir, wenn wir freiwillig zur Höhle des größten Schreckens der Welt gekommen wären!« Der Geist versuchte, das sagenhafte Ego der Drachen auszunutzen und Salasar zu beruhigen, damit der Drache, wenn sein Flügel verheilt wäre, nicht so schnell wieder aus seiner Höhle herauskäme.

»DIEB!«, brüllte der kaum befriedigte Lindwurm. Sein Feueratem umhüllte DelGiudice, der so etwas wie einen Seufzer von sich gab – ohne auszuatmen – und ruhig das Ende des Flammenstoßes abwartete.

»Ein Dieb in der Tat«, rief er hinter dem Lindwurm her, als dieser weiterkletterte. »Wenn Salasar aus seiner Höhle herauskommt, dann werde ich, DelGiudice, in dieses stinkende Loch hinabsteigen und mehr mitnehmen als nur ein einziges Schwert!«

Der Schwanz des Drachen krachte so hart auf den Felsen, dass darin ein großer Sprung erschien, aber das

lädierte Untier machte sich nicht die Mühe zurückzu-
schauen.

Viele Stunden später, als die Sonne im Westen unter-
ging, schwebten Belexus und Ardaz zu der Stelle
herab, wo DelGiudices Geist geduldig wartete. Calamus landete sanft auf dem Fels, Belexus sprang herab
und half Ardaz herunter.

»Du hättest zu uns heraufkommen können«, sagte
der müde Zauberer vorwurfsvoll.

»Ich wusste nicht, wohin ihr gegangen wart«, erwiderte DelGiudice. »Wenn man sich verirrt hat, lautet
die erste Regel: Rühr dich nicht vom Fleck.«

»Tja, jetzt kannst du dich rühren«, sagte Ardaz, und
der Geist bemerkte, dass die übliche Fröhlichkeit aus
seiner Stimme gewichen war. »Für meinen Geschmack
befinden wir uns viel zu nahe an der Drachenhöhle.«

»Das meine ich auch«, stimmte ihm Belexus zu und
schaute nervös den Berghang hinauf. Sie beide hatten
vor Stunden beobachtet, wie Salasar sich in den Berg
geschlichen hatte, doch diese Tatsache verschaffte
ihnen nur wenig Erleichterung, denn Drachen haben,
besonders auf der Jagd, die Geduld von Elfen, was nur
Kreaturen verstehen können, die jahrhundertelang
leben. »Wir sind zu lang hier geblieben, und jetzt ist
nicht die Zeit für Ausgelassenheit«, fügte er hinzu, als
er das breiter werdende Lächeln des Geistes sah.
»Zurück auf Calamus«, sagte er an Ardaz gewandt,
»und alle zusammen hoch in die Luft. Und erst wenn
wir weit von diesem Ort entfernt sind, halten wir an
und denken darüber nach, welches Glück wir gehabt
haben.«

Die anderen stimmten ihm gern zu – das heißt: diejenigen anderen, die den Waldwächter an diesen Ort
begleitet hatten, denn überall im Umkreis der Freunde
traten hinter jedem Felsen Dutzende kleiner, kräftiger

Männer mit dunkelbrauner Haut hervor, deren Muskeln von Jahren der Steinbearbeitung gestählt waren.

»Zwerge?«, fragte DelGiudice skeptisch.

»Mit was für einem Namen nennst du uns denn?«, entgegnete einer der kleinen Leute.

»Hallo, Boss, wir sind vom Stamm der Architekten«, fügte ein anderer hinzu und stupste Belexus kräftig.

»Nun, nun«, bemerkte Ardaz. »Das wird ja mit jedem Moment immer interessanter, nicht wahr?«

KAPITEL 15

Das Geschenk der Zauberin

Er stand auf. Für die Tiere im Wald ringsum schien es eine Kleinigkeit zu sein: ein Mann, der sich unsicher erhob wie jemand, der geschlafen hatte oder zu lang in einer unbequemen Stellung gesessen war. Aber für Bryan von Corning erschien diese Bewegung von großer Tragweite. Er erinnerte sich an die Schmerzen und die tödliche Kälte, die er empfunden hatte, als er vor mehr als einer Woche in Avalon angekrochen kam. Er erinnerte sich an den Anblick seiner eigenen Füße, schwarz und dick, und er erinnerte sich vor allem an den stechenden Schmerz, als Brielle sie wieder erwärmt hatte, an die Qual, die so schnell an Stelle der Gefühllosigkeit getreten war.

Das war jetzt alles vorbei. Der Halbelf zappelte mit den Zehen, mit allen *zehn* Zehen – und wie froh war er zu sehen und zu fühlen, dass er noch alle zehn besaß! Und obwohl seine Beine kribbelten, so war dies doch eine Empfindung, die er genoss: der Beweis für Lebendigkeit.

»Ich dachte, du würdest den ganzen Winter hindurch schlafen«, ertönte eine ruhige, doch starke Stimme aus den Schatten der unteren Zweige eines Nadelbaums.

Dann sah Bryan sie, und obwohl er sein Herz schon einer anderen geschenkt hatte, begann es heftig zu pochen. Wenn der scheußliche Totengeist die Inkarnation der Finsternis gewesen war, so sah der Halbelf hier die Verkörperung der Schönheit selbst, die sanft einherschritt, ein Traumwesen auf einem Teppich aus weichem Nebel. Das goldene Haar glänzte, und die grünen Augen und der Smaragd, das Zaubererzeichen, funkelten durch die Schatten. Bryan begriff, dass das Funkeln dieser Augen die Dunkelheit der Nacht durchdringen konnte wie die Sterne am Himmel.

Bryans Lächeln weitete sich, als Brielle aus dem Gebüsch trat, nur in ihr weißes, hauchdünnes Gewand und ihre zarten Pantöffelchen gekleidet, obwohl die Luft nicht warm war und immer noch Schnee den Boden bedeckte. »Ich stehe wahrhaft in deiner Schuld, schöne Zauberin von Avalon«, sagte der Halbelf und verneigte sich tief.

»Nein«, erwiderte die Zauberin. »Ich habe nur meine Pflicht getan.«

Bryan glaubte nicht ein Wort. Er wusste, was Brielle durchgemacht hatte, um ihn zu retten. Sie hatte diese Schmerzen als ihre eigenen auf sich genommen, einen nach dem anderen, und in ihrem Inneren dagegen angekämpft und darüber gesiegt. Fast eine Woche lang hatte sie die gleichen Qualen durchgemacht wie er, und aus ihrer Verbundenheit wusste er auch, dass Brielle dem Abgrund des Todes nahe gewesen war. Sie war sehr nahe daran gewesen, diese schmale Grenze zu überschreiten und für immer in das dunkle Reich hinabzugleiten.

»Wenn Brielle in der Welt umherginge und alle Schmerzen auf sich nähme, so wie sie es bei mir getan hat, dann wäre sie schon vor vielen Jahrhunderten von Schmerz übermannt worden«, bemerkte Bryan, wobei er versuchte, einen leichten Ton anzuschlagen, um die Zauberin nicht zu beleidigen.

»Nicht in der ganzen Welt, aber bei denen, die an meine Tür gelangen«, erwiderte Brielle. »Meine Magie verleiht mir die Heilkraft; wie könnte ich sie denen, die in Not sind, verweigern.«

Bryan nickte und pflichtete ihr in diesem Punkt

bei, allerdings betrachtete er Brielles Handlungsweise ihm gegenüber immer noch als heroisch und alle pflichtgemäßen Dienste übersteigend. »Wie immer du es nennen magst, du hast meinen Dank und mein Herz.«

»Das hätte ich mir in der Tat nehmen können«, sagte die Zauberin mit einem Lächeln. »Ich hätte es noch schlagend dir aus der Brust holen können, so erschöpft warst du!«

Bryan stimmte in ihr Lachen ein, doch sofort setzte er wieder seine ernste Miene auf und verneigte sich leicht.

»Ach, lass nur«, sagte Brielle. »Ich glaube, dein Herz gehört schon einer anderen.«

Der Halbelf richtete sich auf und schaute der Zauberin in die Augen. Jeder Anflug eines Lächelns war aus seinem Gesicht verschwunden.

»Und ihretwegen mache ich mir Sorgen«, fuhr Brielle vorsichtig fort, denn sie erkannte die Angst in Bryans Blick.

»Hast du deswegen meine Wunden geheilt?«, fragte der junge Halbelf.

»Vielleicht habe ich mich wegen ihr noch mehr bemüht«, räumte Brielle ein. »Aber nein, ich habe von Bryan von Corning gehört, und er verdient es nicht, durch die Hände von Mitchells Totengeist zu sterben.«

»Wie hast du von dem Totengeist erfahren?«, fragte Bryan, damit das Gespräch weiter der Hauptsache auswich, denn er brachte nicht den Mut auf, der schönen Zauberin die Wahrheit über ihre Tochter zu erzählen. Noch nicht.

»Ich kenne die Beschaffenheit deiner Wunde«, erklärte Brielle. »Und ich weiß auch, dass der Totengeist unterwegs war. Ich bin nicht so blind und auch keine so große Närrin.«

»Natürlich nicht«, pflichtete ihr Bryan bei.

»Aber ich weiß nichts von meiner Tochter«, fuhr

Brielle fort. »Ich spüre sie nicht in der Nähe. Und ich meine, dass du vielleicht etwas wissen könntest.«

Die Wolke, die über Bryans Gesicht hinwegzog, entging Brielle nicht.

»Ich war bei ihr, als Mitchell angriff«, begann der Halbelf leise und biss sich auf die Lippen. »Ich konnte dem Totengeist nichts anhaben, und Rhiannon konnte es ebenfalls nicht. Ich weiß nicht, warum sie losgezogen ist, um das Monstrum zu suchen! Ich weiß nicht, ob es nach uns suchte und ob wir ihm jemals begegnet wären. Doch aus irgendeinem Grund machte sie sich auf die Suche.«

Brielle nickte. Sie verstand die Absicht ihrer Tochter, und auch Bryan würde sie verstehen, wenn er nur zurückschaute und seine eigenen Taten auf der anderen Seite des Flusses überdachte.

»Ich wurde bewusstlos geschlagen und war eine Weile ohnmächtig«, erklärte Bryan. »Und als ich erwachte, waren beide fort.«

Brielle fuhr sich nervös mit der Zunge über die Lippen.

»Ich glaube nicht, dass Mitchell sie getötet hat«, sagte Bryan, der ihrer besorgten Mutter einen gewissen Trost anbieten musste.

»Meine Tochter ist nicht tot«, erwiderte Brielle nachdrücklich.

»Das glaube ich auch«, sagte der Halbelf. »Ich vermute, dass Rhiannon den Totengeist weglockte, um mich zu schützen, und dass sie ihn immer noch auf einer Art Schnitzeljagd durch die Lande führt. Ich brach in Corning auf und folgte ihren Spuren – zwei getrennten Spuren –, aber dann stellte ich fest, dass meine Wunden zu schlimm waren, und so machte ich mich nach Avalon auf, um dich zu warnen.«

»Und das hast du großartig geschafft«, bemerkte Brielle. »Deine Wunden hätten dich eigentlich längst töten können, bevor du in die Nähe meiner Heimat kamst.«

»Aber das war vor so vielen Tagen«, sagte Bryan verwundert.

»Vor neun Tagen«, klärte ihn Brielle auf.

»Wir müssen uns sofort aufmachen, Rhiannon zu suchen«, gab Bryan zu bedenken. Er sah aus wie ein Tier, das man in einen Käfig gesteckt hatte.

Brielle hob die Hand und beruhigte ihn.

»Du weißt von ihr?«, fragte Bryan hoffnungsvoll.

»Mit dem, was du mir gesagt hast, kann ich noch mehr herausfinden«, erklärte die Zauberin. »Nimm dein Frühstück allein ein.« Sie zeigte auf den Nadelbaum. »Ich werde zurück sein, bevor die Sonne den Zenit erreicht.« Mit diesen Worten verschwand Brielle im Gebüsch. Bryan blinzelte ihr verwundert hinterher.

Er tat wie geheißen, trat zu der Fichte und fand dort ein köstliches Mahl vorbereitet. Obwohl er sich zu viele Sorgen um Rhiannon machte, um Hunger zu spüren, aß er gut, da ihm klar war, dass er bald seine ganze Kraft brauchen würde. Und er staunte, wie viel von dieser Kraft schon zurückgekehrt war! Während der Vormittag verstrich, fühlte sich der Halbelf allmählich wieder wie er selbst. Sein Kopf wurde klar, und es kam ihm vor, als hätte er ein ganzes Jahr damit zugebracht sich auszuruhen, gut zu speisen und seinen Körper ohne Anstrengung zu trainieren.

Das Einzige, was dieses fast euphorische Gefühl dämpfte, war die Angst um Rhiannon. Wenn sie nicht zu ihm zurückkehrte, würde seine Gesundheit ihn wieder verlassen.

Am späten Vormittag kam Brielle zu ihm zurück. Ihre Miene war grimmig, ihr Schritt langsam und sogar etwas schwerfällig. Bryan lief ihr entgegen und fasste sie an den Schultern, dann hob er ihr Kinn, damit sie ihm in die Augen schaute.

»Nein«, hauchte er.

»Sie ist nicht tot«, flüsterte die Zauberin. Sie wirkte plötzlich sehr alt, und das Funkeln in ihren grünen Augen war erloschen. »Aber sie ist gefangen.«

»Von dem Totengeist?«

Brielle nickte. »Und von Thalasi, fürchte ich, denn mein Orakel sagte mir, dass Mitchell sich nach Talas-dun aufgemacht hat, und wahrscheinlich ist er dort bereits angekommen.«

Talas-dun, Morgan Thalasis schwarze Festung. Der Name traf Bryan wie ein heftiger Schlag, ein Name, den jeder in Aielle kannte und der tiefsten Schrecken und größtes Unheil bedeutete.

Brielle straffte sich und entzog sich Bryans stützendem Griff. »Ich kann ihr nicht folgen«, sagte die Zauberin bitter. »Meine Magie verbietet mir, Avalon in dieser dunklen Stunde zu verlassen, doch wie kann ich meine Tochter in den Klauen Morgan Thalasis lassen?«

»Ich werde sie suchen«, sagte Bryan und knurrte entschlossen.

Brielle nickte, da sie ihm nicht widersprechen wollte, aber sie wusste, wie vergeblich dies war. Der mutige junge Mann war Mitchell nicht gewachsen und Thalasi schon gar nicht, vor allem nicht an jenem düsteren Ort, Talas-dun.

»Nach allen Regeln meiner Existenz kann ich meinen Wald nicht verlassen«, sagte die Zauberin. »Denn wenn ich es täte, dann würde gewiss Thalasi hierher kommen, um Avalon zu erobern, und die ganze Welt würde einen noch tieferen Schmerz erfahren.«

»Tiefer als der Schmerz, den Brielle jetzt empfindet?«

Sie kniff die grünen Augen zusammen, während sie ihn anblickte, und er begriff, dass nach Einschätzung der Zauberin kein Schmerz tiefer sein konnte als derjenige, der ihr jetzt das Herz zerriss.

»Du hast gesagt, dass ich nicht in deiner Schuld stehe, und obgleich ich dir meine aufrichtigste Dankbarkeit anbiete, akzeptiere ich diese Aussage«, sagte Bryan plötzlich und schlug damit einen hochmütigen Ton an, der die Zauberin überraschte, ein Benehmen, das sie vielleicht von einem von König Benadors Rittern erwartet hätte, aber nicht von dem Halbelfen.

»Und so bin ich hier nicht mehr gebunden«, fuhr Bryan fort. »Deshalb entscheide ich mich dafür, sofort aufzubrechen.«

»Und wohin willst du gehen?«

»Das entscheide ich selbst«, erwiderte der Halbelf entschlossen.

»Es ist nicht schwer zu erraten«, bemerkte Brielle.

»Wenn du mich so gut kennst, liebe Brielle, dann weißt du auch, dass ich nach Westen ziehen muss, nach Talas-dun, ja, selbst in die Hölle, wenn es sein müsste, um Rhiannon zu suchen.«

»Du liebst sie«, stellte Brielle fest.

»Mehr als mein eigenes Leben«, erwiderte Bryan ohne Zögern, und während er diese Worte aussprach, hatte er ein gutes Gefühl. Es war eine Bestätigung der Wahrheit, ein Geständnis, das er noch einmal würde machen müssen: Rhiannon gegenüber.

Brielle musterte den jungen Halbelfen durchdringend; ihr scharfer Blick las seine Körpersprache, las sein Herz. Nach einer Weile nickte sie bedächtig. »Du wirst sie suchen gehen, auch wenn ich befürchte, dass der Weg beschwerlich wird. Ich werde dich nicht aufhalten, obwohl ich glaube, dass einer, der vielleicht helfen könnte, bald zu mir zurückkehren wird. Ich werde dich nicht zurückhalten, denn ich weiß, dass ich es nicht könnte, auch nicht, wenn ich dir die Wahrheit über Talas-dun in all seiner glorreichen Bosheit zeigte.«

»Nicht, wenn du mir zeigtest, dass ich mit Thalasi und all seinen Lakaien mit bloßen Händen kämpfen müsste«, erwiderte Bryan.

»Und wenn du stirbst?«

Bryan zuckte mit den Achseln. Eine aufrichtigere Antwort hätte Brielle nicht erbitten können.

»Ruhe dich aus, Bryan von Corning«, wies Brielle ihn an. »Ich werde dein Schwert und deine Rüstung ausbessern und sie dir bringen, bevor noch der morgige Tag anbricht.«

Bryans Miene verriet Ungeduld, und Brielle las seine Gedanken. Der Halbelf missbilligte jeden weiteren Aufschub, denn er fürchtete sich davor, Rhiannon noch einen Augenblick länger in Thalasis Klauen zu lassen. »Ich kann verstehen, dass du sofort aufbrechen willst«, sagte die Zauberin. »Aber wenn du unvorbereitet losgehst, dann hast du keine Chance, die schwarze Burg überhaupt zu erblicken. Gib mir eine Nacht, und ich werde dir helfen, das verspreche ich, und ich werde dir ein Pferd besorgen, das schneller ist als alle, die du bisher gekannt hast.«

Dieses letztere Versprechen ließ allen Widerspruch von Bryans Seite ersterben. »Ich fürchte, ich habe schon zu lange hier verweilt«, sagte er. »Aber ich vertraue deinem Urteil und deinem Wort.« Dies war die Wahrheit, denn wie jeder andere wusste auch Bryan, dass die Pferde von Avalon die großartigsten auf der ganzen Welt waren, sowohl nach Schnelligkeit und Mut, und es war auch allgemein bekannt, dass niemand ein solches Pferd ohne den Segen des Waldes und seiner Beschützerin einfangen oder reiten konnte.

Am nächsten Morgen kehrte Brielle, ihrem Wort getreu, zu Bryan zurück und führte eine stämmige braune Stute mit sich. Die Satteltaschen waren mit Vorräten gefüllt, Bryans Schwert hing in einer Schleife an der Seite, seine Rüstung und der Schild waren auf dem Sattel festgebunden. Als er die Rüstung herunternahm, bekam er große Augen, denn in den Kettenpanzer war ein grünes, mit Goldfäden durchwirktes Band geschlungen.

Bryan warf Brielle einen fragenden Blick zu. Sie lächelte nur und nickte, und damit war der Halbelf beruhigt.

»Du hast genug Proviant dabei, um bis ans Ende der Welt und zurück zu gelangen«, erklärte die Zauberin, nachdem sie Bryan geholfen hatte, seine Rüstung anzulegen. »Und fasse Mut, dein Kettenhemd wird fast alle Hiebe abwehren«, fügte sie hinzu, »ausgenommen vielleicht die Knochenkeule des Totengeistes, allerdings weiß ich nicht, welche schrecklichen Waffen Morgan Thalasi gegen dich einsetzen wird.«

Der Wert eines solchen Geschenks von der Zauberin des Waldes entging Bryan nicht. Er setzte zu einer Verneigung an, dann überlegte er es sich anders, trat vor und küsste Brielle leicht auf die Wange. »Ich werde dir deine Tochter zurückbringen«, versprach er.

Brielle konnte nichts erwidern; es war, als steckte ihr ein Kloß in der Kehle. Sie griff in ihre Tasche und holte ein Amulett heraus: einen Smaragd, der in Silber gefasst war und an einer Weinranke hing. Sie legte ihm die Kette um den Hals und lenkte seine Aufmerksamkeit auf den grünen Edelstein, indem sie das Juwel hochhob, sodass er vor seinen Augen glitzerte.

»Du weißt, dass ich mit dir bin«, sagte sie rätselhaft und ließ das Amulett wieder herabhängen. »Vergiss das nie!«

Bryan nickte und küsste sie erneut auf die Wange, dann schwang er sich ohne Zögern in den Sattel und trieb die Stute zu einem schnellen Trab an.

Bald darauf hatte er Avalon verlassen und ritt zügig nach Westen. Der westliche Rand des Waldes grenzte allerdings nicht an die grünen Hügel von Calva, sondern stieß an das Land Brogg, die Braunen Ödlande, Thalasis Wüstenei. Dies war die wildeste Gegend im Umkreis von Avalon und wurde deshalb auch ständig bewacht.

Die stets wachsamen Waldwächter von Avalon beobachteten den einsamen Reiter, der aus dem Wald galoppiert kam, und sie waren nicht wenig verdutzt und misstrauisch. Lord Bellerian, der Vater von Belexus und Anführer der stolzen Krieger, begab sich kurz darauf in den tiefen Wald und rief aus Leibeskräften nach Brielle. Er fand sie am Nachmittag und war sehr erleichtert zu sehen, dass ihr nichts geschehen war. Er fragte sie über den schlanken Reiter aus, der in die schöne Rüstung von Lochsilinilume gekleidet war.

»Ein Freund meiner Tochter«, räumte Brielle ein und wich sorgsam dem Blick des ehrwürdigen Waldwächters aus. Bellerian war alt und von einer Kampfwunde aus alter Zeit gebeugt, doch sein Wille war noch eisern. »Ein tapferer Junge«, fuhr die Zauberin fort und konnte dabei die Traurigkeit in ihrer Stimme nicht verleugnen. »Allerdings fürchte ich, dass ihm nicht mehr viele Tage verbleiben.«

»Er ritt auf einem Pferd aus Avalon«, stellte Bellerian fest, und es klang ein wenig vorwurfsvoll.

Brielle zuckte nur mit den Achseln.

»Und auch seine Rüstung ist von der Zauberin des Waldes geschmückt worden«, drängte sie der Lord der Waldwächter. »Wir haben das Grün und das Gold gesehen, wie du es kürzlich auch in unsere Hemden geflochten hast.«

»Deine Augen sind vielleicht etwas zu scharf«, antwortete die Zauberin mit einer Handbewegung, als wollte sie das Thema fallen lassen.

»Du hast ihm geholfen.«

Abermals zuckte sie mit den Achseln. »Ein guter

Junge mit einem guten Schuss Elfenblut«, erklärte sie. »Sein Herz ist gegen Thalasi gerichtet, und so ist es mit dem meinen verbunden.«

Diese und die Traurigkeit in ihrer Stimme ließen Bellerian etwas viel Tieferes ahnen. Er fragte sich, ob der Halbelf Brielle vielleicht wegen ihrer verschollenen Tochter verbunden war. »Ich wusste nicht, dass Geschenke der Herrin des Waldes so leicht zu erhalten sind«, bemerkte er.

»Du bist zu alt für Eifersucht«, versetzte die Zauberin schlicht.

Bellerian fasste sie an der Schulter und zwang sie, ihm in die Augen zu blicken. »Du hast mich noch nie angelogen, Brielle«, sagte er eindringlich.

»Und ich habe dir nie gesagt, was ich dir nicht sagen wollte«, erwiderte die Zauberin ruhig, und das stimmte. Kein Mensch, kein Elf, niemand auf der ganzen Welt konnte die Zauberin von Avalon zu etwas zwingen.

»Du hast ihn geschickt, nach Rhiannon zu suchen«, sagte Bellerian.

»Geh zurück zu den Deinen«, entgegnete sie etwas streng, drehte sich um und schritt davon.

»Wie kannst du es wagen?«, rief Bellerian hinter ihr her, als sie gerade im Gebüsch verschwinden wollte. Diese Worte ließen die Zauberin innehalten und zum Lord der Waldwächter zurückkehren. Ihre zusammengekniffenen Augen glichen grünen Flammen.

»Wie kannst du es wagen?«, sagte Bellerian erneut und gab nicht nach, obgleich ein geringerer Mensch zu Boden gefallen wäre und angesichts des schrecklichen Zorns der Zauberin um Gnade gewinselt hätte. »Seit mehr als vierzig Jahren stehen ich und die Meinen auf deiner Seite, um deinen Wald zu schützen.«

»Meine Geschenke an euch sind nicht geringer gewesen«, antwortete Brielle.

»Zur Hölle mit ihnen allen, wenn du mir bezüglich dieses äußerst wichtigen Ritts nicht vertrauen kannst!«, schrie Bellerian ihr ins Gesicht. »Wenn deine Tochter in Schwierigkeiten steckt, dann ist es unsere Pflicht und unser Herzensanliegen, loszuziehen und nach ihr zu suchen. Unsere Pflicht, jawohl, und unsere Liebe, und nicht die Sache eines jungen Kriegers von Mischlingsblut!«

»Er liebt Rhiannon, daran hege ich keinen Zweifel«, flüsterte die Zauberin. Ihr ganzer Kampfgeist hatte sie plötzlich verlassen.

Auch Bellerian beruhigte sich, als er ihren tiefen Schmerz erkannte, und legte seinen Arm um Brielles Schultern. »Die Waldwächter lieben sie ebenso sehr«, versprach er. »Jenes schöne junge Wesen, zu dem Rhiannon geworden ist, so sehr ihrer Mutter ähnlich und doch so verschieden.«

Brielle schaute zu ihm auf. Ihre Augen waren feucht von Tränen, und ihre zarten Schultern begannen unter Schluchzern zu beben. »Thalasi hält sie gefangen.«

Bellerian erbleichte.

»Und ich denke, dass Bryan von Corning vielleicht durchkommen kann, wo ein Heer es nicht vermag«, erklärte sie.

»Aber zuerst muss er nach Talas-dun gelangen«, gab Bellerian zu bedenken. »Und die Braunen Ödlande wimmeln von Talons.«

»Unterschätze diesen jungen Mann nicht«, erwiderte die Zauberin. »Seit der ersten Schlacht hat er sich ständig auf der Westseite des Flusses aufgehalten und Talons getötet.«

Bellerian widersprach nicht, denn auch er hatte die Geschichten über Bryan von Corning gehört und war beeindruckt gewesen. »Aber es ist meine Pflicht und die meiner Leute, mit ihm zu ziehen«, sagte er entschlossen. »Wir werden nach Westen reiten, um Rhiannons und um Avalons willen.«

»Ich kann nicht …«

»… uns aufhalten«, unterbrach Bellerian sie. »Du kannst uns nicht aufhalten, denn wenn du es tust, beendest du damit unser Bündnis. Und wisse, dass du uns damit auch das Herz brichst.«

Brielles Blick hielt dem des stolzen Kriegers nicht stand. Bellerian meinte diese schwerwiegende Drohung zweifellos ernst. Brielle wusste, dass sie und ihre Tochter mit den besten Freunden gesegnet waren, die man sich nur vorstellen konnte.

»Bringt sie mir zurück«, flüsterte sie, und dann brach sie zusammen, ließ sich in Bellerians starke Umarmung fallen und barg ihr Gesicht schluchzend an seiner Schulter.

Der Waldwächter hielt sie, bis sie wieder die Kraft fand, allein zu stehen. Dann schaute er sie voller Respekt und Liebe an, verneigte sich kurz und ging.

Am späten Nachmittag verließen zweiundzwanzig Waldwächter den Wald von Avalon und ritten nach Westen, um Bryan von Corning zu folgen und Thalasi zu jagen.

Und um Rhiannon zu finden.

KAPITEL 16

Der Stamm der Architekten

»Ihr habt die Bestie aufgeweckt, ihr blöden Bohnenzüchter!«, protestierte der erste der dunkelhäutigen Stammesleute, und erneut knuffte sein Genosse Belexus heftig.

Im Nu packte der Waldwächter den kleinen Mann am Kragen seiner staubigen Jacke und hob ihn vom Boden hoch.

»Sachte, mein Freund«, warnte Ardaz seinen Gefährten, als er sah, wie die anderen böse wurden und ihre Spitzhacken funkelten.

»Dieser Mann könnte den Felsen brechen«, bemerkte der Hochgehobene, langte hinüber und betastete den Bizeps des Waldwächters. »Könnte den Felsen brechen«, wiederholte er überzeugt.

»Oder den Zwerg«, warnte Belexus.

»Nenn mich nicht so, Boss«, erwiderte der Kleine.

»Das ist nicht notwendig, o nein!«, warf Ardaz ein und trat in die Mitte der Gruppe. »Au!«, fügte der Zauberer hinzu, als er im Hinterteil einen scharfen Schmerz verspürte. Er drehte sich sofort um, aber keiner der kleinen Männer befand sich in unmittelbarer Nähe.

»He, Boss, bring sie nicht auf die Palme, ja?«, sagte der erste Mann.

»Auf die Palme?«, wiederholte der Zauberer und kratzte sich am Kopf.

»Die stammen aus der Karibik«, sagte DelGiudice plötzlich, und sein Gesicht erhellte sich. Er schaute Ardaz an. »Vor dem Weltenbrand«, erklärte er. »Die Redeweise, die schwarze Haut ...«

»Sieht für mich braun aus«, bemerkte einer der Stammesleute trocken.

»Freunde deines Billy Shank?«, fragte Belexus und stimmte damit DelGiudice nachdenklich, denn seit seiner Rückkehr in diese Welt hatte er kaum an Billy Shank gedacht, doch jetzt fiel ihm ein, dass Billy einmal sein bester Freund gewesen war.

»Ach ja!«, brüllte Ardaz plötzlich. »Die Karibik! Ich erinnere mich, jawohl!«

»Wir kennen dich nicht, Boss«, sagte einer der Stammesleute.

»Und auch keinen Biily Shank«, ergänzte ein anderer.

»Billy Shank«, korrigierte DelGiudice. »Ein Freund von mir mit der gleichen Hautfarbe wie eure – fast dieselbe, aber nicht ganz so dunkel.«

»He, red keinen Schrott, Chef«, sagte ein dritter. Er trat nahe an DelGiudice heran und knuffte ihn, und natürlich sank sein Finger in den Geistkörper ein und ging geradewegs durch ihn hindurch. Plötzlich zitterte der Mann und wich mit aufgerissenen Augen zurück.

»Wodu«, hörten DelGiudice und seine Gefährten jemanden sagen, und im nächsten Moment wuchs der Respekt, den man ihnen entgegenbrachte, ungeheuer an.

»Mamagu wird das nicht gefallen«, sagte der erste der Stammesleute.

»Mamagu?«, fragten Ardaz, DelGiudice und Belexus wie aus einem Munde.

»Mamagu ist die Priesterin«, erklärte der Mann. »Ihr wird es nicht gefallen, dass ihr den Wodu kennt. Das wird es für sie schwerer machen euch zu töten, wisst ihr. Ihr wird es nicht gefallen, wenn Zombies auf ihrem Berg herumgehen.«

»Uns töten?«, wiederholte Ardaz. »Warum denn?«

»Weil ihr den großen Wurm aufgeweckt habt«, erwiderte der Mann. »Glaubt ihr, wir wollen, dass er aus seinem Loch herauskommt?«

»Die glauben also, wir sind blöd«, sagte ein anderer.

»Die sind blöd«, fügte ein dritter hinzu. »Denn die sind tot, bevor wir tot sind!«

»Ich bin schon tot«, bemerkte DelGiudice, und das ließ die Schar in ein einhelliges »Uuuh« ausbrechen. Es war inzwischen tatsächlich eine Schar geworden, mehr als sechzig Mann stark, alle klein und kraushaarig, mit dunkler Haut, die meisten dunkelbraun, aber einige schienen auch schwarz zu sein.

»Nun, der Drache ist in sein Loch zurückgekehrt, wenn euch das tröstet«, sagte Ardaz, aber erneut endete er mit einem »Au!«, als ihn ein stechender Schmerz im Hinterteil peinigte.

»Den wird Mamagu gewiss mögen«, sagte einer der Stammesleute lachend.

»Mit dem wird sie spielen, bevor sie ihn tötet«, sagte ein anderer.

»Vielleicht ruft sie ihn als Untoten zurück, um noch mehr mit ihm zu spielen, was?«, sagte ein dritter lachend, und alle stimmten in sein Gelächter ein.

»Wer seid ihr?«, wollte Ardaz wissen und schaute sich dabei misstrauisch nach jemandem um, der ihn stechen wollte.

»Wir sind der Stamm der Architekten, Boss«, sagte der erste Mann. »Hörst du nicht gut?«

»Wie ist dein Name, guter Mann?«, beharrte der Zauber.

»Okin Balokey«, sagte der Mann.

»Unglaublich«, flüsterte DelGiudice mehr bei sich. »Ist dir klar, was das bedeutet?«, fragte er den Zauberer. »Die Vorfahren dieser Leute müssen direkt nach dem Weltenbrand nach Ynis Aielle gekommen sein, und sie haben eine Bastardkultur entwickelt …«

»He, Boss!«, riefen einige sofort.

»Gib uns keine Schimpfnamen«, sagte Okin Balokey. »Und mir macht es nichts aus, dass du tot bist!«

»Das sind keine Schimpfnamen«, sagte der Geist entschuldigend. »Ich wollte nur sagen, dass die Kultur, die ihr entwickelt habt, so faszinierend ist.« Er schaute Ardaz an, der wirklich aufgeregt war. Viele Jahre lang hatte der Zauberer versucht zu beweisen, dass auch andere Menschen nach Ynis Aielle gekommen waren und dass es auf der weiten Welt noch andere Kulturen und Völker gegeben hatte – und vielleicht noch gab. Und jetzt war dieser Beweis an ihn herangetreten – und hatte ihn anscheinend in den Hintern gepiekst … mehrmals!

»Sie sprechen mit einem karibischen Akzent«, fuhr DelGiudice fort, »und haben dunkle Haut …«

»Jetzt fängt er schon wieder damit an«, bemerkte einer.

»Er kümmert sich zu viel um unsere Haut«, sagte ein anderer.

»Und schaut sie doch an!«, rief DelGiudice. »Sie sind nicht größer als einen Meter fünfzig!«

»Jetzt sagt er, wir seien zu klein!«, schrie einer der Stammesleute empört.

Okin Balokey blickte DelGiudice angewidert an, stemmte die Hände in die Hüften und schüttelte langsam den Kopf.

»Nicht zu klein!«, protestierte der Geist. »Aber ihr seid kleiner als der Durchschnitt, das müsst ihr zugeben.«

»Wir sind unter Durchschnitt«, bemerkte einer mit gespielter Traurigkeit.

»Nein!«, sagte DelGiudice. »Aber ich vermute, eure Vorfahren waren viel größer, wahrscheinlich im Durchschnitt fast eins achtzig.«

»Glaubst du, wir hauen uns gern unsere Köpfe an den Decken unserer Stollen an, Boss?«, fragte Okin Balokey.

»Genau das will ich sagen!«, rief der Geist.

»Oh, das ist einfach wunderbar!«, schrie Ardaz. »Das ist zu köstlich, zu großartig!«

»Wer sind die?«, ertönte eine unbekannte Frauenstimme von außerhalb der Versammlung. Alle wandten sich um und schauten auf eine große, ältere Frau in farbenfroher Kleidung, die um den Felsen geschlendert kam. Sie hielt zwei kleine Puppen in der Hand, deren eine bemerkenswert Ardaz ähnelte, mit weißem Haar und blauem Gewand, die andere ähnelte entfernt DelGiudice, zumindest darin, dass sie in Weiß gekleidet war. Zu Ardaz' tiefer Erleichterung trug sie auf dem anderen Arm eine vertraute schwarze Katze, die sich in der Ellbeuge bequem zusammengerollt hatte, als wäre alles in der Welt in Ordnung.

»O Des!«, rief der glückliche Zauberer und stürmte vor. Die Katze gähnte nur und vergrub ihr Gesicht zwischen ihren Pfoten.

»Ist das Mamagu?«, fragte der Waldwächter Okin Balokey. Der nickte.

»Den da habe ich dreiundvierzigmal gestochen«, beschwerte sich Mamagu in ihrem karibischen Akzent, der bei ihr weit ausgeprägter war als bei den Männern, und sie wedelte mit der Hand, die die Puppen hielt, ins DelGiudices Richtung. »Und er ist nicht ein einziges Mal hochgehüpft! Und meine neue Katzenfreundin hat auch zweimal gestochen.«

»Alle beide?«, fragte Ardaz, der Des der Frau abnahm.

»Vor allem dich«, erklärte Mamagu.

»Tierisch ergeben.«

»Er ist ein Geist, Mamagu«, erklärte Okin Balokey und zeigte auf DelGiudice.

»Aah!«, seufzte die große Frau erleichtert. »Und er ist ein hübscher Geist. Sehr hübsch!« Sie steckte die Puppe in eine tiefe Tasche und holte stattdessen einige Kräuter

hervor, die sie mit leisem Singsang in der Luft herum-
schwenkte.

Fast sofort spürte DelGiudice, wie etwas an seinen
Gedanken zog, ein mentales Zupfen, dem zu widerstehen es einer gewissen Anstrengung bedurfte.

»Ardaz«, warnte er, als der Zauberer neben ihm zu
stehen kam.

»Sie wirkt Magie«, überlegte Ardaz höchst überrascht. »Jawohl!«

Belexus stieß den Mann beiseite, den er hielt, und
trat einen Schritt auf Mamagu zu, und als ihm eine
Schar kleiner Männer in den Weg sprang, zog der
Waldwächter entschlossen sein neues, schimmerndes
Schwert.

Das verdutzte die Versammlung sehr und löste einen
Tumult überraschter Ausrufe aus.

»Woher hast du das?«, fragte Mamagu plötzlich sehr
erregt.

Der Waldwächter blickte seine Freunde an, dann
drehten sich alle drei um und schauten zum Drachen-
berg. »Deswegen sind wir gekommen«, erklärte Belexus. »Nur deshalb sind wir gekommen. Wir wollen
keine Schwierigkeiten mit euch haben, aber ihr könnt
uns nicht aufhalten.«

»Er redet komisches Zeug«, bemerkte einer der
Stammesleute.

»Schwierigkeiten, Boss?«, sagte Okin Balokey ungläubig und gab seinen Kameraden, die über Belexus'
fremdartigen Akzent kicherten, ein Zeichen, sie sollten
ruhig sein. »Du hast das Schwert! Das Schwert!«

»Du kennst es?«, fragte Ardaz.

»Wir haben es geschaffen«, erwiderte Okin Balokey.

»Ihr könnt es nicht wiederhaben«, sagte Belexus sofort. Seine Freunde waren überrascht über seine Ungeduld und seinen Mangel an Takt.

»Oh, wir wollen es gar nicht zurückhaben«, erwiderte Okin Balokey zufrieden. Er schien keinen Anstoß zu nehmen. »Wir sind einfach froh, dass der Wurm es nicht mehr hat!«

Da brachen alle seine Kameraden in Jubel aus. Die drei Menschen tauschten verwirrte und auch erleichterte Blicke. Ardaz und DelGiudice schauten einander an. Beide dachten das Gleiche: Wie seltsam dieses Völkchen doch war. Und beide hätten gern noch mehr Zeit mit Okin Balokey und Mamagu verbracht.

»Ich habe es gewusst! Ich habe es gewusst!«, rief Ardaz wiederholt, während er in der warmen und bequemen Kammer auf und ab ging, welche die Architekten für sie hergerichtet hatten, tief unter der Erde – allerdings vermuteten alle drei, dass sie nur die höchste Ebene eines riesigen Tunnelsystems kennen gelernt hatten. »Wir konnten nicht allein gewesen sein, nein, nein. Das ergibt schließlich keinen Sinn! Die Welt war vor *e-Belvin Fehte* viel größer, ja, viel größer, mit Millionen von Menschen.«

»Milliarden«, verbesserte ihn DelGiudice, und nach dieser Bemerkung machte er eine verwunderte Miene, denn dieser Gedanke war ihm – wie so viele andere – von weit, weit her gekommen, von einem Ort, auf den er keinen bewussten Zugriff hatte.

»Ich wusste, dass es noch andere gegeben hatte«, redete Ardaz weiter. »Aber ich habe am falschen Ort gesucht – im Osten, wo das Land freundlicher ist. Und die ganze Zeit waren sie hier, überhaupt nicht weit weg! Ich wusste doch, dass auch andere Schiffe die Küsten von Ynis Aielle erreicht hatten, als die neue Welt noch jung war, und wahrlich, diese Leute haben überlebt.«

»Ohne die Hilfe der Colonnae«, bemerkte DelGiudice.

Ardaz wackelte mit dem Kopf, aber in Wahrheit war

er sich dessen nicht so sicher. »Sie verfügen über Magie«, überlegte er und rieb sich sein schmerzendes Hinterteil. »Also haben die Colonnae sie besucht, oder zumindest Mamagu oder ihre Vorgängerinnen. Aber trotzdem, dass sie in dem großen Kristall-Gebirge überlebt haben! Uns so nahe, und doch uns unbekannt!«

»Aber du bist uns nicht unbekannt, Mensch«, ertönte Mamagus Stimme, als sie in die Kammer trat. »Wir haben dich in all den Jahren beobachtet. Dich und das magere Volk mit den spitzen Ohren.«

»Warum kommt ihr dann nicht und sprecht mit uns?«, fragte der Zauberer.

»Wir haben es einmal versucht«, sagte Mamagu mit sichtlichem Schauder. »Als die Fratzengesichter in die Berge kamen. Uuh, die haben aber nach uns geschlagen, das kann ich dir sagen, Boss!«

»Fratzengesichter?«, fragte DelGiudice.

»Die großen Hässlichen«, erklärte Mamagu, und sie verzerrte ihr Gesicht auf eine Weise, die den dreien nur allzu bekannt vorkam.

»Talons«, bemerkte Belexus grimmig.

»Deshalb haben wir das Schwert gemacht und auch noch andere Schwerter«, erklärte Mamagu. »Aber dieses ist das Beste von allen!« Sie betrachtete die Waffe, während sie sprach, und trat direkt neben Belexus. »Kennst du seinen Namen?«, fragte sie feierlich.

Der Waldwächter zuckte mit den Achseln und schüttelte den Kopf.

»Sein Name ist Pouilla Camby«, sagte Mamagu.

»Ein seltsamer Name für ein Schwert«, bemerkte Ardaz.

»Pouilla wurde von den Fratzengesichtern umgebracht«, erklärte Mamagu. »Natürlich ist das alles geschehen, bevor ich geboren wurde, bevor die Mama der Mama meiner Mama geboren wurde.« Als sie geendet hatte, zwinkerte sie Ardaz zu.

»Natürlich«, stimmte ihr Ardaz zu, obwohl er sich nicht sicher war, worin der private Scherz bestehen mochte. Dann kam ihm der Gedanke, dass Mamagu vielleicht den anderen gegenüber nicht offen redete. Vielleicht war sie wie Ardaz und seine Schwester, wie auch Istaahl und Thalasi tatsächlich mit den Colonnae in Berührung gekommen und von ihnen mit langer Lebenszeit gesegnet worden und hatte all diese Jahrhunderte erlebt. Noch mehr Fragen, dachte der Zauberer ungeduldig. Sobald die schmutzige Geschichte mit Thalasi beendet war, würde er hierher zurückkehren müssen. Ja, er würde wiederkommen, ganz gewiss!

»Also haben wir das Schwert gemacht und Pouilla genannt«, fuhr Mamagu fort, »und es hat den Fratzengesichtern schlimme Dinge angetan.«

Belexus blickte von der alten Frau zu dem schönen Schwert.

»Dir gefällt der Name nicht?«, fragte Mamagu, als sie seine nicht gerade begeisterte Miene sah.

Belexus zuckte abermals mit den Achseln.

»Dann nenne es einfach mit einem Namen, den du auswählst«, schlug Mamagu vor und klopfte den riesigen Mann auf sein Hinterteil.

»Cajun«, sagte DelGiudice plötzlich und zog die Blicke aller drei auf sich.

»Cajun«, wiederholte er grinsend und schaute Ardaz an.

»Oho!«, platzte der Zauberer heraus. »Cajun. O wie lustig, wie lustig!«

Mamagu und Belexus schauten einander an. Die große Frau zeichnete mit ihrem Zeigefinger einen Kreis über ihrem Ohr.

»Cajun, weil es scharf ist!«, dröhnte der Zauberer. »Wie die Cajun-Küche, ja, ich erinnere mich an die Küche der Cajuns. Die lebten im Süden, in Louisiana …«

»Ich werde einen Namen finden«, sagte Belexus

trocken mit Respekt gegenüber Mamagu. Er warf Del-Giudice und Ardaz einen finsteren Blick zu. »Einen passenden Namen.«

»Das wirst du«, erwiderte die Frau. Dann warf sie einen Seitenblick auf die beiden anderen und schüttelte ihren großen Kopf. Mit einem verschmitzten Lächeln verließ sie die Kammer.

Viel später in der Nacht erwachte Ardaz aus einem unruhigen Schlaf. Er ließ seine Gefährten zufrieden schnarchend zurück und schlich sich aus der Kammer. Die beiden Wachen schlummerten ebenfalls behaglich. Ardaz folgte dem trockenen und glatten Tunnel. Stimmen lockten ihn zu einem seitlichen Raum, und als er durch die teilweise offen stehende Tür hineinlugte, sah er Mamagu, Okin Balokey und eine dritte Person, eine jüngere Frau, die er nicht kannte. Sie saßen auf Stühlen um ein loderndes Kaminfeuer mit dem Rücken zu ihm.

»Ich glaube, sie haben vor, gegen die Fratzengesichter zu kämpfen«, sagte Okin Balokey.

»Sie sind gute Jungs«, fügte Mamagu hinzu, und da ging Ardaz auf, dass die andere Frau – ein schönes, schlankes Wesen mit großen Augen und einer Haut so dunkel wie die Nacht – jemand von großer Bedeutung war. Ihm wurde auch klar, dass zwar der Akzent blieb, der Ton ihrer Stimme sich jedoch verändert hatte und ernster geworden war. Ardaz nickte, während er ihre Taktik überdachte. Die Architekten waren mit ihrer Sprechweise dem Zauberer und seinen Freunden fast einfältig vorgekommen, lustig und unschuldig. Aber sie hatten noch eine andere Seite: grimmig und ernst, ganz und gar nicht einfältig. Und eine solche Seite mussten sie auch haben, wenn sie in einer so gefährlichen Umgebung so erfolgreich überlebt hatten. Wie die Elfen von Lochsilinilume – auf den ersten Blick mochten sie einem Außenseiter so fröhlich erscheinen, dass sie schon fast ausgelassen wirkten. Doch man musste nur Arien Silberblatt und die Seinen erzürnen, dann würde man auf einen tödlichen Feind treffen, wie man ihn sich in ganz Aielle kaum vorstellen konnte!

»Wir sollten ihn Pouilla Camby behalten lassen«, fuhr Mamagu fort.

Okin Balokey setzte zu einem Protest an, doch die junge Frau unterbrach ihn mit einer Handbewegung und schaute Mamagu erwartungsvoll an.

»Sie kämpfen gegen die Fratzengesichter, und das ist eine gute Sache«, stellte die alte Frau fest. »Sie haben den Drachen aufgeweckt, aber das Untier auch zurück in die Höhle gesteckt, und das ist eine gute Sache.«

»Es sei denn, das Untier kommt wieder heraus«, bemerkte Okin Balokey grimmig.

»Sein Flügel ist gebrochen, Mann«, sagte Mamagu. »Und wenn er herauskommt, findet er uns nicht.«

»Er wird die drei finden, die seinen Schatz haben!«, überlegte Okin Balokey, der ihren Plan kapierte.

»Und damit ist alles dort, wo es sein soll«, stimmte Mamagu zu.

»Wenn wir hingegen das Schwert haben und der alte Salasar das herausfindet, dann verlieren wir viele Tunnel«, sagte die jüngere Frau, wozu Okin Balokey nur zustimmend nickte.

»Sie sind gute Jungs«, sagte Mamagu erneut. »Und der mit dem Schwert ist stärker als alle Männer, die ich bisher erlebt habe! Ich glaube, die Fratzengesichter sind gar nicht froh, wenn Belexus mit Pouilla Camby angestürmt kommt!«

Daraufhin lachten alle drei.

»Meinst du das auch, alter Mann?«, fragte die junge Frau plötzlich. Offensichtlich war ihre Frage an Ardaz gerichtet.

Mit einem Schnaufer und einem umständlichen Räuspern stolperte Ardaz in den Raum. »Ich hatte nicht vor zu lauschen, nein, nein«, stotterte er. »Ich bin einfach vorbeigegangen und habe euch reden hören.«

»Und gefällt dir, was du gehört hast?«, fragte Mamagu.

»Ja, ja!«, frohlockte Ardaz. »Und ihr habt Recht, ihr alle. Niemand ist besser im Erschlagen von Fratzengesichtern – wir nennen sie Talons – als Belexus Backavar. Gewiss hat er schon etliche getötet, ja, etliche hundert!«

»Er ist ein guter Junge«, sagte Mamadu.

»Er braucht jetzt dieses Schwert«, versuchte Ardaz zu erklären. »Unser Feind, derjenige, der die Fratzengesichter anführt, hat einen schlimmen Unhold hervorgebracht, einen Totengeist.«

»Ein totes Wesen?«, fragte Mamagu. Ardaz nickte, und ihr schauderte. »Uuu.«

»Und dieses Schwert ist die einzige Waffe, die dieses Gespenst verletzen kann«, erklärte der Zauberer. »Meine Schwester – sie ist eine Zauberin, wisst ihr. Sie hat – natürlich mithilfe der Magie – von diesem Schwert erfahren, und wir sind gekommen, es zu suchen.«

»Und ihr habt es gefunden«, sagte die jüngere Frau.

»Ach, meine Manieren lassen zu wünschen übrig!«, rief Mamagu aus. »Alter Ardaz, das ist Calairisa, die Anführerin des Stammes der Architekten.«

Der Zauberer verneigte sich tief und respektvoll. Als er sich wieder aufrichtete, machte er jedoch eine neugierige Miene. »Ja, gut, ich wollte schon fragen, und jetzt scheint mir ein guter Zeitpunkt dafür zu sein: Warum nennt ihr euch so? Das ist schließlich kein gewöhnlicher Name: der Stamm der Architekten.«

»Das Buch sagt es so«, antwortete Calairisa.

»Das Buch?«

»Das Buch der Architekten«, erklärte die Frau.

»Ach, dieses Buch hat uns das Leben gerettet«, fügte Mamagu hinzu.

»Es hat uns gezeigt, wie man die Tunnels und die Räume anlegt, Boss«, erklärte Okin Balokey. »Wir waren alle noch Kinder, als wir hier ankamen.«

»Nicht ›wir‹«, erklärte Calairisa. »Aber die Vorfahren. Sie waren Kinder, und ihnen war kalt, aber das Buch zeigte ihnen, wie man Tunnel anlegt.«

Jetzt begann Ardaz ein weiterer wunderbarer Aspekt dieser ungewöhnlichen Kultur aufzugehen. Außer ihm selbst, Brielle, Istaahl und Thalasi waren alle Überlebenden des Weltenbrands nur Kinder gewesen. Vielleicht hatten die Vorfahren der Architekten ein Buch über Architektur gefunden, einen Leitfaden, der sie lehrte, wie man in dieser neuen Welt überlebte. Hatte sie das veranlasst, Bücher als eine Art Bibel zu betrachten? »Oh, wie großartig«, sagte er strahlend, »ich würde gern einmal dieses Buch sehen.«

»Gewiss, Mann«, sagte Mamagu und machte sich nicht die Mühe, Calairisa um Erlaubnis zu fragen.

Ardaz war wirklich erfreut und beeindruckt. Was für eine wunderbare offene Gesellschaft diese Leute geschaffen hatten! Vertrauensvoll und großmütig, und immer mit einem Lächeln auf den Lippen. Er schwor sich insgeheim, dass er wieder hierher kommen würde. Ja, das würde er, sobald die Lage es gestattete!

Alle drei geleiteten den Zauberer zu einer kleinen, sehr gut versteckten Kammer, und dort fand er die Überreste eines Dutzends Texte über Architektur. Der Bedeutendste davon war ein nahezu kompletter Band mit dem Titel *Der Architekt*. Er fand alle drei Stammesleute durchaus bereit, seinen endlosen Strom von Fragen zu ertragen, und ihre Antworten lösten wiederum hundert weitere Fragen in dem stets aktiven Geist des Zauberers aus.

Später geleitete Mamagu ihn zurück in seine Kammer. Ardaz wollte ihr ebenfalls viele Fragen stellen, über ihre Magie und über Begegnungen, die sie mit

Calae oder einem der engelhaften Colonnae gehabt haben mochte.

»Ich bin ihm einmal begegnet«, antwortete sie, bevor er überhaupt seine Frage klar formulieren konnte, »allerdings war ich damals noch ein Mädchen.«

»Als deine Leute nach Ynis Aielle kamen?«, fragte der Zauberer neugierig, denn er glaubte jetzt zweifelsfrei, dass Mamagu tatsächlich zu jenen ersten Siedlern gehört hatte und dass Calae sie mit dem Geschenk der Langlebigkeit gesegnet hatte.

»O nein, Mann, das war zu viele hundert Jahre zuvor«, erwiderte sie nicht sehr überzeugend. »Schaue ich so alt aus?«

Ardaz lachte und küsste sie auf ihre schöne Wange. »Du siehst einfach wundervoll aus!«, sagte er. Dabei ahmte er ihren Akzent nach und lächelte breit.

»Nun, ihr werdet am Morgen aufbrechen«, sagte Mamagu. »Sorge dafür, dass dein Freund guten Gebrauch von Pouilla Camby macht, Mann. Zu lange hat dieses Schwert geruht, und zu viele Fratzengesichter sind in den letzten Jahren gekommen!«

»Möchtet ihr es zurückhaben, wenn er fertig ist?«, fragte der Zauberer. Wenn Mamagu ja gesagt hätte, dann hätte Ardaz ihrer Bitte sicher entsprochen.

»Nein, nein, Mann«, sagte die Frau ungläubig. »Wir wollen nicht kämpfen, weißt du. Deshalb leben wir unter der Erde – und glaube nicht, dass irgendwelche Fratzengesichter hier hereinkommen! Nein, Pouilla wird bei diesem großen Jäger zufrieden sein. Sag ihm, er soll guten Gebrauch davon machen und es dann an den nächsten großen Jäger weitergeben. Wenn je ein Fratzengesicht es in die Hände bekommen sollte, dann kommen wir vielleicht heraus, doch solange es in den Händen der richtigen Leute ist, sind wir zufrieden.«

»Sehr großzügig.« Ardaz setzte zu einer Verbeugung

an, doch dann gab er ihr einen weiteren Kuss auf die Wange.

»Und wir alle hoffen, dass der Drache nicht herauskommt und euch alle auffrisst«, versprach Mamagu.

»Tja, wir hoffen das auch«, erwiderte Ardaz lächelnd. Beide grinsten einander lange an.

»Doch wenn er euch frisst, dann ist das der Gang der Dinge«, warf Mamagu ein und erntete damit großes Gelächter bei Ardaz.

»Geh nun und schlaf«, sagte die Frau. »Du hast einen langen Weg vor dir.«

»Einen langen und dunklen Weg«, stimmte ihr der Zauberer zu, doch es schien Ardaz, das mögliche Ende dieses Weges sei – wenn alles gut ging – soeben sehr viel heller geworden.

KAPITEL 17

Der Ruf zum Sammeln

Die Stute aus Avalon reagierte mit einer für Bryan ungewohnten Leichtigkeit und Stärke. Sie bewegte sich im Zickzack zwischen den hochragenden Schneewächten auf den sich schlängelnden Wegen, die mit weniger Schnee bedeckt waren. Da er kein erfahrener Reiter war, kämpfte der Halbelf viele Meilen darum, im Sattel zu bleiben, und allmählich begannen seine verkrampften Beinmuskeln zu schmerzen. Doch nachdem er sich mehr als zwei Stunden im Sattel gehalten hatte, entspannte sich Bryan schließlich. Seine natürliche elfische Nähe zu den Tieren half ihm, sich in sein Reittier einzufühlen und dessen Signale zu verstehen, und das gestattete ihm, die richtige Haltung und die passenden Bewegungen herauszufinden, mit denen sie müheloser und schneller vorankamen. Sein Selbstvertrauen wuchs, der Halbelf lockerte den Griff um die Zügel, und die Stute senkte den Kopf.

Dann lief die Stute energisch und unermüdlich dahin, und das schneebedeckte Land zog an Bryan vorüber, der sich auf den Rücken des Pferdes kauerte und seine Beine in dessen Rhythmus baumeln ließ.

Den ganzen Tag lang lief die Stute unermüdlich. Bryan hielt nur an, wenn das Pferd eine Pause zu brauchen schien. Am späten Nachmittag fand der Halbelf einen passenden Lagerplatz, einen Fleck gefrorener Erde in dieser weißen Einöde. Den tiefen Schnee, der hier draußen lag, hatte der Wind zu hohen Wehen aufgetürmt, doch im Schatten dieser Verwehungen lag nur eine dünne Schneedecke.

Der nächste Tag verlief ziemlich gleich, und der übernächste ebenso, doch Bryan bemerkte, dass diese Schneedecke abnahm, je weiter er sich von Avalon entfernte. Die starken Winde der baumlosen Ebene häuften auch weiterhin Verwehungen auf, doch hier bliesen sie mehr vom Westen als vom Norden, trugen somit die wärmere Luft vom Meer herbei und machten die meisten Winterstürme zu Regenschauern. Das erwies sich als zweifelhafter Vorteil; weniger Schneehindernisse ermöglichten es zwar, dass man ohne Umwege vorankam, gleichzeitig nahm aber auch die schutzbietende Deckung ab. Die braun und weiß gestreifte Ebene dehnte sich nach allen Richtungen hin aus, hier und da erhob sich einem Skelett gleich ein blattloser Busch. Da Bryan so weit sehen konnte, befürchtete er, dass auch weit entfernte Beobachter seine verräterische Reitersilhouette erkennen konnten.

Seine Besorgnis wurde am vierten Vormittag Wirklichkeit. Seit dem frühen Morgen hatte Nebel die ganze Gegend eingehüllt, doch er hob sich schnell und ließ den Halbelf und sein Pferd im flachen Gelände gefährlich ungeschützt. Bald erblickte Bryan Gestalten am nördlichen und westlichen Horizont, und als er mehr nach Süden schwenkte, sah er, dass dort ebenfalls Talons unterwegs waren. Sie gingen oder liefen nicht, sondern ritten auf ihren Echsen, schnellen Kreaturen, die fast ein Pferd einholen konnten.

Der Halbelf verzog das Gesicht und überdachte seinen Weg. Sein Pferd aus Avalon konnte schneller rennen als die Echsen, auch wenn es müde war, doch wenn er mitten durch die Reihen der Talons ritt, geradewegs nach Westen, dann würde diese Bande keine Schwierigkeiten haben, sein Ziel zu erkennen. Seine einzige Chance, nach Talas-dun zu gelangen, bestand in Heimlichkeit, und wenn auch diese Gruppe offensichtlich organisierter Talons ihn nicht einholen würde, so konnten sie doch sein Vorhaben gefährden, indem sie auf verborgenen Wegen – vielleicht mithilfe von Signalfeuern – die Nachricht weitergaben.

Widerstrebend schwenkte Bryan sein Pferd herum und wandte sich nach Südosten, in die Richtung von Corning, wie er meinte. Er beabsichtigte, den Talons zu gestatten, dass sie sich ihm näherten, dann würde er sie zu einer langen Jagd verlocken, schließlich weit hinter sich lassen und einen weiten Bogen schlagen, der einen Schwenk um hundertachtzig Grad darstellte.

Wie erwartet kamen die Talons näher. Jene aus dem Norden holten allmählich ihre Kameraden ein, die schon in Rufweite waren, und die ganze Bande von etwa dreißig Unholden bildete eine einzige heulende Schar. Sie dachten, sie hätten einen einzelnen Reiter auf einem müden Pferd in den Hinterhalt gelockt, den sie zur Erschöpfung treiben und dann leicht überwältigen könnten. Johlend und brüllend kamen sie so nahe heran, dass Bryan jedes drohende Wort verstehen konnte.

Aber die Talons wussten nichts von der Kraft eines Pferdes aus Avalon, und die Stute galoppierte ihnen leicht davon. Bryan musste sie oft zügeln, um die Talons auf den Fersen zu halten. Sie brachten einige Meilen hinter sich, das Gejohle der Talons nahm immer mehr ab, und es war an der Zeit davonzustürmen. Er näherte sich einem Hügelkamm, dessen andere Seite verborgen war. Er würde ihn überqueren, beschloss er, und dann scharf nach Osten abbiegen, und wenn seine Verfolger den Hügelrücken erreichten, wäre er schon außer Sichtweite. Er schaute zurück und stieß selbst einige deftige Flüche aus, dann wandte er sich nach vorn, neigte den Kopf und ließ die Stute ungezügelt laufen.

Ihre Hufe hatten gerade erst zu donnern begonnen, als Bryan das Herz stehenblieb: die Hügelkette wimmelte plötzlich von heranstürmenden Gestalten. Einen

Moment lang dachte der Halbelf, er sei in eine Falle geraten und müsse sicherlich sterben, denn er meinte, eine dritte Talon-Bande hätte ihn umzingelt und die hinter ihm hätten ihn vielleicht mit Absicht in diese Richtung getrieben. Er zuckte zusammen und schrie laut auf, als er Pfeile über sich hinwegzischen hörte.

Ein Horn ertönte mit einem so klaren Klang, dass kein Talon es an die Lippen geführt haben konnte, und dann verstand Bryan. »Waldwächter«, flüsterte er, drehte sich um und sah, was der Pfeilhagel unter seinen Verfolgern angerichtet hatte. Als er die Augen wieder auf die Hügelkette richtete, erblickte er Bellerian und seine Krieger, die auf zweiundzwanzig Schlachtrössern aus Avalon donnernd heranstürmten. Die Männer hielten ihre langen Speere gesenkt. Schnee und gefrorene Erde wirbelten von den Hufen auf, die auf den harten Boden stampften.

Ihr Sturm fegte an Bryan vorbei, ihr Wirbelwind riss ihn fast aus dem Sattel, und als er sich wieder gefasst hatte, hielt er die Stute an und erwog, kehrtzumachen und sich dem Kampf anzuschließen.

Diesen Gedanken gab er sofort wieder auf, als er die Szene betrachtete. Die Talons hatten versucht anzuhalten und zu wenden, und einigen war es auch geglückt. Die anderen jedoch, die den Pfeilhagel überlebt hatten, waren von einem Waldwächterspeer aus dem Sattel gehoben worden und lagen jetzt tot oder verwundet auf dem Boden. Die wenigen, die die Flucht ergriffen hatten, wurden schnell von den mächtigen Pferden aus Avalon eingeholt und jeder mit einem sauberen Hieb von einem Waldwächterschwert erledigt.

Bryan wusste kaum, was er sagen sollte, als die tüchtigen Krieger sich um ihn versammelten. Einige gaben wimmernden Talons den letzten Streich oder jagten übrig gebliebene Echsen fort, die anderen folgten Bellerian und wandten sich dem verblüfften Halbelfen zu.

»Mein Name ist Bellerian«, stellte sich der Lord der Waldwächter vor.

»Ich heiße Bryan«, erwiderte der Halbelf, und seine Stimme überschlug sich dabei. Er fasste sich und tat einen tiefen Atemzug. »Bryan von Corning.«

»Wir kennen deinen Namen, und wir wissen auch, wer dich geschickt hat und wohin du unterwegs bist, junger Mann«, erklärte Bellerian. »Rhiannon gehört seit ihrer Geburt zu unserer Sippe. Du wirst nicht allein ziehen.«

Bryan nickte zustimmend – was sonst hätte er tun können? –, doch während er wirklich froh war, solche großartigen Krieger als Gefährten zu haben, so hegte er doch tiefe Vorbehalte. Eine Gruppe von dreiundzwanzig Mann würde viel leichter wahrzunehmen sein als ein einzelner Reiter, und Bryan setzte seine Hoffnung auf Heimlichkeit, nicht auf Stärke, da er wusste, dass die Stärke aller rechtschaffenen Männer auf der ganzen Welt nicht ausreichen würde, um Talas-dun zu besiegen. Er konnte in seinem Herzen jedoch keinen Einwand finden, um dem ehrfurchtgebietenden Bellerian zu widersprechen, dem legendären Lord der Waldwächter von Avalon, einem Mann, von dem Bryans Vater Meriwindle oft gesprochen hatte, und zwar immer nur in ehrfurchtsvollem Ton. Also würde Bryan sich von den Waldwächtern begleiten und bis nach Talas-dun bringen lassen, so beschloss er, doch dann würde er allein weitergehen, in die Finsternis, um nach Rhiannon zu suchen.

»Ein düsterer Tag«, bemerkte ein Soldat, der an der Brücke arbeitete, zu seinen Gefährten, von denen die meisten die Prozession beobachteten, als der König den Fortschritt der Arbeiten inspizierte. An diesem Morgen war die Nachricht ins Lager gedrungen, die finstere Kunde vom Schicksal von Brielles Tochter.

Für diese Soldaten war Rhiannon keine Fremde; während der heftigen Kämpfe an den Brücken hatte die junge Zauberin als Heilerin gewirkt, und viele der Männer, die jetzt hier arbeiteten, verdankten Rhiannon ihr Leben.

»Arbeitet gut«, rief König Benador der Gruppe zu. »Wenn die Brücke fertig ist, werden wir den großen Fluss überqueren; dann wird Morgan Thalasi vor uns erzittern.«

Das erntete Nicken sowie da und dort zorniges Knurren. Die Männer wandten sich wieder ihrer Aufgabe zu und verdoppelten ihre Anstrengungen. Das Geflüster, das die Gerüchte aus Benadors Zelt ins Lager trug, hatte auch von der Entschlossenheit des Königs gesprochen, den Fluss zu überqueren und nach Westen zu reiten, bis hin nach Talas-dun, wenn es nötig war, um Rhiannon zu retten oder zumindest diejenigen zu bestrafen, die ihr ein Leid zugefügt hatten. Alle Männer und Frauen der großen Streitmacht, die sich am Ostufer des Flusses versammelt hatten, stimmten aus ganzem Herzen zu, und so wurde an jenem selben Tag ein geheimer Pakt unter den Brückenbauern geschlossen, ohne dass Benador oder die anderen Befehlshaber etwas davon erfuhren. Alle wollten ihre Arbeitszeit verlängern, damit die Arbeit an der Brücke nicht ruhte, sondern den ganzen Tag und die lange kalte Nacht hindurch fortgesetzt würde.

Zwei Tage später, als der geheime Plan für alle Anwesenden offensichtlich wurde und die Nachricht von der doppelten Arbeitsleistung an König Benadors Ohr drang, kam er erneut zur Brücke heraus, um sich mit den Arbeitern zu besprechen, und forderte eine Erklärung, warum die Lichter die ganze Nacht hindurch brannten.

»Zwei Wochen, mein König«, lautete die grimmige Antwort des Sprechers, den die Arbeiter benannt hatten. »In zwei Wochen ist die Brücke fertig.« Alle, die den Mann umgaben, äußerten ihre Zustimmung.

»Nachts zu arbeiten ist zu gefährlich«, bemerkte einer der Aufseher gegenüber dem Sprecher und Benador. »Es ist kalt und dunkel, und einer von euch könnte in den Fluss fallen und hinweggespült werden.«

»Dieses Risiko nehmen wir für Rhiannon von Avalon gerne auf uns«, erwiderten einige Arbeiter, und jedermann stimmte zu.

König Benador schaute langsam einen nach dem anderen an, musterte ihre Gesichter und las die Wahrheit in ihren Herzen. Und diese Wahrheit, dass nämlich alle diese Männer und Frauen zustimmten und die Gefahren auf sich nahmen, war für den jungen König ermutigend. Überraschend stieg er vom Pferd, legte die königlichen Gewänder ab und trat zu einem Stein. »Für Rhiannon von Avalon«, sagte er entschlossen und stemmte seinen Rücken gegen den Hebebaum. Großer Jubel brandete auf.

In den folgenden Tagen arbeitete Benador mit ihnen, und da viele andere dem Beispiel des Königs folgten und zur Brücke kamen, um ihre Unterstützung anzubieten, konnte man die Arbeitszeiten erneut verkürzen, da die Arbeitsschichten verdoppelt wurden. Die Vorhersage, die Brücke werde in zwei Wochen fertig, hatte zunächst lächerlich geklungen, aber binnen weniger Tage sah es so aus, als wäre sie viel zu vorsichtig gewesen.

In Lochsilinilume, der Stadt der Elfen, reagierte man sofort auf die Nachricht von der vermissten Zauberin. Noch am selben Tag wurden Vorbereitungen getroffen, Proviant eingepackt und Waffen geschärft, und schon am nächsten Morgen verließ Arien Silberblatt an der Spitze seiner entschlossenen Streitkräfte das verzauberte Tal. Die Glöckchen an den Elfenpferden bimmelten fröhlich, aber die Stimmung der Reiter war grimmig. Diese Freveltat, die Entführung von Brielles Tochter, der Tochter von Avalon, konnten die Elfen nicht ertragen.

Nicht lange nachdem die düstere Nachricht von Rhiannons Schicksal die an den Ruinen der Vier Brücken Versammelten erreicht hatte, wanderte sie nach Süden und Osten weiter, zu den Toren von Pallendara. Am meisten beunruhigt war von allen in der Stadt Istaahl der Weiße, ein persönlicher Freund von Brielle und ihrer Tochter.

»Brielle«, rief der Weiße Zauberer in seine Kristallkugel und schickte seine Gedanken über die große Entfernung nach Avalon. »Jennifer Glendower, hörst du mich?«, fügte er hinzu und benutzte dabei den uralten Namen der Zauberin.

Binnen Minuten saß Brielle vor ihrer zauberischen Wasserkuhle und sah sich dem fernen Magier gegenüber. Schon seine Miene verriet ihr, dass er die Nachricht von Rhiannons Entführung vernommen hatte und dass sie ihm sehr zu Herzen gegangen war.

»Du glaubst, er hat sie nach Talas-dun gebracht?«, fragte Istaahl.

»Wohin sonst sollte sich der finstere Totengeist wenden?«, erwiderte Brielle. »Ja, er hat sie dorthin gebracht, zu Thalasi, seinem Herrn und Meister.«

»Dann werde ich nach Talas-dun gehen!«, verkündete Istaahl. »Und ich werde jede Mauer einreißen, die den Schwarzen Hexer verbirgt, bis er Rhiannon an mich herausgibt.«

Brielle schenkte ihm ein warmes Lächeln, allerdings wusste sie, dass es trotz der guten Absichten des Zauberers wenig gab, was Istaahl wirklich tun konnte. Talas-dun ging in diesen Zeiten der abnehmenden Magie über seine Macht hinaus – wie auch über Brielles

Fähigeiten. Und obwohl Istaahl in der Gegend von Talas-dun der Quelle seiner Kraft – dem großen Ozean – nahe bleiben würde, konnte er nicht hoffen, an jenem bösen Ort der Macht Morgan Thalasis gewachsen zu sein.

Doch Istaahl konnte diese Hilflosigkeit nicht akzeptieren. Hunderte von Jahren hatte er den verschiedenen Königen von Pallendara als Berater gedient, als Weiser und Hofzauberer. Hunderte von Jahren war er eine der vier mächtigsten Personen der ganzen bekannten Welt gewesen, und jetzt, da diese schreckliche Krise offenbar wurde, kam er mit seiner Machtlosigkeit nicht zurecht. »Ich werde einen Weg finden«, versprach er und sagte der schönen Zauberin Lebewohl. Er würde wieder mit ihr sprechen, sagte er ihr zu, damit sie seine Fortschritte feststellen konnte.

Am selben Tag noch unterbrach Istaahl seine Arbeit am Wiederaufbau des eingestürzten weißen Turms und entließ sogar die Arbeiter, die ihm bei dieser Aufgabe halfen. Er erwog sogar, zu König Benador zu gehen und beim Bau der Brücke zu helfen, doch wenn er den Fluss erreicht haben würde, wäre die Arbeit schon nahezu abgeschlossen. Er würde nicht mit Benadors Legionen den Fluss überqueren, denn seine Quelle der Macht war das Meer, nicht die Ebenen des Binnenlandes, und dann, wenn er sich dieser Macht näherte, würde er sich im Schatten der Kored-dul-Berge befinden, im Herrschaftsbereich Morgan Thalasis.

Nein, das war nicht sein Platz, seine Bestimmung in diesem großen Ringen.

Stattdessen zog sich Istaahl in die Räume unter dem Erdgeschoss seines Turms zurück und schloss sich dort ein.

Er konnte seine Machtlosigkeit nicht mehr ertragen, und ebenso unerträglich war für ihn die grässliche

Plage, die Morgan Thalasi bedeutete. Dann fiel Istaahl tief in Trance, so tief wie damals, als dieser Zustand ihn zwanzig Jahre lang am Leben erhalten hatte, als er ein Gefangener des Schwarzen Hexers gewesen war und Thalasi seine Identität gestohlen hatte, um in der Maske Istaahls an der Seite von Ungden dem Usurpator zu dienen.

Tiefer und tiefer glitt der Weiße Magus, weit weg von der Welt der Menschen und Tiere, in das Reich der Magie – seiner Magie, der Macht des Meeres. Er kannte die Risiken, kannte den Preis, und bald genug wurde ihm klar, dass der Preis nicht eine Möglichkeit, sondern eine Wirklichkeit sein würde.

Und doch ging er immer tiefer und widmete sich mit Herz und Seele dieser einen großen Aufgabe.

Dieser einen letzten Aufgabe.

Weit im Westen schmiedeten Morgan Thalasi und Hollis Mitchell finstere Pläne in der schwarzen Bastion von Talas-dun. Sie beschlossen, bald aufs Neue ihre Heere auf die Welt loszulassen, und ihr Mut wurde gestärkt durch die Tatsache, dass sie über eine sehr wertvolle Gefangene verfügten, die ihnen als Druckmittel gegenüber ihren Feinden dienen würde – besonders gegenüber ihren beiden größten Feinden, der Smaragd-Zauberin und dem Silber-Magus.

Keiner der beiden war in der Lage, die tieferen Konsequenzen von Rhiannons Gefangennahme zu begreifen oder abzuschätzen: die Solidarität und die pure Entschlossenheit, die dieser frevelhafte Akt bei ihren Feinden auslösen würde. Sie ahnten nichts von den zusätzlichen Stunden knochenbrechender Arbeit, die an den zerstörten Brücken geleistet wurden, nichts vom Ritt Bryans und der Waldwächter, nichts vom Ansturm Arien Silberblatts und seiner Elfen, und vor allem nichts von den verzweifelten Bemühungen von Istaahl dem Weißen. Dieser eine Akt, die Gefangennahme der Tochter der Zauberin, welche die Soldaten von Calva, die Elfen von Lochsilinilume und die Waldwächter von Avalon so liebgewonnen hatten, diese Freveltat hatte die Schultern kriegsmüder Soldaten gestrafft und bei allen jenen, die so viel verloren hatten, vorübergehend die Trauer verdrängt. Jetzt sah man überall die gleichen Mienen, von Pallendara bis zu den Vier Brücken, von Avalon bis Lochsilinilume: alle Gesichter trugen den Ausdruck grimmiger Entschlossenheit.

Diese Freveltat würden sie nicht durchgehen lassen.

KAPITEL 18

Eine besondere Qual

Der unterirdische Komplex des Architekten-Stammes war gewaltiger als alles, was Belexus je für möglich gehalten hätte. Ihre Tunnel liefen immer weiter und endeten oft in höhlenartigen Kammern; einige davon waren voller Stalagmiten und verzierter Säulen, in die seltsame Symbole und Gesichter mit übertrieben großen Lippen oder Ohren und dergleichen gemeißelt waren. Der Zauberer staunte über die Kunstfertigkeit und bemerkte wiederholt, er würde gerne zurückkehren, um sich in diese höchst wunderbare Kultur zu versenken. Wie zu erwarten verschlief Desdemona alles, während Calamus, der nicht gewohnt war, sich unter der Erde aufzuhalten, unruhig blieb wie Belexus, der nichts anderes wollte als sich auf den Weg machen, da er doch nun das überaus wichtige Schwert besaß.

Er wurde Ardaz gegenüber ungeduldig, denn der Zauberer ließ sich von jeder Skulptur und jeder geschmückten Säule ablenken. Ardaz plapperte, fuchtelte mit den Armen und versprach Okin Balokey tausendmal, er werde zurückkehren.

Bei verschiedenen Gelegenheiten wurde der Zauberer so abgelenkt, dass Belexus die Zügel des Pegasus an DelGiudice weiterreichen, zu Ardaz treten und ihn handgreiflich von dem Objekt wegziehen musste, das er gerade betrachtete. Nach ein paar Stunden hielt schließlich der Waldwächter Ardaz einfach nahe bei sich, ließ seine starke Hand fest auf der Schulter des Zauberers ruhen und packte zu, wann immer Ardaz zu einer weiteren Kunstbetrachtung davonlaufen wollte.

Trotz aller Aufschübe und der Nervosität des Pegasus erwies sich der Umweg durch die Tunnel der Mühe wert, als Okin Balokey sie am späten Nachmittag einen ansteigenden Korridor hinaufführte, der in eine geräumige Kammer führte. Dort gab es einen Ausgang, der mehr einem Felsen als einer Tür ähnelte. Dem Waldwächter kam es so vor, als müsste die Tür Tonnen wiegen, und als er sich umschaute, sah er keine Kurbel und keinen Hebel. Die handwerkliche Ausführung erwies sich jedoch als vollkommen. Okin Balokey grinste stolz und stieß die Tür ein wenig an, und schon drehte sich das Portal und öffnete sich nach draußen zum blendenden Tageslicht.

Belexus trat als erster hinaus, kniff die Augen zusammen und suchte nach vertrauten Landmarken. Tatsächlich entdeckte er einen Gipfel, den er gut kannte, und da wurde ihm klar, dass die Abkürzung durch die Tunnels sie unter den Bergen weit vorangebracht hatte in eine Gegend, in die zu fliegen der Pegasus drei Tage gebraucht hätte, und das bei gutem und warmem Wetter, mit vielen Schleifen und häufigen Landungen, damit sich Belexus und Ardaz von der allzu kalten Luft erholen konnten.

»Siehst du, Boss«, bemerkte Okin. »Ihr solltet diese kalte Nacht in den Tunnels bleiben und früh am Morgen losziehen.«

Dies war eine Einladung, die Belexus zu Ardaz' offensichtlicher Erleichterung nicht ablehnen konnte, und so folgten die drei mit dem Pegasus und der Katze Okin zurück in den Tunnelkomplex zu einem nahen Raum, der für sie hergerichtet worden war.

»Wir schulden euch viel«, bemerkte der Waldwächter zu dem braunhäutigen Mann, bevor er sie verließ.

»Das stimmt«, erwiderte Okin Balokey mit einem Kichern. »Also benutze dieses Schwert gut!«, ermahnte er ihn. »Du bringst Pouilla Camby zum Singen. Auf diese Weise wirst du dem Stamm der Architekten deine Schuld abzahlen.«

Dann schüttelten sie die Hände, und DelGiudice hatte den Eindruck, der oft so zurückhaltende Waldwächter sei voller Dankbarkeit und Wärme gegenüber diesem Gebirgsvolk.

Nachdem sie am nächsten Morgen Okin Balokey und einigen anderen, die zum Abschied gekommen waren, Lebewohl gesagt hatten, machten sich die Freunde auf den Weg. Calamus flog nach Südwesten. An diesem Tag war es nicht besonders kalt, und der Pegasus blieb lange in der Luft. Am Abend kampierten die Freunde auf einer geschützten Wiese nur drei Reisestunden von Lochsilinilume entfernt. Der Waldwächter war jetzt noch ungeduldiger. Er ging murmelnd auf und ab und fingerte oft an dem großartigen Schwert herum, das Rache an Hollis Mitchells Totengeist versprach.

Auch DelGiudice war an jenem Abend unruhig, da Erinnerungen an die Silberne Stadt der Elfen auf ihn einströmten und ihn mit Freude erfüllten. In seinem früheren Leben hatte er seine schönsten Augenblicke in Lochsilinilume erlebt, ausgenommen vielleicht die Zeit in Avalon, und die Aussicht, beide Orte wiederzusehen, erregte ihn – bis aufs Mark vermutlich, wenn er noch Knochen gehabt hätte. Ardaz machte es ihm nicht leicht, da er DelGiudice an all die Freuden erinnerte: an den Elfentanz, den Wein, die unbefangenen Illumaner beim Spiel im Schnee und vor allem an die Zauberin des Waldes.

Noch vor der Morgendämmerung brachen sie auf und flogen über das Gebirge, bis die Sonnenstrahlen die höchsten Gipfel der östlichen Berge berührten. Sie sahen die Kerzen brennen, als sie zum Tal der Elfen kamen, und erblickten viele Lagerfeuer am Berghang außerhalb des Tals, weit verstreut über das Feld von Bergtor, wo man auf den Tagesanbruch wartete.

»Wir müssen herausfinden, was da los ist«, gab Ardaz zu bedenken und stieß Belexus an, damit er den Pegasus weiterfliegen ließ, direkt über die Silberstadt hinweg. Der Zauberer schaute zu DelGiudice und bat den Geist voranzufliegen und zu erkunden, ob diese Lagerfeuer zu Freund oder Feind gehörten. Als er zu den anderen beiden zurückkehrte, brachte er seltsame Nachrichten.

»Es sind keine Talons, nicht einmal Menschen«, erklärte er. »Es sind Elfen.«

»Bist du sicher?«

»Arien Silberblatt ist bei ihnen«, berichtete der Geist.

»Das wird ja immer seltsamer«, murmelte Ardaz. »Warum sollten Arien und die Seinen das Tal verlassen? Ich fürchte, das bedeutet nichts Gutes.« Die drei sausten den Berghang hinab und flogen auf Arien zu, als die Elfen gerade das Lager abbrechen wollten. Vom Feld stiegen Rufe und Schreie auf, Bögen und Pfeile wurden gehoben, doch dann erkannte man in der fliegenden Kreatur Calamus, der seit langem ein Freund der Elfen von Illuma war.

Und dann brandete Jubel auf, als die Elfen die Reiter auf dem Pegasus erkannten: den Zauberer, der ihnen so lange gedient hatte, und den Waldwächter, der sie in jener fürchterlichen Schlacht vor zwanzig Jahren auf dem Feld von Bergtor gerettet hatte.

Als Ardaz und Belexus neben dem Herrscher der Elfen landeten, bemerkten sie, dass DelGiudice sie nicht begleitet hatte. Zuerst wechselten die beiden besorgte Blicke, doch dann brach Ardaz in Gelächter aus und nickte wissend in Richtung des nahen Waldes von Avalon. »Er hat vor, erst jemand anderen zu treffen«, bemerkte der Zauberer.

Doch irgendwie half das nicht, den Waldwächter zu beruhigen.

»Seid gegrüßt, meine Freunde«, sagte Arien. »Ich fürchte, ihr seid zu einer Zeit gekommen, da ihr am notwendigsten gebraucht werdet.«

»Das scheint so meine Art zu sein, nicht wahr?«, bemerkte der Zauberer trocken.

»Ich bin gekommen, um es Hollis Mitchells Gespenst heimzuzahlen«, antwortete Belexus und zog das wunderbare Schwert hervor.

Als Arien die Waffe erblickte, leuchteten seine Augen; alle Elfen, die in der Nähe waren, drängten sich um die Gruppe und staunten über die Schönheit der mit Diamanten besetzten Klinge.

»Führe es gut, Belexus«, sagte Arien feierlich, »denn unser Feind hat einen mächtigen Schlag gegen unsere Herzen geführt.«

»Geht es um Benador?«, fragte Ardaz atemlos.

Arien schüttelte den Kopf. »Um Rhiannon.«

Belexus fiel vor Schreck fast vom Pferd. Er ließ sich aus dem Sattel gleiten, und als er auf dem Boden stand, zitterten ihm die Knie. Ardaz blieb auf Calamus' Rücken sitzen, beugte sich vor, wimmerte leise und murmelte immer wieder: »O meine arme Jenny!«

»Wir marschieren heute durch den Wald, hinaus zur anderen Seite und dann in die Braunen Ödlande«, erklärte Arien. »Reitet eine Weile mit uns, damit ich euch die ganze bittere Geschichte erzählen kann. Aber fasst Mut, denn es ist keine Geschichte ohne Hoffnung.«

Der Elfenherrscher ließ ein Pferd für Ardaz holen, damit Belexus allein auf Calamus reiten konnte. Sobald beide im Sattel saßen, ritt die Kavalkade in den Wald. Arien ritt neben dem Waldwächter und dem Zauberer und erzählte ihnen von den Ereignissen der vergangenen Wochen.

Die ganze Zeit hielt Belexus seine Hand fest um das

Heft von Pouilla Camby geschlossen. Soeben hatte er sich entschlossen, das Schwert Cajun zu nennen, und er schwor sich schweigend, dass er Rhiannon unverletzt zurückholen oder Rache an ihren Feinden nehmen würde.

Brutale Rache, gnadenlose Rache.

Im selben Augenblick, als er sie sah, wie sie inmitten eines schneebedeckten Feldes stand, wusste er, wer sie war, und erinnerte sich lebhaft an alles, was sie einmal gemeinsam gehabt hatten. Brielle, seine teure Brielle, die er mehr als alles auf der Welt geliebt hatte. Der bloße Anblick der Smaragd-Zauberin weckte mehr Empfindungen in DelGiudice als das Schauspiel der Geburt eines Sterns, mehr als alles, was Calae ihm gezeigt hatte.

Der Geist landete hinter der Zauberin auf dem Feld und betrachtete ihre geschmeidige Gestalt, und die Liebe überwältigte ihn erneut. Und nach Brielles Miene zu schließen, als sie sich umdrehte und Mund und Augen weit aufriss, ging es ihr ebenso. »Bei den Göttern«, flüsterte sie, und ihr Atem stockte. »Bei den Göttern!« Sie lief auf DelGiudice zu, die Arme weit ausgestreckt, um ihn zu umarmen.

Sie ging direkt durch ihn hindurch, stolperte an ihm vorbei und unterdrückte einen Aufschrei.

»Was für ein Trick ist das?«, rief sie aus und drehte sich wieder dem Geist zu. »Was für eine Folter? O Thalasi, das ist dein übles Werk!«

»Nein«, unterbrach er sie. »Nein, ich bin es. DelGiudice. Jeffrey DelGiudice.« Sein sanfter Ton beruhigte Brielle.

»Aber das kann doch nicht ...«, setzte Brielle an zu erwidern. »Du bist nur ein ...« Sie holte tief Atem und begann das Rätsel zu durchdenken. Brielle war eine Kreatur der ersten Schule der Magie, jener Schule, die sich den Vorgängen der Natur widmete, und sie hatte ein großes Wissen über die Geisterwelt und die Verbindung zwischen den Reichen des Lebens und des Todes.

»DelGiudice«, sagte sie und erkannte jetzt den Geist als das, was er war.

»Meine Brielle«, erwiderte er in klagendem Ton. Sie war so nahe und so schön, und doch konnte er sie nicht berühren, konnte sie nicht in Armen halten. Warum hat Calae mir das angetan? fragte er sich. Warum hatten die Colonnae ihn nicht in einem Körper zurückgeschickt, wie sie es mit den anderen vier Zauberern getan hatten?

»Dann hat man dich geschickt, um mir von meiner Tochter zu berichten!«, rief die erschrockene Zauberin plötzlich. »Du bist aus dem Grab gekommen, um mir von Rhiannon zu künden!«

»Ich komme von Calae«, sagte DelGiudice schnell. Er verstand ihre Sorge nicht, wollte sie ihr aber nehmen.

»Welche Nachricht bringst du also?«, fragte Brielle, der Hysterie nahe.

Der Geist zuckte mit den Achseln, da er nicht verstand, was sie meinte.

»Sicher weißt du von meiner Tochter«, folgerte Brielle.

Wieder ein Achselzucken. Der arme DelGiudice wusste nicht, worum es ging.

»Von deiner Tochter«, drängte ihn die Zauberin.

»Von wem?«

»Von Rhiannon!«, erklärte Brielle außer sich. »Deiner Tochter!«

»Ich habe keine Toch ...« Dann traf es ihn wie ein Blitzschlag. Ihm ging auf, was Brielle meinte. »Ich habe eine Tochter?«

»Ja.«

»Und du?«, fragte DelGiudice und zeigte auf Brielle.

»Sie ist auch meine Tochter«, bestätigte die Zauberin.

Seine Gedanken vollführten einen Wirbel und tanzten zurück zu einer Nacht an einem kleinen Teich, begleitet vom Lied des sanften Windes und dem traurigen Schrei eines Seetauchers, als sie sich liebten und er – wie es schien – eine Tochter gezeugt hatte. Und den Geist überwältigte eine solche Empfindung der Wärme, der Unsterblichkeit, der reinen Freude, dass er sich fast vom sanften Wind davontreiben ließ.

»Ich habe … wir … haben eine Tochter?«, stammelte er breit lächelnd.

Auch Brielle lächelte, doch nur kurz, denn sie dachte daran, wie DelGiudice wirklich zurückgekehrt war – nur als Geist. Brielle verstand besser als alle anderen auf der Welt die Beschränkungen einer solchen Wesensform, und sie vermutete, dass er nur wenig würde helfen können.

»Erzähle mir von ihr«, flehte DelGiudice sie an. Er hatte die Andeutung noch nicht begriffen, dass etwas Schreckliches passiert war.

Brielle blinzelte. Trotz ihrer großen Sorge sah sie die verständliche Neugier des Geistes. *Ja, in der Tat, ich sollte ihm von Rhiannon erzählen*, dachte sie, und sie wollte es auch, wollte ihn an der Freude über ihre Tochter teilhaben und ihn sein Vermächtnis kennen lernen lassen: die schöne, beherzte junge Frau. »Höre mich«, flüsterte sie, und die Brise trug die Worte an DelGiudices Ohren, schickte ihn tiefer in sein Selbst, an einen Ort, wo er und Brielle sich auf einer tieferen Ebene austauschen konnten.

Er hörte die Schreie seines Kindes, an jenem schicksalhaften Abend vor zwanzig Jahren, als er sich von Shaithdun O'Illume in die Arme des wartenden Calae hatte fallen lassen. Jetzt folgte er diesen fernen Schreien nach Avalon und sah Brielle mit ihrem neugeborenen Kind, der kleinen Rhiannon, an der Brust. Dann sah er Rhiannon im Laufe der Jahre, sah das Kind auf unsicheren Beinen stehen und schwankend seine ersten Schritte tun, sah sie ein Kaninchen jagen. Er sah, wie sie eine Locke des glänzenden schwarzen Haars aus dem Gesicht blies, sah einen Moment die blauen Augen aufblitzen, bevor die eigensinnige Locke wieder in die Stirn fiel. Er sah sie Eichhörnchen füttern, sah einen Vogel auf ihrer Schulter landen, er sah, wie ein riesiger Bär neben dem Kind einherging und ihm sogar gestattete, dass es ihn an der haarigen Flanke packte und zu sich herzog, um auf ihm zu reiten.

Er sah sie tanzen und singen und aus Freude am Leben über eine sommerliche Wiese wirbeln. Er sah sie Steine in den Teich werfen, an dessen Ufer Brielle sie empfangen hatte, sah sie auf flachen Felsbrocken über einen seichten Fluss springen und sah sie nach Fischen greifen, die sich in stillen Teichen tummelten.

Er sah alles und lernte seine Rhiannon kennen, die so sehr Brielles Tochter war. Er sah alles und begriff wieder die Vorteile und höchsten Freuden der sterblichen Hülle, die menschliches Leben bedeutete, und zum ersten Mal, seit er nach Ynis Aielle zurückgekehrt war, erfüllte ihn ein tiefes Bedauern, dass er aus dieser Welt geschieden war. Hier gab es tatsächlich Freuden, die aller Herrlichkeit des Himmels gleichkamen.

Brielle, seine Geliebte, gehörte dazu, und gewiss auch Rhiannon, sein Kind.

»Wo ist sie?«, fragte der Geist in einem düsteren Ton, denn er hegte jetzt den Verdacht, dass seine Tochter sich in furchtbaren Schwierigkeiten befand.

»Der Totengeist hält sie gefangen, wenn ich mich nicht täusche«, erwiderte Brielle. »Der Totengeist hat sie überwältigt, und somit ist sie in die Hände Morgan Thalasis gefallen, und die ganze Welt hat sich verdüstert.«

DelGiudice wünschte nichts sehnlicher, als zu ihr zu treten, seine Arme um sie zu legen, sie an sich zu drücken und ihr zu sagen, sie solle die Hoffnung nicht aufgeben. Doch das konnte er nicht. Und da erkannte er: wenn Rhiannon etwas Schlimmes zustieße – wenn dieses schöne Leben, das Brielle ihm gezeigt hatte, ausgelöscht würde –, dann würde ihn das ewig schmerzen. Rhiannons Zeit zum Abschied von diesem Leben war noch nicht gekommen, durfte noch nicht gekommen sein, nicht, bevor sie Liebe und Leben wahrhaft erfahren hatte.

Doch DelGiudice fürchtete, dass er Rhiannon genauso wenig Hilfe zukommen lassen konnte wie Brielle Trost. Und wenn er jetzt zu der Zauberin ginge, um sie zu umarmen, dann würden seine Arme einfach durch ihren Körper hindurchdringen.

In diesem Augenblick war er nahe daran, Calae zu verfluchen, denn seine Lage erschien ihm wie ein grausamer Scherz.

KAPITEL 19

Kameraden aus Vernunft

Die letzten Schläge nahm die junge Zauberin gar nicht mehr wahr, denn sie war weit von den brutalen Misshandlungen entfernt, die Thalasis Untote an ihr vornahmen. Sie war vor dem Schmerz an einen Ort tief in ihrem eigenen Inneren geflohen. Sie rief sich Szenen aus Avalons Frühling ins Gedächtnis, wie sie Vögel und Eichhörnchen fütterte oder in den tanzenden Wassern des großen Flusses Nimmerend schwamm. Und doch fand selbst hier der Schwarze Hexer eine Methode, sie zu erreichen, denn in jedes dieser beruhigenden Bilder drangen die Phantome von Thalasi und Mitchell. Sie besudelten es, indem sie an den Rändern der Szene verharrten, boshaft lachten und den Untergang androhten.

Deshalb hörte Rhiannon auf, überhaupt zu träumen und zu denken, so wie sie aufgehört hatte zu fühlen. Sie fiel so tief in sich selbst, dass sie schließlich an einen Ort gelangte, der außerhalb von Thalasis Reichweite lag und wo sie nicht länger das Hohngeschrei hörte, ja nicht einmal mehr die Fesseln spürte, in denen sie mit ihren aufgeschürften Handgelenken an der Wand hing.

»Ich werde die Hexe aufwecken«, versprach Mitchell und ging auf sie los.

Thalasi hielt ihm den Stab des Todes in den Weg. »Die wirst du nicht erreichen«, erklärte der Schwarze Hexer. »Sie ist jetzt weit von uns weg, und sie ist überaus stark.«

»Und so überaus eigensinnig«, fügte der Totengeist hinzu, woraufhin Thalasi leise lachte.

»Wie ihre Mutter«, bemerkte der Schwarze Hexer.

»Wie ihr Vater«, knurrte Mitchell, und Thalasi lachte erneut.

»Sie kann sich nicht für immer verstecken«, erklärte der Schwarze Hexer. »Rhiannon hat einen Zustand tiefer Meditation erreicht, und alle Torturen, die wir jetzt an ihrem physischen Körper ausüben würden, wären verschwendetes Bemühen.«

»Wie lange?«, wollte der ungeduldige Totengeist wissen.

Thalasi, der sich an Mitchells Unwissenheit ebenso sehr zu ergötzen schien wie an den Qualen, die Brielles Tochter zugefügt wurden, lachte laut auf. »Bleib ruhig, mein toter Freund«, sagte er. »Rhiannon wird bald genug ins Bewusstsein zurückkehren, und wir werden darauf warten.«

Seine Vorhersage erwies sich als zutreffend, denn am nächsten Morgen öffnete die gequälte junge Zauberin die kristallblauen Augen und sah Thalasi und Mitchell vor sich stehen, dahinter so regungslos und starr wie Steinsäulen die Untoten-Wachen.

Der Totengeist knurrte leise und ging auf sie zu, bereit, sie noch mehr zu strafen, und Rhiannon schloss sofort ihre Augen. Erneut gebot Thalasi ihm Einhalt, indem er Mitchell den Stab des Todes in die Quere hielt. »Sie wird in wenigen Augenblicken wieder weg sein«, erklärte er und trat dann selbst nahe an Rhiannon heran, sodass sich sein Gesicht direkt vor dem ihren befand.

»Sie kommen dich holen«, flüsterte er.

Rhiannon entfernte sich innerlich schon von ihm und glitt schnell an jenen geheimen inneren Ort. Die Worte erreichten sie jedoch noch und ließen sie innehalten. Sie öffnete blinzelnd die Augen.

»Sie kommen dich holen«, wiederholte Thalasi. Er schaute zu Mitchell und zwinkerte.

»Alle«, sagte der Schwarze Hexer plötzlich scharf. »Sie kommen nach Talas-dun geeilt, weil sie wissen, dass du in meiner Hand bist. Begreifst du, was für Schwierigkeiten du ausgelöst hast?«

Ein leises Wimmern kam über Rhiannons Lippen. Sie konnte alle Bestrafungen hinnehmen, die Thalasi und Mitchell ihr zufügen konnten; sie fürchtete weder den Schmerz noch den Tod selbst. Aber der Gedanke, dass viele andere, die sie liebte, um ihretwillen nach Talas-dun unterwegs waren, traf Rhiannons sanfte Empfindsamkeit tief.

Das war natürlich genau die Wirkung, die der Schwarze Hexer beabsichtigt hatte, denn wenn diese Besorgnis zu Rhiannons Ängsten hinzukam, so würde sie dies verwirren und ihre Konzentration so sehr schwächen, dass sie nicht mehr in der Lage war, sich ihm noch länger mental zu entziehen.

Hartnäckig schloss Rhiannon die Augen und begann leise zu singen, eine fröhliche Melodie, die sie oft mit den Vögeln von Avalon gesungen hatte.

Thalasis krächzendes Gelächter drang durch diese Töne, und so ging es auch mit vielen seiner Worte, als er mit Mitchell Schlachtpläne gegen die anrückenden Streitkräfte besprach. Oft erwähnte er dabei Arien Silberblatt, Belexus und Brielle. »Außerhalb von Avalon ist uns die Hexe nicht gewachsen«, sagte der Schwarze Hexer nachdrücklich, und bevor er noch diese Aussage beendet hatte, war Rhiannons Lied abgebrochen. »Brielle weiß es auch«, fügte er hinzu. »Sie weiß, dass sie außer in ihrem kostbaren Avalon mir nirgendwo auf der Welt widerstehen kann.«

»Warum sollte sie es dann verlassen?«, ging der Totengeist sofort auf das listige Stichwort ein und beobachtete die ganze Zeit Rhiannon.

»Wegen ihr!«, versetzte der Schwarze Hexer und trat zu Rhiannon, sodass sich sein skeletthaft hageres Gesicht direkt vor Rhiannons Augen befand und sie seine Selbstsicherheit und Freude sehen konnte. »Endlich habe ich sie aus ihrem Wald gelockt. Brielle hat ihn wegen ihrer armen Tochter verlassen.«

Der Schwarze Hexer stand nahe neben ihr und musterte Rhiannon eine kurze Weile. Als er überzeugt war, dass die Verzweiflung ihre mentale Flucht verhindern würde, winkte er Mitchell, er solle herantreten und die Schläge fortsetzen.

Als wenig später Rhiannon bewusstlos im Verlies hing, gingen Mitchell und Thalasi auf den Wehrgängen ihrer Festung umher und inspizierten ihre Truppen.

»Wir dürfen unseren Feind nicht unterschätzen«, warnte der Schwarze Hexer. »Sicherlich werden viele Helden gegen uns anrücken, darunter die Waldwächter von Avalon, und wahrscheinlich Arien Silberblatt und sein Elfenvolk.«

»Und die Hexe«, fügte Mitchell hinzu.

Dessen war sich Thalasi nicht so sicher. »Brielle wäre äußerst töricht, wenn sie Avalon verließe«, erklärte er. »Denn wenn sie das täte, dann wäre ich schnell an ihrer Hintertür und würde den Wald für mich beanspruchen oder ihn zumindest für immer verschandeln. Doch als Närrin habe ich die Smaragd-Hexe noch nie erlebt.«

»Aber ihre Tochter ist hier«, entgegnete der Totengeist. »Könnte Brielle zulassen, dass ihre Tochter gefoltert wird?«

»Sie trauert, kein Zweifel«, erwiderte Thalasi. »Und ich lasse sie nicht aus den Augen, denn es ist wahrscheinlich, dass sie eine Überraschung für uns haben wird so wie bei den Vier Brücken. Doch sie wird ihren Wald nicht verlassen. Von uns vier unterliegt sie den größten Beschränkungen. Wenn sie nach Talas-dun käme, würde Brielle den größten Teil ihrer Macht zurücklassen, und diese Macht wäre dann meinem Angriff ausgesetzt. Aber die anderen werden kommen«, fügte der Schwarze Hexer schnell hinzu. »Rudy Glendower – Ardaz – wird sie anführen und meinen Namen bei jedem Schritt verfluchen! Und Istaahl wird an Benadors Seite reiten, und Arien Silberblatt und die verfluchten Waldwächter. Ihre Macht ist nicht mehr groß, aber sicherlich noch beträchtlich, doch sie werden auf das Schwert zählen, nicht auf die Magie.«

»Wenn sie alles aufbieten, Elfen und Menschen, dann wird ihre Zahl gewaltig sein«, machte Mitchell geltend.

»Sie werden alles aufbieten«, versicherte ihm Thalasi. »Unsere größte Waffe gegen Calvaner, Elfen und Waldwächter hängt in unserem Verlies. Um ihretwillen werden sie alle hierhergeritten kommen.«

Der Totengeist wirkte nachdenklich.

»Und sie werden alle vor meinen Toren liegen«, fügte Thalasi schnell hinzu. »Ich werde eine solche Armee an untoten Kreaturen aufbieten, dass Benador und Arien Silberblatt schon bei ihrem bloßen Anblick erzittern. Wie viele tausend werde ich brauchen? Zehn? Zwanzig? Sie sind alle für mich verfügbar, alle, die jetzt noch kalt in den Gräbern liegen und auf meinen Ruf warten. Zusammen mit den Talon-Horden werden sie eine Armee darstellen, wie man sie in Aielle noch nie gesehen hat, ein Heer, das die Streitkräfte von Pallendara hinwegfegen wird. Und du sollst diese Arme anführen, mein Freund.«

»Ich bin nicht dein Freund«, erwiderte der Totengeist schroff. Ihn regte es auf, dass Thalasi ihn bei der Darstellung seiner Pläne ausgeschlossen hatte.

»Dann Kamerad aus Vernunft«, räumte Thalasi bereitwillig ein. »Ich verabscheue dich ebenso sehr wie du mich, das versichere ich dir, aber ich weiß so gut wie du, dass wir beide zusammen besser durchkommen. Du wolltest den Thron von Pallendara haben, und so sollst du ihn mit meiner Hilfe bekommen.«

»Und wenn mir der Thron von Pallendara gegeben

wird, welchen Lohn erhält dann Thalasi für seine Mühen?«, fragte Mitchell misstrauisch.

»Ich bin die Einmischung der anderen Zauberer los«, betonte der Schwarze Hexer. »Und erst dann kann ich das Reich der Magie eingehender erforschen. Ohne ihre kleinlichen Sorgen und Einmischungen, ohne ihr ständiges Anzapfen der Quellen der Macht, die ich für mich selber brauche, werde ich die Magie wieder zu dem machen, was sie war, und ich werde sie umso großartiger machen.«

Der Totengeist wirkte nicht überzeugt, und in der Tat war er es auch nicht. Er hegte den Verdacht, dass Thalasi, wenn sein Plan in Erfüllung ginge, es nicht dulden würde, dass der Totengeist tatsächlich als König von Calva aufträte. Mitchell konnte daran jedoch nichts ändern, zumindest nicht, solange Thalasi den Stab des Todes in Besitz hielt.

»Kameraden aus Vernunft«, sagte Thalasi erneut und lächelte dabei tückisch. »Jeder von uns soll bekommen, was er sich am meisten wünscht.«

»Und mehr«, sagte Mitchell.

Thalasi lachte, doch sein Blick ruhte unablässig auf dem Totengeist, und er erkannte dessen Misstrauen. »Ich habe kein Verlangen nach den kleinen Pflichten der Herrscherschaft«, sagte Thalasi zu ihm. »Wie es bei Ungden war, als ich nur den Berater darstellte. Soll sich doch der König, ob Ungden oder Mitchell, mit dem Pöbel abgeben, während ich die geheimen Mysterien des Universums erforsche und die größeren Kräfte ausbeute.«

Bei diesen hohlen Worten zuckte Mitchell mit keiner Wimper. Er erinnerte sich gut an die Beziehung zwischen Thalasi und Ungden vor zwei Jahrzehnten. Mitchell und Martin Reinheiser waren aus Illuma vor den wachsamen Augen der Elfen geflohen und nach Pallendara gegangen, um Ungden von dem geheimen Tal zu erzählen. Was sie in Pallendara vorfanden, hatte Mitchell überrascht, denn Ungden, ein Geck und kein Krieger, hatte kaum die Herrschaft innegehabt.

Nein, die Herrschaft war von dem Mann hinter dem Thron ausgegangen: von Morgan Thalasi, der sich als Istaahl der Weiße ausgegeben hatte, als des Königs ›Berater‹.

Der Totengeist wusste zu viel, als dass ihm das Angebot des Schwarzen Hexers über die Aufteilung der eroberten Länder behagt hätte. Mitchell begriff jedoch auch, dass der Stab des Todes dem Schwarzen Hexer alle Trümpfe in die Hand gab.

Rhiannon, die an der Wand des Verlieses hing, öffnete ein getrübtes Auge. Immer noch herrschte hier die Kälte des Totengeistes, eine frostige Atmosphäre, die der jungen Zauberin bis ins Mark drang.

Auch die Untoten waren geblieben, und sobald sich Rhiannon über die Lippen leckte, um sie zu befeuchten, kamen sie näher und schlugen sie.

Fast sofort erschlaffte sie, die Untoten traten zurück, und so hing sie da, hielt die Augen geschlossen und bewegte sich – abgesehen von ihrer flachen Atmung – überhaupt nicht. Sie versuchte Bilder glücklicherer Tage herbeizurufen, doch diese machten sie nur noch unglücklicher, denn in ihrer abgrundtiefen Verzweiflung glaubte sie, diese Tage seien für immer vorbei, für sie und ebenso für ihre Mutter, falls sich Thalasis Vorhersage als richtig erwies. Rhiannon war Mitchell allein nicht gewachsen gewesen, von Thalasi ganz zu schweigen, und so würde Brielle, falls sie wirklich nach Talasdun kam, sicher überwältigt werden.

Der tiefste Abgrund der Verzweiflung öffnete sich unter der jungen Zauberin, als sie mit geschlossenen Augen regungslos da hing, und es kostete Rhiannon jede Anstrengung, die sie noch aufbieten konnte, um nicht hinabzustürzen.

Sie wusste, dass sie das seelisch und körperlich nicht mehr lange durchhalten konnte.

Der Zug der Elfen durchquerte Avalon, verließ den Wald an seinem Westrand und folgte dann demselben Weg, den schon Bellerian und die Waldwächter eingeschlagen hatten und den Bryan entlanggeritten war. Ardaz ritt auf einem stichelhaarigen Hengst an der Spitze neben Arien und Ryell; alle drei machten grimmige Mienen und waren zum Kampf bereit.

Belexus war nicht unter ihnen. Er beobachtete den Zug von einem grasbewachsenen Hügel nördlich des Weges aus. Brielle stand neben ihm. Trotz der zahlenmäßigen Unterlegenheit und des Verlusts von Rhiannon schlug sein Herz höher bei dem Anblick: zweihundert Elfenkrieger mit schimmernder Wehr auf mächtigen Rössern. Belexus hatte Ariens grimmige Gefährten schon in der Schlacht erlebt, und er wusste, dass zweihundert Elfen fünfmal so viele Talons besiegen konnten. Sie waren ein fröhliches Volk, mehr darauf eingestimmt, unter den Sternen zu tanzen als Schwert oder Bogen zu benutzen, doch wenn eine Schlacht anstand, dann kämpfte niemand auf der ganzen Welt besser als sie. Die Elfen konnten sich als einzige Einheit bewegen und entsprechend manövrieren; sie verwandelten eine Schlacht in eine Choreographie wie bei einem ihrer Tänze, und ihre scharfen Augen und ruhigen Hände machten sie zu den besten Bogenschützen von ganz Aielle.

Aber sie waren nur zweihundert.

»Sie werden meinen Vater und seine Leute nicht einholen«, bemerkte der Waldwächter, als die letzten Elfen den Wald verließen.

»Es sei denn, Bellerian wurde in einen Kampf verwickelt«, erwiderte Brielle.

Belexus schüttelte den Kopf. »Er wird jedem Kampf ausweichen, der ihn aufhalten würde«, gab er zu bedenken. »Rhiannon ist sein Ziel und nichts anderes, und Pferde sind schneller als Echsen.«

Brielle widersprach ihm nicht, obwohl sie fürchtete, dass Thalasi, wenn er Bellerian und Bryan entdeckte, eine Streitmacht ausschicken würde, die zu groß wäre, als dass die Waldwächter sie umgehen könnten, oder dass er sogar mit seinem Lakaien, dem Totengeist, selbst losgezogen sein könnte, um die Bedrohung ein für allemal zu beenden. Die Zauberin wusste, dass Belexus diese Möglichkeit ebenfalls in Betracht zog, aber wie es seine Art war, hielt er an der Hoffnung fest.

»Unglaublich«, ertönte eine Stimme hinter ihnen. Sie wandten sich um und sahen DelGiudice oder zumindest einen Teil von ihm, verschmolzen mit einer riesigen Eiche. Nur sein Gesicht und seine Hände waren zu sehen, die aus der rauen Rinde herausragten.

»Das ist lebende Materie«, erklärte der Geist. »Ich kann so leicht hindurchdringen wie … nun ja, so leicht wie durch euch!« Damit trat er aus der Eiche heraus auf den Hügel.

»Und es ist eine unglaubliche Erfahrung«, erklärte er. »Jedes Mal.«

»Ich habe keine Zeit für Spielereien«, sagte Belexus barsch und schaute Brielle an. »Arien wird meinen Vater nicht einholen, aber mit Calamus hole ich ihn bestimmt ein. Und ich werde zu deiner Tochter vordringen, das versichere ich dir, und dabei werde ich es dem elenden Totengeist heimzahlen.«

Der Waldwächter trat auf die Zauberin zu, dann zögerte er und schaute auf den Geist, der ruhig vor der Eiche stand. Für Belexus war dies ein kritischer Augenblick, da DelGiudice ihn beobachtete, aber er konnte nicht verleugnen, was in seinem Herzen war, ganz gleich, ob es ihn DelGiudices Freundschaft kostete. Er wandte sich Brielle zu und umarmte sie heftig, dann hob er ihr Gesicht und küsste sie.

Als der Kuss zu Ende war, schauten beide den Geist an.

»Ich möchte dir nicht weh tun«, erklärte Belexus. »Aber du solltest wissen, dass mein Herz für Brielle schlägt.«

Der Geist schaute den Waldwächter direkt an.

»Ich kann meine Gefühle nicht leugnen«, sagte Belexus.

»Warum solltest du das tun?«, fragte DelGiudice verwundert. Als er die beiden Menschen, die er so liebte, beobachtet hatte, war ihm warm um sein unsichtbares Herz geworden.

»Ich weiß, was ihr beide gemeinsam hattet«, fuhr der Waldwächter fort. »Und ich weiß, wie schön es war; ich sehe es in Rhiannons Augen und in ihrem Lächeln. Aber ...«

Der Geist hob Einhalt gebietend die Hand. Endlich hatte DelGiudice begriffen, und er war gerührt, als er feststellte, dass Belexus fürchtete, er könnte eifersüchtig auf die neue Liebe sein, die in Brielles Leben getreten war. Der Geist lächelte, als er dies überdachte, denn nichts war weiter von der Wahrheit entfernt. Für DelGiudice – der die Mysterien der Ewigkeit gesehen und die größere Liebe der Colonnae gespürt hatte – war diese menschliche Liebe kein Grund zur Eifersucht, sondern zur Freude. Er spürte keinen Stich, wenn er Brielle und Belexus sah. Ihn schmerzte nur der Verlust der Fähigkeit, die wunderbare Frau zu umarmen und zu küssen. Doch in seinem Herzen freute er sich aufrichtig, dass Brielle eine neue Liebe gefunden hatte, und er war froh, dass es sich dabei um Belexus handelte, einen Menschen reinen Herzens, einen Mann, den DelGiudice wie einen Bruder liebte.

»Ich wünschte, meine eigene sterbliche Hülle wäre

mehr als nur eine Illusion«, erklärte der Geist. »Ich wünschte, ich könnte meine Arme so um Brielle legen, denn trotz all der größeren Wunder, die ich geschaut habe, liebe ich sie noch und werde sie immer lieben. Aber seid meinetwegen unbesorgt.« Er lächelte warmherzig und zwinkerte der Zauberin zu. »Ich wusste immer, dass du einen guten Geschmack hast.«

Brielle erwiderte das Lächeln, dann schaute sie Belexus in die Augen, und schließlich küssten beide sich aufs Neue. »Du bringst sie zurück«, sagte die Zauberin.

Belexus nickte.

»Und du sorgst dafür, dass du zu mir zurückkommst«, fuhr Brielle fort.

Wieder nickte er, und ohne ein weiteres Wort ging Belexus auf die andere Seite des Hügels und stieg auf den wartenden Pegasus. »Willst du mit mir fliegen?«, fragte der Waldwächter DelGiudice.

Der Geist überdachte das Angebot einen Moment lang, dann antwortete er: »Noch nicht. Ich vertraue darauf, dass ich viel schneller in den Westen gelangen kann als jeder von euch«, erklärte er, »obwohl ich nicht sagen kann, inwieweit ich euch von Hilfe sein kann. Brich auf und fliege schnell, Belexus Backavar. Ich bin mir sicher, dass ich meinen Platz in all den Geschehnissen finden werde.«

»Dann lebe wohl«, sagte der Waldwächter. Er stieß Calamus in die Seite, der Pegasus lief eine kurze Strecke und stieg dann in den Morgenhimmel auf.

Belexus und Brielle winkten, doch bald war der Waldwächter nicht mehr als ein Punkt am westlichen Himmel.

»Und was meinst du, welcher Platz das sein wird?«, fragte Brielle DelGiudice.

»Ich weiß es ehrlich nicht«, erwiderte der Geist. »Vermutlich könnte ich als Kundschafter dienen.«

Die empfindsame Zauberin erkannte, dass ihn etwas

bekümmerte. Sie dachte eine Weile nach, dann hatte sie es gefunden. »Du fürchtest dich davor, dort deine Tochter zu sehen«, überlegte sie laut.

»Ich habe Angst vor dem, was ich da finden könnte«, bestätigte der Geist. »Nehmen wir einmal an ...« Er verstummte.

Es musste nicht noch mehr gesagt werden, denn Brielle verstand ihn nur zu gut.

»Wir werden sie zurückbringen«, versprach DelGiudice, als er sah, wie traurig die Zauberin wurde. »Ich weiß, wie hilflos du dich fühlen musst, da du doch hier in dem Wald feststeckst«, wagte er zu sagen, und als Brielle zornig aufblickte, wünschte er sich, er hätte es nicht gesagt. Ihr Gesichtsausdruck verriet jedoch keine Hilflosigkeit, sondern Entschlossenheit.

»So sehr stecke ich auch nicht fest«, sagte sie. »Ich habe ein Stück von mir selbst Bryan von Corning mitgegeben, und wenn er zu meiner Tochter vordringt, dann werde ich an seiner Seite sein, ganz gewiss.«

DelGiudices Gedanken schweiften zurück zu der Schlacht, die er auf dem Feld von Bergtor ausgefochten hatte, als Brielle dort gewesen war in Gestalt eines kleinen Pferdes. Die Zauberin hatte in jener Schlacht eine entscheidende Rolle gespielt, hatte Thalasi widerstanden und DelGiudice und die einzige Waffe aufs Schlachtfeld getragen, die den Schwarzen Hexer besiegen konnte. Sie hatte damals einen Weg gefunden, um von Nutzen zu sein, und das würde sie wieder tun. DelGiudice wusste es. Es war für ihn ein großer Trost, wie auch der Zug von Ariens Elfen und Belexus' Flug für ihn tröstlich waren: zu wissen, dass Rhiannon, seine Tochter, so viele mächtige Verbündete auf ihrer Seite hatte.

All die Tage von Benadors Marsch, all die langen Nächte, da er auf eine Nachricht von Rhiannon wartete, war Istaahl der Weiße ruhig an einem abgeschiedenen Ort gesessen, hatte Kraft gesammelt und der geschwächten Magie gestattet, sich in seinen müden Knochen erneut stark aufzubauen.

Er rief oft zum Meer hinaus und hörte seine ferne Antwort, doch ihm wurde klar, dass ein solcher Ruf nicht ausreichen würde, sondern dass er, um wirklich eine Waffe gegen die Macht von Talas-dun zu finden, an den Ursprung würde gehen müssen. So wie Brielle ihre Macht aus dem Wald von Avalon erhielt, so holte Istaahl sie sich aus dem großen Meer, also ging er mit Geist und Seele dorthin, stieg in die Höhe und tauchte hinab.

Er spürte den großen Druck des Ortes, als er in die Finsternis hinabstieg, vollständiger vom Reich des Wassers umgeben, als er es je zuvor gewesen war.

Und immer noch tauchten seine Gedanken: hinab, hinab, zum Grund des Ozeans, zum Ursprung.

Und dort untersuchte er. Und dort rief er.

Und dort bat er.

Genau in jener Nacht verließ Morgan Thalasi Talasdun, den mächtigen Stab in der Hand. Seine Sinne richteten sich auf diesen Stab, während er ging, und so spürte er unter sich alle Überreste von Kreaturen, die verstorben waren.

Und er fand sie, und mit einem Gedanken und einem Klopfen seines Stabes rief er sie zurück in ein untotes Sein. Viele mühten sich vergeblich ab, denn ihre Gebeine waren seit Jahrhunderten unter Tonnen von massivem Fels verschüttet. Aber viele andere, halbverweste Untote und gebleichte Skelette, fanden ihren Weg an die Erdoberfläche: Echsen und Vögel, kleine Tiere und Talons – so viele Talons.

Mit jedem Schritt, den Thalasi tat, wuchs die Prozession, die ihm folgte, und schlängelte sich hinter ihm durch die Gebirgspässe. Er fand einen Talon-Friedhof und leerte ihn prompt, dann gelangte er zu den Überresten eines Talon-Dorfes, das – wie er sich erinnerte – vor hundert Jahren bei einem Erdbeben zerstört worden war.

Fünfhundert wiederbelebte Talon-Skelette und fast halb so viele knochige Echsen folgten Thalasi aus jenem Dorf.

Und so ging es den ganzen Tag und die Nacht hindurch, und dann den nächsten und den übernächsten Tag. Der Schwarze Hexer holte sich seine Macht buchstäblich aus dem Erdboden und beraubte den Tod aufs Neue. Nach nur wenigen Tagen stellte Thalasis untote Armee leicht die Streitkräfte in den Schatten, die nach Talas-dun kamen.

Und mit dem Stab des Todes in den Händen konnte der Schwarze Hexer diese hirnlosen Gefolgsleute so leicht beherrschen, wie er seine eigene Faust ballen konnte.

Hollis Mitchell beobachtete dies alles, und es gefiel ihm nicht.

KAPITEL 20

Thalasis Gastgemächer

»Wenn alle Finsternis der ganzen Welt an einem Ort zusammengedrängt wäre, dann gäbe es immer noch keinen so bösen Anblick wie das dort«, murmelte Bellerian grimmig, als er und Bryan über ein breites felsiges Tal auf die schwarze Burg schauten, die auf einem hohen Plateau über dem Meeresstrand lauerte. Immer wieder zogen Nebelfetzen vorüber und verhüllten das Bild – und beide waren für diese Momente dankbar, wenn die Bastion Morgan Thalasis dem Blick entzogen war.

Bryan belastete dieser Anblick nicht minder als Bellerian, und sein Mut sank, wenn er daran dachte, dass Rhiannon sich in diesen Mauern befand.

»In der Abenddämmerung können wir nicht weiterziehen«, erklärte der Lord der Waldwächter. »Wir werden das Lager aufschlagen und bei Tagesanbruch aufbrechen. Wenn uns das Glück hold ist, sind wir vor dem nächsten Sonnenuntergang in Talas-dun.«

Angesichts des Terrains war diese Schätzung offensichtlich optimistisch, aber nach den Schwierigkeiten, welche die Gruppe schon bei der Überquerung der Bergkette der Kored-dul erlebt hatte, wusste Bryan, dass Bellerian Zuversicht verbreiten musste, um nicht die Moral der Gruppe zu untergraben. Einige Tage lang hatten sie im Gebirge zugebracht, auf tückischen Pfaden, die selbst für die trittsicheren Pferde von Avalon kaum zu bewältigen waren. Sie waren einem Steig gefolgt, der vielversprechend aussah, doch abrupt an einem tausend Fuß tiefen Abgrund am Rande einer langen Schlucht endete, deren Umgehung viele Stunden gedauert hatte. Und immerzu, bei jedem Schritt, war sich die Truppe der Tatsache bewusst gewesen, dass die Gefahr nie weit weg war. Dies waren Morgan Thalasis Berge, seit Jahrhunderten von seinem beherrschenden bösen Willen infiziert, und sie dienten als Brutstätte für Talons und die menschenfressenden Echsen, auf denen die Unholde ritten.

Jetzt war Talas-dun endlich in Sicht, aber es gab keinen deutlich sichtbaren Pfad, um dorthin zu gelangen, und Bryan fürchtete, sie würden einige Tage damit verbringen, um nach dem richtigen Zugang zu suchen. Und dies bedeutete, dass Rhiannon sich um jeden dieser Tage länger in den Klauen des Finsterlings befinden würde.

Bellerian sprach weiter von seinen Plänen, doch Bryan hörte nur mit halbem Ohr zu – was dem Lord der Waldwächter nicht entging. Als dann die Waldwächter am nächsten Morgen erwachten, war Bellerian deshalb nicht überrascht zu entdecken, dass der junge Halbelf sich in der Nacht davongestohlen hatte. Sein Pferd aus Avalon hatte er jedoch bei den anderen zurückgelassen.

»Wir werden seine Spur finden«, sagte einer der Krieger zu Bellerian.

Der Lord der Waldwächter dachte eine Weile darüber nach, dann schüttelte er den Kopf. »Er ist auf Wegen gegangen, wo unsere Pferde ihm nicht folgen können«, gab Bellerian zu bedenken, und er war darüber nicht aufgeregt, wenn auch sicherlich besorgt. Er und seine Leute hatten Bryan in Sichtweite von Talas-dun abgeliefert, doch den Rest der Strecke sollte der Halbelf besser allein zurücklegen. Die zwanzig Waldwächter hatten keine Hoffnung, die Burg erfolgreich stürmen zu können, und ein heimliches Eindringen gelang einem einzelnen Mann besser als zwanzig.

»Was bleibt dann für uns zu tun übrig?«, fragte der Waldwächter.

»Wenn ich mich nicht täusche, werden andere zu uns stoßen«, überlegte Bellerian. »Benador wird sicher kommen, Arien ebenfalls. Und bis sie sich den Koreddul-Bergen nähern, werden wir die ganze Gegend erkundet haben.«

Der Waldwächter nickte, dann ging er zu den anderen, um sie über ihre neue Aufgabe zu unterrichten.

Der Lord der Waldwächter beobachtete sie, wie sie routiniert ihre Vorbereitungen trafen. Er fühlte sich sicher in dem Wissen, dass seine Waldwächter die besten Kundschafter auf der ganzen Welt waren und dass sie, wenn Benador oder Arien eintrafen, in der Lage sein würden, ihnen einen vollständigen Bericht über die Stärke und die Standorte der Feinde und über die besten Pässe für den Anmarsch zu geben.

Bellerians Blick schweifte unvermeidlicherweise zurück über das neblige Tal zum schwarzen Herzen des Gebirges. Bryan hatte gut daran getan, sich in der Nacht davonzuschleichen. Der junge Halbelf hatte die Waldwächter einer Pflicht entledigt, die besser ungetan blieb. Wenn Bryan offen angekündigt hätte, dass er beabsichtigte, allein zu gehen, dann wäre es Bellerian schwer gefallen, einige seiner eigensinnigeren Gefolgsleute von der Notwendigkeit zu überzeugen – er wäre vielleicht selbst nicht einverstanden gewesen. Und selbst wenn sie alle zu der einhelligen Meinung gelangt wären, dass Bryans Entscheidung richtig war, dann würde jetzt jeder der stolzen Waldwächter eine schwere Bürde tragen, geplagt von dem Bewusstsein, dass sie einen Krieger, der nicht zu ihnen gehörte, losgeschickt hatten, um diese höchst gefährliche und wichtige Mission auf sich zu nehmen.

Nein, erkannte Bellerian, der junge Bryan von Corning hatte ihm und allen Waldwächtern einen großen

Dienst erwiesen, indem er im Dunkel der Nacht allein aufgebrochen war. Das war in den gefürchteten Koreddul-Bergen kein leichter Weg, und ein solcher Beweis von Mut machte Bellerian Hoffnung. Jetzt vertraute er auf den jungen Krieger. Doch es schmerzte den alten Waldwächter, dass er sich nicht an Bryans Seite befand und dass sein Sohn Belexus nicht da war. Seit vierzig Jahren lebte Bellerian im Schatten von Brielles verzaubertem Wald, und jetzt, da sie ihn am meisten brauchte, wollte er nichts sehnlicher als ihr helfen. Aber er konnte es nicht; er war alt und von einer Wunde gebeugt, die ihm ein Peitschendrachen zugefügt hatte, und so konnte er keine steilen Bergwände oder Burgmauern mehr hinaufklettern.

»Lebe wohl, Bryan«, sagte er in den Wind. »Bring sie nach Hause zurück, denn Brielle wird es nicht überleben, wenn sie ihre geliebte Tochter verliert.«

»Die gehören dir«, verkündete Morgan Thalasi dem Totengeist ganz unerwartet.

Hollis Mitchell schaute hinab in den Hof und auf das offene Gelände, das Talas-dun umgab: da drängten sich Tausende und Abertausende von grässlichen wandelnden Leichen und Skeletten. Es waren zumeist Talons, doch mischten sich auch Hunderte von Tieren darunter.

»Du bist mein Feldherr, und dir übergebe ich dieses Heer«, erklärte Thalasi.

»Um es nach deinem Willen zu befehligen?«, fragte der Totengeist misstrauisch.

»Um es nach deinem eigenen Willen zu befehligen«, erwiderte der Schwarze Hexer, und dann fügte er mit einem tückischen Grinsen hinzu: »Solange deine und meine Wünsche ein und dieselben sind.«

Mitchell bekam die Drohung deutlich mit.

»Nimm sie«, wies ihn Thalasi an. »Brich mit deiner

Armee von Talas-dun auf, mein General. Triff König Benador und Arien Silberblatt auf dem Schlachtfeld und lass sie für ihre Torheit büßen!«

Auf diesen Schlachtruf reagierte Mitchell nicht sofort. »Vielleicht wäre unsere Stellung stärker, wenn wir sie hier bezögen«, gab er zu bedenken.

»Und vielleicht werden unsere Freunde unsere wahre Macht kennen lernen und sich abwenden, bevor sie jemals hier ankommen«, konterte Thalasi. »Vielleicht wird Belexus nicht kommen.« Er wusste, dass Mitchell diesen Köder nicht ignorieren würde.

»Schau auf deine Tausende«, fügte Thalasi hinzu. »Die Menschen und die Elfen können uns nicht widerstehen.«

Mitchell blickte hinaus auf die sich drängende Menge, die so perfekt diszipliniert war, bloße Waffen für seinen Willen, Vollstrecker seiner Gedanken. Dann schaute er wieder auf Thalasi und lächelte so zuversichtlich wie er.

Und dann brachen sie auf, eine gewaltige schwarze Woge, und alle lebenden Wesen flohen vor ihnen. Mitchell hatte diesen Marsch mit einem bloßen Gedanken ausgelöst, mit einem telepathischen Ruf, dem die Leichen und Skelette nicht widerstehen konnten.

Nachdem sie gegangen waren und wie schwarze Lava aus Talas-dun fortströmten, versammelte Morgan Thalasi seine Talon-Befehlshaber und schickte auch sie und fast alle ihre Krieger hinaus ins Feld, um die Armee zu flankieren, über Mitchell zu wachen und an der Freude des Gemetzels teilzuhaben.

Während die Nacht für Bryan schwer gewesen war, war es ihm doch viel besser ergangen, als er je gehofft hätte. Er war keinen Feinden begegnet – zumindest keinen, die ihn gesehen hätten –, als er sich nahezu blind seinen Weg zwischen den Felsblöcken und dem Gebüsch suchte. Statt das Tal zu durchqueren, hatte der junge Krieger es hoch oben umgangen, indem er sich an die westliche Steilküste hielt; jetzt befand er sich auf halber Höhe der nördlichen Felswand. Er kletterte Hand über Hand, wobei er Halt an Vorsprüngen von kaum einem halben Zoll fand und dann seine starken Muskeln benutzte, um seinen geschmeidigen Körper immer höher zu ziehen. Als die Sonne aufstieg, deren Licht von der ständigen Düsternis der Kored-dul-Berge getrübt wurde, bemerkte Bryan, dass er sich dem Kamm der Felswand näherte, volle fünfhundert Fuß über dem felsigen Talgrund. Der junge Krieger war mit Bergen wohlvertraut, da er viele Wochen auf Wanderungen mit seinem Vater in den Baerendels südlich von Corning verbracht hatte. Er wusste, dass es besser war, nicht nach unten zu schauen, stattdessen konzentrierte er sich auf das, was über ihm lag, und bald genug hatte er den oberen Rand der nahezu senkrechten Wand erreicht.

Von diesem Aussichtspunkt aus war Talas-dun nicht zu sehen, denn der Boden stieg auch weiter an, durchsetzt mit verwitterten, grauen Felsen. Vor Spannung verfiel Bryan in einen langsamen Trab, doch bald schalt er sich wegen dieser Ungeduld.

Er hastete eine Reihe von schmalen und hohen natürlichen Stufen hinauf, deren jede sich etwa in Brusthöhe über der vorhergehenden befand. Seitlich waren sie von Felswänden eingeschlossen, nur dann und wann gab es ein paar schmale Lücken, die fast wie Seitengänge in einer Burg wirkten. Bryan bemerkte sie kaum, außer dass er schnell an ihnen vorüberging, bis er an eine gelangte, in der eine große Echse ruhte.

Der Halbelf verfluchte sich stumm und eilte weiter. Er sprang im Lauf eine weitere Stufe empor, dann die nächste und übernächste. Die Echse hatte ihn jedoch gesehen. Die tückischen, stets hungrigen Kreaturen konnten fast so schnell laufen wie ein Pferd, und das auf sicheren, klebrigen Füßen, die gut für die Fortbewegung im Felsengebirge entwickelt waren. Vier Stufen weiter oben hörte Bryan, wie das Klatschen der Echsenfüße direkt hinter ihm aufholte, er musste sich umdrehen und kämpfen. Er eilte zum hinteren Ende der Stufe, drehte sich um und zwang so die Echse zu klettern, bevor sie angreifen konnte. Die Elfenklinge, die sein Vater ihm geschenkt hatte, fuhr scharf über das spitze Ende der Schnauze der Echse, spaltete Schuppen und stieß direkt in die Zähne der Kreatur. Das eigensinnige Tier rückte trotzdem weiter vor, setzte die Hinterklauen auf den Rand des Steins und warf sich mit aufgerissenem Maul und zuschlagenden Klauen auf den Menschen.

Bryan sprang und machte auf der nächsthöheren Stufe eine Rolle rückwärts, landete auf den Knien und griff erneut heftig an. Nach links und rechts hieb er mit seinem Schwert.

Überrascht von der plötzlichen Bewegung, verlor die Echse ihr Gleichgewicht und knallte gegen die Stufe, wobei nur ihr Kopf und ihr Hals darüber hinaus reichten. Sie war schutzlos und konnte nichts anderes tun, als Bryans Schwert mit ihrem Gesicht aufzufangen.

Der Halbelf schlug einige Male zu, bevor es der Echse gelang, ihre Klauen über den Stein zu bringen und erneut anzugreifen. Das Maul der Kreatur hing offen, die Nase war gespalten, der Kiefer zerschmettert. Doch sie griff an, und Bryan musste ständig rückwärts weiterklettern, die nächste Stufe hinauf, und dann noch einige weitere, um den zuschlagenden Klauen zu entgehen. Er hieb der Echse unablässig ins Gesicht und schlug ihr ein Auge aus.

Doch als der Halbelf dann die nächste Stufe rückwärts hinaufstieg, die nach links hin offen war, kam eine weitere Echse auf ihn losgestürmt. Bryan sah sie im letzten Augenblick und hieb mit seinem Schwert mächtig um sich. Die Waffe erwischte ein Vorderbein und brachte diesem eine schlimme Wunde bei, doch die Echse wich nicht zurück und fuhr mit ihrem Rachen auf Bryan los. Er versuchte sich umzudrehen und davonzulaufen, doch die erste Echse blockierte seinen Weg, und die zweite kam angesaust wie ein Elfenpfeil und packte den Halbelf an der Seite.

Bryan schlug sie auf den Kopf, schwang sein Schwert mit aller Kraft und schrie vor Verzweiflung.

Die Kiefern schlossen sich, und der Halbelf spürte, wie die scharfen Zähne durch sein von Elfen geschmiedetes Kettenhemd drangen. Die verzauberte Rüstung hielt stand – wenn dies nicht der Fall gewesen wäre, dann wäre Bryan in Stücke gebissen worden, doch hielt ihn der Rachen der Echse so fest gepackt, dass ihm unter dem bloßen Druck der Hüftknochen brach.

Bryan schrie auf vor Qual und hieb auf das Tier ein, doch das geriet dadurch nur in Raserei. Es peitschte mit dem Kopf vor und zurück und hieb Bryan gegen die Steinstufe und brachte ihn in die Nähe der zuschlagenden Klauen der anderen Bestie. Eine Pranke erwischte ihn im Gesicht und grub tiefe Furchen, dann war Bryan plötzlich frei, flog durch die Luft und krachte hart auf den Felsen. Er sah die zweite Echse an ihm vorbeirennen und sich beißend und schlagend mit der ersten verkrallen. Zusammen rollten sie davon und fielen über die Stufen hinab.

Bryan erkannte, dass dies seine einzige Chance zur Flucht sein würde, doch er konnte sie nicht ausnützen, konnte weder aufstehen noch kriechen. Er versuchte es einmal, dann sackte er zusammen, fasste nach seinen tödlichen Wunden, und dann wurde ihm schwarz vor Augen.

Er spürte den harten Stein, doch der Druck war fort. Der Schmerz blieb jedoch. Feuerfurchen brannten ihm in Gesicht und Nacken. Bryans Hüfte fühlte sich an, als hätte dort ein Dutzend Speerkämpfer ihre Waffen versenkt und würde sie jetzt langsam umdrehen. Er biss die Zähne zusammen, damit er nicht aufschrie, und es gelang ihm, seinen Arm so weit hoch zu bringen, dass er sich das Blut aus seinem Auge wischen konnte.

Er sah kein Lebenszeichen von den Echsen, kein Zeichen irgendeines lebenden Wesens, und war überrascht, als er entdeckte, dass er sich nicht länger auf den Stufen befand, sondern unter einem Haufen von Zweigen und Ästen zwischen einigen riesigen Felsblöcken lag.

Die Echse hatte ihn in ein Versteck geschleift, um sich später an ihm gütlich zu tun. Mit großer Mühe hob Bryan den Kopf und sah sein Schwert schimmern – auch das hatte die Bestie aufgehoben. Es lag jedoch außerhalb seiner Reichweite, und er war jetzt nicht in der Lage, sich durch den Haufen zu schlängeln, um an die Waffe heranzukommen. Für den Krieger bedeutete es die äußerste Enttäuschung, dass er – sein Schwert in Sicht, doch seinem Griff entzogen – nicht kämpfend sterben konnte.

Seine Gedanken verweilten nicht bei seiner verzweifelten Situation, sondern wanderten zurück zu Rhiannon, immer wieder zu Rhiannon.

»Ich habe versagt«, flüsterte der Halbelf. Er führte Brielles Amulett an seine Lippen. »Vergib mir, Brielle. Ich war nicht stark genug.«

Und dann küsste Bryan den Smaragd in der Mitte des Amuletts und verlor erneut das Bewusstsein, bedeckt von den Zweigen und in seinem Herzen wissend, dass er seine Geliebte im Stich gelassen hatte und die schreckliche Echse zurückkommen und ihn verschlingen würde, bevor er wieder zu sich kam.

In Avalon, Hunderte Meilen entfernt, wurde Bryans verzweifelte Klage klar und deutlich vernommen.

Brielle eilte zu dem hohlen Baumstumpf mit dem stillen Wasser. Die Zauberin goss einige Öle hinein und begann leise zu singen. Bald trübte sich die Wasserfläche, dann wurde sie in der Mitte klar.

Brielle sah die Zweige und Äste und die verletzte Seite des Halbelfen. Sie schaute aus dem Amulett heraus, und zwar so deutlich, als befänden sich darin ihre eigenen Augen. Ihr Herz pochte heftig, als sie noch mehr von sich durch das Wasser zu Bryan schickte, um zu erkennen, ob er noch am Leben war.

Er lebte noch, aber sie erkannte auch, dass er nicht mehr lange durchhalten würde.

Brielle sah keine andere Möglichkeit. Bryan war Rhiannon nahe – sie erkannte an dem Gelände, dass er sich irgendwo in den Kored-dul-Bergen befand –, und wenn er nicht zu ihrer Tochter gelangen konnte, dann verringerten sich Rhiannons Chancen gewaltig. Seit der letzten großen Schlacht hatte Brielle jeden größeren Gebrauch von Magie vermieden, doch jetzt konnte sie sich nicht mehr daran halten. Sie fiel mit Herz und Seele in das Amulett, warf ihre Energie in die Verbindung und schenkte Bryan einen beträchtlichen Teil ihrer eigenen Lebenskraft.

»Bryan! Bryan!« Der Ruf kam aus der Ferne, aber der Halbelf hörte ihn. Er öffnete die getrübten Augen und stellte fest, dass er sich immer noch in dem Reisighaufen befand, unter Zweigen und Ästen begraben. Die Sonne stand tief im Westen, die Schatten waren lang und dunkel. Eine Gestalt war jedoch deutlich zu sehen, groß und reptilienhaft: die große, hungrige Echse.

Bryan war verwundert, dass er noch lebte, bei Bewusstsein war und über solche Kraft verfügte. Ohne sich die Zeit zu nehmen, um über seine wunderbare Rettung nachzudenken, zog er die Beine an und schob sich in Richtung auf sein Schwert. Als er mit der Hand das Heft seiner Waffe erreichte, grub sich die Echse wie wild durch den Reisighaufen, und das schnappende, mit scharfen Zähnen besetzte Maul war nur noch wenige Schritte von seinem Bein entfernt.

Hoffnung wandelte sich schnell in Verzweiflung, als Bryan daran dachte, dass er bald wieder dort sein würde, wo er begonnen hatte. Trotzdem zog er sein Schwert zu sich und kehrte es seinem Feind zu – genau in dem Moment, als die Echse sich einen Zugang geschaffen hatte und nach ihm schnappte.

»Nein!«, schrie Bryan. Er wusste, dass er die gepanzerte Kreatur unmöglich mit einem Streich töten konnte. Sein Schwert blitzte auf, und blaues Feuer umhüllte die Klinge. Sie traf die Echse direkt ins offene Maul und drang so leicht durch Zähne und Knochen und Schuppen, als handelte es sich dabei um einen Haufen Schnee, und schließlich drang sie durch das Hirn der Kreatur.

Blaue Lichtbögen blitzten am Kopf der Echse auf, zischten und knisterten. Die Bestie wich zurück und wand sich in Krämpfen, Schuppen rauchten, schließlich fiel sie um und lag still da.

Bryan sank zurück auf den Boden, verdutzt und verwirrt. Er schaute sein Schwert an, das aufs Neue eine gewöhnlich aussehende Elfenklinge war, und dankte den Colonnae.

Brielle setzte sich abrupt nieder. Um sie herum drehte sich alles. Sie fragte sich, ob sie noch in diesem Augenblick vor Erschöpfung sterben würde. Ihre Energie war vollkommen verbraucht. Und sie fragte sich auch, ob sie darin nicht zu weit gegangen war, dass sie so heftig in das geschwächte Reich der Magie gelangt, die Kraft in ihren Körper gezwungen und durch ihren magischen Spiegel Bryan geschickt hatte, sowohl als Heilkraft wie auch als Blitzmagie.

Vielleicht hatte sie ihm und seinem Schwert zu viel von sich gegeben.

Sie rollte sich zur Seite und ließ sich vom Schlaf übermannen.

Er konnte gehen, es tat nur wenig weh, bloß ein unangenehmes Gefühl in der Hüfte, die vor kurzem noch gebrochen gewesen war. Während er seinen Weg nach Norden fortsetzte, hielt sich Bryan noch einmal die Szene nach dem Angriff der Echse vor Augen und suchte nach einem Aufschluss. Immer wieder wurden seine Gedanken zu dem Amulett gezogen, und er gelangte zu der Überzeugung, für sein Dankgebet seien die Colonnae doch die falsche Adresse gewesen. Bryan wurde klar, dass Brielle bei ihm war und dass er nicht allein ging. Mit gestärktem Mut schritt er kühner aus, als die Nacht herabsank.

Bald darauf gelangte er an einen Felskamm, und ihm stockte der Atem, denn direkt vor ihm ragte die große Burg Morgan Thalasis auf. Riesige schwarze Mauern und hohe Türme schienen den jungen Halbelfen und seine verzweifelte Mission zu verspotten, und ein Gefühl der tiefsten Hilflosigkeit, die er jemals erlebt hatte, ließ seine Knie weich werden und überwältigte ihn beinahe. Was konnte er gegen die gewaltige Macht ausrichten, die da düster und zeitlos vor ihm stand? Was konnte er, ein bloßer Sterblicher, gegen ein derartiges gottgleiches Wesen ausrichten, das dieses Bollwerk errichtet hatte?

Bryan knirschte mit den Zähnen und verscheuchte entschlossen derartige Gedanken. Er konnte wenig tun, so meinte er ehrlich, vielleicht auch gar nichts. Aber er musste es versuchen. Vor allem musste er den Versuch unternehmen, selbst wenn es sein Leben kosten sollte. Denn Bryan kannte die Alternative. Wegzugehen, wenn Rhiannon ihn brauchte, ganz gleich, wie die

Chancen standen, würde ihn auf immer zu Trauer und Scham verurteilen und ihn vollständiger zermürben, als Morgan Thalasi es jemals vermochte.

»Besser den Tod«, murmelte er, schaute nach beiden Seiten und ging los. Bald darauf sah er die langen Reihen der Untoten, die grässliche Finsternis, und auch wenn ihm aufging, dass so viel Macht aus Talas-dun fortströmte und seine Aufgabe dadurch umso leichter wurde, erfüllte ihn schon der bloße Anblick mit Schrecken.

Denn in seinem Herzen wusste Bryan von Corning, dass nicht einmal alle Heere der ganzen Welt einer solchen Streitmacht standhalten konnten. Sie würden von der Finsternis verschlungen werden, so sicher wie der Tag der Nacht wich.

Mit einem Knurren ging der Halbelf weiter, erinnerte sich an seine Aufgabe, entschlossener denn je, Rhiannon aus Talas-dun herauszuholen. Ohne Zwischenfall schaffte er es bis zum Sockel der Burgmauer. »Besser den Tod«, wiederholte er, denn er wagte nicht, seine wahre Meinung laut zu äußern. Sollte Morgan Thalasi, der Schwarze Hexer, der größte Schrecken, der Aielle je heimgesucht hatte, ihn jemals erwischen, dann würde der Tod das geringste seiner Probleme darstellen.

Doch sein Feind war in diesem mächtigen Bollwerk sicher – sicher und ahnungslos. Thalasi war zu sehr damit beschäftigt, nach Heeren Ausschau zu halten, um die Bewegungen eines kleinen und unbedeutenden Halbelfen wahrzunehmen. Das war Bryans einzige Chance, und deshalb war er allein aus Avalon aufgebrochen. Er musste all diese Dinge in seinen Gedanken wiederholen, einfach um weiterzumachen und einen zitternden Fuß vor den anderen zu setzen.

Und so bewegte er sich voran, aber wohin sollte er gehen? Ein Tor war zu sehen, hundert Schritte weiter östlich in der Mauer, eingefügt zwischen zwei massige

Wachtürme. Das Fackellicht, das dort durch die Fensterschlitze drang, verriet Bryan, dass das Tor gut bewacht war.

Stattdessen schaute er nach oben und erwog, über die Mauer zu klettern. Wie hoch sie war, konnte er nur raten – dreißig Fuß? Vierzig? Anders als bei den Ziegelmauern von Pallendara war die Mauerfläche vollkommen glatt und metallisch. Keine Erhöhungen oder Fugen waren zu sehen.

Er ging nach Westen, wo der Himmel weit war und das gebirgige Land steil zum Meer abfiel. Als er sich der südwestlichen Ecke der quadratischen Burg näherte, hörte Bryan die Wogen weit unten, die unaufhörlich gegen die unnachgiebige Felswand donnerten. Ein schmaler Landstreifen, ein krummer, unebener Gehweg schlängelte sich nach Westen hin offen hinter der Burg dahin. Bryan vermutete, dass diese Rückseite am wenigsten bewacht würde, da sie für ein eindringendes Heer einen viel zu schmalen und tückischen Pfad abgab. Deshalb ging er in diese Richtung weiter und suchte sich vorsichtig seinen Weg entlang der schlüpfrigen Felsen.

Bald danach, als Mondlicht über die Burgmauer fiel, hörte er jemanden tief und kehlig reden. Er ließ sich auf den Bauch fallen, robbte zur nächsten Anhöhe und spähte hinüber.

Unterhalb von ihm stand, von Fackelschein aus einer offenen Tür übergossen, ein einzelner Talon und brummte und murrte, während er einen Eimer Schmutzwasser hielt, um ihn ins Meer zu kippen.

»Mach die Küche sauber, Fogump«, meckerte der Talon. »Putz den verdammten Boden, Fogump. Küss mir die verdammten Füße, Fogump!«

Der Talon trat zum Rand eines kleinen Absatzes und schüttete den Inhalt des Eimers hinab, wobei er fast das Gefäß verlor. Um das Gleichgewicht kämpfend, konnte der Talon gerade noch mit Mühe den Eimer festhalten und die Balance wahren. Gerade hatte er wieder festen Fuß gefasst, da fühlte er einen plötzlichen Schlag gegen den Hinterkopf.

Gnädigerweise verlor der Unhold das Bewusstsein, während er die Felswand hinabstürzte, und sah den Ozean nicht mehr, der bereit war, seine sterblichen Überreste zu verschlingen.

Bryan trat sofort zu der offenen Tür, einer winzigen Pforte, die in die Speisekammer der Burg führte. Aus dem Verlauf seines Weges entlang der Hintermauer schloss er, dass er sich weit unterhalb der Ebene des Plateaus befand – in der Tat begann die schwarze Burgmauer ein Stück oberhalb des natürlichen Felsens. Der Halbelf nickte befriedigt, denn es erschien ihm naheliegend, dass Rhiannon sich in einem Verlies unterhalb des Erdgeschosses befand.

Stimmen aus dem Inneren des Raums rissen ihn aus seinen Überlegungen. Er trat in den Schatten neben der Tür, fasste sein Schwert fest und flüsterte Worte für Brielle in der Hoffnung, dass sie ihn hörte.

»Wo bist du?«, bellte ein Talon von der Türschwelle. »Fogump!«

Der Talon trat nach draußen, und dann war er schon tot, erledigt von einem einzigen Hieb von Bryans Schwert. Der Halbelf ging sofort in die Speisekammer, wo zwei andere Talons gerade damit beschäftigt waren, große Kessel zu reinigen. Er fiel über den ersten her, bevor die beiden überhaupt mitbekommen hatten, dass er da war, und er erwischte den zweiten, bevor dieser die Innentür der kleinen Kammer erreichte, mit einem kräftigen Stich in die Nierengegend. Er stach immer wieder zu, stürzte zu dem Talon und hielt ihm den Mund zu, um die Todesschreie zu ersticken.

Noch während dieser Talon tot zu Boden fiel, eilte Bryan zurück durch den Raum nach draußen, um den toten Talon hereinzuziehen.

Schritte im Korridor vor der inneren Tür zeigten ihm an, dass sich ein weiterer Talon näherte. Bryan nahm einen Topf in die eine Hand, sein Schwert in die andere und stellte sich neben die Tür.

Der Unhold kam herein und blieb dann verdutzt stehen.

Bryan schlug ihm den Topf an den Schädel, schob ihn mit der Schulter beiseite, schloss im Vorübergehen die Tür und drückte den Talon gegen die Wand. Er hielt ihm die Schwertspitze unter das Kinn und schlug ihm mit der anderen Hand, die den Topf hatte fallen lassen, auf den Mund.

»Wenn du schreist, dann steche ich dir mein Schwert in dein armseliges Hirn«, drohte Bryan. Die Miene des Talons verriet ihm, dass er verstanden hatte.

»Wo ist die Frau?«, fragte Bryan. »Der Totengeist Mitchells hat doch eine Frau hierher gebracht. Weißt du davon?«

Der Talon nickte. Bryan spürte, wie sich die Hand seines Gegners ein Stück entlang des Gürtels bewegte, und er begriff, was der andere vorhatte.

»Wo ist sie?« Er nahm die Hand vom Mund des Unholds, blieb aber drohend vor ihm stehen.

»Drunten«, sagte der Talon und bekam erneut einen Schlag auf den Mund.

Wieder spürte der Halbelf die Bewegung an der Taille und wie der Talon etwas zu fassen bekam.

Bryans Schwert fuhr unter dem Kinn der Kreatur hoch und drang durch deren Gaumen ins Hirn. Der Talon zuckte, zitterte und erschlaffte. Bryan ließ ihn langsam zu Boden sinken und bemerkte dabei den Dolch am Gürtel des Talons.

Der Halbelf richtete den Raum so her, dass es aussah, als hätten die Talons miteinander gekämpft. Er ließ den einen Toten an der Tür liegen, warf die anderen drei jedoch übereinander und steckte das Messer desjenigen, den er zuletzt getötet hatte, in eine der Wunden eines anderen, dann nahm er den scharfen Kratzer, den einer benutzt hatte, um verkrustete Essensreste von den Kesseln zu schaben, und schob ihn in die grässliche Wunde des letzten Talons. Da einer fehlte, würden wahrscheinlich andere Talons, die diese Szene entdeckten, sich auf die Suche nach dem mörderischen Fogump machen. Diese Suche, so überlegte Bryan, sollte sie von den Verliesen fernhalten, denn welcher Flüchtling würde sich von selbst in Thalasis Gefängnis begeben?

»Nach unten«, murmelte der Halbelf. Er schob die Tür sacht auf und lugte in den Korridor. Fackeln säumten die Wände, aber zwischen ihnen gab es große Abstände mit vielen dunklen Stellen. Bryan schaute nach links, dann nach rechts und suchte nach Anhaltspunkten, die ihm verraten würden, in welche Richtung er gehen sollte.

Doch es gab nichts.

Er ging nach links, schnell und leise. An jeder Biegung trat er auf die andere Seite, um einen guten Blick um die Ecke zu haben. Am Ende wusste er nicht mehr, wie viele Kurven er genommen hatte. Er kam sogar durch einige leere Räume, dann schlüpfte er in eine dunkle Nische, die an einer Tür endete.

Von der anderen Seite der Tür war das Stapfen von Talon-Schritten zu hören, und Bryan schloss aus dem Geräusch, dass sie eine Treppe heraufkamen. Bryan betrachtete die Tür, dann wechselte er auf die Seite, zu der hin sich die Tür öffnen würde.

Er hielt den Atem an. Die Tür schwang auf, drei schwer bewaffnete Talons traten hindurch und marschierten weiter. Der letzte stieß die Tür hinter sich zu.

Bryan wagte nicht zu atmen, denn die drei waren kaum fünf Fuß von ihm entfernt.

Sie bemerkten ihn jedoch nicht und gingen einfach weiter.

Der Halbelf schlüpfte durch die Tür und stieg die Treppe hinab. Er kam an einigen Treppenabsätzen vorbei, in denen es Türen gab wie jene, durch die er gekommen war, aber er ignorierte sie, da er es für das Beste hielt, ganz unten zu beginnen.

Die Treppe endete schließlich in einem grob aus dem Felsen gehauenen Tunnel mit Lehmboden. Das einzige Licht drang aus einer Tür weiter vorn im Gang, die teilweise offen stand.

Bryan kroch weiter. Das Lodern eines Feuers war zu hören – das war nicht bloß eine Fackel. Er hörte auch das Glucksen eines Talons, ein böse klingendes Lachen und ein leises Stöhnen, doch erleichtert stellte er fest, dass das Stöhnen nicht von einer Frau stammte, sondern von einem anderen Talon. An der Tür angekommen, spähte er hinein. Ein Talon von brutalem Aussehen mit schweren Lederhandschuhen, nietenverzierten Armschützern um die Handgelenke, einem Lederkragen um den dicken Hals und einer großen schwarzen Kapuze auf dem Kopf rollte auf dem steinernen Rand einer lodernden Feuergrube einen Schürhaken hin und her. Das Ende des Hakens glühte orangefarben.

Der Halbelf ließ sich auf die Knie sinken und spähte etwas weiter in den Raum. An der Wand gegenüber der Tür hing eine verwesende Talon-Leiche, die an den Handgelenken gefesselt war, daneben ein zitternder und schluchzender Talon, der anscheinend nahe daran war, seinem toten Kameraden zu folgen.

Der Talon am Feuer hob den glühenden Schürhaken, drehte sich bedächtig um und ging auf sein neues Opfer zu. Bryan schlüpfte in den Raum und bedeutete dem hängenden Talon mit einer schnellen Geste, er solle ruhig bleiben, da er meinte, diese Kreatur würde einen potenziellen Retter willkommen heißen, ganz gleich, welchem Volk er angehörte.

»Ein Elf! Ein Elf! Ein Elf!«, bellte der hängende Talon

und erntete dafür von seinem Folterer einen verständnislosen Blick.

Mit drei Schritten war Bryan an der Feuergrube vorbei. Der Unhold mit dem Schürhaken hatte inzwischen die Warnung begriffen, drehte sich um und hob abwehrend den glühenden Schürhaken. Bryan schlug ihn beiseite und stieß mit seinem Schwert direkt vorwärts, aber der Handschuh des Folterknechts war so dick, dass Bryans Klinge nicht tief eindrang. Bryan zog das Schwert sofort zurück und parierte den auf ihn herabsausenden Schürhaken.

»Wirst du es Thalasi sagen, dass ich dir helfe?«, stammelte der an der Wand hängende Talon. »Ich helf dir! Ich helf dir!«

Der Folterknecht grunzte nur und stürmte auf Bryan los, fuchtelte mit dem Schürhaken herum und stieß ihn dann nach vorn. Bryan trat einen Schritt zur Seite und machte eine Rückhandparade, die den Schürhaken auf den Körper des Unholds zurückschnellen ließ, sodass der ins Taumeln geriet. Schneller als sein massiger Gegner trat der flinke Halbelf in dessen Blöße und stieß sein Schwert in die schwere Schulter.

Der Talon brüllte auf und ließ seinen Schürhaken fallen. Bryan erstickte die Schreie mit einer Folge schneller Stiche nach dem Hals des Unholds. Als der Folterknecht sich gurgelnd am Boden wälzte, schaute der Halbelf auf den hängenden Talon und gab ihm ein Zeichen, er solle still bleiben. Diesmal schien es, als wollte die Kreatur ihm gehorchen, aber Bryan lohnte es ihr nicht. Als der Talon sich entspannte, stürmte der Halbelf zu ihm und tötete ihn sauber mit einem Stoß.

»Du hättest schon beim ersten Mal still sein sollen«, flüsterte Bryan. Dann trat er zu dem Leichnam am Boden und nahm ihm den ledernen Halskragen und die Kapuze ab, dazu die großen Handschuhe, um seine schlanken elfenhaften Hände zu verbergen.

Im Raum gab es eine zweite Tür, die tiefer in das Verlies führte. Als er sie öffnete, empfing ihn ein Chor des Stöhnens. Er zog sich die Kapuze über und schlich den Gang entlang, vorbei an Dutzenden von Zellen mit massiven Türen, die jeweils ein kleines vergittertes Fenster besaßen. Einige verzweifelte, hässliche Gesichter lugten zu ihm heraus, doch das Licht war hier sehr trüb und die Talons konnten nicht erkennen, was er wirklich war – oder falls sie es erkannten, so gaben sie keinen Laut von sich, mit dem sie es verraten hätten. Alle paar Schritte blieb er stehen und lauschte oder spähte durch die Fenster der wenigen Zellen, aus denen kein Talon-Stöhnen zu hören war.

Ihm drängte sich allmählich der entmutigende Gedanke auf, dieser Bereich sei nur Thalasis wertlosen Talon-Gefangenen vorbehalten, als er eine andere Stimme hörte, klar und ohne Anzeichen von Schmerz. Nur drei Worte – doch Bryans Nackenhaare sträubten sich.

»Eine hübsche Dame.«

Weit weg in Avalon bekam auch Brielle diese Worte zu hören.

KAPITEL 21

Der Ruf der Pflicht

Stundenlang verweilte er über Avalon und ergötzte sich an seiner Schönheit. Die Reinheit des Waldes lenkte ihn ab – trotz der dringenden Notwendigkeit, sich auf den Weg zu machen. Doch DelGiudice vermutete, dass seine Hauptrolle die eines Kundschafters sein würde, und er wusste, dass er alle anderen mit der Geschwindigkeit des Gedankens einholen konnte, die schnell marschierenden Elfen und Menschen ebenso wie den Pegasus im Flug.

Aber wohin sollte er sich begeben?

Und dann ging es ihm auf: ein Ruf, eine Vision, vom Wind von Brielle hergetragen, Nachrichten über Bryan von Corning und ihrer gemeinsamen Tochter, Nachrichten über eine Marschkolonne, die größer und tückischer war als alles, was Aielle bisher erlebt hatte. Und dazu erhielt DelGiudice Anweisungen, was er tun musste, um eine Katastrophe zu verhindern.

»Suche Belexus!«

Belexus brauchte nicht lange, um zu begreifen, dass er seinen Vater und seine Gefährten nicht vor deren Ankunft an der schwarzen Festung erreichen würde. Bald nachdem er Avalon verlassen hatte, war er über Ariens Streitmacht hinweggeflogen. Calamus stürmte in Windeseile dahin, aber als Belexus die Braunen Ödlande überquerte und Talons sah, die ihre Augen aufwärts richteten, um die seltsame Erscheinung am Himmel zu betrachten, da wurde ihm klar, wie vergeblich alles war. Belexus vertraute darauf, dass er zu hoch flog, als dass die Kreaturen ihn hätten erkennen oder etwa ahnen können, dass es sich bei dem fliegenden Wesen um ein Reittier und nicht nur um einen großen Vogel handelte. Aber sie sahen ihn doch.

Oben in der Luft konnte Belexus sich nicht verstecken. Man würde bemerken, wie er sich den Koreddul-Bergen näherte, und flüsternd davon erzählen, und das Gerücht davon würde unvermeidlicherweise auch Morgan Thalasi und Hollis Mitchell erreichen. Beide hatten schon den Waldwächter auf Calamus in der Luft reiten sehen – Mitchell hatte sogar Belexus und den Pegasus gejagt –, und es würde nicht lange dauern, bis sie herausfanden, um wen es sich bei dieser seltsamen Kreatur handelte.

Belexus fragte sich, welche Folgen es hatte, wenn sie von ihm erfuhren. Vielleicht konnte er den Totengeist herauslocken und sein neues Schwert erproben ...

Doch was war mit seinem Versprechen Brielle gegenüber? Was war mit Rhiannon? Selbst wenn er Mitchell besiegte, wie sollte er jemals an die junge Zauberin herankommen? Gewiss nicht, indem er Thalasi und dessen Lakaien auf sein Kommen aufmerksam machte!

Der Waldwächter landete auf dem schlammigen Boden am Rand eines kleinen Sumpfes und überdachte sein Vorgehen sorgfältiger. Falls er vorhatte, nach Talasdun zu gelangen, ohne Thalasi zu alarmieren, dann würde er schnell zu den Kored-dul-Bergen fliegen und dann Calamus über die felsigen Pfade reiten oder führen müssen. Er überlegte, ob er nicht stattdessen nach Süden und dann nach Westen fliegen, über dem großen Ozean hoch in die Luft steigen und dann entlang der Küste nach Norden ziehen sollte, bis er direkt an der schwarzen Burg vorüberkam. Vielleicht konnte er von Norden her einen weniger gut bewachten Zugang finden.

»Wir haben eine Aufgabe vor uns, die mir keine

offensichtlichen Entscheidungen liefert«, sagte er zu dem großen Ross. Calamus schaute ihn nur an und schien vollkommen ungerührt. Der Pegasus würde den Weg nehmen, den er ihm anwies, das wusste Belexus, selbst wenn es einen direkten Angriff auf Talas-dun und all die Tausende von Thalasis Kriegern bedeutete.

Diese fraglose Loyalität bedeutete für ihn einen gewissen Trost, als er sich am Abend zu einer dringend notwendigen Ruhepause niederließ. Lange bevor er einschlief, kam ihm jedoch erneut die Zwiespältigkeit seiner Aufgabe in den Sinn, und er musste zugeben, dass er für sein Dilemma keine Lösung hatte.

Endlich beschloss er, auf schnellstem Weg nach Westen zu fliegen, möglichst heimlich, doch nicht so sehr, dass er unnötig Zeit verlor. Und wenn sich ihm Talons zeigen sollten, so würde er sie töten oder umfliegen; und wenn Hollis Mitchell auf ihn losginge, würde er Andovar rächen und dann seinen Weg fortsetzen, und wenn Morgan Thalasi persönlich gegen ihn anrücken sollte, würde er den Schwarzen Hexer erledigen und seinen Weg fortsetzen.

Als er etwas später aus seinem Schlaf gerissen wurde, meinte er, einer dieser Kämpfe stünde ihm in der Tat bevor. Er rührte sich nicht sofort, sondern legte nur seine Hand auf das Heft von Pouilla Camby. Er hielt die Augen halb geschlossen und ließ den Blick hin und her schweifen. Aufmerksam lauschte er nach Geräuschen oder nach einer Bewegung des wachsamen Pegasus.

Nichts war zu entdecken, und Belexus wurde klar, dass sein sechster Sinn ihn geweckt hatte, seine Wachsamkeit als Krieger. Dieser Sinn meldete ihm jetzt, dass jemand in der Nähe war.

Als Calamus schnaubte, rollte Belexus sich zur Seite, erhob sich auf die Knie, zog das Schwert und suchte mit den Augen die Umgebung ab. Er bemerkte, wie sich seitwärts, neben einem großen Baum, etwas bewegte; er duckte sich und schaute suchend um sich. Als er befriedigt feststellte, dass im Umkreis des Lagerplatzes sonst nichts zu sehen war, konzentrierte er sich auf den Baum und versuchte, seinen Feind auszumachen.

»Ich hoffe, ich habe dich nicht aufgeweckt«, ertönte eine vertraute Stimme. Der Waldwächter entspannte sich und senkte seine Klinge. Jeffrey DelGiudice kam herangeschwebt. »Ich hatte vor, dich die Nacht durchschlafen zu lassen«, erklärte der Geist, »und über dich zu wachen.« Er betrachtete die wachsame Haltung des Kriegers und das gezückte Schwert. »Aber ich sehe, du brauchst niemanden, der dich bewacht«, fügte er mit einem leisen Lachen hinzu.

»Warum bist du gekommen?«, fragte Belexus.

»Brielle zuliebe«, erwiderte der Geist sofort.

Belexus drängte die Gefühle der Eifersucht zurück, die sich in ihm regten. Er unterdrückte sie völlig, da er entschlossen war, sein Stolz solle dieser überaus wichtigen Mission nicht in die Quere kommen. Rhiannon zu retten war von höchster Bedeutung; auf welche Weise und durch wen das erreicht wurde, war nicht wirklich wichtig.

»Dann gehen wir zusammen nach Talas-dun«, meinte der Waldwächter.

»Nein«, erwiderte DelGiudice. »Deshalb hat Brielle mir ja aufgetragen, dich zu holen.«

»Was gibt es Neues?«, fragte der Waldwächter. »Ist ihre Tochter in Sicherheit?«

»Nein«, antwortete DelGiudice. Als er die bedrückte Miene des Freundes sah, fügte er schnell hinzu: »Noch nicht.«

Belexus stieß einen Seufzer aus.

»Doch befindet sich Bryan von Corning in Talas-dun, sagt Brielle«, erklärte DelGiudice. »Und die Zauberin ist bei ihm, im Geiste, wenn auch nicht im Leibe.«

»Dann sollten wir uns beeilen und uns dem Jungen anschließen«, gab Belexus zu bedenken und wollte Calamus besteigen.

»Nein«, erwiderte der Geist und hielt den Krieger zurück. »Brielle hat eine andere Gefahr vorhergesehen, eine unmittelbarere. Arien marschiert nach Westen.«

»Das habe ich gesehen.«

»Und Benador kommt mit einer großen Streitmacht aus Südosten«, fuhr DelGiudice fort.

»Ja«, pflichtete der Waldwächter ihm bei. »Und sie werden vermutlich in den Ausläufern des Gebirges aufeinander treffen.«

»Doch bevor sie dorthin gelangen, werden sie in einen Kampf verwickelt sein«, erklärte der Geist, »denn Thalasis Armee sammelt sich gerade in diesen Ausläufern. Und Brielle befürchtet, dass jede unserer beiden Heerscharen schwer getroffen wird, bevor sie sich vereinigen können, und das zweifellos zum Unglück der wenig zahlreichen Elfen. Sie möchte, dass wir das verhindern.«

Belexus schwankte, wie er die Bitte aufnehmen sollte. Gewiss verstand er die wertvolle Rolle, die er in der bevorstehenden Schlacht spielen konnte, wenn er auf Calamus hoch über dem Schlachtfeld flog und die Stellungen des Feindes ausmachte, aber sein Herz schlug für Brielle und für Rhiannon, und er wusste nicht, wie er die junge Zauberin in den Verliesen von Talas-dun zurücklassen konnte, ganz egal, wozu die Pflicht ihn rief.

»Brielle hat ihr Vertrauen auf Bryan gesetzt«, sagte DelGiudice, als könnte er die Gedanken des Freundes lesen. »Sie würde dich nicht bitten, vom Kurs nach Talas-dun abzuschwenken, wenn sie nicht ehrlich glaubte, dass er Rhiannon dort herausholen wird.«

Abermals war sich der Waldwächter dessen nicht so sicher. Trotz all ihrer Liebe für Rhiannon war Brielle bekannt für ihre Selbstlosigkeit, die immer das Gemeinwohl an erste Stelle setzte. Belexus war klar, dass ihre Entscheidung mehr auf ihren Befürchtungen hinsichtlich der kommenden Schlacht beruhte als auf ihren Hoffnungen auf Rhiannons Rettung.

»Du kannst doch den Kundschafter für die Heere machen«, schlug er DelGiudice vor.

»Was weiß ich von Taktik?«, fragte der Geist. »Und was weiß ich von Benador und Arien? Wie werden sie und ihre Soldaten reagieren, wenn ein Geist in ihrer Mitte auftaucht? Ein Geist, von dem sie vielleicht glauben, Thalasi habe ihn geschickt, um sie zu verwirren.«

Der Waldwächter blickte sich um. Plötzlich hatte er das Gefühl, dass ihm nicht viele Möglichkeiten blieben. Die bloße Tatsache, dass Brielle ihn gebeten hatte, von Rhiannon abzulassen, offenbarte, wie wichtig ihrer Meinung nach seine Rolle in der bevorstehenden Schlacht sein musste. Und wenn er das Szenario überdachte, musste Belexus ihr zustimmen. Mit dem Pegasus und seiner derzeitigen Position konnte er Thalasis Streitmacht gut einschätzen und sowohl Arien als auch Benador unterrichten, lange bevor sie sich dem Schlachtfeld näherten. Mit etwas Glück konnte man vielleicht einen Hinterhalt, den Thalasi für die anrückenden Armeen vorbereitet hatte, gegen die Talons wenden.

»Ruhe dich aus«, sagte Belexus. »Am Morgen fliegen wir los.«

»Ich brauche mich nicht auszuruhen«, erwiderte DelGiudice.

»Dann geh und spiele mit deinem Baum«, sagte der Waldwächter und lächelte dünn.

Er griff wild an, schlug anscheinend hemmungslos zu. Doch Bryan hatte sich völlig im Griff. Jeder Hieb wurde durch seine Wut verstärkt, aber von seiner Kriegervernunft gemäßigt. Er sah Rhiannon misshandelt an ihren Fesseln hängen, nahm aber den Anblick nicht wirklich in sich auf und ließ sich dadurch nicht zur Verzweiflung bringen.

Er ließ dadurch nur seinen Zorn wachsen, und schon wenige Sekunden nachdem er durch die Tür gestürmt war, hatte Bryan die beiden Untoten-Wachen zu Boden gehauen und den Kerkermeister, den größten und hässlichsten Talon, den er jemals gesehen hatte, zurückgedrängt. In verzweifelter Abwehr schwang der Unhold hektisch seine Kette und den riesigen Dolch.

Die Kreatur war dem erzürnten Krieger nicht gewachsen; Bryans mächtige Hiebe drängten den Unhold immer weiter zurück. Dieser versuchte, sich in eine Ecke zurückzuziehen, die es ihm erlauben würde, durch die Tür zu fliehen, doch Bryan ließ dies nicht zu.

Sein Schwert stieß zu; der Talon sprang zurück und peitschte mit der Kette dagegen. Die Metallglieder wickelten sich um Bryans Waffe. Bevor noch das Grinsen des Talons auf seinem hässlichen Gesicht breit wurde, drehte Bryan die Schulter und stürmte voran, rammte den Unhold mit seinem Schild und presste die Dolchhand des Talons eng an dessen Seite.

Der Talon fiel einen Schritt zurück, da er erwartete, Bryan würde seinen Druck fortsetzen, doch der Halbelf, der erkannte, dass der Talon der Stärkere war, wollte ein Ringen vermeiden. Statt vorzurücken, ließ Bryan seine Schwertschulter fallen, drehte sich unter seinem Schild um und entriss die Kette dem Griff des Talons. Bevor dieser kontern und durch die plötzliche Blöße schlüpfend einen ungehinderten Schlag auf Bryans Seite führen konnte, riss der Halbelf seine Klinge seitlich heraus, schleuderte die Kette durch den Raum und zielte mit dem Schwert auf den Talon.

Dem Unhold blieb nur noch ein Mittel: er näherte

sich Rhiannon. »Wenn du auf mich losgehst, dann ersteche ich sie!«, schrie er.

Ohne lange nachzudenken, warf Bryan sein Schwert
in die Luft, fing es mit einem umgekehrten Griff wieder
auf und schleuderte es auf den Talon. Er stürmte hinter
der fliegenden Waffe her, doch das war nicht mehr
nötig, denn die Blitze sprühende Waffe hatte ihr Werk
getan und war durch die Brust des Talons gefahren, der
an die Wand fiel und langsam zu Boden sank.

Sofort war Bryan neben Rhiannon.

»Du hättest nicht kommen sollen«, flüsterte die junge Frau.

Der Halbelf lachte. Nicht spöttisch, sondern aufgrund der großen Erleichterung, dass er die Zauberin
lebend vorfand. Dann betrachtete er Rhiannons Ketten
und schaute zuerst nach dem Kerkermeister, ob er in
dessen Taschen Schlüssel finden würde. Das erschien
nicht wahrscheinlich, nicht bei einer so wertvollen
Gefangenen wie dieser hier. Er fand jedoch eine andere Antwort und hob sein Schwert auf, die Waffe, die
Brielle verzaubert hatte.

»Aber ich bin nicht allein gekommen«, erklärte der
Halbelf zuversichtlich und schaute von der Frau zu
dem Schwert und dann zum Smaragd-Amulett. Fast
sofort sprühte blau-weiße Energie aus der Klinge. Mit
jeweils einem einzigen Hieb befreite er Rhiannon von
den Ketten, und die erschöpfte junge Frau fiel schwer
in Bryans wartende Arme.

Als er sie hielt, empfand der Halbelf mehr Wärme
und Liebe, als er jemals erlebt hatte, aber auch Besorgnis, denn jetzt musste er einen Weg finden, um die geschwächte Zauberin aus Talas-dun herauszubringen.

»Meine Mutter«, sagte sie plötzlich und blickte Bryan
seltsam an. »Du hast sie mitgebracht!«

Bevor Bryan etwas erklären oder fragen konnte, wie
Rhiannon es wusste, sah er eine Veränderung über sie

kommen, sah ihr Gesicht sich aufhellen, ihre Prellungen sich mindern. Brielle langte nach ihr durch das Amulett hindurch und schickte über die große Entfernung hinweg ihrer geliebten Tochter ihre Lebenskraft. Nach wenigen Augenblicken stand Rhiannon aufrecht und ruhig da. Der Blick in ihren Augen wandelte sich von dem einer gequälten Gefangenen zu dem der vertrauten, beherzten jungen Frau, die Bryan kennen und lieben gelernt hatte.

»Wir müssen von hier fort«, drängte der Halbelf.

Die junge Frau nickte, aber der Ausdruck auf ihrem schönen Gesicht war nicht der einer Gefangenen, die auf Flucht sann. »Wenn wir fertig sind«, erwiderte sie mit tödlicher Ruhe.

Bryan schaute sie neugierig an.

»Thalasi hat etwas«, erklärte Rhiannon. »Etwas Mächtiges, etwas Böses. Wir sind jetzt in der Burg, und eine bessere Gelegenheit, ihm seinen bösen Stab wegzunehmen, werden wir nicht mehr bekommen.«

»Ich bin hier, um dich herauszuholen«, protestierte Bryan.

»Es gibt keinen Ort auf der ganzen Welt, wo man draußen ist, falls Thalasi seinen Stab behält«, entgegnete Rhiannon mit gleicher Entschlossenheit. »Er holt damit die Toten aus ihren Gräbern und kennt keine Grenzen.«

Ein Grunzen von der Tür her ließ sie beide in diese Richtung schauen. Dort standen zwei Talons. Einer schrie und stürmte auf sie zu, der andere wandte sich zur Flucht.

Bevor Bryan noch eine Abwehrstellung einnehmen konnte, streckte die junge Zauberin ihre Arme aus. Aus jeder Hand schoss eine Flamme hervor. Die eine hüllte den angreifenden Talon ein, die andere langte nach dem fliehenden Unhold. Beide fielen tot zu Boden und waren nur noch glimmende Leichen.

»Schon lange habe ich meine Magie nicht mehr eingesetzt«, erklärte Rhiannon. »Ich hing an Thalasis Wand und habe meine Kraft gesammelt, denn ich wusste, dass es nicht meine Bestimmung war, eine hilflose Gefangene abzugeben. Und jetzt ist es nicht meine Bestimmung wegzurennen, da Thalasi so nahe und so wenig auf der Hut ist.«

Gegen diese Entschlossenheit fand Bryan keinen Einwand, besonders nicht, da er doch zwei zusammengekrümmte, verkohlte Talons auf dem Boden liegen sah.

Vielleicht war es das Werk der Colonnae, vielleicht einfach Glück, aber in den südöstlichen Ausläufern der Kored-dul-Berge war der Tag klar und für die Jahreszeit ungewöhnlich warm, was Belexus hoch auf Calamus einen imposanten Blick auf die herannahenden Heere gewährte. Vom Süden her kamen König Benador und die Wächter der Weißen Mauern, umgeben von Tausenden von Kriegern der Armee von Pallendara. Von Osten her kamen Arien und die Elfen, nicht weniger eindrucksvoll, obwohl ihre Zahl nur einen Bruchteil der calvanischen Streitmacht ausmachte. Aus den Bewegungen der beiden Gruppen schien es für Belexus ersichtlich zu sein, dass eine Verständigung zwischen ihnen stattgefunden hatte, denn beider Marschrichtungen verliefen so, dass sie zur gleichen Zeit an den gegenüberliegenden Seiten eines strategischen Felsarms der Bergkette ankommen würden.

Der Glanz und die Ordnung des Aufmarsches ließ die Stimmung des Waldwächters steigen, doch diese Hoffnungen wurden schon einen Moment später gedämpft, als er sein Ross tiefer über die Berge fliegen ließ und Thalasis gespenstisch heranrückende Streitmacht sah. Die Krieger des Schwarzen Hexers bewegten sich auf den Wegen voran wie die unausweichliche Finsternis, die auf den Tag folgt, und sie trugen, wie es schien, einen greifbaren Schatten mit sich, eine sichtbare Aura des Bösen. Belexus meinte, dass an ihren Bewegungen etwas Linkisches war, und er bemerkte auch, dass einige Gruppen am Rande der Hauptmacht marschierten, als fürchteten sie, sich ihr zu nähern. Er war schon drauf und dran, die Gelegenheit zu ergreifen und Calamus noch tiefer fliegen zu lassen, da traf DelGiudices Geist ein und lieferte eine Erklärung.

»Die sind tot«, sagte der Geist nüchtern. »Die meisten von ihnen zumindest. Die Hauptmacht sind Leichen und Skelette, und sie werden von einem großen Bösen angeführt.«

»Thalasi«, murmelte Belexus.

»Mitchell«, korrigierte ihn DelGiudice. Die Augen des Waldwächters loderten auf mit einer Begierde, die dem Geist nicht entging. Und DelGiudice entging auch nicht, dass Belexus den Pegasus umdirigiert hatte und jetzt auf die monströse Horde zusteuerte. »Begib dich zu König Benador und berichte ihm, was ihm bevorsteht«, wies ihn der Geist mit Nachdruck an. »Angesichts der Untoten werden die Männer fliehen, wenn sie nicht gewarnt werden.«

Belexus funkelte ihn an.

»Ich kenne dein Verlangen«, sagte DelGiudice mitfühlend. »Aber im Augenblick bist du für deine Feinde nicht mehr als ein Fleck am Himmel, ein großer Vogel vielleicht. Das ist dein Vorteil.«

»Suche Mitchell«, erwiderte Belexus, der nichts gegen DelGiudices Vorschläge einwenden konnte. »Finde ihn und behalte ihn im Auge. Du wirst mich führen, wenn ich von König Benador zurückkomme, denn ich habe vor, mir Mitchells hässlichen Kopf zu holen!« Der große Pegasus schwenkte zu einem mächtigen Sinkflug nach Süden ab, und wenige Minuten später landete Belexus vor dem König von Calva unter dem schallenden

Jubel der Soldaten: Männer, die den Waldwächter gut kannten und die seine unvergleichliche Tapferkeit und sein Kampfgeschick bei der Schlacht um die Vier Brücken erlebt oder davon gehört hatten.

»Wir hatten von Arien eine Nachricht bekommen, dass du deinen Vater suchst und er wiederum die Tochter der Zauberin«, sagte Benador, sichtlich erfreut, seinen lieben Freund zu sehen. Während er sprach, eilte er herbei und umfasste herzlich Belexus' Hand.

»Ich fürchte, mein Platz ist hier«, räumte der Waldwächter ein. »Denn Thalasi liegt zwischen den Felsen auf der Lauer mit einer großen Streitmacht, die versuchen wird, euch von der Überwindung der Berge abzuhalten.«

»Das haben wir nicht anders erwartet«, erwiderte der König ruhig.

»Ja, aber eine derartige Streitmacht habt ihr nicht erwartet«, erklärte der Waldwächter. »Eine Armee der Toten, von der Magie des Schwarzen Hexers aus ihren kalten Gräbern geholt.« Belexus schaute um sich und schätzte die Reaktionen der vielen Zuhörer ab, und er sah mit Freude, dass ihre Mienen trotz seiner beunruhigenden Worte stoisch und entschlossen blieben.

»Böse Nachrichten«, sagte Benador. »Doch wir haben nichts anderes erwartet.«

»Und Mitchell ist bei ihnen …« Belexus hielt inne und überlegte, wie er das Wiedererscheinen des Geistes von DelGiudice erklären könnte. Er kam zu dem Schluss, dass die Zeit zu kostbar für solche Dinge war.

»Ich habe von deiner Blutfehde mit dem Dämon vernommen«, sagte König Benador. »Auch ich wünsche, dass Andovar gerächt wird.«

Belexus zog das Schwert Pouilla Camby. Die Umstehenden stießen Rufe der Überraschung aus, als sie die diamantenbesetzte Klinge im Morgenlicht glänzen sahen. »Heute zahle ich es Mitchell für den Tod meines liebsten Freundes heim.«

»Und du sollst wissen, dass ganz Calva hinter dir steht«, sagte der König.

Eine Explosion beendete abrupt das Gespräch. Alle Augen wandten sich zu einer Wolke von orangefarbenem Rauch und auf den Zauberer, der aus dieser Wolke trat: Ardaz, von dessen blauen Gewändern Rauchwölkchen aufstiegen.

»Seid gegrüßt«, sagte er vergnügt. »Von Arien, meine ich, und vermutlich auch von mir selbst«, fügte er nach einem Hustenanfall hinzu.

»Du solltest deine Magie nicht einsetzen«, tadelte ihn Belexus. »Spare sie für Thalasis Armee auf.«

»Ich musste kommen«, widersprach Ardaz. Er schloss sich dem Waldwächter an und machte dann eine kurze Verbeugung vor dem König. »Ich habe dich herabfliegen sehen, vom Himmel natürlich, und oh, was für ein Anblick das war! Ich musste wissen, worum es geht«, erklärte er.

»Dann sind deine Augen noch scharf, alter Zauberer«, sagte der König. »Denn der Waldwächter war für uns nichts als ein Punkt, bis er näher kam.«

»Ja, aber ich wusste, dass er dort oben war!«, erwiderte Ardaz und schnalzte mit den Fingern. »Schlussfolgerungen bewirken Wunder, wenn die Sehkraft nachlässt, wisst ihr.«

Er schaute sich um und zog neugierig die Augenbrauen hoch. »Istaahl ist nicht bei euch?«, fragte er.

Benador schüttelte den Kopf. »Er bleibt in Pallendara, soweit ich weiß.«

Ardaz kratzte sich am Kopf und überlegte, was sein alter Zaubererfreund im Sinn hatte. Er kannte Istaahl gut genug, um zu wissen, dass der Weiße Magus bestimmt einen Weg finden würde, sich in die Schlacht einzumischen, aber er wusste auch, dass Istaahl seine

Macht vom Meer bezog und in Pallendara stärker war als hier. »Macht nichts«, sagte er zu Benador. »Istaahl wird da sein, oder zumindest seine Magie, ha, ha!«

»Ich habe nie die Befähigung des Weißen Magus bezweifelt«, erwiderte Benador.

»Ich auch nicht«, stimmte ihm Ardaz zu. »Und er wird etwas Gutes für Thalasi geplant haben, auch wenn es nicht gut für Thalasi ist, wenn du verstehst, was ich meine, jawohl!« Während er sprach, hüpfte er herum, und auf seinen Schultern knurrte Desdemona und grub ihre Krallen in sein Gewand, um Halt zu finden.

Benador wies sein Heer an, Rast zu machen, während er, Belexus und Ardaz beiseite traten, um den bevorstehenden Konflikt zu besprechen. Der Waldwächter skizzierte die Aufstellung der herannahenden Armee, gab ihnen Aufschlüsse über das Gelände und versprach dann, die Schlacht vom Himmel aus zu leiten.

»Oh, Des wird dir dabei helfen!«, versicherte Ardaz, und er warf die dösende Katze in die Luft. Überrascht vollzog sie ihre Verwandlung nicht schnell genug und fiel auf Katzenpfoten auf die Erde. Sie blickte finster, spuckte und zischte den Zauberer an.

»Tu dir keinen Zwang an«, murmelte Ardaz.

DelGiudices Geist musste lange warten. Er wollte hinabfliegen und sich Belexus anschließen, aber er vermutete, dass er wahrscheinlich Benadors halbe Armee vor Schreck verjagen würde. Er hatte den Totengeist ziemlich leicht gefunden, selbst von diesem hohen Aussichtspunkt aus, denn Mitchell war finsterer als die geringeren Untoten, und DelGiudice schaute deutlich in beide Reiche.

Aber war das sein einziger Zweck hier? War er in diese Welt nur zurückgekommen, um das wichtige

Schwert dem Drachen wegzuschnappen und die Kämpfer in der Schlacht zu dirigieren? Es war eine enttäuschende Möglichkeit für den Geist, der die Mysterien des Universums geschaut hatte und zurückgekehrt war, nur um zu entdecken, dass er sich nicht in der Lage fand, seiner Tochter in ihrer ausweglosen Not zu helfen.

DelGiudices Aufmerksamkeit wurde von einer Gruppe auf sich gelenkt, die sich hoch auf Pfaden seitlich von der Hauptschar der Talons und Untoten bewegte. Neugierig versetzte er sich mit seinem Willen in jene Gegend, und als er Bellerian und die Waldwächter sah, wusste er, dass er einen anderen Weg gefunden hatte.

Erneut zwischen den Wolken fliegend, nahm Belexus die Bewegungen der verschiedenen Streitkräfte zur Kenntnis. Er sah einen Blitz im Osten und wusste, dass Ardaz an Ariens Seite zurückgekehrt war. Er sah Benadors Reihen, einen Wald glitzernder Speerspitzen, sich neu gruppieren, und dann ihren Marsch nach Norden fortsetzen.

DelGiudice fand er allerdings nicht – eine Tatsache, die ihn nicht wenig beunruhigte. Sein Geist war unzuverlässig, so meinte Belexus, ganz anders, als er in seinem Leben gewesen war. Der Waldwächter glaubte, er verstehe den Grund. Diese Ereignisse, die Belexus und allen Bewohnern von Ynis Aielle so titanisch erschienen, kamen dem Geist, der das Universum kannte, gering vor.

»Lauf nicht weg, wenn wir dich brauchen«, murmelte der Waldwächter und schaute sich um.

Er sah in den höheren Ausläufern der Kored-dul-Berge etwas aufblitzen, wie Sonnenlicht auf einem Spiegel, gefolgt von einem zweiten und dritten Blitz in schneller Folge, dann eine Pause, und dann drei weitere Lichtblitze. Belexus kannte dieses Signal gut, das die Waldwächter bei ihrer Kundschaftertätigkeit an den Grenzen von Avalon verwendeten, und es fiel ihm nicht schwer zu erraten, wer diese Signale gab. Mit rasender Geschwindigkeit flog er hinab und nahm eine weite Route, um nicht Thalasis ganze Streitkräfte auf die Waldwächter aufmerksam zu machen.

Er fand Bellerian und die anderen in einer kleinen Lichtung. Als er sich ihnen näherte, erhellten sich ihre Gesichter, und ihre Pferde, Rösser aus Avalon, schnaubten und stampften, als Calamus unter sie trat.

»Wir sind deinem Freund, dem Geist, begegnet«, erklärte Bellerian und nickte. »Und wir wissen den Weg zu Mitchell.«

Er flog mit Leichtigkeit die Bergpfade entlang und achtete darauf, Thalasis marschierenden Truppen auszuweichen, besonders den Untoten, da er fürchtete, sie könnten einen Geist spüren und vielleicht sogar mit ihm kämpfen. DelGiudice hatte die schwarze Festung schon früher einmal gesehen, damals, als er und seine Kameraden mit ihrem Rettungsfloß an der Küste von Ynis Aielle gestrandet waren, aber die Erinnerung hatte ihn nur wenig auf den schrecklichen Anblick von Thalasis Heimstatt vorbereitet: eine Finsternis, die schwärzer war als alles, was selbst er mit seinem tieferen Verständnis der Mächte des Universums sich nur vorstellen konnte. Ihm wurde klar, dass Talas-dun über jene Gewalten hinausging, die Calae ihm gezeigt hatte. Es war übernatürlich, und noch mehr: es war pervertiert, als hätte man die wunderbarsten Ereignisse, Orte und Dinge des ganzen Universums auf einen Haufen geworfen und schrecklich verzerrt.

Doch der Geist zögerte nicht, durfte nicht zögern, da doch das Leben seiner Tochter – mehr noch, ihre ganze Existenz – auf dem Spiel stand, und so begab er sich zu

312

dem am wenigsten bewachten Punkt der Burgmauer und suchte nach einem Weg ins Innere. Er erkannte sofort, dass dies kein gewöhnliches Bauwerk war, nicht errichtet von Bauleuten, denn in den metallisch schwarzen Mauern konnte er keine Fuge, keine Ritze entdecken. Als schließlich seine Geduld abnahm, schwebte DelGiudice über die Mauer hinab in den Hof. Er wurde sofort entdeckt, doch bevor die Talon-Wache einen Schrei ausstoßen konnte, erkannte er, dass die inneren Mauern nicht wie die äußeren waren, sondern auf die übliche Art aus Backsteinen gemauert, und schon war er verschwunden, durch einen Spalt in das Innere der Burg geschlüpft. Gleich innerhalb der dicken Mauer hielt er inne und lauschte, doch er hörte keinen Schrei und konnte nur hoffen, dass er so schnell aus dem Blickfeld der Wache verschwunden war, dass diese ihn für nicht mehr als einen Streich hielt, den ihr das Morgenlicht gespielt hatte.

Er bewegte sich vorsichtig und versuchte, keinen der Insassen aufzuschrecken – denn alarmierte Talons würden die Flucht für Bryan und Rhiannon zusätzlich erschweren, falls sie sich noch in der Burg befanden –, doch er suchte mit dem Eifer eines Vaters, der weiß, dass sein Kind in Gefahr ist. Er durchquerte Korridor um Korridor, schwebte hoch in die Deckenschatten großer und kleiner Räume, und nach kurzem Überlegen begab er sich nach unten.

Das Gebäude war nahezu verlassen, denn die meisten Talons waren auf dem Marsch gegen Arien und Benador. DelGiudice fand jedoch einige Talon-Leichen in einer Küchenkammer auf der Rückseite von Talas-dun, und es war nicht schwer herauszufinden, dass Bryan von Corning auf diesem Weg hereingekommen war. Aus der Lage der Leichen und dem Umstand, dass die Tür nach draußen geschlossen war, vermutete DelGiudice, dass der Halbelf dies bei seinem Eindringen angerichtet hatte und dass er und Rhiannon sich noch in der Burg befanden. Er konnte nur hoffen, dass Bryan sie gefunden hatte und dass sie zusammen waren und einander unterstützten.

Und er wollte auch bei ihnen sein und die Hilfe anbieten, die er geben konnte. Er flog sofort los, schneller noch und weniger vorsichtig.

KAPITEL 22

Feinde treffen aufeinander

»Kannst du damit schießen?«,
fragte Bryan und bespannte seinen kurzen Bogen.

Rhiannon zuckte mit den Achseln und beäugte
ängstlich die Waffe. »Ich bin in den Kampfkünsten
nicht ausgebildet«, erklärte sie, und aus ihrem zögerli-
chen, ja angewiderten Tonfall war erkennbar, dass sie
darin auch nicht ausgebildet werden wollte.

Bryan drängte nicht weiter – in den Wochen ihres
gemeinsamen Wirkens, als der Krieg bei den Vier Brücken wütete, hatte er Rhiannons Wert kennen gelernt,
und er zweifelte nicht daran, dass sie einen Weg finden
würde, um auch jetzt von großem Nutzen zu sein. Bis
jetzt hatte der Halbelf sein Schwert dem Bogen vorge-
zogen, doch nun steckte er das mächtige Schwert in die
Scheide und nahm den Bogen zur Hand, denn er wollte
nicht, dass irgendwelche Talons der jungen Zauberin
zu nahe kamen.

»Dann nimm den da«, sagte er und zog einen Dolch
aus seinem Gürtel.

Rhiannon schüttelte heftig den Kopf, und Bryan
brachte es nicht übers Herz, mit ihr zu streiten.

Schweigend gingen sie die Treppen hinauf. Bryan
hielt seinen Bogen bereit. Er hatte nur ein halbes Dutzend Pfeile bei sich, da er auf seinem Weg nach Talas-
dun rasch hatte vorankommen wollen, und er hatte
vor, jeden Schuss in einen Treffer zu verwandeln. Er
schaute über die Schulter zu Rhiannon zurück und
hoffte, dass sie noch magische Kräfte übrig hatte.

Von den Treppen gelangten die beiden in ein Stockwerk, das nach Bryans Meinung das Erdgeschoss der Burg darstellte. »Eine weitläufige Anlage«, flüsterte Bryan. »Wo, glaubst du, finden wir Thalasi?«

Rhiannon hörte ihn kaum, denn sie suchte schweigend nach einer Antwort auf genau diese Frage. Sie schloss die Augen, ließ ihren Geist schweifen und versuchte die greifbare böse Aura zu spüren, die den Schwarzen Hexer umgab. »Oben«, sagte sie schließlich und rief sich das Bild der Festung ins Gedächtnis. »Talas-dun hat drei mächtige Türme, und er befindet sich in einem davon.«

Bryan zweifelte nicht an ihren Worten, aber in dem Gewirr von Korridoren und geräumigen Kammern bot dies wenig Orientierung. Sie bewegten sich vorwärts, so schnell Bryan es wagte, in der Hoffnung, sie würden früher oder später einen Hinweis finden. Hinter einer Ecke stieß Bryan auf einen schweren Vorhang, der vor einer Pforte zu hängen schien. Der Halbelf stieß mit der Spitze seines schussbereiten Pfeils daran und schob ihn ein wenig zur Seite.

Nicht mehr als drei Schritte entfernt sah er den Rücken eines Talons. Er zog seinen Bogen, doch zu spät, denn der Unhold blickte zufällig über die Schulter und kam mit einem Geheul auf sie zu. Hinter ihm in einer großen Kammer packten einige weitere Talons ihre Waffen.

Der hässliche Kerl schlug den Vorhang beiseite und ging direkt auf Bryan los. Dann krümmte er sich zusammen, da Bryans Knie ihn hart in die Lendengegend traf. »Ich brauche dich!«, rief der Halbelf Rhiannon zu, und anstatt auf den nächsten Talon loszugehen, sprang er zur Seite, zielte mit dem Bogen und schoss auf die Gruppe, die auf ihn zustürmte.

Der Pfeil hatte kaum den Bogen verlassen, da spaltete er sich und wurde zu zwei Pfeilen, und die spalteten sich wieder zu vier, und dann zu acht und zu sechzehn Pfeilen, bevor noch das Geschoss ein Viertel des Raumes durchquert hatte. Die Talons, ein dicht gedrängter Haufen, blieben abrupt stehen und warfen ihre Arme zu einer kläglichen Abwehr hoch, als sie der verzauberte Pfeilschwarm traf.

Bryan sah nichts davon. Sobald er den Pfeil losgelassen hatte, sank er auf ein Knie, hakte die Spitze seines Bogens unter die Schulter des verdutzten Talons, kam in einer Halbdrehung hoch und warf den Unhold über den Haufen. Der Talon krümmte geschickt seine Schulter und vollführte eine perfekte Rolle vorwärts, kam wieder auf die Beine, drehte sich um und hob seine schwere Axt in einem weiten Bogen über seinen Kopf.

Bryan griff nach seinem Schwert, doch er hielt inne, als der Unhold direkt auf ihn losging. Der Halbelf hielt seinen Bogen waagrecht über dem Kopf und hakte ihn unter die Axtklinge, als der Talon nach seinem Schädel hieb. Mit einer Drehung und einem Stoß seiner Hände ließ er die Axt zur Seite fliegen und schlug – links, rechts, links – mit dem jeweiligen Ende seines Bogens ins Gesicht des Talons. Damit zwang er den Unhold zurück, richtete aber keinen spürbaren Schaden an.

Der Talon schüttelte den Kopf, griff erneut an und hob die Axt. Offensichtlich war er entschlossen, dem Halbelfen keine Gelegenheit zu geben, sein Schwert zu ziehen. Die hässliche Kreatur hielt jedoch inne, als plötzlich unmittelbar vor ihr eine Flammenwand erschien.

Rhiannon, die sich noch von dem Trick mit dem Pfeil erholte, konnte die Magie nur für den Bruchteil einer Sekunde aufrecht erhalten, doch das reichte aus, denn als die Feuerwand sich senkte und der Talon hartnäckig angriff, hielt der Halbelf das Schwert in der Hand.

Die Axt schlug zu, Bryan sprang leicht zurück und wich ihr aus, dann trat er vor, stieß mit dem Schwert zu und traf den Talon. Wütend brüllte der Unhold auf und setzte zu einem zweiten weit ausholenden Hieb an. Diesmal streckte er sich vor, um den zurückweichenden Halbelfen noch zu erwischen.

Bryan, der dies erwartet hatte, wich aber nicht zurück, sondern rückte stattdessen mit dem Schwert geradewegs vor. Er nahm den Hieb des Axtschaftes gegen seine Hüfte hin; das verzauberte Kettenhemd wurde leicht mit dem Hieb fertig. Die Rüstung des Talons war jedoch nicht so gut und tat wenig, um Bryans Schwert aufzuhalten, als es dem Talon in die Brust drang.

Bryan packte die Arme des sterbenden Unholds und hielt sie fest, sodass der Talon in seinen letzten Zuckungen keinen weiteren Angriff starten konnte. Eine Weile blieben sie in dieser Stellung, dann glitt der Talon rückwärts von der Klinge – tot. Bryan drehte sich um und zog den Vorhang zur Seite, um in die Kammer zu blicken. Er nickte befriedigt, denn alle sieben Talons lagen regungslos in einer wachsenden Blutlache.

Als der Halbelf seinen Bogen aufhob, war er jedoch nicht so erfreut, denn er entdeckte, dass das schöne Holz einen Sprung bekommen hatte, entweder beim Blockieren der Axt oder beim Aufprall auf dem harten Schädel des Talons.

Rhiannon nahm ihm den Bogen ab und forderte ihn auf, eilends voranzugehen.

»Sie wissen jetzt, dass wir hier sind«, bemerkte sie, »und wir haben keine Zeit, um mit Thalasis Gesellen zu kämpfen.«

Sie waren noch keine fünfzig Fuß gegangen, als sie ein Geheul hinter sich hörten, Warnschreie, die durch ganz Talas-dun gellten und bald genug ans Ohr des Schwarzen Hexers drangen.

Bellerian zeigte auf einen großen Felsen, der etwa auf halbem Weg am felsigen Hang des Kored-dul-Ausläufers aufragte. Selbst von diesem hohen Aussichtspunkt aus konnten die Waldwächter die Gestalten sehen, die sich in der Gegend bewegten, die Armeen, die zusammenkamen zu der Schlacht, die bald beginnen würde.

»Dort ist der Totengeist, hat DelGiudice gesagt«, erklärte Bellerian. »Das Gespenst führt seine üblen Gesellen an. Wir können dort hinabgehen.«

»Nein«, erwiderte Belexus. »Ich kann allein dort hinabgehen, und zwar schneller auf Calamus.«

Bellerian wollte einen Einwand erheben, aber er wusste, dass Belexus sich nicht würde abschrecken lassen. »Leb wohl, mein Sohn«, murmelte er, als der ungeduldige Krieger auf den Rücken des Pegasus stieg und sich mit ihm in die Lüfte erhob.

Bellerian wandte seine Aufmerksamkeit wieder der größeren Auseinandersetzung zu. Er und seine Waldwächter bemerkten einige Talon-Bogenschützen, die sich in Stellung begaben, um Pfeile auf König Benadors heranrückende Streitmacht herabregnen zu lassen.

»Dort ist unser nächstes Ziel«, entschied Bellerian, und still wie der Tod machten sie sich auf den Weg.

Belexus sah ebenfalls die Bogenschützen und überlegte, ob er nicht seine Rolle in dieser Schlacht überschritt. Wären nicht alle Streitkräfte besser dran, wenn er sie von Calamus' Rücken aus lenkte und seinen hohen Aussichtspunkt zu ihrer aller Vorteil nutzte?

»Nein«, sagte der Waldwächter laut. Sein Platz war im Kampf gegen Mitchell, um das Rachegelöbnis zu erfüllen, das er am Tag von Andovars Ermordung abgelegt hatte. Er war durch die halbe Welt gereist, um eine Waffe zu finden, mit der er den Totengeist erledigen konnte, und er würde sich jetzt nicht von seinem Vorhaben abbringen lassen; sein Vater und seine Stammesgenossen und vielleicht Ardaz und DelGiudice – wohin auch immer der Geist sich begeben haben mochte – würden sich darum kümmern, den Streitkräften Signale zu schicken. Die Elfen und die Calvaner wurden von entschlossenen und klugen Anführern befehligt. Falls Belexus endgültig mit Mitchell abrechnen würde, dann würde das die Moral aller Menschen und Elfen stärken.

Mit diesem Gedanken im Sinn schlug der Waldwächter einen direkteren und etwas riskanten Kurs auf den bewussten Felsen ein. Weiter unten sah er, wie die Untoten und Skelette vergeblich versuchten, seine Bewegungen zu verfolgen, wie ein dunkles Feld großer, schwankender Weizenhalme. Er sah, wie die Bogenschützen und Speerwerfer der Talons sich aus ihren Löchern erhoben, um Geschosse in seine Richtung zu schicken.

Für die ersten Attacken war Calamus zu schnell, aber die Erregung am Boden lief allmählich vor dem Flug des Pegasus her, und Belexus fürchtete, er würde niedergestreckt werden, bevor er überhaupt nahe an den Totengeist herankam.

Doch dann erblickte er den verhassten Mitchell, der auf den Felsen kletterte, als hätte auch er nur auf diesen Augenblick gewartet. Der Totengeist rief denen, die ihn umgaben zu, sie sollten sich zurückziehen und den Waldwächter heranlassen. »Belexus gehört mir! Ich töte ihn selbst«, verkündete Mitchell laut genug, sodass der Waldwächter jedes Wort hörte.

Und jedes Wort genoss. Belexus hegte keine Illusionen – die Talons würden ihn von allen Seiten angreifen, falls er den Totengeist besiegte, und sie würden ihn wahrscheinlich töten, bevor er die Chance bekäme, auf Calamus davonzufliegen –, aber das bekümmerte ihn nicht. Für die Vernichtung des elenden untoten Monstrums würde er gern sein Leben hingeben.

Calamus, der dem Waldwächter herzensverwandt war, schwebte hinab und landete auf dem breiten Felsen und kam etwa zwanzig Fuß vor dem grässlichen Totengeist zum Stehen.

»Du weißt, warum ich gekommen bin«, sagte Belexus mit lauter Stimme, als er vom Rücken des Pegasus glitt.

»Um zu sterben«, erwiderte der Totengeist beiläufig. Mitchell hob seine Keule, eine seltsame, schrecklich aussehende Waffe, die aus dem Beinknochen und dem Schädel eines Pferdes hergestellt worden war, und stürzte los, ein wildes Grinsen auf dem grauen, aufgedunsenen Gesicht.

Belexus zuckte nicht im Geringsten, verbarg alle Furcht in seinem Inneren und vergrub sie unter einer Kaskade reinen Hasses. »Dann komm doch, Mitchell«, knurrte er und zog Pouilla Camby.

Ein Pfeil prallte hinter ihm vom Stein ab und fiel direkt zwischen Calamus' Beinen zu Boden.

»Flieg weg!«, rief der Waldwächter, und der Pegasus war schon in Bewegung, drei schnelle Schritte seitlich über den Felsen und dann hinauf in die Lüfte inmitten eines Pfeilhagels.

»Ist dein ganzes Dasein Verrat?«, fragte Belexus.

»Ich habe nicht für mich in Anspruch genommen, den Pegasus zu töten«, antwortete Mitchell. »Nur dich, Waldwächter. Nur dich.«

Ein Blick über die Schulter stellte Belexus zufrieden: Calamus war über die Reichweite der Pfeile hinaufgestiegen, ohne dass er ernstlich verletzt war, und so wandte er seine Aufmerksamkeit wieder Mitchell zu. Jetzt befand er sich in einer Falle ohne Ausweg, doch auch dieser Gedanke prallte gegen eine Mauer aus reinem Hass und wurde begraben.

»Die ganze Welt wird mir gehören«, höhnte Mitchell. »Alle deine Leute und alle Elfen und auch die Hexe.«

»Ich weiß nicht, wie dieser dunkle Tag enden wird«, erwiderte der Waldwächter ruhig und lehnte es ab, sich in dieser Falle der Verzweiflung fangen zu lassen. »Aber wie immer der Ausgang sein wird, du wirst ihn nicht mehr erleben!« Und Belexus stürmte vor. Pouilla Camby blitzte mächtig, gefolgt von einem weißen Lichtschweif seiner Diamanten.

Die zwei Männer krochen vorsichtig durch den dunklen Korridor des teilweise wieder aufgebauten Weißen Turms und spürten, dass etwas nicht stimmte. Istaahl hatte sich in die Verliese seiner eingestürzten Heimstatt zurückgezogen und die Anweisung hinterlassen, er solle nicht gestört werden, aber er hatte auch befohlen, dass diese beiden Männer, seine vertrautesten Helfer, in einer Woche kommen und ihn abholen sollten.

Die beiden wagten nicht offen darüber zu spekulieren, was diese geheimnisvolle Anweisung bedeuten mochte, aber sie waren nicht übermäßig überrascht, als sie keine Antwort auf ihr Klopfen an der Tür bekamen. Sie traten ein und erblickten Istaahl über seinem Tisch zusammengesunken.

»Ist er tot?«, fragte der Ängstlichere der beiden, während sein Kamerad zu dem Zauberer trat und sein Gesicht betrachtete.

»Ich glaube nicht«, antwortete der andere. Er versetzte Istaahl einige Stöße, doch der Magus rührte sich nicht. »Ich weiß nicht«, korrigierte sich der Mann. »Irgendein Gebrechen ist über ihn gekommen.«

Die beiden Männer hoben den bewusstlosen Zauberer hoch. Er rührte sich nicht im Geringsten. Sie schleppten ihn die Treppen hoch und aus dem Turm heraus, dann durch die Straßen von Pallendara zum Haus einer alten Frau, die als Heilerin bekannt war. Doch auch sie konnte dem Zauberer keine Regung entlocken und ebenfalls nur feststellen, dass ein Gebrechen den Zauberer befallen hatte.

Es stimmte. Doch Istaahl hatte selbst seinen Zustand veranlasst. Er befand sich nicht länger in seinem Leib, hatte diese eingrenzende Gestalt völlig verlassen und sich buchstäblich aus seiner sterblichen Hülle herausgeschleudert.

Tatsächlich befand sich die Lebensenergie, die spirituelle Wesenheit, die Istaahl der Weiße war, weit draußen im Meer, tauchte in die Tiefen und weckte die Macht.

KAPITEL 23

Die letzte Schlacht

»Ich bin kein Feind«, sagte der Geist und bemühte sich, seine Lauterkeit durchscheinen zu lassen. Doch er war abgelenkt – so überwältigt! – beim Anblick des Paars, das im Korridor vor ihm stand und auf der Hut vor ihm war. Die junge Frau war seine Tochter!

Rhiannon und Bryan behielten ihre abwehrende Haltung bei. Der Halbelf hatte das Schwert gezogen und hielt dessen Spitze auf DelGiudice gerichtet.

»Rhiannon«, sagte der Geist leise und ließ den Namen wie süße Musik klingen. »Rhiannon.«

Sie schaute ihn verständnislos an.

»Kennst du mich nicht?«, fragte der Geist. »Kannst du denn nicht in dein Herz blicken und die Wahrheit schauen?«

»Genug Zeit vergeudet!«, knurrte Bryan und tat einen Schritt vorwärts.

»Halt ein!«, gebot ihm Rhiannon und fasste ihn an der Schulter. Dann sagte sie zu dem Geist: »Sprich es offen aus, denn mein Freund sagt die Wahrheit. Wir haben keine Zeit zu vergeuden, und wir werden auf keinen von Thalasis Tricks hereinfallen.«

»DelGiudice«, sagte der Geist. »Ich bin … ich war … Jeffrey DelGiudice. Ich bin dein Vater.«

»Was für ein Unsinn ist das?«, begann Bryan, doch Rhiannons Laut der Überraschung und die Art, wie sie seine Schulter umklammert hielt, ließen ihn innehalten und zu ihr zurückzublicken. Ihr aschfahles Gesicht verriet ihm, dass sie mehr als verunsichert war.

»Du weißt es«, sagte DelGiudice, »auch wenn du es nicht zugeben kannst und kein solches Wagnis auf dich nehmen willst, wenn die Sicherheit deines Freundes auf dem Spiel steht. Also halte deine Gedanken und Fragen zurück, akzeptiere deine Zweifel und bleib auf der Hut, bis wir aus diesem Höllenloch draußen und irgendwo in Sicherheit sind.«

»Wir müssen weiter«, sagte Bryan zu der jungen Zauberin.

»Der Hof wird von Talons bewacht«, gab DelGiudice zu bedenken. »Und ebenfalls die Durchgänge auf dem Weg, den ihr eingeschlagen habt. Doch vermutlich ist das besser als das, was in den Räumen dort drüben lauert«, fügte er hinzu und zeigte einen nach links führenden Seitengang hinunter.

»Für jemand, der behauptet, kein Freund Morgan Thalasis zu sein, kennst du dich auffällig gut aus«, bemerkte Bryan misstrauisch.

»Ich habe nach euch gesucht«, erklärte DelGiudice. »Ich kann mich sehr schnell bewegen und durch die meisten Mauern hindurchgehen. Ich habe fast alles auf diesem Stockwerk der Festung gesehen, und das meiste von der nächsthöheren Ebene. Außer dort hinten und oben«, fügte er hinzu und zeigte erneut nach links. »Morgan Thalasi ist dort oben, glaube ich, und viele seiner toten Gefolgsleute.«

Bryan und Rhiannon schauten einander besorgt an.

»Rhiannon?« fragte der Halbelf.

»Ich vertraue ihm«, antwortete sie. »Ich glaube, er ist kein Freund Morgan Thalasis. Ich habe an ihm nichts Böses entdeckt, und das Böse wäre ein Merkmal, das der Schwarze Hexer nicht verheimlichen könnte.«

»Er sagt, Thalasi befände sich dort«, bemerkte Bryan.

»Dann gehen wir dorthin«, sagte Rhiannon nüchtern.

»Ich bin ... wir sind gekommen ... um dich herauszuholen«, widersprach DelGiudices Geist, die Augen vor Überraschung geweitet.

»Wenn ich fertig bin und nicht eher«, antwortete Rhiannon und trat in den Durchgang links von DelGiudice. Sie beäugte ihn neugierig, als sie nahe an ihm vorbeiging, ein erstes offensichtliches Anzeichen dafür, dass sie das Rätsel seiner Identität faszinierte. Doch erfüllt von der Entschlossenheit und dem Gleichmut, die sie in den letzten Monaten ihres früher sorglosen Lebens an den Tag gelegt hatte, ließ sich die junge Zauberin nicht im Geringsten abschrecken und ging mutig weiter.

Bryan eilte hinter ihr her; in Gedankenschnelle hatte der Geist beide überholt. »Das könnt ihr nicht tun«, sagte DelGiudice entschlossen.

Rhiannon trat zu ihm heran und wollte sich an ihm vorbeidrücken; natürlich glitt sie geradewegs durch den substanzlosen Geist hindurch. Bryan stieß einen Laut der Überraschung aus, doch die junge Zauberin schob die beunruhigende Erfahrung beiseite und ging weiter.

Und wieder erschien der Geist vor ihr. »Wie kann ich zulassen, dass du das tust?«, fragte DelGiudice.

»Wie kannst du mich aufhalten?«, war Rhiannons kurze Antwort.

Damit hatte sie offen und einfach die Wahrheit ausgesprochen, was DelGiudices Unmut nur erhöhte. Erneut schien es ihm, dass er nur wenig tun konnte, um seine Tochter zu schützen, und jetzt kam es ihm vor, als hätte er sie ausgerechnet auf den Schrecken hingelenkt, vor dem er sie unbedingt hatte beschützen wollen.

Und sie hatte ja Recht, denn er konnte nichts tun, um sie aufzuhalten oder wenigstens innehalten zu lassen.

»Ich werde vor euch bleiben«, bot DelGiudice an. »Und euch führen.«

Bryan und Rhiannon wussten nicht, ob sie dem Geist

trauen sollten oder nicht; beiden kam abermals der Gedanke, der Geist könnte eben doch nur eine Manifestation sein, die Thalasi geschaffen hatte, um sie in eine Falle zu locken. Aber sie durften sich auch nicht den Vorteil entgehen lassen, einen so beweglichen und heimlichen Kundschafter zum Führer zu haben. Wenn es in diesem Bollwerk zu einem offenen Kampf kam, dann hätte das Paar – trotz aller Geschicklichkeit Bryans und aller Macht Rhiannons – nur eine geringe Chance, jemals den Schwarzen Hexer zu finden. Rhiannons Herz entschied die Frage, denn die junge Zauberin spürte, dass sie tief in ihrem Inneren dem Geist glaubte. Sie erinnerte sich an die Geschichten, die ihre Mutter ihr über ihren Vater erzählt hatte. Brielles Beschreibung des Mannes, sowohl im Hinblick auf seine körperliche Erscheinung wie sein Benehmen, schien zu dem Geist zu passen.

Sie gingen weiter, und es dauerte nicht lange, bis Bryan und Rhiannon erkannten, wie vorteilhaft es war, DelGiudice dabeizuhaben. Sie kamen an einigen Kammern voller Untoter vorbei, schlüpften durch leere Räume, machten einen Umweg durch scheinbar in andere Richtungen führende Korridore und krochen sogar durch eine Öffnung in einer Wand, die dazu bestimmt war, als Durchreiche zu dienen. Der Weg schlängelte sich durch die Burg, doch den Anweisungen des Geistes folgend gelangte das Paar ohne jeden Kampf zu einer breiten, verzierten Treppe.

»Ich finde keinen anderen Weg nach oben«, erklärte der Geist, als sie den Aufstieg begannen. »Diese Treppe hat hinter der Kehre einen Absatz, und dort halten ein paar untote Talons Wache. Mit denen werdet ihr kämpfen müssen.«

Dieser Gedanke schien die beiden Gefährten nicht zu bekümmern, Bryan beschleunigte sogar seinen Gang, sodass er ein paar Schritte vor Rhiannon ging. Wie der

Geist es gesagt hatte, gelangten sie zu einem Treppen-
absatz, auf dem vier untote Talons standen. Thalasis
Anweisungen folgend traten sie vor, um Schulter an
Schulter die Treppe zu blockieren.

Bryan stürmte voran. Zuvor zog Rhiannon schnell
ein paar Pfeile aus dem Köcher auf seinem Rücken,
führte einen an ihre Lippen, küsste ihn und flüsterte
ihm ermutigende Worte zu, dann warf sie ihn auf die
Untoten.

Der Pfeil, der immer schneller wurde, spaltete sich in
zwei, dann in vier auf und fuhr – zu je zwei – in die beiden Untoten auf der linken Seite der Sperre. Bryans
Schwert erledigte den nächsten in der Reihe, ein saube-
rer Hieb, der den Kopf der Kreatur abhieb, sodass der
verbliebene Talon, als er zum Angriff überging, ganz
allein kämpfte.

Das schwerfällige, hirnlose Wesen war Bryan von
Corning nicht gewachsen. Das Schwert des Halbelfen
schlug zu und trennte die Finger von der ausgestreckten Hand des Untoten, dann ein neuer Hieb, der einen
aufgedunsenen Arm fast am Ellbogen abtrennte. Bryan
stürmte vor, stieß das Schwert nach oben, erwischte
die Kreatur unter dem Kinn und spaltete sein Gesicht.
Immer noch kämpfte der Untote weiter und griff mit
einer schmutzigen Hand nach Bryans Schild, doch der
Halbelf stieß das grässliche Anhängsel beiseite und
hieb erneut zu.

Ein zweiter Kopf fiel zu Boden.

»Keine großartige Verteidigung«, murmelte der Halbelf.

»Sie reagieren langsam«, stimmte ihm DelGiudices
Geist zu. »Sie sind keine unabhängig denkenden
Wesen, sondern bloße Werkzeuge Thalasis.«

»Talons würden sich als Wachen besser eignen«, bemerkte der Halbelf.

»Die meisten Menschen und auch Talons würden

aber eher von Untoten verschreckt und vertrieben werden«, erklärte DelGiudice.

Bryan brauchte ein paar Sekunden, um diese Worte als Kompliment zu verstehen.

Dann machte er sich mit Rhiannon sofort auf den Weg, über den Absatz hinweg und die nächste Treppe hinauf. Der Geist, der mühelos vor ihnen her schwebte, kam zu ihnen zurück, bevor sie halb oben waren, und teilte ihnen mit, dass diese Treppe an einer massiven Tür aus Eichenholz ende.

»Ihr werdet wieder kämpfen müssen, wenn ihr hier hindurchgeht«, erklärte der Geist. »Diesmal sind es nur zwei Untote. Und dann werdet ihr einen Korridor sehen, der auf beiden Seiten von je drei Türen gesäumt ist und am Ende in eine Tür mündet.«

»Und dort werden wir Thalasi finden«, schloss Rhiannon.

»Ich weiß es nicht«, gab der Geist zu und schien zum ersten Mal zu schwanken. »Es gibt dort etwas, das den Ort abschirmt«, stammelte er. »Ich kann da nicht näher heran!«

Rhiannon und Bryan tauschten Blicke aus. »Keine Zeit für Verwirrung«, sagte die Zauberin zu DelGiudice.

»Auf der rechten Seite«, versuchte der Geist zu erklären. »Hinter der ersten Tür auf der rechten Seite gibt es etwas, dem ich mich nicht nähern kann, und ich wage nicht einmal, daran vorbeizugehen. Etwas Mächtiges, etwas Bösartiges.«

Bryan verzog verärgert sein Gesicht und wollte den Geist tadeln, doch Rhiannon, die den schrecklichen Stab des Todes erlebt hatte, verstand – und verstand auch, dass DelGiudice sich dieser bösen Waffe nicht nähern sollte.

»Du bleibst hier«, wies sie den Geist an. »Deine Aufgabe ist erfüllt.«

»Ich kann doch nicht zulassen, dass ihr …«, begann der Geist zu protestieren.

»Du kannst mich nicht aufhalten«, unterbrach ihn Rhiannon. »Und du kannst mir nicht helfen. Ich habe Thalasis Stab gesehen, und ich habe erlebt, wie der Schwarze Hexer Mitchell beherrscht, einen denkenden Geist wie dich. Wir können es nicht riskieren, dass du dich gegen uns wendest.«

»Das würde ich nie tun!«

»Das sagst du, aber für dich ist kein Platz in dem bevorstehenden Kampf, nicht, solange sich der Stab in Thalasis Händen befindet«, sagte Rhiannon mit Nachdruck.

DelGiudice konnte dem nicht widersprechen, und Rhiannon und Bryan warteten auch nicht, um sich seine Einwände anzuhören. Der Geist sah sie die Treppe hinaufgehen, schnell und stumm, und wieder fühlte er sich so äußerst machtlos. In diesen letzten Wochen war er hilfreich gewesen bei der Auffindung des Diamantenschwerts, beim Kundschaften mit Belexus und jetzt bei der Führung von Rhiannon und Bryan durch das Gewirr von Talas-dun, doch zu seiner Enttäuschung war seine Fähigkeit zur Hilfe aufs Neue beschränkt.

Er beobachtete, wie das Paar durch die Tür ging, dann hörte er auf der andere Seite Waffengeklirr – der Kampf dauerte nur halb so lange wie das Gemetzel auf dem unteren Treppenabsatz – und schließlich hörte er, wie sie sich krachend durch die nächste Tür den Weg bahnten.

Er wusste, dass seine Tochter sich in Schwierigkeiten befand und dass er nichts tun konnte, um ihr zu helfen.

Belexus hielt abrupt an, änderte seine Richtung und warf sich zur Seite, als eine Wand aus schwarzen Flocken die Luft vor ihm erfüllte. Er blickte auf Mitchell, dann auf den Boden vor dem Totengeist. Überall, wo die tödlichen Flocken hingefallen waren, rauchten die Steine.

»Wie leicht deine sterbliche Haut brennen wird«, höhnte der Totengeist.

Belexus' erster Gedanke war, direkt vorzustürmen und einen Treffer anzubringen. Die Zeit für Worte war zu Ende, sagte ihm sein Zorn. Doch seine Vernunft sagte ihm etwas anderes. Er sah die Augen, die auf ihn gerichtet waren – Dutzende von Talons kauerten in der Nähe und beobachteten den Kampf – und ihm wurde klar: selbst wenn Pouilla Camby sein Werk tat und er über Mitchell siegte, dann würden von überallher Speere auf ihn zufliegen.

»Bah, du hast Angst vor mir!«, gab der Waldwächter zurück, und Mitchell lachte nur noch lauter.

»Deshalb behältst du deine Talon-Hunde in der Nähe«, fuhr Belexus fort und brachte selber ein Lachen hervor. »Du brauchst sie für den Fall, dass du verlierst.«

Mit einem barschen Befehl schickte der Totengeist die Talons weg, und die waren nur allzu froh, dass sie sich von diesen beiden Kämpfern entfernen durften.

Jetzt war Belexus zufrieden und ließ seinem Zorn freien Lauf. Wut trieb seinen Schwertarm an. Der Totengeist lachte immer noch, als Belexus angriff, lachte weiter und wehrte sich nur wenig gegen den ersten Schwung des Waldwächters.

Mitchells Grinsen verschwand schnell. Bisher hatte der Totengeist stets auf seine magische Natur vertraut, auf eine Macht, die verhinderte, dass Waffen ihn verletzten. Aber der Hieb des Waldwächters, eine senkrechte Schnittwunde von der Schulter bis zum Bauch, schmerzte tief.

Belexus sprang zurück, heraus aus der Reichweite der tückischen Keule, und blickte hoffnungsvoll auf die Wunde: eine weiße Linie zog sich über Mitchells Schwärze, als hätte das Diamantenschwert etwas von seinem verzauberten Licht zurückgelassen. Das Schwert ist tatsächlich wirksam, dachte er und dankte im Stillen Brielle, aber er hatte Mitchell massiv getroffen und anscheinend nur wenig Schaden angerichtet. Wie viele Hiebe würden also notwendig sein?

Und wie viele Hiebe würde er selbst abbekommen? Denn jetzt war Mitchell auf der Hut, und Wut ersetzte das Grinsen in seiner schrecklichen Miene. Brüllend stürmte er vor und schwang seine Keule.

Belexus warf sich in einer Rolle zur Seite, kam hoch und lief wenige Schritte, dann warf er sich erneut und änderte dabei seine Richtung, sodass er hinter den sich langsamer umwendenden Mitchell gelangte. Abrupt kam er auf die Beine und kehrte seinen Schwung um, sprang an Mitchell heran, stach heftig zu und stürmte wieder weg. Er war der stärkste Mann von ganz Aielle, ein Krieger, der mit der bloßen Kraft seiner Schwertstreiche die Verteidigung eines jeden Talons durchbrechen konnte, doch jetzt brauchte er Schnelligkeit, Beweglichkeit und List.

Der Totengeist folgte ihm, und Belexus stellte sich ihm entgegen. Mitchells Attacke kam einfach und voraussehbar, ein schräger Hieb nach unten. Belexus stellte seinen rechten Fuß nach vorn, führte einen Querschlag mit dem Schwert und traf die Keule unter ihrem Schädel, bevor sie an Wucht gewinnen und die tödlichen Flocken aussenden konnte.

Der mächtige Mitchell improvisierte schnell, trat ebenfalls vor und packte den Menschen an der Schulter.

Belexus ignorierte die Kälte dieses Griffes, die durchdringende Eisigkeit, die ihn bis auf die Knochen frösteln ließ. Er ließ Pouilla Camby fallen, und Mitchell heulte triumphierend auf, da er dachte, sein Griff hätte das erzwungen. Belexus fing das Schwert jedoch mit der linken Hand auf, bevor es weit fiel, trat zugleich nach vorn, änderte mit einer schnellen Drehung des Handgelenks den Winkel und stieß die Spitze der Waffe direkt in Mitchells Gesicht. Belexus drehte sich und hieb als Nächstes auf den Arm ein, der die Keule hielt, dann zog er sich schnell aus dem Durcheinander zurück, während die Keule aufgeregt herumfuchtelte und schwarze Flocken herabregneten. Trotz all seiner Behendigkeit schaffte es der Waldwächter nicht ganz; einige der Flocken erwischten ihn am Rücken und an der Hüfte, er wich zurück und verzog das Gesicht wegen des brennenden Schmerzes.

Die beiden gingen erneut in Stellung. Mitchell war offenkundig verletzt: weiße Linien zogen sich über Brust und Arm, ein weißer Fleck zierte sein graues Gesicht, ein weiterer seinen Rücken. Doch auch Belexus war verwundet und hatte einige Verbrennungen auf dem Rücken.

Mitchell kniff die flammenden Augen zusammen; er hatte keinen Hohn, keine Spielereien mehr übrig für den Waldwächter. Nur Hass und ein wenig Respekt.

Bei Belexus gab es nur Hass.

Eine Weile umkreisten sie einander, jeder legte jetzt Vorsicht an den Tag.

Ein Katapultschuss durchbrach die Spannung, eine Kugel aus Pech knallte nicht weit entfernt ins Felsgeröll, und es folgten die Schreie brennender Talons.

»Sie kommen näher, Mitchell«, sagte der Waldwächter. »König Benador und Lord Arien. Deine Armee wird heute fallen, zusammen mit ihrem toten Anführer.«

Mitchell schaute von dem hohen Fels in die Ferne. Während er mit Belexus kämpfte, war rings um den felsigen Ausläufer die Schlacht voll entbrannt. Er hörte das Sirren von Pfeilen, das Stampfen von Pferden, das

Rauschen von Katapulten, die Schreie von Menschen und Talons. Das war der Augenblick, nach dem Mitchell gegiert hatte, der Augenblick seines Ruhms, und er hing hier oben fest mit dem Waldwächter und focht einen persönlichen Kampf aus. Wut brodelte in ihm auf und trieb ihn erneut zum Angriff.

Belexus, der begriff, unter welchem Druck der Totengeist stand und wie sehr ihn dieser Aufschub erzürnte, war mehr als bereit. Der Waldwächter blickte auf die Stelle, wo der Katapultschuss eingeschlagen war, und er grinste breit, während er einen Talon beobachtete, der von Flammen umhüllt vergeblich um sich drosch. Doch dies war alles nur ein Trick, und der Waldwächter beobachtete aus den Augenwinkeln, wie der Totengeist näher kam. Als dieser die Keule zum Schlag hob, warf sich Belexus in eine Rolle vorwärts direkt an dem überraschten Mitchell vorbei und kam einen vollen Schritt weiter hinten wieder hoch, nahe genug, um Mitchell mit einem Rückhandschlag zu treffen.

Der Totengeist heulte vor Schmerz und Empörung auf und machte sich an die Verfolgung.

Beim Anblick des gespenstischen Morgan Thalasi, dieser knochigen, ausgemergelten Kreatur, stockte Bryan der Atem. Rhiannon war ihm jedoch schon einmal im magischen Zweikampf gegenüber gestanden, und sie ließ sich nicht abschrecken.

»Wie könnt ihr es wagen?«, schrie der Schwarze Hexer.

Ein Blitzstrahl antwortete ihm und schleuderte ihn gegen die Wand seines Thronsaals. Der Blitz hatte ihn nicht wirklich verletzt, doch Bryan die Zeit gegeben, sich zu fassen. Rhiannon ging sofort zum Angriff über, da sie es für klug hielt, nahe an den Schwarzen Hexer heranzukommen, um seine mächtige Magie zu sprengen, doch Bryan war schneller als sie und hieb mit dem

Schwert heftig nach dem Arm des Schwarzen Hexers: er versuchte, ihm den mächtigen Stab aus der Hand zu schlagen.

Thalasi nahm den Hieb mit kaum einem Zucken hin, und sein Rückhandschlag ließ den armen Bryan kopfüber durch den Raum fliegen. Der Halbelf landete hart und stöhnte benommen, und als er wieder aufblickte, waren Rhiannon und der Schwarze Hexer in einen verbitterten Kampf verwickelt. Funken von Energie umzuckten ihre sterblichen Gestalten.

Die junge Zauberin heulte vor Schmerz auf, als sie den Stab fest packte, denn schon allein die Berührung der pervertierten Waffe verletzte sie bis in ihre Seele. Trotzdem fasste sie den Stab und hielt ihn mit aller Stärke und Hartnäckigkeit, selbst als Thalasi mächtige Schläge auf sie herabregnen ließ. Dann rangen sie miteinander, jeder hielt den Stab fest, alle Energie – physische wie magische – explodierte um ihre verschlungenen Gestalten. Die Wolke von Thalasis Schwärze war dem weißen Schein von Rhiannons Zaubererzeichen, dem Diamanten, ebenbürtig.

Bryan begriff, dass die junge Zauberin nicht gewinnen konnte, solange der Schwarze Hexer diesen schrecklichen Stab hielt. Er zwang sich auf die Beine und vertrieb das Schwindelgefühl aus dem Kopf. Und dann griff er an, Hals über Kopf, warf sich durch die Luft und prallte hart gegen Thalasi, wand sich und stieß, sodass er zwischen den Schwarzen Hexer und Rhiannon geriet, Thalasi zugewandt und den Stab hinter sich. Verzweifelt zog Bryan das Amulett von seinem Hals und hängte es über Rhiannons Arm, dann drehte er sich um und versuchte einen Ansatzpunkt zu finden, um Thalasis Griff um den Stab zu lockern.

Rhiannon riss den Stab aus Thalasis Händen.

Bryan versuchte, noch ein wenig länger durchzuhalten, um die Verfolgung des Schwarzen Hexers zu verzögern, aber Thalasi schlug ihn so einfach zur Seite, als wäre er ein kleines Kind. Gegen die Wand geschleudert, fand Bryan nicht mehr die Kraft, sich zu erheben.

Er lag gekrümmt am Bogen und sah Rhiannon aus dem Raum fliehen, den Schwarzen Hexer auf den Fersen. Er sah den Geist von Rhiannons Vater, der dastand, um Thalasi den Weg zu versperren, aber der Schwarze Hexer lief geradewegs durch die Erscheinung hindurch. Anscheinend war er so in seine Jagd hinter Rhiannon her vertieft, dass er DelGiudice nicht einmal bemerkte.

KAPITEL 24

Die Verlockung der Macht

Sie schauten zu dem alten Mann auf, der all die Jahre für sie – die Kinder von Pallendaras Adel – wie ein Vater gewesen war, der sie aufgenommen und ihnen Zuflucht gewährt hatte, als Ungden der Usurpator sich des Throns bemächtigte. Sie beobachteten ihn jetzt, den Mann, der sie in den Künsten des Überlebens und des Krieges ausgebildet und sie zu stolzen Waldwächtern gemacht hatte. Vom Rücken des zurückgekehrten Pegasus aus führte Bellerian sie jetzt erneut an, indem er hoch in die Luft aufstieg und subtile Signale hinsichtlich der Stellungen des Feindes gab.

So waren die Waldwächter nicht im Geringsten überrascht, als sie um eine Biegung des Weges kamen und eine Felsmulde voll von feindlichen Speerwerfern und Bogenschützen fanden, die alle ihre Blicke in die andere Richtung schickten, hinweg über den langen Bergsporn der Kored-dul auf die heranrückenden Heere.

Nach einem Pfeilhagel griffen die Waldwächter die überraschten Talons in wildem Sturm an; ihre Attacke war so gut abgestimmt und wirksam, dass in dem plötzlichen und schnellen Kampf kein einziger Mensch auch nur verletzt wurde. Binnen kaum einer Minute lagen zwanzig Talons tot da.

»Die haben überall an dem Bergarm kleine Gruppen von Talons mit Speeren aufgestellt«, bemerkte ein Waldwächter und spähte über den gegenüberliegenden Rand der Mulde.

»Lord Bellerian wird sie für uns ausmachen«, erwiderte ein anderer.

»Und für die calvanische Artillerie«, stellte ein dritter fest. Mit einem grimmigen Nicken machten sie sich auf den Weg und folgten den Signalen ihres fliegenden Anführers auf der Suche nach neuer Jagdbeute.

Niemand konnte eine so tödliche und heimliche Taktik so gut ausführen wie die Waldwächter von Avalon, doch selbst mit solch mächtigen Verbündeten fanden sich die Heere auf dem Feld hart bedrängt, bevor sie noch den Bergarm erreichten. Ariens Elfen hatten sich den Ausläufern genähert in der Erwartung, um jeden Zoll Boden kämpfen zu müssen, und als die ersten Talons und die ersten von Thalasis grässlichen Untoten sich gegen sie erhoben, bewahrten die Elfen ihre Ordnung und rückten unaufhaltsam vor. Sie bildeten mit ihren wunderbaren Rössern einen Kampfkeil und durchstießen die feindlichen Reihen fast mühelos.

Der Elfenherrscher hatte damit gerechnet, dass die auf Echsen reitenden Talons als Nächste kommen würden, ein schwieriger Gegner, der rasch manövrieren konnte, doch stattdessen stieß er auf Tausende und Abertausende von Untoten und Skeletten, die sich aus jedem Schatten erhoben und furchtlos herankamen, obwohl die Elfen sie zu Dutzenden auf einmal niederhieben.

»Wir können nicht hoffen, eine solche Unzahl zu besiegen«, sagte Ryell zu Arien. »Die Erschöpfung wird unsere Waffen sinken lassen. Wir sollten uns nach Süden wenden und uns Benador anschließen.«

Arien hätte zugestimmt, doch als er und Ryell in die entsprechende Richtung blickten, sahen sie, dass die Menschen nicht besser dran waren als sie selbst und dass die riesige Untoten-Armee am Südende des Bergsporns dem großen menschlichen Heer zahlenmäßig so weit überlegen war wie die Untoten auf dieser Seite den Elfen.

Thalasi – oder vielleicht Mitchells Totengeist – hatte, dessen war sich Arien sicher, das Heranrücken der beiden Streitmächte sehr wohl zur Kenntnis genommen und die monströse Armee entsprechend aufgestellt.

»Mögen die Colonnae mit uns sein«, murmelte Arien. »Denn ich fürchte, Morgan Thalasi, dieser Schurke, hat die Leichen aller toten Talons auf der ganzen Welt zurückgerufen!«

Im Süden von Ariens Stellung kam König Benador zur gleichen Einschätzung wie der Elfenherrscher, denn er hatte eine solche Streitmacht noch nie gesehen, hätte sich niemals träumen lassen, dass man solche Heerscharen jemals würde zusammenbringen können. Zehntausende von Untoten strömten aus den Bergen hervor, ein scheinbar endloser Zug, der ohne Zögern, ohne Furcht heranrückte.

Der calvanische König, dem eine Schlacht großen Ausmaßes nichts Neues war und der in den grausamen Kämpfen an den Vier Brücken seine Erfahrungen gesammelt hatte, brachte einen Streifen offenen Geländes zwischen seine Soldaten und den jetzt heranrückenden Feind. Er baute eine lange Gefechtslinie auf, Hunderte von Bogenschützen Schulter an Schulter, drei Reihen tief, sodass die Pfeilsalven nahezu unablässig aufstiegen. Trotzdem machte der Feind große Fortschritte. Pfeile prallten von Skelettrippen ab oder drangen durch die verwesenden Leichen von Untoten, doch sie verlangsamten kaum die grässlichen Wesen.

»Zu viele«, murmelte der König von Calva, und er fürchtete, die Schlacht würde bald zu einem wimmelnden Handgemenge entarten, bei dem der bloße Druck der monströsen Überzahl seine tapfere Streitmacht überwältigen würde.

Er schaute nach Norden, doch er glaubte nicht, dass aus dieser Richtung Hilfe kommen würde. Dann fasste er Mut, als er Arien und die tapferen Elfen sah, eine Streitmacht, die so einheitlich war, dass sie eins zu sein schien, ein Langboot am Rande einer brechenden Woge.

Doch diese Woge schwoll hinter ihnen weiter an.

Sie lief in eine Vorhalle mit zwei sich kreuzenden Korridoren und blickte in beide Richtungen, aber sie sah nichts, was ihr als Führung hätte dienen können. Sie verwünschte sich für dieses leichte Zögern – denn der verzweifelte Schwarze Hexer war ihr dicht auf den Fersen und holte auf, brüllte und höhnte hinter ihr er –, dann eilte sie nach links. Sie hatte zwar den mächtigen Stab in Händen, aber sie hegte keinen Gedanken und gewiss keinen Wunsch, das verderbte Ding einzusetzen! Und trotz des Diebstahls blieb dies Morgan Thalasis Burg, das Bollwerk seiner Stärke, errichtet mit seiner magischen Macht, und Talas-dun lieferte ihm Energie, die aus jener lange vergangenen Bauzeit zurückgeblieben war.

Rhiannon lief durch eine Tür und überrannte fast zwei statuengleiche Untote.

»Tötet sie!«, schrie ihnen Thalasi zu, der ein paar Schritte weiter hinten folgte.

Rhiannon stieß einen kleinen Schrei aus und versuchte ihnen auszuweichen. Sie meinte, ihre Flucht sei hier schon zu Ende. Sie mochte vielleicht die Untoten vernichten, aber nicht rechtzeitig, um Thalasis Verfolgung zu entgehen.

Doch die beiden Untoten machten keine Anstalten zum Angriff und rührten sich auf Thalasis Ruf hin nicht einmal. Die junge Zauberin spürte, dass sie ihn überhaupt nicht gehört hatten, dass er keine Verbindung zu ihnen hatte und gewiss auch keine Macht über sie. Sie lief an den beiden vorbei, dann schaute sie auf den Stab, und dann begriff sie.

»Tötet ihn«, sagte sie ruhig, bevor die Vernunft sie daran hindern konnte. Der Stabbesitzerin gehorchend, setzten die Untoten sich sofort in Bewegung. Thalasis tiefliegende Augen weiteten sich, als er die Schwelle des Raums überschritt und zwei Untote sah, die ihm an die Kehle wollten.

Rhiannon lief weiter, wissend, dass die Untoten den Schwarzen Hexer nicht besiegen, ihn nicht einmal lange aufhalten konnten. Bald nachdem sie den Raum verlassen hatte, hörte sie hinter sich ein Krachen, und dann jagte Thalasi erneut hinter ihr her.

Vor ihr gab es noch weitere Untote und Skelette, und auch diese wies Rhiannon in ihrer Verzweiflung an, Thalasi den Weg zu versperren.

Wie leicht das war! Mit einem bloßen Gedanken konnte sie ihnen befehlen … alles zu tun, wie sie erkannte. Thalasi zu töten oder von einer Klippe zu springen. Ein größerer Plan keimte in der jungen Zauberin auf, als sie weiterlief, den nächsten Korridor entlang, dann eine Wendeltreppe hinauf. Mit jedem Schritt verstand sie den Stab und seine Macht besser, und sie konnte sich nicht vorstellen, dass sie jemals dieses kostbare Stück hatte vernichten wollen. Mit dieser Macht …

Der Gedanke war berauschend, überwältigend, und Rhiannon handelte auf der Stelle. Sie schickte ihre telepathischen Befehle in alle Richtungen. Sie hörte die Stimme ihrer Mutter aus der Ferne, die protestierend aufschrie, aber sie beachtete sie nicht, zu sehr damit beschäftigt, den Lauf des Krieges zu ändern.

Mit diesen einfachen telepathischen Gedanken befahl Rhiannon all den Tausenden von Untoten, die Thalasi aus ihren Gräbern geholt hatte, die Seite zu wechseln, und sie übermittelte ihnen ein mentales Bild der elenden Talons als neues Ziel ihrer Attacken. Der glänzende, schöne Stab hatte die Befehle in alle Richtungen ausgeschickt, und irgendwie wusste sie, dass alle untoten Kreaturen auf der ganzen Welt sich danach richten würden.

Tötet Talons!

Hollis Mitchell hörte den Befehl deutlich, eine Woge von Macht, die über ihn hinwegflutete und ihn völlig unvorbereitet traf. Er schloss seine flammenden Augen, schwankte und suchte nach seiner eigenen dominierenden Willenskraft. Belexus, der jede Gelegenheit ausnützte, vergeudete keine Zeit und ging zum Angriff über. Wie mit Hammerschlägen hieb er auf den Totengeist ein.

Mitchell spürte die tiefen Stiche von Pouilla Camby kaum, so beschäftigt war er mit dem seltsamen Ruf. Dann ging es ihm auf: dies war nicht der Schwarze Hexer. Diese lästige kleine Hexe hatte den Stab des Todes in die Hände bekommen!

Mit einem trotzigen Knurren erwachte der Totengeist aus seiner Trance und verwarf den Einfluss des Stabes, der niemals wirklich sein Herr gewesen war. Jetzt musste er diesen Kampf schnell zu Ende bringen, so viel war ihm klar, und sich dann nach Talas-dun begeben, um sich gebührend mit Rhiannon zu befassen. Es erschien ihm vielversprechend, als er den Waldwächter in eine Abwehrstellung trieb. Rhiannon würde schließlich nicht so geschickt oder so machtvoll mit dem Stab umgehen wie Thalasi, und wenn er ihr den Stab irgendwie entreißen konnte, dann wäre seine Herrschaft unangefochten. Alle Toten – auch jene eingeschlossen, die an diesem Tag auf dem Schlachtfeld sterben sollten – würden sich auf seinen Befehl hin erheben.

Aber er musste sich beeilen, erkannte der Totengeist, als er sah, wie nicht weit entfernt von dem flachen Felsen, doch weit weg von den Reihen der Menschen und

Elfen ein Kampf ausbrach, wie Talons plötzlich vor ihren Verbündeten davonliefen, da die Untoten unvermittelt auf die Befehle der neuen Stabbesitzerin reagierten.

»Sie fliehen!«, schrie Ryell. Es schien tatsächlich wahr zu sein. Die Reihen der Untoten hatten sich von dem Elfenkeil abgewandt und bewegten sich zurück zu den Bergen. Elfen stießen Freudenschreie aus, denn nicht ein Einziger von ihnen, so tapfer sie auch sein mochten, hatte den Gedanken gehegt, sie könnten diese wimmelnde Horde besiegen.

Doch für Arien, der immer ruhig und nachdenklich war, ergab alles überhaupt keinen Sinn. Und dann wurde es noch sinnloser, als er eine Gruppe von Untoten bemerkte, die einen um sich schlagenden Talon zu Boden zogen und dann über den Unhold herfielen.

Etwas stimmte hier nicht. Der Elfenherrscher blickte auf Ardaz, der auf seinem Pferd saß und sich am Bart kratzte.

»Wie höchst seltsam«, sagte der alte Zauberer, der die Verwirrung in Ariens Gesicht las und ihr von ganzem Herzen zustimmte.

»Könnte deine Schwester darin verwickelt sein?«, fragte Arien, denn wenn irgendjemand auf der ganzen Welt in der Lage war, eine Perversion gegen Thalasi umzukehren, so war es Brielle.

Ardaz folgte jedoch einem anderen Gedankengang. »Oder ihre Tochter«, erwiderte der alte Zauberer, und ein erwartungsvolles Lächeln erschien auf seinem faltigen Gesicht.

Ariens Herz füllte sich mit Hoffnung, doch er hatte keine Zeit mehr, dazusitzen und zu überlegen. Er straffte den Keil der Elfen und trieb ihn energisch nach Süden. Er befahl seinen Kriegern, sich auf Attacken gegen Talons zu konzentrieren.

Ihr erster Geschosshagel schlug große Löcher in die Reihen der heranrückenden Unholde, aber die Mannschaften der großen Katapulte fürchteten sich jetzt, ihre Pechkugel abzuschießen, da doch die Untoten so nahe waren und es bald zum Handgemenge kommen würde. Calvanische Reiter schwärmten in engen Formationen von der Gefechtslinie aus. Die Artilleristen schauten stattdessen weiter nach hinten auf die Berge, und ihre Aufmerksamkeit wurde gefesselt von Bellerians Anblick, der hoch oben auf dem geflügelten Ross saß.

Er stieß herab und feuerte seinen Pfeil ab, dann stieg er wieder hinauf, als ein Pfeilhagel gegen ihn aufstieg.

»Oh, der kühne Bellerian!«, rief einer der Calvaner.

»Richtet euch aus!« Dieser Ruf kam von König Benador, der Bellerian ebenfalls bemerkt hatte und jetzt eilends auf die Reihe der Katapulte zu ritt.

Die großen Waffen knarrten und schleuderten ihre Ladungen, eine nach der anderen, auf die Stelle unterhalb von Bellerian.

Der Waldwächter lenkte Calamus aus dem Gefahrenbereich und grüßte die Artilleristen, während unter ihm ein Blutbad ausbrach, da die Pechbomben spritzend zerplatzten und die Verschanzung der Talons in Brand setzten.

Wenige der Talons entkamen dieser Attacke, keiner von ihnen unverletzt. Ein Talon humpelte mit schlimm verbrannten Beinen davon und schaffte es, sich hinter einer Felswand zu verstecken, bevor die zweite Salve ankam. Der Talon strebte auf die Wand zu. Er wollte seinen Rücken dagegenlehnen und meinte, er sei in Sicherheit.

Den Kopf gesenkt, riss der Talon die Augen weit auf, als er die weißen Beine von Calamus sah. Er schaute auf und sah gerade noch, wie Bellerians Schwert herabsauste.

Der Lord der Waldwächter wischte sein Schwert am Kittel des toten Talons ab, und als er befriedigt feststellte, dass keine anderen in der Nähe waren, stieg er mit dem Pegasus hoch in die Lüfte, um ein weiteres Talon-Nest auszukundschaften.

Doch da zog etwas anderes seine Aufmerksamkeit auf sich, etwas, das er nicht ignorieren konnte.

Hoch auf dem höchsten Turm von Talas-dun hörte Rhiannon den Kampf, Untote gegen Talons, der in dem Hof der Burg wütete. Sie trat zum Fenster und schaute auf das Gemetzel hinab – Dutzende von Untoten zogen Talons zu Boden und erwürgten sie –, und sie überlegte, dass sie mit einem Gedanken nach jeder Schlacht ihre Streitkräfte – ihr Heer – *vergrößern* konnte.

Diese Truppen würden keinen Proviant brauchen; alle Anweisungen würden augenblicklich an die gesamte Streitmacht weitergegeben werden. Ihre Zahl würde sich nur vermehren, denn alle, die im Kampf erschlagen wurden, konnten zurückgerufen werden, zusammen mit denen, die sie getötet hatten. Dies war eine Armee, die nicht durch Schlachten geschwächt würde, eine Armee, die sich vom Gemetzel nährte. Wie schön kam dies der jungen Zauberin vor! Wie logisch und wirkungsvoll!

Dann schaute sie auf den Stab und fühlte sich nicht abgestoßen, sie sah die Macht und ergötzte sich daran. Dieses Instrument versprach Stärke. Damit konnte sie auf der ganzen Welt die Ordnung wieder herstellen und auf immer die redlichen Völker von den Schrecken des Krieges befreien.

Rhiannon schaute in den Hof hinab und sah, wie ein weiterer Talon unter einem Schwarm von Untoten begraben wurde.

Sie sah ihre Armee wachsen.

»Meine Tochter!«

Rhiannon hörte den Ruf, hörte die Lüge aus einem fernen, einem schrecklichen Ort.

Aus Avalon.

»Meine Tochter!« Jetzt klang sie eindringlicher, fordernder. Immer fordernd. Aber jetzt, da sie diesen Stab hielt, konnte niemand Forderungen an Rhiannon stellen. Sie war die Besitzerin des Stabes; sie würde anderen ihren Willen diktieren.

»Meine Tochter!« Der vorwurfsvolle Ton des Rufes ließ sie jetzt schwankend werden und trotzte ihrem Zorn. Sie stellte sich die Ruferin vor, ihre Mutter, die in jenem Wald stand, der ihre Heimstatt gewesen war.

Jener schreckliche, grässliche Ort.

»Nein«, hörte sich Rhiannon gegen die Flut der Bilder sagen. Nein, Avalon war nicht so, war nicht schrecklich, war schöner als alle Orte auf der ganzen Welt.

»Rhiannon«, rief Brielle aus der Ferne, hinweg über die unermessliche Weite, die jetzt Rhiannon von der Welt trennte, über den Abgrund des Bewusstseins. Sie befand sich an einem Ort der Unwirklichkeit, der Erfindung, und mit einem Mal war ihr klar, woher diese Unwirklichkeit kam.

Rhiannon riss die Augen weit auf und betrachtete erneut den Kampf im Hof. Aber jetzt gefiel ihr die Grausamkeit nicht mehr. Sie schaute auf den Stab in ihrer Hand, auf das Instrument der Macht, der Perversion, und sie sah die Wahrheit.

Morgan Thalasi stolperte in den Raum, sein eingefallenes Gesicht trug Wunden vom Kampf mit den Untoten, seine schwarzen Augen waren voller Wut.

Doch die junge Zauberin gab nicht im Geringsten nach.

»Du bist eine verdammte Kreatur, Morgan Thalasi«, sagte sie mit fester Stimme. »Wie konntest du nur so etwas ans Sonnenlicht bringen.« Damit fasste sie den

Stab fest und rief ihre Kraft herbei – ihre eigene Kraft und nicht die jenes verderbten Instruments. Eine Hülle aus Licht umgab ihre Hand, und plötzlich – Rhiannon wusste nicht, wie das geschah – umhüllte eine Kugel aus grünlichem Licht ihren Leib. Thalasi stürzte auf sie zu.

Sie stieß einen Schrei aus und versuchte sich auf den Stab zu konzentrieren. Sie dachte, das sei ihr Ende, als der Schwarze Hexer auf sie zusprang – und zurückprallte und von der grünen Kugel durch den ganzen Raum geschleudert wurde.

Da wusste Rhiannon, dass ihre Mutter bei ihr war. Ermutigt bündelte sie die Energie auf ihre Hand, formte sie wie eine Klinge und hieb heftig auf den Stab ein.

Ein leichter Sprung erschien an dem schwarzen Holz, und es quollen Schatten daraus hervor – keine substanzlosen Dinge, sondern lebende Schatten: dunkle, zusammengeduckte Gestalten, die im Raum umherkrochen.

Rhiannon schrie auf, doch die Schatten ignorierten sie völlig und stürzten sich wimmelnd auf Thalasi, griffen nach ihm mit tastenden Fingern.

»Charon!«, schrie er, als ihm klar wurde, was geschah. Er hatte ein gefährliches Spiel mit dem Tod gespielt, und jetzt, da der Stab geschwächt war und sich nicht mehr in seinen Händen befand, war der Tod gekommen. Der Schwarze Hexer wehrte sich wild, schickte knisternde schwarze Blitzstrahlen aus, die Stein zersplittern ließen und heftig zurückprallten. Aber die schattenhaften Gestalten rückten vor, umzingelten ihn, machten den Kreis enger, griffen aus allen Winkeln nach ihm.

Rhiannon schloss die Augen und bemühte sich sehr, seine verzweifelten Schreie zu ignorieren. Mit ihrer leuchtenden, klingenähnlichen Hand schlug sie immer wieder auf den Stab ein, und jeder Hieb schnitt ein wenig tiefer.

»Rhiannon!«, bettelte Thalasi, offensichtlich verängstigt. »Oh, schick sie weg!«

Sie konnte ihre Ohren nicht vor dieser Bitte verschließen, vor dem verzweifeltsten Flehen, das sie jemals gehört hatte. Sie blickte in den Raum und sah den Schwarzen Hexer in den Klauen der zusammengedrängten schattenhaften Horde. Seine körperliche Gestalt schimmerte, als verlöre sie ihre Lebensessenz. Sie wusste, dass sie ihm nicht helfen konnte und die schattenhaften Wesen nicht ihrer Herrschaft unterstanden, nicht einmal mit dem Stab des Todes in ihrer Hand. Sie wimmelten jetzt rings um Thalasi und zogen ihn, der schrie und fuchtelte, direkt durch den Boden hinunter.

Seine Schreie wurden zu einem fernen Geheul, während Rhiannon sich wieder ihrer Arbeit widmete, jetzt noch heftiger und mit Tränen des Schreckens in ihren blauen Augen. Sie hieb und hieb; ihre Mutter rief wiederholt nach ihr.

Der Stab zerbrach.

Der Turm zerbarst.

Mitchell spürte es deutlich. Es war ihm, als sei seine Verbindung zur materiellen Welt verschwunden, als treibe er zurück in die weite, schwarze Ebene, die das Reich des Todes darstellte. Purer Hass und Niedertracht beendeten diesen Flug. Mitchell würde nicht fortgehen, würde seine Lust nach Macht nicht aufgeben.

Er fühlte neuerlich diesen Schmerz überall in seinem Kopf und an seinen Schultern. Pouilla Camby schlug heftig zu, schnitt weiße Linien in die finstere Existenz des Totengeistes.

Aber dann war er wieder da, voll und ganz, knurrte und stürmte heftig auf den Waldwächter ein, peitschte mit seiner Knochenkeule rasend hin und her und füllte die Luft mit brennenden schwarzen Flocken.

Belexus zog sich verzweifelt zurück, fühlte den Schmerz und das Brennen, als einige Flocken auf ihn fielen. Seine Kleidung glomm; seine Haut warf Blasen. Und Mitchell brüllte und schwang die Keule, trieb den Waldwächter zurück und nahm die Hiebe des grässlichen Schwertes hin in der Hoffnung, er würde den Krieger einmal treffen. Nur einmal.

Weil beide wussten, dass ein Hieb dieser schrecklichen Keule Belexus restlos vernichten würde.

Doch der Waldwächter war bei weitem der überlegene Kämpfer, und seine Paraden waren auch beim Zurückweichen durchaus großartig. Doch selbst die Schönheit von Pouilla Camby konnte nicht die Wucht des rasenden Totengeistes besiegen, konnte die Finsternis, die Hollis Mitchell war, nicht hemmen. Der Totengeist richtete sich über Belexus auf, dessen Bewegungsraum immer enger wurde.

Da war ein Rauschen in der Luft, das donnernde Geräusch schlagender Schwingen, als Calamus herabstieß und dem Totengeist einen Schlag verpasste, der ihn zwar nicht verletzte, aber seine Verfolgung abbrechen ließ und ihn ablenkte. Die Knochenkeule schwang vergeblich hinter dem geschwinden Pegasus her.

Belexus kehrte schnell den Schwung um, nahm sein Schwert in beide Hände und stürmte vor, hieb und schlug, wissend, dass ein Fehler Mitchell gestatten würde, mit der Keule an ihn heranzukommen und ihn zu vernichten. Er rief nach Avalon, nach der ganzen Welt. Er schrie und schwang das Schwert mit aller Kraft, immer wieder und wieder. Das diamantene Licht verbreitete sich, das Schwert sirrte durch die Luft. Er ignorierte den Schmerz, als schwarze Flocken sich auf ihm niederließen, schrie zu laut und straffte seine Muskeln zu sehr. Wenn er innegehalten und darüber nachgedacht hätte, dann hätte er erkannt, wie schwer und erschöpft seine Arme geworden waren.

Doch er wollte nicht innehalten, auch nicht im Geringsten langsamer werden. Immer wieder schlug Pouilla Camby zu. Immer wieder und wieder.

Es endete abrupt mit einem mächtigen Schauder des Totengeistes, der Belexus rückwärts taumeln ließ. Er schaute auf Mitchell, auf den seltsamen, wie betäubten Blick, der ihm durch diese glühenden weißen Linien entgegenstarrte. Wie die Flocken seiner eigenen Keule fiel Mitchell auseinander, zerbrach einfach in Stücke, die Schwärze fiel auf den Fels und löste sich dort in wirbelnde Rauchfäden auf.

Und dann stand Belexus allein da. Sein Hunger nach Rache war gestillt.

»Komm, beeil dich«, rief Bellerian und ließ Calamus auf dem Felsen neben seinem erschöpften Sohn niedergehen. »Überall um uns herum wimmelt es von Talon-Teufeln!«

Belexus schaute auf die leere Leiche, die Hollis Mitchell gewesen war, auf die tote Hülle. Er dachte an Andovar und fühlte eine Wärme, er spürte, dass sein Freund endlich in Frieden ruhen konnte. Und jetzt konnte Belexus mit Recht seine Gedanken anderen, drängenderen Problemen zuwenden, der größeren Schlacht und dem Wohl von ganz Aielle. Er eilte zu Bellerian hinüber, hinter ihm prallte ein Talon-Speer vom Felsen ab. Belexus sprang auf den Rücken des Pegasus, und Calamus mit den starken Schwingen erhob sich mühelos, die beiden auf dem Rücken, in die Lüfte.

Verzweifelt raste der Geist dahin und stürzte sich auf seine Tochter, da er sie in Lebensgefahr sah, und jeder Instinkt in ihm sagte ihm, er solle bei ihr sein und sie beschützen. In Gedankenschnelle wirbelte DelGiudice in die Kammer und sauste wie ein Pfeil auf Rhiannon zu. Doch dieser Gedanke war einen Moment zu spät gekommen, einen Moment, nachdem die junge Zauberin Thalasis Stab entzweigehauen hatte. Der Geist erreichte sie im selben Augenblick wie die Explosion. Er warf sich auf ihre Seele und versuchte, sie irgendwie zu beschirmen, doch stattdessen befand er sich in einem Gang, einem langen und verwirrenden Tunnel.

Verschwunden waren die Explosion, der Turm, die Festung. Verschwunden war seine Tochter.

Der verwirrte Geist fand sich in Avalon wieder, neben einer überraschten und entsetzten Brielle.

Weit draußen auf hoher See wälzte sich die Dünung und stieg immer weiter zu einer riesigen Wasserwand auf. Istaahl warf alle seine Energie hinein, gab ihr all seine Gedanken und Hoffnungen, all seine Erinnerungen und Phantasien mit.

Die Flut wälzte sich unvermeidlich auf Talas-dun zu, ein letzter Atemstoß Istaahls des Weißen, die reinste Schöpfung seiner Magie. Als er aus den lastenden Tiefen aufstieg, fühlte er, wie er sich im Wasser ausbreitete, wie seine Lebensessenz sich verdünnte und mit der aufsteigenden Woge vereinte.

Seine ganze Energie, seine ganze zielgerichtete Entschlossenheit war mit der Wasserwand.

Er fand sie auf einem Haufen geborstener und verkohlter Trümmer, eine zarte Blume inmitten eines Berges aus verkohltem schwarzem Stein. Sie sah völlig unversehrt aus, als wäre sie nicht in der Nähe der schrecklichen Explosion gewesen. Bryan beobachtete voller Staunen, wie der letzte Schein von Brielles schützender Hülle erlosch. Rhiannons Körper war völlig unverletzt, und doch wusste Bryan, noch bevor er sich ihr näherte, dass sie tot war.

Aus seinen Augen strömten Tränen. Er hob Rhiannon sanft auf und trug sie von dem düsteren Ort fort. Es gab keinen Widerstand, denn all die Untoten und Skelette waren wieder in ihren Todesschlaf verfallen, und diejenigen Talons, die in den hektischen Augenblicken vor der Explosion nicht getötet worden waren, flohen entweder aus Talas-dun oder waren einfach zu verwirrt, um den Halbelfen überhaupt zu beachten.

Zum Teufel mit den Talons, mit jedem Einzelnen, dachte der Halbelf, dann verbannte er sie aus seinen Gedanken.

Rhiannon war tot, und Bryan konnte nichts tun, um ihr zu helfen.

KAPITEL 25

Charons Stätte

Schon einmal war sie hier gewesen, aber die Erfahrung war ihr damals ganz anders vorgekommen, als wäre sie nur eine Zuschauerin dieses ewigen Rituals, als gehörte sie nicht wirklich hierher. Damals war Rhiannon aus der Prozession der Toten zurückgerufen worden. Doch diesmal ...

Diesmal gehörte sie hierher.

Sie sah die armen verstorbenen Seelen an ihr vorbeiziehen. Scheinbar schwebten sie durch den dicken Nebel, der den unsichtbaren Boden bedeckte. Menschen und Elfen, Krieger von Arien und Soldaten von Benador schritten feierlich dahin, doch ihre Zahl war bedeutungslos im Vergleich mit den vielen, vielen Talons. Noch zahlreicher, doch weniger wesenhaft waren die Heerscharen derer, die aus ihrem Todesschlaf herausgerissen waren, Thalasis untote Armee, die durch die Zerstörung des verderbten Stabs erneut zur ewigen Ruhe befreit worden waren.

Rhiannon begann zu verstehen, und sie hatte keine andere Wahl, als es zu akzeptieren. Sie nahm ihren Platz in der Reihe ein und begann den Abstieg, die Überquerung der Schranke zwischen den Lebenden und den Toten. Sie hielt jedoch inne, denn sie entdeckte zwei Seelen, von denen sie Notiz nehmen musste.

Morgan Thalasi und Martin Reinheiser. Im Leben verbunden, waren sie jetzt erneut zwei getrennte Seelen, die hinabwanderten, um ihren Lohn zu empfangen. Für sie würde dieser Marsch nicht angenehm enden, das wusste Rhiannon, und sie hatte Erbarmen mit ihnen, trotz der Schrecken, die sie verbreitet hatten. Und dann machte sie sich keine Gedanken mehr um sie. Sie ließ von ihnen ab und wanderte weiter.

Was der jungen Zauberin am meisten am Zug der Toten auffiel, war die Empfindung von Frieden – selbst die sonst so brutalen Talons zeigten sie auf ihren Gesichtern, und diejenigen, die ins Reich des Todes zurückkehrten, zeigten sie am deutlichsten. Nicht jedoch Thalasi und Reinheiser. Beide kämpften gegen das Unvermeidliche an, versuchten kehrtzumachen und den Weg zurückzulaufen, den sie gekommen waren, zurück zu den Lebenden. Und sie schienen dabei ein wenig voranzukommen, als könnte ihr mächtiger Wille selbst gegen diese Unausweichlichkeit ankämpfen.

Doch dann sah Rhiannon, wie jener Geist, der den Tod personifizierte, auf sie zuging. Die beiden versuchten wegzulaufen und schrien in vergeblichem Protest auf, doch Araun erwischte sie beide mit einem einzigen Schwung seiner mächtigen Sense und zog sie zu sich.

»Ich habe auf dich gewartet, Thomas Morgan, der du dich Morgan Thalasi nennst«, sagte der Tod zufrieden. »Und auf dich, Martin Reinheiser. Du hast dich mit Thomas Morgan gegen mich verbündet. Du hast gestohlen, was mir gehörte. Du hast eine schlechte Wahl getroffen.«

Mit einem schwarzen Blitz und einem Nebelwirbel verschwanden sie aus Rhiannons Blickfeld, und bald erkannte sie – obwohl sie nicht wusste, wie es geschehen war –, dass sie ganz allein war, gestrandet auf einer weiten, dunklen Ebene, deren Flachheit von einer endlosen Reihe von Hügelgräbern durchbrochen wurde.

Sie ging immer weiter, da sie nicht wusste, was sie sonst tun sollte. Hier gab es kein Zeitgefühl, und so konnte sie nicht sagen, wie lange es gedauert hatte, bis sie zu einem Tunnel kam, in dem ein Feuerschein flackerte. Unter einem Zwang ging sie hinein und gelangte fast sofort in einen weiten Raum, in dessen Mitte eine einzige Totenbahre stand. Und hinter ihr stand, ein Leichentuch haltend, das Gespenst Charon, Araun, regungslos, unausweichlich.

Die Erkenntnis durchzuckte die junge, die tote Zauberin. Das hier war jetzt ihr Ort, und obwohl sie nicht hier bleiben wollte, nicht tot sein wollte, konnte sie nicht widerstehen. Langsam und mit Bedauern trat die junge Zauberin heran, um ihr ewiges Bett einzunehmen.

»Wir haben sie geschlagen!«, rief Arien Silberblatt voller Freude Ardaz zu. »Nie hätten wir auf einen solchen Sieg hoffen können!« In der Tat, nach den letzten Angriffen der untoten Horde gegen die Talons und in der darauf folgenden Verwirrung in den Reihen der Feinde schienen die Menschen von Calva und die Elfen von Illuma durchaus auf den vollständigsten Sieg hinzusteuern, den Ynis Aielle jemals gesehen hatte. Der Elfenherrscher betrachtete das Schlachtfeld, das vor ihm lag, und sah weit im Süden eine weitere Pechkugel hoch aufsteigen, um eine Talon-Stellung zu zerschmettern. Dann spürte er etwas Tieferes, ein grollendes Donnern unter seinen Füßen, und sah weit im Westen eine gewaltige Wolke von schwarzem Rauch aufsteigen. Eine Erklärung heischend, schaute er zu Ardaz, doch seine Lippen verstummten, als er den Zauberer erblickte.

Ardaz erbleichte. Er wusste es, er spürte es. Seine Nichte, die sich machtvoll entwickelt hatte und zu so einer schönen Frau herangewachsen war, war dahingegangen. Einfach dahingegangen. Tot und außer Reichweite seiner Hilfe. Der Zauberer fühlte sich plötzlich sehr alt, wandte sich langsam um und schaute zurück nach Osten, nach Avalon. Wenn er es wusste, dann wusste es auch Brielle.

In der Tat: die entsetzliche Empfindung, die Schwingungen von Rhiannons letztem Augenblick, fluteten über die Smaragd-Zauberin dahin, ließen das Blut aus ihren Wangen weichen und ihr Herz seinen Rhythmus verlieren. Ihre Knie verloren alle Kraft und gaben nach, und sie sank auf den weißen Teppich aus Schnee und kniete da, unfähig zu sprechen, zu schreien, unfähig, irgendeinen Laut von sich zu geben.

Auch an Rhiannons Vater ging die Woge nicht unbemerkt vorbei. Auch er fühlte die entsetzliche Empfindung und konnte sie zuerst nicht deuten. Doch als er Brielle erblickte, da wurde es ihm klar.

»Nein!«, schrie er. »Neeeeeiiiiin!« Es war ein klagender Schrei, fast ein Heulen, das ihm aus Herz und Kehle quoll und in die Lüfte aufstieg. Er stand auf den Zehen, beugte die Knie nach vorn und krümmte den Rücken nach hinten, und schleuderte den Schrei gen Himmel, hinauf zu den Ohren der Colonnae.

Und die waren gewiss taub, denn sie antworteten nicht, kamen nicht zu ihm, obwohl er sie jetzt am meisten brauchte, sie linderten seinen Schmerz nicht und gaben Rhiannon nicht zurück.

»Neeeeeiiiiin!«

Sie war tot. Einfach tot. Rhiannon, seine Tochter, war einfach tot.

Doch plötzlich verstand er. DelGiudice hatte sich gefragt, warum er an diesen Ort, in diese Zeit zurückgeschickt worden war, hatte überlegt, ob er nicht wichtigere Aufgaben zu erfüllen hatte als das Auffinden des Diamantschwertes. Jetzt wusste er es. Rhiannon war gestorben, aber er konnte zu ihr gelangen, nur er: halb Geist, halb Mensch. Er hatte nur kurz im dunklen Reich des Todes verweilt, nur einen Augenblick lang, bis Calae ihn zu den Sternen geholt hatte. Nur einen Augenblick lang, aber DelGiudice erinnerte sich an den Weg.

Der Schrei dauerte an, so tief, so gequält, dass Brielle aus ihrer eigenen Trauer gerissen wurde, DelGiudice anschaute und sich fragte, was für ein Sein einen solchen Ausdruck von Schmerz hervorbringen konnte. Auf ihrem Gesicht malte sich Entsetzen, als DelGiudice zu verblassen begann, noch durchsichtiger wurde, als entfliehe seine Lebenskraft mit den Lauten seiner Klage.

»DelGiudice, mein Freund, verlass mich jetzt nicht!«, schrie die Zauberin, sprang auf die Füße und stürzte sich auf ihn.

Doch da gab es nichts, was sie hätte fassen, und bald nichts mehr, was sie hätte sehen können.

Der Schrei wurde schwächer, verwehte im Wind und verstummte.

Er war kein von der riesigen Woge verschiedenes Wesen mehr, er war nicht mehr Istaahl, der sterbliche Mensch. Er spürte die Untiefen und wusste auf eine urtümliche Weise, dass er sich den hohen Klippen der Küsten näherte.

Dann traf er auf, ein Wasserberg, und barst in Ekstase auf dem schwarzen Fels des Kored-dul-Gebirges, donnerte unerschrocken gegen das Gestein, warf sein ganzes Leben in diese Attacke.

Das Tosen hielt an, hallte um die Felsen und drang ins Gestein, und die Energie des anbrandenden Wassers erreichte jede Felsritze wie mit greifenden Tentakeln. Und als das Wasser zurückgegangen, die Woge geborsten und wieder ins Meer gespritzt war, hielt der Widerhall an, fand unaufhörliches Echo.

Ein großer Brocken der Klippe zerbrach und glitt herab, hüpfte donnernd über das Gestein und versank mit gewaltigem Tosen im Wasser. Die geschwächte Klippe hörte nicht auf zu beben, ein weiteres Stück brach ab. Und dann noch eins und noch eins.

Und dann stürzte die ganze Klippe ein und nahm die vom Feuer verwüstete Ruine von Talas-dun mit sich.

»O Tod, wo ist dein Stachel? O Grab, wo ist dein Sieg?«, rief DelGiudice. Er zitierte einen alten Vers, an den er sich aus seiner Zeit vor Aielle erinnerte, aus seiner ursprünglichen Welt, ein Text aus dem Brief an die Korinther in einem Buch, das Bibel genannt wurde. Wie klar erschienen ihm jetzt die Worte aus jenem uralten Band. Er kannte das Buch so gut, obwohl er ihm in seinem Leben kaum Aufmerksamkeit geschenkt hatte. Es war ein Buch der Engel, der Colonnae, und ein Werk über Moral, über Leben und Tod und das Leben nach dem Tod.

DelGiudice folgte einem grauen und nebligen Korridor, an einem kalten Ort, und kam an der Reihe der jüngst entleibten Geister vorbei. Ihre Zahl allein verriet ihm schon, dass die Schlacht voll entbrannt und Thalasis Herrschaft über die untoten Geister vorbei war.

»O Tod, wo ist dein Stachel? O Grab, wo ist dein Sieg?«, rief er erneut. Jetzt rannte er, vorbei an allen anderen, und stieg geschwind an einen Ort hinab, der noch dunkler und kälter war. Er hielt an und spürte in sich hinein, und da fühlte er an einem tiefen Ort, dass seine Tochter hier vorübergegangen war, und bald befand er sich auf ihrer Spur. »Und wo ist dein Schrecken, hässlicher Dämon?«, fügte er seine eigenen Gedanken hinzu, als er in den Gang und dann in die Kammer trat und den verhüllten Herrscher der Unterwelt erblickte.

»Welche Schrecken hast du noch übrig? Welchen Schmerz kannst du noch androhen, wenn du schon alles genommen hast?«, rief DelGiudice.

»Keine Drohung, Geist des Jeffrey DelGiudice«, erwiderte das Gespenst mit seiner unirdischen, krächzenden Stimme.

»Gibt es kein Mitgefühl, kein Mitleiden, keine Anteilnahme für all den Schmerz?«

»Nein«, erwiderte Charon ohne Zögern. »Ich nehme nichts; ich gebe nichts. Ich bin.«

DelGiudice zauderte nun, überdachte die Worte, die offensichtliche Ungerührtheit. Ihm kam der Gedanke, ein gefühlloser Tod sei vielleicht ein schwierigerer Gegner als ein böswilliger Geist.

»Ich bin bereit zu verhandeln«, bot er an.

»Ich nehme nichts«, erwiderte Charon. »Ich gebe nichts. Kein Tausch, kein Handel.«

»Du hast sie genommen!«, klagte DelGiudice an und wies auf die Bahre, auf der seine geliebte Tochter so friedlich lag.

Zu friedlich.

»Sie ist durch ihre eigenen Taten zu mir gekommen.«

DelGiudice starrte auf Rhiannons geistige Gestalt, die ihren physischen Leib widerspiegelte und vollkommen reglos auf der Bahre lag, halb in Charons ewiges Leichentuch gehüllt.

»Gib sie zurück, ich bitte dich«, sagte DelGiudice.

»Zurück an wen?«, erwiderte Charon reglos. »Dir? Muss ich dich daran erinnern, dass auch du tot bist, Jeffrey DelGiudice? Und das ist nichts Schlimmes.«

»Nein«, pflichtete ihm der Geist bei. »Nichts Schlimmes. Aber nicht für sie. Noch nicht. Sie hat gerade erst begonnen, das Leben kennen zu lernen.«

»Jenen zeitweiligen Aspekt des Lebens«, sagte Charon. »Jetzt wird sie den nächsten erfahren.«

DelGiudice schüttelte den Kopf. »Nein, nein, nein«, sagte er immer wieder, denn obwohl er wusste, dass der Tod nichts Böses war, keine Leere und gewiss nicht schmerzvoll, so spürte er doch irgendwie, dass es noch nicht Rhiannons Zeit war, dass die Art ihres Todes, das Zerbrechen jenes frevelhaften Stabes dieses Ende ihrer sterblichen Hülle nicht rechtfertigte.

Aber wie sollte er Charon, den Gefühllosen, davon überzeugen? Wie es rechtfertigen, wenn doch so viele andere junge Männer und Frauen gestorben waren und weiterhin sterben würden, noch an diesem Tag, lange bevor sie wirklich eine Gelegenheit bekommen hatten, alles zu erfahren, was das vorangegangene Leben bot?

»Ich weiß nur«, sagte er ruhig und schaute das Gespenst an, »es ist noch nicht ihre Zeit.«

Arien führte sie in die Ausläufer, die trittsicheren Pferde aus Avalon wichen geschickt Felszacken und den vielen Leichen aus. Feinde waren nicht zu sehen, denn jene Talons, die nahe der Front ausgeharrt hatten, waren von den Untoten und Skeletten gefällt worden, und die weiter entfernt gewesen waren, waren davongelaufen.

Arien hatte jedoch vor, sie zu finden, jeden einzelnen, und die Geißel der Kinder Thalasis ein für allemal zu beenden. Zuerst jedoch lenkte er seine Elfen nach Süden und vereinigte sie mit den Tausenden Kriegern Benadors, und dann gesellten sich er und Ardaz zum König.

»Die Welt konnte keinen größeren Sieg erhoffen«, stellte der König von Calva fest, und seine Hochstimmung war offensichtlich. »Die üblen Talons werden viele Generationen brauchen, um sich zu erholen, falls sie es überhaupt tun.«

»Niemals«, sagte Ardaz in mürrischem Ton, »denn Thalasi ist besiegt, tot und für immer vom Erdboden getilgt.«

»Deine Nachricht ist wundervoll, doch du sprichst sie mit schwerem Herzen aus«, bemerkte Benador.

»Auch meine Nichte Rhiannon ist tot«, erwiderte Ardaz. »Und Istaahl ebenfalls, der Jahrhunderte lang mein Freund gewesen ist!«

Diese Nachricht traf König Benador hart, und er

musste um seine Fassung ringen, sonst wäre er vom Pferd gefallen. »Istaahl ist tot?«, fragte er. Ihm stockte der Atem, und er kam sich in diesem Augenblick wie ein verwaistes Kind vor.

»Und Rhiannon«, fügte Arien bitter hinzu.

»Istaahl der Weiße«, stellte Charon fest. »Würdest du für ihn auch bitten?«

DelGiudices Geist schwieg. Er musste die traurige Nachricht verarbeiten, dass der Weiße Zauberer von Pallendara tot war. Irgendwie erschien ihm das in Ordnung, als sollte es so sein, als sei Istaahls Zeit gekommen.

»Und was ist mit Jayenson Belltower?«, fuhr Charon fort. »Sie wurde in ebendieser Stunde getötet, hinweggerafft von einem Talon-Speer. Soll ich sie auch freigeben? Ich kann noch Hunderte mehr nennen, und auch Tausende von Talons, falls auch sie dein unangebrachtes Erbarmen verdienen.«

»Nicht diese Jayenson«, sagte DelGiudice sofort. »Und keiner von den Talons. Bloß Rhiannon. Ich weiß, es war noch nicht ihre Zeit, nicht auf diese Weise. Calae hat mich in diese Welt zurückgeschickt, um diese Botschaft zu überbringen.«

Charon antwortete nicht.

»Sie hat dir Thalasi übergeben«, gab DelGiudice zu bedenken. »Sie hat seinen Stab zerbrochen, dieses schreckliche Instrument, das der Schwarze Hexer angefertigt hatte, um dir die Toten zu stehlen. Sie hat dir alles zurückgegeben. Das schuldest du ihr.«

»Ich feilsche nicht, und ich verlange nichts«, sagte Charon mit einiger Bestimmtheit. »Und man kann mich nicht berauben, da sich nichts in meinem Besitz befindet. Ich bin einfach nur!«

»Nein!«, schrie DelGiudice. Er glaubte, er habe eine logische Bresche gefunden. »Nein, Charon, deine Taten

enthüllen die Wahrheit. Wie hast du in jenem Turm-
gemach nach Thalasi gehungert, als der Stab seinen
ersten Sprung bekam! Wie sind deine schattenhaften
Helfer auf ihn losgegangen und haben ihn zu dir gezogen!«

Das Gespenst des Todes erwiderte nichts. Doch zum
ersten Mal in all den Äonen hörte er zu.

Belexus und Bellerian flogen auf Calamus über die felsigen Ausläufer hinweg und suchten nach den Überresten der Talon-Armee, um die anhaltenden Angriffe
ihrer Stammesgenossen und der Elfen auf sie zu lenken. Auf Belexus' Beharren hin lenkte der alte Waldwächter den Pegasus unausweichlich nach Osten, auf
Talas-dun zu.

Sie kamen in Sichtweite der zerborstenen Klippe.
Alle Spuren der schwarzen Festung waren verschwun-
den, und alle Besorgnis, die sie nach dem Anblick die-
ser Katastrophe hegten, verflog, als sie weit unter ihnen
Bryan von Corning entdeckten, der einem schmalen
Pfad folgte und Rhiannon zart in seinen Armen trug.

Einen Moment später waren sie bei ihm, und ihre Befürchtungen kehrten verzehnfacht zurück, denn aus
seinem tränenüberströmten Gesicht und der Reglosig-
keit, mit der die schöne Zauberin in seinen Armen lag,
konnten sie zweifelsfrei erkennen, dass Talas-dun um
einen hohen Preis zerstört worden war.

Bryan legte Rhiannon auf dem Boden nieder; Belexus trat heran und strich über das Gesicht der jungen
Zauberin, das im Tod so schön war, wie es im Leben gewesen war.

»Sie hat es vollbracht«, sagte der Halbelf. »Sie hat
Thalasi besiegt und seinen Stab zerstört.«

»Und all seine untoten Monstren sind zur Ruhe
zurückgekehrt«, fügte Bellerian hinzu. »Wahrlich, Rhiannon hat gesiegt.«

Bryan fiel neben ihr auf die Knie. Tränen rannen über seine Wangen.

»Wir können hier nicht bleiben«, bemerkte der Lord der Waldwächter. »Hier in den Felsen wimmelt es von Talons.«

»Nimm Rhiannon auf den Pegasus«, sagte Belexus zu seinem Vater. »Ich und Bryan werden uns unseren Weg freikämpfen, dessen kannst du gewiss sein.« Er legte seine Hand auf die Schulter des Halbelfen, während er sprach, schenkte ihm etwas Kraft und Hoffnung mit dem Versprechen, er werde Bryan helfen, sich an vielen Talons zu rächen. Der Halbelf blickte dem starken Krieger in die Augen, und Belexus nickte grimmig.

»Wir alle müssen uns auf den Weg machen«, ertönte eine unerwartete Antwort. Die drei machten große Augen. Sie blickten auf Rhiannon hinab und sahen, wie sie die blauen Augen öffnete und ein Lächeln auf ihrem Gesicht erschien. »Wir gehen alle zusammen«, sagte sie mühsam.

Nach einem Moment den Schwankens, einer Ohnmacht nahe, umarmte Bryan sie heftig. Belexus schloss sich ihm schnell an, doch beide traten ehrfurchtsvoll zurück, als plötzlich DelGiudices Geist erschien.

Er kam heran, und Rhiannon streckte die Hand nach ihm aus, um ihn zu berühren. Doch die Hand fuhr natürlich direkt durch den substanzlosen Körper hindurch.

»Meine Zeit hier ist zu Ende«, erklärte DelGiudice, denn er hatte den Ruf Calaes deutlich vernommen. Er dachte an den Engel und an die Mysterien, die auf ihn warteten, und erinnerte sich an jenes Buch voller Weisheit aus der Vergangenheit, an das heiligste Buch jener Welt, die einmal gewesen war, ein Buch, das in der Tat der Himmel inspiriert hatte. Wie deutlich erkannte er jetzt die Wahrheiten, die in jenem Buch standen! Wie eingefleischt waren diese Weisheiten dem Mann gewesen, der vor Jahrzehnten aus der sinkenden *Unicorn* geklettert war. Jetzt dachte er kurz daran hinsichtlich all jener, die er in Ynis Aielle kennen und lieben und hassen gelernt hatte. Ehre und Mut, Toleranz und Respekt. Wahrheiten für alle Zeiten, Lehren, die sich im Laufe der Jahre nicht veränderten, sondern beständig und wichtig bleiben. Wie nahtlos würde Brielle in jenes Buch passen, wenn auch in DelGiudices oft so intoleranter Welt diejenigen, die der Bibel unbeugsam folgten, die Zauberin als heidnische Hexe betrachtet hätten. Wie großartig wäre die Geschichte von Belexus und Andovar gewesen, hätte man sie in der Bibel seines früheren Lebens erzählt!

Manche Dinge änderten sich nicht.

»Mein Vater«, sagte Rhiannon leise. Ihr Gesicht strahlte vor Liebe und Dankbarkeit. Sie wusste, was sich im Reich des Todes zugetragen hatte, dass Jeffrey DelGiudice, ihr Vater, gekommen war, um sie zu holen.

Er trat nahe an sie heran, schaute tief in ihre Augen, dann richtete er seinen Blick zum Himmel. »Gewähre mir dies eine, Calae«, bat er, und plötzlich berührte Rhiannons ausgestreckte Hand seine feste Wange.

DelGiudice küsste sie auf die Stirn und umarmte sie fest, dann trat er auf Armeslänge zurück, bis sich nur noch ihre Finger berührten, eine Berührung, die in dem Augenblick aufhörte, als der Geist sich auflöste.

»Leb wohl, meine Tochter«, sagte er. »Leb wohl, meine Liebe. Wir werden uns wieder begegnen.«

Und mit diesem Versprechen der Hoffnung war DelGiudice verschwunden.

EPILOG

Es war Sommer in Avalon, und die Bedrohung durch Thalasi und seine Talons war auf immer vorbei. Doch für Belexus und Brielle, Bryan und Rhiannon, Ardaz, Arien und Bellerian war die Freude getrübt von einer fernen, aber unleugbaren Empfindung der Melancholie. In Aielle war ein Zeitalter zu Ende gegangen, das Zeitalter der Magie, und nirgendwo war dies offensichtlicher als unter den Zweigen von Avalon. Der Wald war immer noch schön, doch die überirdische Essenz des Ortes war verschwunden. Nahezu ein Jahrtausend lang hatte in Avalon ewiger Frühling geherrscht, doch jetzt war Sommer im Wald, und der Herbst rückte rasch näher.

»Jetzt ist Zeit zu ruhen«, bemerkte Bellerian, und Ardaz, der sein hohes Alter spürte, stimmte ihm zu.

Auch Desdemona stimmte zu, die schwarze Katze, die sich um den Hals des Zauberers gerollt hatte. Sie gähnte und streckte sich und fuhr mit den Krallen etwas zu unsanft über die Schulter des Zauberers.

Ardaz schrie auf, zog sie von seiner Schulter und warf sie in die Luft. Anders als die vielen Male zuvor verwandelte sie sich jedoch in keinen Vogel, denn die Magie war fort, einfach fort. Sie landete anmutig auf sicheren Katzenpfoten, kehrte mit zuckendem Schwanz Ardaz den Rücken zu und ging zu Rhiannon hinüber, auf deren Schoß sie einen bequemen Ruheplatz fand.

Ardaz blickte zu seiner Schwester Brielle, und ihr Gesichtsausdruck verriet, dass auch ihr dieser Wink nicht entgangen war, dass das Zeitalter der Magie für immer verloren war.

»Thalasi soll verdammt sein«, fluchte Jennifer Glendower leise, die nun nicht mehr die Smaragd-Zauberin war.

HEYNE-TASCHENBÜCHER

Micha Pansi

Das Debüt einer hoch
begabten Autorin!
Das faszinierende Epos
einer archaischen Welt
auf den Trümmern
unserer Gegenwart!

»Geschickt vermischt sich
Realistisches mit
Visionärem ...
Ein gekonntes Spiel mit
kruder Lust am Kitsch
und viel Spannung.«

Neue Zürcher Zeitung

06/9111

HEYNE-TASCHENBÜCHER

HEYNE BÜCHER

Die schönsten Romane der High Fantasy

Magie,
Abenteuer,
verzauberte Welten

Eine Auswahl:

Frances G. Hill
Ellorans Traum
06/9088

Garth Nix
Das siebte Tor
06/9130

Christopher Evans
Schimären
06/9089

Glenda Noramly
Die Fährte des Blinden
06/9060

06/9088

06/9130

HEYNE-TASCHENBÜCHER